사기 열전 3

史記列傳

세계문학전집 409

사기 열전 3

史記列傳

사마천

김원중 옮김

민음사

일러두기

1 이 책은 베이징 중화서국中華書局에서 간행한 사마천의 『사기』 전 10권, 2013 수정판 중에서 권61 「백이 열전」부터 권130 「태사공 자서」에 이르는 열전 70편을 완역한 것으로 총 4권으로 나누었다.

2 번역의 원칙은 원문에 충실한 직역을 위주로 했다. 역자가 독자의 이해를 돕기 위해 부가한 말과 원문과 역어가 다른 말은 〔 〕 안에 넣었다.

3 각 편의 소제목과 해제는 독자의 이해를 돕기 위해 역자가 붙인 것이다.

4 맞춤법과 띄어쓰기는 한글 맞춤법과 외래어 표기법을 따르되 널리 통용되는 용어는 일부 예외를 두었다.

차례

37

◎

역생 육가 열전
酈生陸賈列傳

　이 편은 변설로 고조의 모신이 된 역이기(酈食其)와 육가(陸賈), 그리고 초나라의 모사 주건(朱建) 등 세 사람의 사적을 기록하고 있다. 역이기는 가난하고 미천한 출신이었으나, 제나라 왕과 재상을 설득하여 제나라의 성 70여 개를 손아귀에 넣을 만큼 담력과 지력과 말솜씨를 겸비한 인물이다. 고조는 패공으로 불리던 시절 본래 오만하여 사람들을 함부로 대했는데, 특히 유생(儒生)을 싫어하여 그들의 관(冠)에 소변을 눌 정도였다. 역이기가 처음 패공을 만났을 때 패공은 두 여인의 시중을 받으며 발을 씻고 있었다. 그때 역이기는 패공이 윗사람을 존경하지 않는다고 꾸짖어 크게 뉘우치게 했으니 그의 담력을 엿볼 수 있다.

　육가는 진한 시대의 저명한 책사로서 고조의 참모가 되어 태중대부 지위까지 오른 인물이다. 『남월 열전』에도 나와 있지만 그는 두 차례에 걸쳐 남월에 사신으로 파견되어 남월왕 위타(尉他)가 한나라를 섬기도록 하는 데 크게 기여한 외교 천재이다.

　주건은 본래 회남왕 경포의 재상이었다. 경포가 모반했을 때 주건은 함께 행동하지 않았으므로 한나라에서는 그를 평원군으로 삼았다.

　이 편은 『사기』 「여 태후 본기」와 함께 읽어 볼 필요가 있으니, 특히 육가가 여 태후의 득세 속에서 세상을 등지고 정국을 관망하는 태도가 인상적이다. 한편, 왕국유(王國維)와 고힐강(顧頡剛)은 이 편을 지은 이가 사마천이 아니라 사마담(司馬談)이라고 주장하기도 하나 설득력은 부족하다.

고조 앞에서 『시』와 『서』를 인용하는 유가.

오만한 패공의 사과를 받아내다

　역생(酈生) 이기(食其)는 진류현(陳留縣) 고양(高陽) 사람이다. 그는 글을 즐겨 읽었으나 집안이 가난하여 뜻한 바를 이루지 못하고 생계조차 이을 수 없게 되자, 마을 성문을 관리하는 벼슬아치가 되었다. 그러나 진류현의 현인이나 호걸들은 감히 그를 부리려 하지 않았고, 현에서는 모두 그를 미치광이라고 불렀다.

　진승(陳勝)과 항량(項梁) 등이 〔반기를 들고〕 군사를 일으키자, 각지를 공략하면서 고양을 스쳐 간 장수만도 수십 명이나 되었다. 역생은 그 장수들이 모두 도량이 좁고 급하고 자질구

레한 예절을 좋아하며 자기 생각만 옳다고 여겨 원대한 생각을 받아들이지 못한다는 말을 듣고 자신의 재능을 깊이 감추어 두고 있었다. 그 뒤 역생은 패공이 군사를 이끌고 진류현의 외곽 지역을 공략한다는 말을 듣게 되었다. 그때 패공 수하의 한 기병이 역생과 같은 고향 사람이었는데, 패공은 이따금 읍에서 어진 유생과 호걸이 누구인지를 물었다. 그 기병이 마을로 돌아왔을 때 역생은 그를 보고 이렇게 말했다.

"나는 패공이 오만하여 남을 업신여기기는 하지만 원대한 뜻을 지녔다고 들었소. 이 사람이야말로 내가 진정으로 사귀고 싶은 사람이지만 나를 그에게 소개시켜 줄 만한 이가 없소. 당신이 패공을 만나거든 '신의 마을에 역생이라는 사람이 있는데, 나이는 예순 살 남짓이고 키는 여덟 자입니다. 사람들은 모두 그를 미치광이라고 하지만 그 자신은 미치광이가 아니라고 합니다.'라고 말해 주겠소?"

그 기병이 말했다.

"패공은 유생들을 좋아하지 않습니다. 그는 관을 쓴 유생들이 찾아오면 언제나 그 관을 빼앗아 그 안에 소변을 누곤 합니다. 그리고 사람들과 말할 때마다 목청 높여 〔유생을〕 욕합니다. 유생 신분으로 그에게 유세한다는 것은 불가능한 일입니다."

역생은 말했다.

"어쨌든 이 말만 전해 주시게."

기병은 차분하게 역생이 부탁한 대로 패공에게 전해 주었다. 패공은 고양의 객사에 이르자 사람을 보내 역생을 불렀다.

역생이 객사에 이르러 패공을 만나러 들어갔을 때, 패공은 마침 침상에 걸터앉은 채 두 여자에게 발을 씻기게 하고 있었는데 그 모습으로 역생을 만났다. 역생은 들어가서 길게 읍한 뒤 절을 하지 않고 말했다.

"족하(足下)당신의 존칭인데 아래에서는 당신으로 번역함께서는 진나라를 도와 제후들을 치려고 하십니까? 아니면 제후들을 이끌고 진나라를 치려고 하십니까?"

그러자 패공은 역생을 욕하며 꾸짖었다.

"이 유생 놈아! 천하 사람들이 한결같이 오랫동안 진나라에 고통을 겪었기 때문에 제후들이 서로 손을 잡고 진나라를 치려 하고 있는데, 어째서 진나라를 도와 다른 제후들을 친다는 말을 하느냐?"

역생이 말했다.

"진실로 사람들을 모으고 의병들을 합쳐서 무도한 진나라를 쳐 없애고자 하신다면 거만한 태도로 장자(長者)를 만나서는 안 됩니다."

그러자 패공은 발 씻던 것을 그만두고 일어나 의관을 바로하고 역생을 상석에 앉힌 뒤 사과했다. 역생은 여섯 나라가 합종하고 연횡했을 때의 형세를 말했다. 패공은 기뻐하며 역생에게 먹을 것을 대접하고 물었다.

"앞으로 어떤 계책을 쓰면 좋겠소?"

역생이 대답했다.

"당신께서는 오합지졸을 모으고 뿔뿔이 흩어졌던 병사들을 거둬들였지만 만 명도 채 못 됩니다. 이 정도 병력으로 강한 진나라에 쳐들어가는 것은 호랑이 입속으로 뛰어드는 것과 같습니다. 진류현은 천하의 요충지이자 사방으로 통하는 길목으로 교통이 편리하며, 지금 성안에는 많은 식량을 쌓아 놓고 있습니다. 소인은 진류현의 현령과 친분이 있으니 신을 사신으로 보내 주시면 그가 당신께 투항하도록 하겠습니다. 만일 〔현령이 신의 말을〕 듣지 않으면 당신은 군대를 일으켜 그곳을 치십시오. 신은 성안에서 호응하겠습니다."

그래서 패공은 역생을 사신으로 보내고, 군대를 이끌고 그 뒤를 따라갔다. 마침내 진류현을 평정하고 역이기를 광야군(廣野君)이라 일컬었다.

역생은 동생 역상(酈商)을 〔패공에게〕 추천하여, 군사 수천 명을 이끌고 패공을 따라 서남쪽으로 가서 치게 하였다. 역생은 언제나 세객 신분으로 제후들의 나라로 뛰어다녔다.

천하의 민심이 어디로 가고 있습니까

한나라 3년 가을에 항우가 한나라를 쳐서 형양읍을 함락시키자, 한나라 병사는 공현(鞏縣)과 낙양현(洛陽縣) 일대로 달아나서 주둔했다. 〔그 무렵〕 초나라는 회음후 한신이 조나라를 깨뜨리고, 팽월(彭越)이 양 땅에서 여러 차례 반란을 일으켰다는 소식을 듣고 군대를 나누어 보내 조나라와 양나라를 도왔다. 이때 회음후 한신은 동쪽으로 제나라를 치려고 하였다. 한왕은 형양과 성고에서 여러 차례 고전하였으므로 성고 동쪽 땅을 버리고 군대를 공현과 낙양현에 주둔시키고 초나라를 막을 계책을 세웠다. 그러자 역생이 말했다.

"신이 듣건대 '하늘이 하늘 된 까닭을 아는 사람은 왕의 일을 이룰 수 있고, 하늘이 하늘 된 까닭을 모르는 사람은 왕의 일을 이룰 수 없다. 왕 노릇 하는 자는 백성을 하늘로 알고, 백성은 먹을 것을 하늘로 여긴다.'라고 합니다. 오창(敖倉)오산(敖山)에 세워진 식량 창고에는 천하의 곡식을 날라다 놓은 지 오래되었는데, 신은 그곳에 쌓아 놓은 식량이 매우 많다고 들었습니다. 초나라 군대가 형양을 함락시키고도 오창을 굳게 지키지 않고 오히려 군사들을 이끌고 동쪽으로 가면서 죄를 지어 변방으로 쫓겨나 병사가 된 자들에게 성고를 나누어 지키게 하고 있으니, 이는 하늘이 한나라를 돕는 것입니다. 지금이 바로 초나라 군대를 공격하여 쉽게 취할 수 있을 때인데, 한나라가 도리어 물러나는 것은 스스로 좋은 기회를 버리는 것입니다. 신이 가만히 생각해 보아도 이것은 잘못된 일입니다.

또 두 영웅은 함께 설 수 없습니다. 초나라와 한나라가 오랫동안 맞서 싸우면서 승자와 패자를 분명하게 결정짓지 않는다면 백성은 안정을 찾지 못하고 천하는 동요할 것이며, 농부는 쟁기를 버리고 길쌈하는 여인들은 베틀에서 내려와 천하의 민심이 불안할 것입니다. 바라건대 당신께서는 즉시 군대를 다시 진격시켜 형양을 탈환하고 오창의 식량을 손에 넣은 뒤 성고의 요충지를 막아 태항산으로 가는 길을 끊고, 비호(蜚狐)의 입구를 가로막고 백마(白馬) 나루터를 지킴으로써 제후들에게 실력을 과시하고 유리한 지형으로 적을 누르고 있는 형세임을 보여 주십시오. 그렇게 하면 천하는 돌아갈 곳을 알게 될 것입니다.

지금 연나라와 조나라는 이미 평정되었지만 제나라는 아직 항복하지 않고 있습니다. 지금 전광(田廣)은 1000리의 넓은 제나라를 차지하고 있고, 전간(田閒)은 20만 군대를 이끌고 역성(歷城)에 진을 치고 있습니다. 전씨 일족의 세력은 아직 강하고 바다를 등지고 하수(河水)황하와 제수(濟水)를 앞에 두고 있으며, 남쪽으로는 초나라에 가깝고 사람들은 권모술수에 뛰어납니다. 당신께서 수십만 명의 군사를 보내더라도 짧은 시간 안에 깨뜨리기는 불가능합니다. 신이 조서를 받들고 제나라 왕에게 가서 제나라가 한나라에 귀속하여 동쪽의 속국이 되도록 설득하겠습니다."

한왕이 말했다.

"좋소."

한왕은 역생의 계책에 따라 다시 오창을 지키면서, 역생을 제나라 왕에게 보내 설득하도록 하여 말했다.

"왕께서는 천하의 민심이 어디로 돌아갈지 아십니까?"

제나라 왕이 대답했다.

"모르겠소."

[역생이] 말했다.

"왕께서 천하의 마음이 어디로 돌아갈지를 아신다면 제나라를 보존할 수 있지만, 천하의 마음이 어디로 돌아갈지를 모르신다면 제나라를 보존할 수 없을 것입니다."

제나라 왕이 말했다.

"천하의 민심이 어느 곳으로 돌아가겠소?"

〔역생이〕 말했다.

"한나라로 돌아갈 것입니다."

〔제나라 왕이〕 말했다.

"선생께서는 무슨 근거로 그렇게 말하시오?"

〔역생이〕 대답했다.

"한왕과 항왕은 힘을 합쳐 서쪽으로 나아가 진나라를 치면서 먼저 함양으로 들어가는 자가 왕이 되기로 약속하였습니다. 한왕이 먼저 함양으로 들어갔지만, 항왕은 약속을 어기고 〔함양을〕 주지 않고 한중 지역의 왕으로 삼았습니다. 게다가 항왕은 의제(義帝)를 내쫓아 죽였습니다. 한왕은 이 소식을 듣자마자 촉한의 군대를 일으켜 삼진을 치고 함곡관을 나와 항왕에게 의제를 죽인 죄를 따져 물었습니다. 그리고 천하의 병사들을 거둬들여 각 제후들의 후예를 세웠습니다. 그는 성을 차지하면 그곳의 장수를 후로 봉하고, 재물을 얻으면 병사들에게 나누어 주며 천하 사람들과 이익을 함께하였습니다. 그러므로 호걸, 영웅, 현인, 재사(才士)들이 모두 한나라 왕에게 기꺼이 쓰이고자 합니다. 제후들의 군사가 사방에서 모여들었으며, 촉한의 곡식을 실은 배가 나란히 내려오고 있습니다.

그러나 항왕은 약속을 어겼다는 악명과 의제를 죽여 의리를 저버렸다는 죄를 지고 있습니다. 또 다른 사람의 공로는 기억하지 못하면서 다른 사람의 죄는 잊는 일이 없습니다. 싸워이겨도 상을 주지 않고 성을 함락시켜도 봉읍을 주지 않습니다. 또 항씨의 일족이 아니면 중요한 자리에 앉을 수 없으며, 사람을 봉하기 위해서 후의 인(印)을 새겨 놓고도 아까워 손에서 닳아 없어질 때까지 주지 못합니다. 성을 공격하여 재물을 얻어도 쌓아 두기만 할 뿐 상으로 주는 일이 없습니다. 그래서 천하 사람들은 그에게 반기를 들었고, 어진 사람과 재능 있는 유생들은 그를 원망하며 그를 위하여 일하려 하지 않습니다.

그러므로 천하의 유생들이 한나라 왕에게로 돌아간다는 것은 앉아서도 예측할 수 있습니다. 한왕은 촉한에서 군대를 일으켜 삼진을 평정하고, 서하(西河) 밖을 건너 상당군으로 군사를 모아 이끌고 내려와 정형(井陘)을 함락시키고 성안군 진여를 죽였으며, 북위(北魏)를 깨뜨려 성 서른두 개를 함락했습니다. 이것은 진실로 치우(蚩尤)[1]의 군대와 다름없는 활약으로 사람의 힘으로 이루어진 것이 아니라 하늘이 내려 준 복입니다. 지금 한나라는 이미 오창의 곡식을 차지하였으며, 성고의 요새를 막고 백마 나루터를 지키며, 태항산으로 가는 길목을 막고 비호의 어귀를 가로막고 있습니다. 천하의 제후들 중에서 뒤늦게 한왕에게 항복하는 자는 먼저 멸망할 것입니다. 왕께서 서둘러 한왕에게 항복한다면 제나라의 사직은 지킬수 있지만, 한왕에게 항복하지 않는다면 선 채로 멸망을 기다리게 될 것입니다."

---

1) 고대 전설 속 구려족(九黎族)의 우두머리로 바람과 비를 부를 수 있는 영웅이다. 그는 일찍이 황제(黃帝)와 탁록(涿鹿)에서 싸웠고, 신화에서의 지위는 전쟁 신에 가깝다.

전광은 역생의 말이 옳다고 여겨 받아들이고 역하(歷下)를 지키던 병사들을 거둬들인 뒤 역생과 하루종일 마음껏 술을 마셨다.

회음후 한신은 역생이 수레의 횡목에 엎드려 제나라의 성 70여 개를 항복시켰다는 소식을 듣자, 밤을 틈타서 군사들에게 평원 나루터를 건너 제나라를 습격하도록 하였다. 제나라 왕 전광은 한나라 군대가 쳐들어왔다는 소식을 듣자 역생이 자신을 속였다고 생각하고 이렇게 말했다.

"네가 한나라 군대를 멈출 수 있으면 살려 주겠지만 그러지 못하면 나는 너를 삶아 죽이겠다."

그러자 역생이 말했다.

"큰일을 하는 사람은 사소한 일에 신경을 쓰지 않으며, 덕이 높은 사람은 다른 사람의 비난을 돌아보지 않습니다. 〔나는〕 당신을 위해서 그것을 바꾸어 말하지 않겠습니다."

제나라 왕은 결국 역생을 삶아 죽이고 군대를 거느리고 동쪽으로 달아났다.

한나라 12년에 곡주후(曲周侯) 역상은 승상 신분으로 군대를 이끌고 경포를 쳐서 공을 세웠다. 고조는 열후와 공신의 공을 논할 때 역이기를 떠올렸다. 역이기의 아들 역개(酈疥)는 〔일찍이〕 군대를 이끌고 싸움터에 몇 차례 나갔으나 후로 봉해질 정도의 공을 세우지는 못했다. 그러나 고조는 그 아버지 역이기의 공로를 생각하여 역개를 고량후(高梁侯)에 봉하고, 뒤에 다시 무수(武遂)를 식읍으로 주었다. 3대를 이어 가다가 원수(元狩)한 무제의 네 번째 연호 원년에 무수후(武遂侯) 평(平)

이 거짓으로 조서를 만들어 형산왕(衡山王) 유발(劉勃)에게 금 100근을 사취하는 죄를 지어 기시(棄市)저잣거리에서 처형하여 길거리에 내버리는 형벌에 처해지게 되었으나 병으로 죽고 봉국도 없어졌다.

중원이 아니었기에 왕 노릇을 할 수 있었다

육가(陸賈)는 초나라 사람이다. 그는 빈객으로 고조를 수행하여 천하를 평정하였다. 말재주가 좋은 변사로 이름나 고조 곁에 있으면서 언제나 제후들에게 사신으로 나갔다.

고조 때에 이르러 중원이 처음으로 안정되었다. 위타(尉他)가 남월(南越)을 평정하여 그곳 왕이 되었으므로, 고조는 육가를 위타에게 보내 인을 내려 남월왕으로 삼도록 했다. 육생육가이 이르자 위타는 상투를 방망이처럼 틀고 두 다리를 벌리고 앉아서 그를 만났다. 육생은 위타에게 나아가 이렇게 말했다.

"당신은 중원 사람으로 친척과 형제들의 무덤이 진정(眞定) 조(趙)나라 땅에 있습니다. 그런데 지금 당신은 하늘의 이치를 어기고 의관과 속대를 팽개치고 보잘것없는 월나라로 천자에게 맞서 적국이 되려고 하니 장차 당신 몸에 화가 미칠 것입니다. 진나라가 정치를 잘하지 못하여 제후와 호걸들이 나란히 일어났고, 한왕이 먼저 함곡관으로 들어가 함양을 차지하였습니다. 그런데 항우는 약속을 저버리고 스스로 서서 서초 패왕이 되어 제후를 모두 자기 밑에 두었으니 매우 강한 나라였다고 할 수 있습니다. 그러나 한왕은 파와 촉에서 일어나 천하를 채찍질하고 제후들을 정복하여 마침내 항우를 베어 멸망시켰습니다. 그렇게 하여 5년 만에 천하를 평정하였으니, 이는 사람의 힘으로 된 것이 아니라 하늘이 세워 준 것입니다.

천자께서는 당신이 남월왕으로 있으면서 천하 사람들과 힘을 합쳐 폭도와 반역자를 죽이지 않았기 때문에 장군과 재상들이 군대를 움직여 당신을 베고자 한다는 말을 들었지만, 또다시 백성이 고달파지는 것을 가엾게 여겨 잠시 쉬도록 하고, 신에게 왕의 인을 주고 부절을 나누어 서로 사자가 오가도록 하려고 하셨습니다. 당신은 마땅히 교외까지 나와서 맞이하고 북쪽을 향하여 신하라고 일컬어야 하는데 도리어 새로 세워져 안정되지도 않은 월나라를 가지고 이곳에서 강하게 버티고 있습니다. 한나라에서 진실로 이와 같은 사실을 알게 된다면 당신 선조의 무덤을 파헤쳐 시신을 불태우고 종족을 남김없이 죽일 것이며, 편장군(偏將軍) 한 사람에게 10만 군대를 이끌게 하여 월나라를 칠 것입니다. 그렇게 되면 월나라 사람들이 당신을 죽이고 한나라에 항복하기가 손바닥을 뒤집듯이 쉬울 것입니다."

그러자 위타는 즉시 깜짝 놀라 자리에서 일어나 육생에게 사과하며 말했다.

"오랑캐들 속에서 오래 살다 보니 완전히 예의를 잃어버렸습니다."

그러고는 이 틈을 타 육생에게 물었다.

"소하, 조참, 한신과 나를 비교하면 누가 더 현명합니까?"

육생이 대답했다.

"왕께서 현명한 듯합니다."

[위타가] 또 물었다.

"나를 황제와 비교하면 누가 더 현명합니까?"

육생이 대답했다.

"황제께서는 풍현과 패현에서 일어나 포악한 진나라를 토벌하고 강한 초나라를 무찔러 천하를 위하여 이로운 것을 일으키고 해로운 것을 없앴으며, 오제와 삼왕의 대업을 이어 중원을 통일하여 다스리셨습니다. 중원에는 사람이 억만을 헤아리며, 영토는 사방 만 리에 이르며 천하의 비옥한 땅에 살고 계십니다. 사람도 많고 수레도 많으며 모든 것이 꽤 넉넉하고 정치는 [황제] 일가(一家)에서 하니 이러한 일은 천지가 열린 처음부터 있었던 것은 아닙니다. 그런데 지금 왕의 무리는 수십만 명에 지나지 않으며 모두 오랑캐입니다. 그리고 땅은 험준한 산과 바다 사이에 끼여 있으니 비유하면 한나라의 한 군(郡)과 같습니다. 어떻게 왕을 한나라에 비교하겠습니까?"

위타가 크게 웃으며 말했다.

"나는 중원에서 일어나지 않았기 때문에 이곳에서 왕 노릇을 했던 것이지, 만일 내가 중원에 살았더라면 어찌 한나라만 못하겠습니까?"

그러고는 [위타는] 육생을 아주 마음에 들어 해서 함께 머무르게 하고 몇 달 동안 술을 마셨다. [육생에게] 말했다.

"남월에는 같이 이야기를 나눌 만한 사람이 없었는데, 당신이 오고 나서 내가 듣지 못한 것을 매일 들려주었습니다."

육생에게 1000금 가치의 보물을 자루에 넣어 주고, 따로 1000금을 보내 주었다. 육생은 마침내 위타를 남월왕으로 봉하고, 그에게 신하라고 일컬으면서 한나라와의 약속을 지키도록 하였다. 〔육생이〕 한나라로 돌아와 보고하자 고조는 크게 기뻐하며 육가를 태중대부에 임명했다.

말 타고 천하를 얻었다 하여 말 타고 다스릴 수는 없다

육생은 황제 앞에 나아가 말할 때마다 『시』와 『서(書)』를 인용했다. 그러자 고조는 육가를 욕하며 말했다.

"나는 말 위에 올라타 천하를 얻었소. 어찌 『시』와 『서』 따위를 우러러보겠소!"

육생이 대답했다.

"말 위에 올라타 천하를 얻었다고 하여 어찌 말 위에 올라타고 천하를 다스릴 수 있겠습니까? 옛날 〔은나라〕 탕왕과 〔주나라〕 무왕은 〔도(道)를〕 거슬러 정권을 얻었지만 〔민심에〕 순응하여 나라를 지켰으니 문(文)과 무(武)를 함께 쓰는 것이 〔나라를〕 길이 보존하는 방법입니다. 옛날 오나라 왕 부차와 지백(智伯)[2]

---

2) 춘추 시대 말 진(晉)나라의 육경(六卿)에는 한씨(韓氏), 조씨(趙氏), 위씨

은 무력을 지나치게 쓴 탓에 멸망하였고, 진(秦)나라는 형법에만 의존하고 바꾸지 않았기 때문에 결국 조씨(趙氏)[3]는 멸망한 것입니다. 만일 진나라가 천하를 통일한 뒤에 인의를 행하고 옛 성인을 본받았다면 폐하께서 어떻게 천하를 차지할 수 있었겠습니까?"

고조는 언짢아하며 부끄러워하는 낯빛으로 육생에게 말했다.

"나를 위하여 진나라가 어떻게 천하를 잃었고, 내가 어떻게 천하를 얻었으며, 또 옛날 국가들의 성공과 실패에 대해서 글을 지어 올리시오."

그래서 육생은 국가 존망의 징후에 대하여 대략 서술하여 모두 열두 편을 지었다. 그가 한 편 한 편 지어 올릴 때마다 고조는 훌륭하다고 칭찬하지 않은 적이 없었고, 곁에 있던 사람도 모두 만세를 불렀다. 그 책을 『신어(新語)』라고 하였다.

둘이 손을 잡아 음모의 싹을 자른다

효혜제 때 여 태후가 정권을 잡고서 여러 여씨를 왕으로 세우고 싶었지만 대신들의 입방아가 두려웠다. 육생은 스스로 여 태후와는 싸울 수 없다는 판단 아래 병을 핑계로 집에 들어앉았다. 그는 호치현(好畤縣)에 있는 땅이 기름져서 그곳에 살기로 하였다. 그에게는 아들이 다섯 있었는데, 월나라에 사신으로 갔을 때 받은 자루 속 보물을 팔아 1000금을 만들어 아들들에게 200금씩 나누어 주어 생계를 꾸려 가도록 했다. 육생은 언제나 말 네 마리가 끄는 안거(安車)를 타고 노래하고 춤추고 거문고를 타는 시종 열 명을 데리고 다녔으며, 100금이나 하는 보검을 차고 다녔다. 그는 여러 아들에게 말했다.

"너희는 나와 약속을 하자. 내가 너희 집에 가면 너희는 내가 데려간 사람과 말에게 술과 음식을 주도록 해라. 열흘 동안 실컷 즐기다가 다른 아들 집으로 번갈아 가겠다. 그러다가 내가 죽는 집에서 보검과 수레와 말, 그리고 시종들을 갖도록 해라. 1년 동안 오가도 다른 집에 들러 빈객이 되는 경우도 있으니 너희 집에 들르는 것은 고작 두세 번 정도일 것이다. 너무 자주 보면 반갑지 않을 테니 오래 묵어 너희를 귀찮게 하지는 않으마."

여 태후 때에 여러 여씨를 왕으로 세우니 여러 여씨들이 정권을 휘둘러 나이 어린 황제를 협박하고 유씨(劉氏)한나라 정권를 위태롭게 하였다. 우승상 진평(陳平)은 이 일을 염려만 할 뿐 맞서 싸울 힘이 없었고, 자신에게까지 화가 미칠까 봐 두려워서 언제나 집에 조용히 있으며 깊은 생각에 잠기곤 하였다. 육생이 (진평을) 찾아가 곧장 들어가 곁에 앉았지만, 진 승상은 마침 깊은 생각에 잠겨 육생이 온 것을 눈치채지 못하였다.

육생이 말했다.

"무슨 생각을 그렇게 하십니까?"

진평이 대답했다.

"선생은 내가 무슨 생각을 하는지 맞히실 수 있습니까?"

육생이 말했다.

"당신께서는 벼슬이 우승상에 이르고 3만 호의 식읍을 가진 후(侯)이니 부귀는 극에 달하여 다른 욕망은 없을 것입니다. 그런데도 근심거리가 있다면 여러 여씨와 어린 군주를 걱정하는 것에 지나지 않을 것입니다."

진평이 말했다.

"그렇습니다. 이 일을 어떻게 하면 좋겠습니까?"

육생이 말했다.

"(백성은) 천하가 안정되면 승상에게 눈을 돌리지만, 천하가 위태로우면 장군에게 뜻을 모읍니다. 만일 장군과 승상이 조화를 이루면 유생들이 힘써 따를 것이고, 유생들이 힘써 따르면 천하에 변란이 일어나더라도 권력은 분산되지 않을 것입니다. 사직을 위한 계책으로는 승상과 장군이 서로 손을 잡는 방법밖에 없습니다. 신은 항상 태위 강후(絳侯)주발에게 이 말을 하고 싶었지만, 강후와 저는 농담을 하는 사이여서 제 말을 쉽게 여깁니다. 당신은 어찌 태위와 교분을 맺어 서로 깊이 결탁하지 않으십니까?"

육생은 진평을 위하여 여씨 일족을 누를 몇 가지 계책을 그려 주었다. 진평이 육생의 계책에 따라 500금으로 강후 주발의 장수를 기원하고 가무와 술자리를 성대하게 준비하니 태위도 이와 같이 답례를 하였다. 이 두 사람의 관계가 긴밀해지자 여씨들의 음모는 점점 그 힘을 잃어 갔다. 진평은 이에 노비 100명과 수레와 말 50승, 500만 전(錢)을 육생에게 주어 음식 비용으로 쓰도록 했다. 육생은 이것으로 한나라 조정의 공경들과 교유하여 그 명성이 매우 높아졌다.

여씨 일족들을 죽이고 효문제를 세우게 된 데에는 육생의 역할이 매우 컸다. 효문제는 즉위하자 남월에 사신을 보내려 하였다. 그러자 우승상 진평 등이 육생을 진언하여 태중대부로 삼아 사신으로 위타에게 가도록 했다. 육생은 위타가 〔천자처럼〕 수레 덮개를 황색 비단으로 하지 못하게 하고 자신의 명령을 제(制)〔황제의 명령을 가리킴〕라 일컫지 못하게 하고, 제후들이 하는 것과 같이 하도록 함으로써 모든 일을 〔황제의〕 마음에 들게 하였다. 이 이야기는 「남월 열전(南越列傳)」에 기록되어 있다. 육생은 결국 타고난 수명대로 살다가 죽었다.

한번 사귀면 끝까지 의리를 지킨다

평원군(平原君) 주건(朱建)은 초나라 사람이다. 본래 일찍이 회남왕 경포의 재상으로 있었으나 죄를 지어 〔벼슬을〕 그만두었다가 훗날 다시 경포를 섬겼다. 경포가 반란을 일으키려 할 때, 평원군에게 자문을 구하자 평원군은 이 일을 비난했다. 그러나 경포는 그의 말을 듣지 않고 양보후(梁父侯)의 의견을 좇아 마침내 반란을 일으켰다. 한나라에서는 경포를 죽였지만, 평원군은 경포에게 간언하고 〔반역에〕 가담하지 않았으므로 죽이지 않았다. 이에 관한 내용은 「경포 열전」에 기록되어 있다.

평원군은 말재주가 뛰어나고 엄격하며 청렴하고 굳세고 곧은 사람이다. 장안에서 살았으며, 구차하게 남의 비위를 맞추지 않고 의리에 벗어나는 행동을 하는 자와는 타협하려 하지 않았다. 벽양후(辟陽侯) 심이기(審食其)는 행실은 바르지 않지만 여태후에게 총애를 얻고 있었다. 그때 벽양후는 평원군과 알고 지내려 했으나 평원군은 그를 만나려고도 하지 않았다. 평원군의 어머니가 죽었을 때, 육생은 원래 평원군과 사이가 좋았으므로 문상을 하러 갔다. 그런데 평원군은 집이 가난하여 장례도 치르지 못하고 상복과 장례 도구를 빌려 오려 하고 있었다. 육생은 평원군에게 장례를 치를 수 있도록 해 준 뒤 벽양후를 찾아가서 축하하며 말했다.

"평원군의 어머니께서 돌아가셨습니다."

그러자 벽양후가 말했다.

"평원군의 어머니가 죽었는데, 어째서 나에게 축하합니까?"

육가가 말했다.

"전날 당신이 평원군과 알고 지내려고 했지만, 평원군이 의리를 지키며 당신을 알려고 하지 않은 것은 그의 어머니〔에 대한 효심〕 때문이었습니다. 그런데 지금 그 어머니께서 죽었으니 당신이 정성을 다해 후하게 조의를 표한다면 그는 당신을 위하여 죽을 것입니다."

〔그래서〕 벽양후는 곧 100금을 들고 가서 조의금으로 냈다.

열후와 귀인들도 벽양후의 체면을 보아 조의금을 보냈으므로 500금이나 되었다.

벽양후가 여 태후에게 총애를 받자 어떤 사람이 효혜제에게 벽양후를 헐뜯었다. 그러자 효혜제는 몹시 노여워하며 벽양후를 형리에게 넘기고는 주살하도록 했다. 여 태후는 부끄러워 아무 말도 할 수 없었고, 대신들 대부분이 벽양후의 행실을 매우 미워하고 있었으므로 그를 주살하기를 바랐다. 벽양후는 다급해지자 사람을 보내 평원군을 만나려고 하였다. 〔그러나〕 평원군은 거절하면서 말했다.

"재판이 임박하므로 감히 당신을 만날 수 없습니다."

〔평원군은〕 효혜제가 아끼는 신하 굉적유(閎籍孺)를 찾아가 이렇게 설득했다.

"당신이 황제에게 총애를 받는 것은 천하 사람이 다 알고 있습니다. 지금 벽양후가 태후에게 총애를 받는다는 이유로 형리에게 넘겨졌는데, 사람들은 한결같이 당신이 참소하여 그를 죽이려고 한다고 말합니다. 지금 벽양후가 주살되면 여 태후께서는 노여운 마음을 숨겼다가 내일이라도 당신을 죽일 것입니다. 당신은 어째서 벽양후를 위해 어깨를 드러내 놓고 황제께 〔용서를〕 아뢰지 않습니까? 〔만일〕 황제께서 당신의 청을 받아들여 벽양후를 구출해 준다면 태후께서는 아주 기뻐하실 것입니다. 〔그렇게 되면〕 황제와 태후가 다 같이 당신을 어여삐 여길 테니 당신의 부귀는 더욱더 배가될 것입니다."

그러자 굉적유가 몹시 두려워하며 그 계책에 따라 황제에게 아뢰니 과연 벽양후를 구출해 주었다. 벽양후는 자기가 옥에 간혔을 때 평원군을 만나려 하였으나 평원군이 자신을 만나주지 않아 〔평원군이〕 자기를 배신한 줄 알고 매우 노여워했다. 그러나 평원군의 계책이 성공하여 구출되자 매우 놀랐다.

여 태후가 죽자 대신들은 여러 여씨들을 주살했는데 벽양후는 여러 여씨들과 매우 친밀하게 지냈음에도 그를 결국 죽이지 않았다. 계책을 세워 벽양후가 온전할 수 있었던 것은 모두 육가와 평원군의 능력 때문이었다.

효문제 때 회남의 여왕(厲王)이 벽양후를 죽였는데, 이것은 여씨 일족과 관련이 있었기 때문일 것이다. 효문제는 벽양후의 빈객 평원군이 〔벽양후를 위하여〕 계책을 세웠다는 말을 듣고 형리에게 〔평원군을〕 붙잡아 그 죄를 다스리도록 했다. 형리가 문에 와 있다는 말을 듣고 평원군은 스스로 목숨을 끊으려 했다. 그러자 〔그의〕 여러 아들과 관리들이 다 같이 말했다.

"일이 〔어떻게 될지〕 아직 모릅니다. 어찌 섣불리 목숨을 끊으려 하십니까?"

평원군이 말했다.

"내가 죽으면 화가 끊어져 너희에게까지는 미치지 않을 것이다."

〔그러고는〕 마침내 스스로 목을 찔러 죽었다. 효문제는 이 소식을 듣고 안타까워하면서 말했다.

"나는 그를 죽일 뜻이 없었다."

그리고 그 아들을 불러 중대부(中大夫)황제의 고문직로 삼았다. 〔그가〕 흉노에 사신으로 갔는데 선우가 예를 차리지 않자 곧바로 선우를 꾸짖었다가 결국 흉노 땅에서 죽었다.

차림새로 판단하면 인재를 잃기 쉽다

처음에 패공이 군사를 이끌고 진류현을 지날 때, 역생은 군문 앞까지 가서 명함을 내밀고 뵙기를 청하고는 이렇게 말했다.

"고양의 천민 역이기가 패공께서 따가운 햇살과 차가운 이슬을 무릅쓰고 군사를 이끌고 초나라를 도와 의롭지 못한 진나라를 친다는 소문을 듣고 삼가 따르는 자들을 위로하고 〔패공을〕 뵙고서 천하의 큰일에 대한 계책을 직접 말씀드리고자 합니다."

사자가 들어가서 아뢰자 패공은 마침 발을 씻고 있었는데, 사자에게 물었다.

"〔이자는〕 어떠한 사람인가?"

사자가 대답했다.

"겉모습은 대단한 유생 같습니다. 유생 옷을 입고 유생들이 쓰는 측주관(側注冠)고산관(高山冠)이라고도 함을 썼습니다."

그러자 패공이 말했다.

"나를 위해 거절하고 '나는 지금 천하를 평정하는 일로 바쁘기 때문에 유생을 만날 틈이 없다.'라고 전해라."

사자가 밖으로 나와서 거절하며 말했다.

"패공께서는 선생께 거절하며 사과하라고 하셨습니다. 지금은 천하를 평정하는 일로 바쁘기 때문에 아직 유생을 만날 틈이 없다고 하십니다."

역생은 눈을 부릅뜨고 칼을 만지며 사자에게 호통을 쳤다.

"달려가시오, 패공께 나는 고양의 술꾼이지 유생이 아니라고 다시 말하시오."

사자는 겁에 질려 명함을 떨어뜨렸다가, 무릎을 꿇고 그 명함을 주워서 다시 달려 들어가 말했다.

"이 손님은 천하의 장사입니다. 저를 꾸짖는 바람에 두려워서 명함을 떨어뜨리기까지 했습니다. 그는 '달려가시오, 패공께 나는 〔유생이 아닌〕 고양의 술꾼이라고 다시 말하시오.'라고 하였습니다."

〔그러자〕 패공은 황급히 발을 닦고 창에 기대어 말했다.

"손님을 모셔 오라!"

역생이 들어와 패공에게 읍하고 말했다.

"당신께서는 고생이 많으십니다. 옷을 햇빛에 쪼이고 관에 이슬을 맺게 하며 군대를 이끌고 초나라를 도와 의롭지 못한 진나라를 치고 계신데 당신께서는 어찌하여 스스로를 아끼시지 않으십니까? 신은 〔천하의〕 큰일에 대한 계책을 가지고 뵈려고 했는데 '나는 지금 천하를 평정하는 일로 바쁘기 때문에 아직 유생을 만날 틈이 없다.'라고 하셨습니다. 당신께서는 천하의 큰일을 일으켜 큰 공을 세우려고 하면서 겉모습으로 그 사람을 판단하니 천하의 능력 있는 유생들을 잃을까 두렵습니다. 또 저는 당신의 지혜가 저만 못하고 용맹도 저보다 못하다고 생각합니다. 만일 천하의 큰일을 이루고자 하면서 저를 만나 보려 하지 않는다면 저는 당신의 인재를 잃는 것을 〔안타깝게〕 생각합니다."

패공은 사과하며 말했다.

"아까는 선생의 차림새만 들었는데 이제 선생의 마음을 알 았소."

그러고는 〔역생을〕 맞아들여 자리에 앉게 하고 천하를 얻을 수 있는 방법을 물었다. 역생이 말했다.

"당신께서 큰 공을 세우고자 한다면 진류에 머무는 것이 낫습니다. 진류는 천하가 의지하는 요충지이고 군대가 모이는 곳이며, 식량은 수천만 석이나 쌓여 있고, 성의 수비는 아주 튼튼합니다. 신은 전부터 그곳 현령을 잘 아는데 당신을 위하여 그를 설득해 보겠습니다. 만일 그가 신의 말을 듣지 않는다면 신이 당신을 위하여 그를 죽이고 진류를 항복시키겠습니다. 당신께서 진류의 군대를 이끌고 진류성을 차지한 뒤 그곳에 쌓인 식량을 드시면서 천하에서 당신을 따르려는 군사들을 부르십시오. 따르는 군사가 많으면 당신께서 천하를 횡행하더라도 당신을 해칠 사람은 아무도 없을 것입니다."

패공이 말했다.

"삼가 가르침대로 듣겠소."

이에 역생은 그날 밤 진류의 현령을 만나 설득하며 말했다.

"저 진나라가 무도(無道)하여 천하가 반기를 들었습니다. 지금 당신께서 천하의 제후들과 합종을 맺으면 큰 공을 이룰 수 있을 것입니다. 그런데 혼자서 망해 가는 진나라를 위하여 성을 굳게 닫고 지키고 있으니, 제가 생각하기에 당신은 위태로워질 것입니다."

진류의 현령이 말했다.

"진나라의 법은 매우 엄중하니 함부로 말하지 마시오. 함부로 말하는 사람은 일족이 사라져 버리니, 나는 호응할 수 없소. 선생이 나에게 가르쳐 준 것은 내 뜻이 아니니 다시는 그런 말을 하지 않기를 바라오."

역생은 그곳에 머물러 자다가 밤중에 진류 현령의 머리를 베고는 성벽을 넘어 패공에게 알렸다. 패공은 군사를 이끌고 성을 치면서 〔진류〕 현령의 머리를 긴 장대에 매달아 성 위에 있는 사람에게 보이며 말했다.

"빨리 항복하라! 너희 현령의 머리는 이미 베어졌다! 지금부터 뒤늦게 항복하는 사람은 반드시 먼저 목을 베겠다!"

그리하여 진류현 사람들은 현령이 벌써 죽은 것을 알고 다같이 패공에게 항복하였다. 패공이 진류의 남쪽 성문 위에 진을 치고 무기고의 무기를 쓰고, 쌓아 놓은 식량을 먹으면서 세 달 동안 머물자 수만 명의 군사가 따르게 되었다. 그래서 마침내 〔함곡관으로〕 들어가 진나라를 깨뜨렸다.

태사공은 말한다.

"세상에 전해지는 역생의 글에는 대부분 한왕이 삼진을 점령한 뒤 동쪽으로 항우를 쳐서 공과 낙양 사이로 군대를 이끌고 갔을 때, 역생이 유생 차림으로 한왕에게 유세하였다고 되어 있는데 이는 잘못된 것이다. 패공은 함곡관으로 들어가기전 항우와 헤어져서 고양에 이르렀을 때부터 역생 형제를 얻게 된 것이다. 내가 육생의 『신어』라는 책 열두 편을 읽어 보니 진실로 그 시대의 변사였다. 나는 평원군의 아들과 친분이 있기에 그의 사적을 구체적으로 논의할 수 있었다."

38

◎

부 근 괴 성 열전
傅靳蒯成列傳

이 편은 「번 역 등 관 열전」의 속편 격으로 한나라 고조 곁에서 보좌한 장군 세 명에 관한 전기를 다룬 것이다. 부관(傅寬), 근흡(靳歙), 주설(周緤) 세 사람은 여러 차례의 싸움에서 공을 세워 그 영달이 극에 달했으나, 대부분의 사람은 이들이 고귀한 인명을 살상하였다고 하여 높이 평가하지 않으니 2류 인물에 속한다고 할 수 있다. 그럼에도 고조는 이들을 중용하였기에 고조의 인재관이 이 정도 수준이었음을 사마천이 비판적으로 보여 준 것이다.

「태사공 자서」에서는 진한 시대의 일을 자세히 알고자 하여 이 편을 지었다고 하였는데 사실상 이 편은 매우 간략하다. 사마천이 이렇게 의도한 데에는 풍자의 뜻이 강하게 내포되어 있다. 진한 시대의 사적은 이미 그 시대를 대표하는 인물들의 열전에 나와 있으므로 주설(周緤) 같은 평범한 인물의 열전에 삽입될 성질의 것은 아니다. 사마천은 한신 같은 위대한 공신이 고조에게 피살당하고, 고조의 남총(男寵)에 지나지 않아 「영행 열전(佞幸列傳)」에나 들어가야 할 주설 같은 자가 제후에 봉해진 것을 한탄한 것이다.

패공의 가신이었던 부관

양릉후(陽陵侯) 부관(傅寬)은 위(魏)나라 오대부(五大夫)9등급 작위의 기병 장관으로 패공의 가신이 되어 횡양읍(橫陽邑)에서 군사를 일으켰다. 그는 패공을 따라 안양읍(安陽邑)과 강리현(杠里縣)을 치고 개봉현(開封縣)에서 조분(趙賁)의 군대를 깨뜨렸으며, 곡우읍(曲遇邑)과 양무현(陽武縣)에서 양웅(楊熊)을 쳐서 적군 열두 명의 머리를 베고 경(卿) 작위를 받았다. 그는 또 패공을 따라서 패상까지 이르렀다. 패공은 한왕이 되자 부관에게 봉지를 주고 공덕군(共德君)이라고 불렀다. 그는 한왕을 따라 한중으로 들어갔으며 벼슬은 우기장(右騎將)으로 옮겨졌다. 또 한왕을 따라 삼진을 평정하고 조음현(雕陰縣)을 식읍으로 받았다. 또 한왕을 따라 항우를 치고 회현(懷縣)에서 한왕을 기다려 통덕후(通德侯) 작위를 받았다. 또 한왕을 따라서 항관(項冠), 주란(周蘭), 용저(龍且)를 쳤는데, 이때 부하가 적의 기장(騎將)기병 장수 한 명을 오창(敖倉)에서 베어 죽여 식읍이 더 많아졌다.

그는 회음후 한신에게 소속되어 제나라 역하읍(歷下邑)의 군대를 쳐서 깨뜨리고, 또 전해(田解)를 쳤다. 재상 조참에게 소속되었을 때는 박(博)을 쳐 식읍이 더 늘어났다. 이어 제나라를 평정하자 한왕은 부절을 주어 자손 대대로 계승하게 하고, 양릉후로 봉해 식읍 2600호를 내리고 전에 준 식읍은 회수하였다. 그는 제나라의 우승상이 되어 제나라 땅의 수비를 더 강화하였으며, 그로부터 5년 뒤에 제나라 재상이 되었다.

4월에 진희를 칠 때, 부관은 태위 주발에게 소속되어 제나라 재상으로서 승상 번쾌를 대신하여 진희를 정벌했다. 그는 한 달 만에 대나라의 재상이 되어 변방에 주둔한 병사를 통솔하였고, 그로부터 2년 뒤에는 대의 승상이 되어 변방에 주둔한 병사를 통솔하였다.

효혜제 5년에 부관이 죽자 시호를 경후(景侯)라고 했다. 아들 경후(頃侯) 정(精)이 뒤를 이었는데 24년 만에 죽었다. 경후의 아들 공후(共侯) 칙(則)이 뒤를 이었지만 12년 뒤에 죽었다. 그 아들 후(侯) 언(偃)이 뒤를 이었는데, 31년 뒤 회남왕 유안(劉安)의 반란 사건에 연루되어 처형되고 봉국은 없어졌다.

궁궐 청소를 관리하던 근흡

신무후(信武侯) 근흡(斳歙)은 중연(中涓)궁궐 청소를 관리함으로 패공을 따라 완구현(宛朐縣)에서 일어나 제양읍(濟陽邑)을 쳐 이유(李由)의 군대를 깨뜨렸다. 그는 박(亳)의 남쪽과 개봉의 동북쪽에서 진나라 군대를 쳐서 기병 1000명과 장수 한 명을 죽이고, 적군 쉰일곱 명의 머리를 베었으며, 일흔세 명을 포로로 사로잡아 임평군(臨平君)에 봉해졌다. 또 남전현(藍田縣) 북쪽에서 싸워 거사마(車司馬)군사적인 일과 군의 세금을 관장함 두 명과 기장(騎長) 한 명을 죽였으며, 스물여덟 명의 머리를 베고 쉰일곱 명을 포로로 사로잡았다. 그가 패상으로 돌아왔을 때 패공은 한왕이 되어 근흡에게 건무후(建武侯) 작위를 내리고, 벼슬을 기도위(騎都尉)장군보다 약간 낮은 무관로 옮겼다.

그는 한왕을 따라 삼진을 평정하였고, 이와는 별도로 군대를 이끌고 서쪽으로 가서 농서군(隴西郡)에서 장평(章平)장한의 아들의 군대를 깨뜨리고 농서의 여섯 현을 평정하였다. 그의 부하들이 거사마와 군후(軍候)부대의 정찰을 담당 각각 네 명과 기장(騎長) 열두 명의 목을 베어 죽였다. 그는 또 패공을 따라 동쪽으로 가서 초나라를 치고 팽성에 이르렀으나, 한나라 군대는 싸움에서 져 옹구현(雍丘縣)으로 물러나 지키고 있었다. 그곳을 떠나 배반한 장군 왕무(王武) 등을 치고 양나라 땅을 공략하였다. 그는 따로 정예 부대를 이끌고 치현(菑縣)의 남쪽에서 형열(邢說)의 군대를 쳐서 무너뜨리고 직접 형열의 도위 두 명과 사마와 군후 열두 명을 사로잡았으며, 관리와 병사 4680명을 항복시켰다. 그는 또 형양현 동쪽에서 초나라 군대를 깨뜨렸다. 한나라 3년에 식읍 4200호를 받았다.

그는 따로 하내(河內)로 가서 조나라 장수 분학(賁郝)의 군대를 조가(朝歌)에서 깨뜨렸는데, 부하가 기장(騎將) 두 명과 거마 250마리를 얻었다. 또 한왕을 따라 안양(安陽) 동쪽을 쳐서 극포현(棘蒲縣)에 이르러 일곱 현을 함락시켰다. 이와는 별도로 그는 조나라 군대를 쳐서 조나라 장수와 사마 두 명과 군후 네 명을 사로잡고, 관리와 병사 2400명의 항복을 받아 냈다. 한왕을 따라서 한단을 쳐 함락시키고 평양읍(平陽邑)을 따로 공격하여 직접 적군의 수상(守相)을 베었으며, 부하가 군위와 군수 한 명의 목을 베었고, 업현(鄴縣)을 복속시켰다. 그는 또 한왕을 모시고 조가와 한단을 쳤으며, 따로 조나라 군대를 깨뜨려 한단군의 여섯 현을 항복시켰다. 그는 오창으로 군사를 돌려 성고읍의 남쪽에서 항우의 군대를 쳐부수고 형양에서 양읍까지 이르는 초나라 군대의 식량 수송로를 끊고, 또 노현(魯縣) 부근에서 항관(項冠)의 군대를 깨뜨렸다. 그는 여러 곳을 공격하여 동쪽으로는 증현(繒縣)과 담현(郯縣)과 하비현(下邳縣)에 이르고, 남쪽으로는 기현(蘄縣)과 죽읍현(竹邑縣)에 이르렀다. 제양(濟陽) 근처에서 항한(項悍)을 치고, 군대를 돌려 진(陳)의 성 아래에서 항우를 쳐 깨뜨렸다. 또 따로 강릉현(江陵縣)을 평정하여 강릉의 주국(柱國)과 대사마(大司馬) 아래 여덟 명으로부터 항복을 받아 냈고, 직접 강릉왕을 붙잡아 낙양으로 보내서 남군(南郡)을 평정하였다. 그는 또 한왕을 따라 진(陳)에 이르러 초나라 왕 한신을 사로잡았다. 한 왕은 그에게 부절을 나누어 주어 대대로 세습하도록 하였으며, 식읍 4600호를 내리고 신무후에 봉하였다.

그는 기도위가 되어 고조를 따라 대나라를 치고, 평성현(平城縣) 아래에서 한신을 친 뒤 군사를 돌려 동원현(東垣縣)에서 진을 쳤다. 〔그는 한신의 반란을 평정하는 데〕 공을 세워 거기장군이 되었고 양, 조, 제, 연, 초나라의 거기(車騎)를 모두 거느렸다. 따로 진희의 승상 후창(侯敞)을 쳐 곡역현(曲逆縣)을 항복시켰다. 그는 또 고조를 따라 경포를 쳐서 공을 세워 5300호를 식읍으로 받았다. 그는 적군 아흔 명의 머리를 베고 132명을 포로로 잡았으며, 따로 열네 번이나 군대를 깨뜨렸고 성 쉰아홉 개, 군과 나라 각각 하나, 현 스물세 개를 평정했다. 그리고 왕과 주국 각각 한 명과 봉록 2000석 이하에서 500석에 이르는 자 서른아홉 명을 사로잡았다.

고황후여 태후 5년에 근흡이 죽자 숙후(肅侯)라는 시호가 내려졌다. 그의 아들 정(亭)이 후(侯) 작위를 이었다. 그로부터 21년 뒤, 그는 법에 규정된 것보다 부역을 지나치게 시킨 죄로 효문제 후원(後元) 3년에 후(侯)가 박탈되고 봉국이 없어졌다.

고조의 참승이었던 주설

괴성후(蒯成侯) 주설(周緤)은 패현 사람으로 성은 주씨(周

氏)이다. 그는 항상 고조의 참승(參乘)을 지냈는데, 사인으로 패공을 모시고 패(沛)에서 일어났다. 그는 패공을 따라 패상에 이르러 서쪽으로 촉과 한중으로 들어갔다가 군사를 돌려 삼진을 평정하여 지양현(池陽縣)을 식읍으로 받았다. 다시 동쪽으로 초나라 군의 식량 보급로를 끊었으며, [패공을] 따라가 평음(平陰)에서 [하수를] 건너 양국현(襄國縣)에서 회음후의 군대와 만났다. 그 싸움은 유리할 때도 있고 불리할 때도 있었지만 그는 끝까지 고조를 떠날 생각을 하지 않았다. [고조는] 주설을 신무후(信武侯)에 봉하고 식읍 3300호를 내려 주었다. 한나라 12년에 고조는 주설을 괴성후로 삼고 전에 준 식읍을 모두 없애 버렸다.

고조가 직접 나서서 진희를 치려고 하자, 괴성후가 울면서 말하였다.

"일찍이 진나라가 천하를 칠 때 황제가 직접 군대를 이끌고 나간 적은 없었습니다. 지금 폐하께서는 언제나 직접 나가시는데 쓸 만한 사람이 없어서 그러십니까?"

고조는 '[주설이] 나를 아끼는구나.'라고 생각하고, 그에게 궁궐 문을 들어서서 빠른 걸음으로 걷지 않아도 되고, 사람을 죽여도 사형에 처하지 않는다는 특전을 내렸다.

효문제 5년에 주설이 타고난 수명을 누리고 죽자 시호를 정후(貞侯)라고 했다. 그 아들 창(昌)이 후 작위를 이었으나 죄를 지어 봉국을 잃었다. 효경제 중원(中元) 2년에 주설의 아들 거(居)가 후 작위를 이었다. 원정(元鼎)무제의 다섯 번째 연호 3년에 거는 태상(太常)종묘의 의례를 담당이 되었으나 죄를 지어 봉국은 없어졌다.

　태사공은 말한다.

　"양릉후 부관과 신무후 근흡은 모두 높은 작위에 올랐다.
〔이들은〕 고조를 따라 산동에서 일어나 항우를 치고 명장을
죽였으며, 적군을 깨뜨리고 성을 함락시킨 것이 십수 차례이
지만 곤욕을 치른 일이 없었으니 이 또한 하늘이 내린 복이
다. 괴성후 주설은 마음이 곧고 바르며 의지가 견고하여 의심
받은 일이 없었다. 고조가 직접 싸움터로 나갈 때마다 눈물을
흘리지 않은 적이 없었는데, 마치 마음을 상하게 하는 일이
있는 것과 같았다고 하니 독실하고 〔정이〕 두터운 군자라고 할
수 있겠다."

유경 숙손통 열전
劉敬叔孫通列傳

　유경과 숙손통은 한나라 건국 초기에 유방을 도와 시국을 안정시키고 제도를 만들었으며 정권을 튼튼히 하는 데 크게 기여한 인물들이다. 사마천이 그들의 열전을 설정한 까닭은 그들의 시대적 역할을 긍정적으로 평가했기 때문이다.

　고조는 천하를 평정하자 낙양에 도읍을 정하여 주나라 왕실과 융성함을 다투고자 했다. 그러나 유경은 주나라는 이미 덕화(德化)로 성공했고, 한나라는 패도로 천하를 얻었으니 결코 주나라에 비유해서는 안 된다고 강력하게 간언했다.

　또한 고조는 열 차례나 흉노에 사신을 보내 흉노를 칠 수 있는지 알아보았는데 유경만이 불가능한 일이라며 화친 정책을 주장하자 그를 광무(廣武)에 유배시키기도 했다. 그럼에도 불구하고 고조는 흉노를 쳤다가 결국 평성(平城)에서 곤경에 처했으니 유경의 말이 그릇되지 않았음을 알게 된다.

　숙손통은 세상 돌아가는 이치에 밝아 진나라 때는 박사를 지냈다가 뒤에 항량과 항우를 따랐으며, 항우가 패망한 뒤에는 유방에게 투항했다. 그는 처음에는 아부를 통해 제왕의 신임을 얻었으나 뒤에는 강직한 말로써 군왕의 허물을 바로잡았으니, 마치 이윤이 요리사로서 맛에 비유해 가며 탕왕을 깨우친 것과 비슷하다. 그는 한나라 초기의 대유학자다운 면모를 보였고, 조정의 예의 제도에 정통하였다.

　이 편은 다른 열전에 비해 문학성이 더욱 두드러져 수사 기교와 문학적 형상성이 돋보인다.

급소를 쳐야 확실하게 승리한다

유경(劉敬)은 제나라 사람으로 한나라 5년에 농서군(隴西郡)으로 수자리 살러 가면서 낙양을 지나게 되었는데, [그 무렵] 고조도 그곳에 있었다. 누경(婁敬)유경은 짐수레의 가로막대를 풀어 놓고 양가죽 옷을 입은 채 제나라 사람인 우 장군(虞將軍)을 만나서 말했다.

"신은 황상을 뵙고 나라에 보탬이 되는 일을 말씀드리고자 합니다."

우 장군이 그에게 좋은 옷으로 갈아입히려 하자 누경이 말했다.

"신은 비단옷을 입고 있으면 비단옷 차림으로 〔황상을〕 뵐 것이고, 베옷을 입고 있으면 베옷 차림으로 뵐 것입니다. 끝까지 옷을 갈아입지 않겠습니다."

우 장군이 안으로 들어가 고조에게 아뢰었다. 고조는 그를 불러 음식을 내려 주었다. 얼마 있다가 누경에게 〔자신을 만나려고 한 까닭을〕 물었다. 누경이 말했다.

"폐하께서 낙양에 도읍을 정하신 것은 주나라 왕실과 융성함을 비교하시려는 것입니까?"

고조가 말했다.

"그렇소."

누경이 말했다.

"폐하께서 천하를 얻으신 것은 주나라 왕실〔이 천하를 얻은 것〕과 다릅니다. 주나라의 조상은 후직(后稷)으로부터 시작되며, 요임금이 그를 태읍(邰邑)에 봉한 뒤에 덕을 쌓고 선한 정치를 베푼 지 10여 대가 지났습니다. 공류(公劉)는 〔하나라〕 걸왕을 피하여 빈(豳)에서 살았고, 태왕(太王)고공단보은 오랑캐의 침략을 피하여 빈을 떠나 말채찍을 지팡이 삼아 기산(岐山)에서 살았는데 그곳 사람들은 앞다투어 그를 따랐습니다. 문왕이 서백(西伯)이 되어 우(虞)나라와 예(芮)나라의 송사를 해결해 주고 비로소 천명을 받자, 여망(呂望)과 백이도 동쪽 바닷가에서 찾아와 문왕에게 귀의했습니다. 무왕이 〔은나라〕 주왕을 칠 때에는 〔미리〕 기약하지 않았는데도 맹진(孟津)에 모인 제후만도 800명이나 되었는데, 모두들 한결같이 주왕을 쳐야 한다고 말하였고 마침내 은나라를 멸망시켰습니다.

성왕이 즉위하자 주공과 같은 무리들이 성왕을 보필하며 성주(成周)주나라 성왕 때 축조한 도성를 낙읍(洛邑)에 세웠습니다. 이 낙읍은 천하의 중심으로 제후들이 사방에서 공물을 바치기에는 거리가 고른 곳이며, 덕이 있는 사람은 왕 노릇을 하기 쉽고 덕이 없는 사람은 망하기 쉬운 곳이었습니다. 낙읍에 도읍을 정한 것은 주나라가 백성을 덕으로 감화하려 한 것이며, 험준한 지형에 기대 후손들이 오만함과 사치로 백성을 학대하는 일이 없도록 하고자 한 것입니다. 주나라가 흥성할 때에는 천하가 화합하였고, 사방의 오랑캐들도 교화되어 의(義)와 덕(德)을 사모하고 그리워하며 다 같이 천자를 섬겼습니다. 병사 한 명 주둔시키거나 싸우게 하지 않고서도 팔방(八方) 오랑캐 큰 나라의 백성 가운데 복종하여 공물을 바치지 않는 사람이 없었습니다. 그러나 주나라가 쇠미해지자 〔서주와 동주〕 둘로 나누어졌고, 천하 제후들도 입조하지 않았으며, 주나라도 제어할 수 없게 되었습니다. 이것은 그 덕이 얇아졌기 때문이 아니라 형세가 약해졌기 때문입니다.

지금 폐하께서는 풍현과 패현에서 일어나 군사 3000명을 모아 그들을 이끌고 가서 직접 촉한을 석권하고 삼진을 평정하였으며, 항우와 형양현에서 싸우고 성고읍의 요충지를 차지하기 위하여 다투었습니다. 큰 싸움이 일흔 번이고 작은 싸움이 마흔 번이니, 천하의 백성들의 간과 뇌로 땅을 바르고, 아버지와 자식의 뼈가 함께 들판에 뒹구는 경우가 이루 헤아릴 수 없이 많아 눈물을 흘리며 통곡하는 소리가 끊임없고, 부상당한 사람들은 일어나지도 못하고 있습니다. 그런데 〔폐하께서는) 주나라의 성왕, 강왕의 시대와 융성함을 비교하려 하시니, 신이 생각하기에 두 나라는 나란히 놓고 논할 수 없다고 봅니다. 또 진나라의 땅은 산으로 에워싸이고 하수를 띠처럼 두르고 있으며 사면의 요새1)가 견고하여 갑자기 (적이 쳐들어오는) 다급한 상황에도 100만의 군사를 갖출 수 있었습니다. 물자가 풍부하고 아름답고 비옥한 진나라의 옛 땅을 차지한다면 그야말로 하늘이 내려 준 곳간이라고 할 수 있습니다. 폐하께서 함곡관으로 들어가 그곳에 도읍을 정한다면 산동(山東)2)이 어지러워도 진나라의 옛 땅만은 온전하게 지킬 수 있을 것입니다. 다른 사람과 싸울 때 상대방의 목을 조르고 그의 등을 치지 않고서는 승리를 온전하게 얻을 수 없습니다. 지금 폐하께서 함곡관으로 들어가 도읍을 정하고 진나라의 옛 땅을 차지하는 것이야말로 바로 천하의 목을 조르고 그 등을 치는 일입니다."

고조가 신하들에게 이 문제를 물었다. 신하들은 모두 산동 사람이었으므로, 주나라는 수백 년 동안 왕 노릇을 했지만 진나라는 2대 만에 멸망했으니 주나라에 도읍을 정하는 편이 낫다고 다투어 말했다. 고조는 망설이며 결정하지 못하다가 유후(留侯) 장량(張良)이 함곡관으로 들어가는 것이 유리하다고 명확하게 말하자, 그날 서쪽으로 수레를 몰아 관중에 도읍을 정했다. 그리고 고조가 말했다.

---

1) 동쪽의 함곡관(函谷關), 서쪽의 대산관(大散關), 남쪽의 무관(武關), 북쪽의 숙관(蕭關)을 말한다.
2) 일반적으로 황하 유역을 가리키는데, 진한(秦漢) 시기에는 효산(崤山)과 화산(華山) 동쪽을 말했다.

"본래 진나라의 옛 땅에 도읍을 정하라고 한 사람은 누경으로, 누(婁)는 곧 유(劉)이다."

그러고는 그에게 유씨 성을 내려 주고 낭중으로 삼아 봉호를 봉춘군(奉春君)이라고 불렀다.

입과 혀를 놀려 벼슬을 얻다

한나라 7년에 한(韓)나라 왕 한신(韓信)이 모반하자 고조는 몸소 군대를 이끌고 치러 갔다. 고조는 진양현(晉陽縣)에 이르러 한신이 흉노와 힘을 합쳐 한나라를 치려 한다는 말을 듣고 크게 노여워하며 흉노로 사신을 보냈다. 흉노는 장사와 살찐 소와 말을 숨겨 두고 늙고 약한 병사와 비쩍 마른 가축만 보여 주었다. 사신들이 열 명이나 흉노에 다녀왔는데 한결같이 흉노를 공격할 만하다고 말했다. 고조는 다시 유경을 사신으로 보내 흉노의 상황을 살펴보도록 하였다. 유경이 돌아와서 보고했다.

"두 나라가 서로 공격하려 할 때는 자신들의 장점을 과장하여 보이는 것이 당연합니다. 그런데 신은 〔흉노에〕 가서 여위고 비쩍 마른 가축과 늙고 약한 병사들만을 보았습니다. 이는 틀림없이 자기들의 단점을 보여 주고 기병을 숨겨 두었다가 승리를 쟁취하려는 것입니다. 신의 어리석은 생각으로는 흉노를 공격하면 안 됩니다."

그 무렵 한나라 군대는 이미 구주산(句注山)안문산(雁門山)을 넘어 20여만 명이 모두 행군하고 있었다. 고조는 노하여 유경을 꾸짖어 말했다.

"제나라 포로 놈이 입과 혀를 놀려 벼슬을 얻더니 이제는 망령된 말로 내 군대마저 막다니!"

〔고조는〕유경에게 칼을 씌워 광무현(廣武縣)에 가두었다. 마침내 진군하여 평성현(平城縣)에 이르렀다. 흉노는 과연 기병을 내어 백등산(白登山)에서 고조를 에워쌌는데 이레 뒤에야 포위를 풀어 주어 벗어날 수 있었다. 고조는 광무현으로 가서 유경을 풀어 주고 말했다.

"나는 그대 말을 듣지 않아 평성에서 곤경에 빠졌소. 나는 앞서 사자로 갔다가 흉노를 쳐도 좋다고 말한 10여 명의 목을 모두 베었소."

그러고는 유경에게 2000호를 내려 주어 관내후(關內侯)로 삼고 건신후(建信侯)라고 불렀다.

근본을 튼튼히 하라

고조는 평성에서 군대를 거둬 돌아오고, 한나라 왕 한신은 흉노로 달아났다. 그 무렵 묵돌(冒頓)[3]이 선우가 되어 군사가

---

3) 묵돌은 아버지 두만(頭曼)을 죽이고 왕이 된 뒤 동호(東胡), 정령(丁零),

강해지자 활을 당길 수 있는 군사 30만 명을 이끌고 와 북쪽 변방 지역을 자주 소란스럽게 했다. 고조는 이 일이 염려되어 유경에게 (그 대비책을) 물었다. 유경이 말했다.

"천하는 겨우 평정되었고 군사들은 싸움에 지쳐 있기 때문에 무력으로 흉노를 복종시킬 수는 없습니다. 묵돌은 자기 아버지를 죽이고 스스로 선우가 되었고 (아버지의) 처첩들을 아내로 삼았으며 무력으로 위세를 떨치고 있으니, 인의로 설득시키기는 가능하지 않습니다. 쓸 수 있는 계책은 그의 자손을 영원히 (한나라) 신하로 만드는 것입니다. 그러나 폐하께서는 (그것을) 할 수 없을까 두렵습니다."

고조가 물었다.

"정녕 가능하거늘 어찌 할 수 없단 말이오! 어떻게 해야만 하오?"

유경이 대답했다.

"폐하께서 정녕 장공주여후에게서 낳은 딸 노원 공주를 말함를 묵돌에게 시집보내고 많은 예물을 내려 준다면 그는 한나라가 딸을 시집보내고 예물을 많이 보낸 것을 보고 오랑캐일지라도 반드시 공주를 존중하여 연지(閼氏)흉노 왕후의 칭호로 삼고, 공주께서 아들을 낳으면 태자로 삼아 선우의 대를 잇게 할 것입니다. 무엇 때문이겠습니까? 한나라의 많은 예물을 탐내기 때문입니다. 한나라에는 언제나 남아돌지만 그들이 귀하게 여기는 물건을 폐하께서 자주 보내 주면서 그때마다 변사

월지(月氏), 백양(白羊) 등 여러 부족을 깨뜨리고 세력이 막강해졌다.

를 보내 예절로 깨우쳐 주면 됩니다. 〔그러면〕 묵돌은 살아서
는 진실로 〔폐하의〕 사위가 되고 죽으면 폐하의 외손이 선우가
될 것입니다. 외손자가 감히 외할아버지와 예를 다투려는 경
우를 들어 보셨습니까? 〔이렇게 하면〕 군대를 내어 싸우는 일
없이 〔그들을〕 서서히 신하로 만들 수 있습니다. 만일 폐하께
서 장공주를 보낼 수 없어 종실이나 후궁의 딸을 뽑아 공주라
고 속여 보내신다면 그도 알게 되고 〔그녀를〕 귀하게 여기거나
가까이하지 않을 테니 이익이 없을 것입니다."

　고조는 이 말을 듣고 말했다.

　"좋소."

　그러고는 장공주를 시집보내려고 하였으나 여후가 밤낮으
로 울면서 말했다.

　"소첩에게는 태자와 딸 하나뿐인데 어찌 그 아이를 흉노에
팽개치려 하십니까!"

　고조는 결국 장공주를 보내지 못하고 대신 집안사람의 딸
을 뽑아 장공주라고 하여 선우에게 시집보냈다. 〔그러고는〕 유
경을 흉노에 사신으로 보내 화친을 맺게 했다. 유경은 흉노에
서 돌아와 이렇게 말했다.

　"흉노의 하남(河南)에 살고 있는 백양왕(白羊王)과 누번왕(樓
煩王)의 나라는 가까운 곳은 장안에서 700여 리이므로 날랜
말로 달리면 하루 밤낮이면 진중(秦中)관중에 이를 수 있습니
다. 진중은 최근에 전쟁으로 파괴되어 백성이 적지만 땅은 기
름지고 풍요로워 〔백성을〕 더 채울 수 있습니다. 제후들이 처
음 일어났을 때 제나라의 여러 전씨(田氏)와 초나라의 소씨(昭

氏), 굴씨(屈氏), 경씨(景氏) 등이 없었다면 일어날 수 없었을 것입니다. 지금 폐하께서 비록 관중에 도읍을 정하기는 하셨지만 사실상 사람 수가 적고, 북쪽으로는 흉노라는 도적과 가까이 접하고 있으며, 동쪽으로는 여섯 나라의 강한 종족이 남아 있습니다. 하루아침에 변란이라도 일어나면 폐하께서도 베개를 높이 베고 편안하게 누워 있을 수 없을 것입니다. 신이 바라건대 폐하께서는 제나라의 여러 전씨와 초나라의 소씨, 굴씨, 경씨, 그리고 연, 조, 한(韓), 위(魏)나라 왕족들의 후손과 호걸과 명문가의 사람들을 관중에 살도록 하십시오. 그렇게 하면 〔나라에〕 일이 없을 때에는 흉노에 대비할 수 있고, 제후들이 변란을 일으키면 그들을 이끌고 동쪽으로 가서 족히 정벌할 수 있을 것입니다. 이것이 바로 근본을 튼튼히 하고 말단을 약화시키는 책략입니다.”

고조가 말했다.

“알았소.”

그러고는 곧바로 유경을 보내 그의 말대로 10여만 명을 관중으로 옮겨 살도록 하였다.

호랑이 입을 빠져나오다

숙손통(叔孫通)은 설(薛) 땅 사람으로, 진나라 때 문학(文學)으로 불려 와서 박사로 임용한다는 조서를 기다리고 있었다. 여러 해 뒤에 진승이 산동에서 일어났다. 사자로부터 그 소식을 전해 들은 이세황제는 박사와 여러 유생을 불러 물었다.

"초나라의 국경을 지키던 병사들이 기현(蘄縣)을 공격하고 진현(陳縣)에까지 이르렀다고 하는데 공들은 어떻게 생각하시오?"

박사와 여러 유생 30여 명이 앞으로 나와서 이렇게 말했다.

"남의 신하가 된 자는 사사로이 병사들을 가져서는 안 됩니다. 사사로이 병사를 소유하면 그것이 바로 역적이니, 그 죄는 죽어 마땅하며 용서할 수 없습니다. 폐하께서는 급히 군대를 동원하여 그들을 치시기 바랍니다."

이세황제는 이 말을 듣고 화가 나서 얼굴빛이 바뀌었다. 그때 숙손통이 앞으로 나아가 말했다.

"여러 유생들의 말은 모두 옳지 않습니다. (진나라는) 천하를 통일하여 한집이 되게 하고, 각 군과 현의 성을 허물고 무기를 녹여 다시는 그 무기를 쓰지 않겠다는 뜻을 천하에 과시했습니다. 또한 밝은 군주가 그 위에 있고 법령은 아래에 갖추어져 있어 사람들은 각자 자기 직업에 충실하고 사방에서 사람들이 모여들고 있는데, 어찌 감히 반란을 일으키는 자가 있겠습니까! 이것은 단지 쥐나 도적개 같은 도둑들에 지나지 않을 뿐이니, 어찌 이야기할 가치가 있겠습니까! 군수와 군위가 이제 그들을 잡아들여 죄를 다스릴 텐데 어찌 걱정하십니까!"

이세황제는 기뻐하며 말했다.

"좋소."

다른 유생들에게도 모두 물어보니 어떤 유생은 반란을 일으킨 것이라 하고, 어떤 유생은 도적이라고 하였다. 그리하여 이세황제는 어사(御史)문서와 역사 기록을 관장함에게 명하여 유생들 가운데 반란을 일으킨 것이라고 말한 자는 형리에게 넘기도록 하였으니 이런 말은 하지 말았어야만 했다. 유생들 가운데 도둑이라고 말한 자들은 모두 파면하였다. 그러고는 〔이세황제는〕 숙손통에게 비단 스무 필과 옷 한 벌을 내리고 박사로 삼았다. 숙손통이 궁궐을 나와 숙소로 돌아오자 유생들이 말했다.

"선생은 어찌 그리도 아첨을 잘하십니까?"

숙손통이 말했다.

"여러분은 모릅니다. 나는 하마터면 호랑이 입에서 빠져나올 수 없을 뻔했습니다."

그러고는 설 땅으로 달아났지만 설은 이미 초나라에 항복한 뒤였다. 항량이 설로 들어오자 숙손통은 그를 따랐고, 항량이 정도(定陶) 싸움에서 지자 회왕(懷王)을 따랐다. 회왕이 의제가 되어 장사군으로 옮기자 숙손통은 그대로 남아 항왕을 섬겼다. 한나라 2년에 한왕이 제후 다섯 명을 인솔하여 팽성으로 들어오자 숙손통은 한왕에게 항복했다. 한왕은 싸움에서 져 서쪽으로 물러갔지만 숙손통은 끝까지 한왕을 따랐다.

숙손통은 유생 옷을 입고 있었는데, 한왕이 그것을 싫어한다는 것을 알고는 그 옷을 바꿔 초나라의 짧은 옷으로 입었다. 그러자 한왕은 기뻐했다.

숙손통이 한왕에게 항복하였을 때 그를 따르던 유생과 제자는 100명이 넘었다. 그러나 숙손통은 그들을 한왕에게 추천하여 벼슬길을 열어 주지 않고 도적이나 장사치만을 추천하여 나아가게 하였다. 그래서 제자들은 뒤로 숙손통을 욕하며 말했다.

"선생을 여러 해 동안 섬겼고, 다행히 선생을 따라 한나라에 항복하게 되었는데 지금 선생은 저희들을 추천하지 않고 아주 교활한 사람들만 오로지 추천하는 것은 무슨 까닭입니까?"

숙손통은 이 말을 듣고서 이렇게 말했다.

"한왕은 화살과 돌을 두려워하지 않고 천하를 다투고 있는데, 여러분이 어찌 싸울 수 있겠습니까? 그래서 먼저 적장의 목을 베고 적기를 빼앗을 수 있는 사람을 추천한 것뿐입니다. 여러분은 나를 믿고 잠시 기다리십시오. 나는 여러분을 잊지 않고 있습니다."

한왕은 숙손통을 박사로 삼고 직사군(稷嗣君)이라고 불렀다.

천하를 얻지는 못해도 이룬 것을 지킬 수는 있다

한나라 5년에 천하를 모두 손에 넣자 제후들이 다 같이 정도(定陶)에 모여 한왕을 황제로 추대하였는데, 숙손통이 그 의식의 예절과 호칭을 정하였다. 고조는 진나라의 가혹한 의례와 법제를 모두 없애고 간편하고 쉽게 만들었다. 그런데 신하들이 술을 마시면 〔자신들의〕 공을 다투고, 술에 취해서는 함부로 큰소리를 지르고 칼을 뽑아 들고 기둥을 치기도 하므로 고조는 걱정스러웠다. 숙손통은 황제가 이러한 것을 싫어한다는 걸 알고 이렇게 설득하며 말하였다.

"유생들은 함께 나아가 [천하를] 얻기는 어렵지만 [이루어진 사업(정권)을] 함께 지킬 수는 있습니다. 신은 바라건대 노나라 유생들을 불러들여 신의 제자들과 함께 조정의 의례를 제정하도록 해 주십시오."

고조가 말했다.

"어렵지 않게 만들 수 있겠소?"

숙손통이 말했다.

"오제는 음악을 달리하였고, 삼왕은 예법을 달리하였습니다. 예법이란 것은 시대와 사람들의 감정에 따라 간략하게 할 수도 있고 꾸밀 수도 있습니다. 그러므로 하, 은, 주의 예법은 이전의 예법을 따르면서 더하거나 줄이고 조절한 것임을 알 수 있는데 이것은 [과거와 현재의 예법이] 서로 중복되지 않았음을 말합니다. 신은 바라건대 고대의 예법과 진나라의 의법(儀法)을 합쳐 [한나라의] 의례를 만들도록 해 주십시오."

고조가 말했다.

"한번 만들어 보시오. 그러나 사람들이 알기 쉽게 하고, 내가 실행할 수 있도록 고려해서 만드시오."

[고조는] 숙손통을 사자로 삼아 노나라로 가서 그곳 유생 30여 명을 불러오게 하였다. 그때 노나라 유생 두 명이 가고 싶지 않다며 이렇게 말했다.

"당신은 열 명의 군주를 섬겼는데, 그들 앞에서 아첨하여 가까워지고 존귀해졌소. 지금 천하는 겨우 평정되어 죽은 사

람의 장례도 치르지 못했고 부상을 입은 사람은 일어설 수도
없는데, 또 예악(禮樂)을 일으키려 하고 있소. 예악이 일어나
려면 100년 동안 덕을 쌓은 뒤에야 일어날 수 있소. 우리는 차
마 당신이 하려는 일을 할 수 없소. 당신이 하려는 일은 옛것
에 어긋나므로 우리는 가지 않겠소. 당신은 돌아가시오. 우리
를 더럽히지 마시오!"

숙손통은 웃으며 말했다.

"당신들은 참으로 고루한 유생이라 시대의 변화를 모르는
군요."

〔숙손통은 노나라에서〕 불러온 유생 서른 명과 함께 서쪽^{장안}
으로 돌아왔다. 황제 곁에서 학문을 하는 사람들과 숙손통의
제자 100여 명은 교외에 긴 새끼줄과 풀을 엮어 예법을 제정
할 곳을 만들었다. 그로부터 한 달 남짓 연습을 하고서 숙손
통이 말했다.

"폐하께서 직접 보십시오."

고조는 나가서 예식을 행하는 것을 보고 말했다.

"이것은 나도 할 수 있소."

그리고 신하들에게 예식을 익히도록 하고, 10월 조회 때 실
시하기로 하였다.

한나라 7년에 장락궁(長樂宮)이 완공되자, 제후와 신하들
은 모두 조정으로 들어와 10월 조회에 참가하였다. 의식은 이
러했다.

날이 밝기 전에 알자는 예를 주관하는데, 참례자들을 차례
대로 대궐 문으로 들어오게 한다. 뜰 중앙에는 전차와 기병과

보병과 위병(衛兵)을 배열시키고 각종 병기와 휘장과 깃발을 세운다. 그런 뒤 〔신하들에게〕 "빨리 가라!"라는 명령을 내린다. 궁전 아래에는 낭중들이 계단을 사이에 두고 양 옆으로 늘어섰는데 계단에는 수백 명씩 되었다. 공신과 열후와 장군과 군리들은 서열에 따라 서쪽에 열을 지어 서 있되 동쪽을 바라보고, 문관인 승상 이하 관리들은 동쪽에 열을 지어 서 있되 서쪽을 본다. 대행(大行)에는 아홉 명의 빈상(賓相)을 두어 황제의 명령을 전하도록 한다. 이때 황제가 봉련(鳳輦)을 타고 방안에서 나오면 모든 관리는 깃발을 들어 경계하게 하고, 제후왕부터 봉록 600석을 받는 관리까지는 앞으로 안내되어 차례대로 황제에게 하례를 올린다. 제후왕 이하들은 두려워하고 엄숙하고 공경하지 않는 자가 없었다. 의식이 끝나면 다시 법주(法酒)본래는 예의 바른 주연(酒宴)이란 뜻으로 조정의 정식 연회를 가리킴를 거행한다. 궁전 위에서 모시고 있던 사람들은 한결같이 머리를 조아리고 있다가 높고 낮은 서열에 따라 차례대로 일어나서 황제에게 축수하였다. 술잔이 아홉 차례 오간 뒤에 알자는 "술잔을 거두라."라고 말한다. 어사는 예법을 관장하면서 예법대로 하지 않는 사람을 보는 대로 즉시 끌고 나갔다.

의식이 끝나고 주연을 열었는데, 시끄럽게 떠들며 예절에 어긋나게 행동하는 사람이 아무도 없었다. 이에 고조는 말했다.

"나는 오늘에야 황제가 고귀하다는 것을 알게 되었소."

그러고는 숙손통을 태상(太常)으로 삼고 황금 500근을 내려 주었다.

숙손통이 이 기회를 틈타 진언했다.

"신의 모든 제자와 유생들은 신을 따른 지 오래되었고 신과 더불어 의례를 만들었으니 폐하께서는 그들에게도 벼슬을 내려 주시기 바랍니다."

그러자 고조는 그들을 모두 낭관으로 삼았다. 숙손통은 궁궐에서 나오자 자기가 받은 황금 500근을 모두 유생들에게 나누어 주었다. 유생들은 기뻐하며 한결같이 이렇게 말했다.

"숙손 선생은 진실로 성인으로 이 시대에 중요한 임무를 알고 있다."

큰 일을 위해서는 목숨도 아끼지 않는다

한나라 9년에 고조는 숙손통을 옮겨 태자태부로 삼았다. 한나라 12년에 고조가 태자를 조나라 왕 여의로 바꾸려 하자, 숙손통은 황제에게 간언하였다.

"옛날 진(晉)나라 헌공은 여희(驪姬)를 사랑하여 태자를 폐하고 해제(奚齊)를 태자로 세웠습니다만, 진나라는 이로 인하여 수십 년 동안 어지러웠고 천하의 웃음거리가 되었습니다. [또] 진(秦)나라는 부소(扶蘇)를 태자로 정하지 않았기 때문에 조고로 하여금 황제의 명령을 꾸며 호해(胡亥)를 태자로 세우게 하여 스스로 조상의 제사를 끊고 말았습니다. 이것은 폐하께서 직접 보신 일입니다. 지금의 태자께서 어질고 효성스럽다는 것은 천하에 소문이 자자합니다. [또한] 여후께서는 폐하와 함께 고생을 하며 고통을 견뎌 냈는데 어찌 〔여후를〕 저버릴 수 있겠습니까? 폐하께서 반드시 적자를 폐하고 어린 여의를 태자로 세우고 싶다면 신을 먼저 죽여 이 땅을 제 목의 피로 더럽히십시오."

고조가 말했다.

"공은 그만하시오. 내가 단지 희롱했을 뿐이오."

그러자 숙손통이 말했다.

"태자는 천하의 근본이므로 근본이 한번 흔들리면 천하가 흔들립니다. 어떻게 천하를 가지고 희롱하실 수 있습니까?"

고조가 말했다.

"나는 공의 말대로 하겠소."

그 뒤 황제는 연회를 열었을 때, 유후 장량이 초대한 빈객들이 태자를 따라와 만나는 것을 보고 태자를 바꾸려는 생각을 하지 않게 되었다.

고조가 죽고 효혜제가 즉위하자, 〔효혜제는〕 숙손통에게 말했다.

"선제의 원릉(園陵)과 침묘(寢廟)⁴⁾를 모시는 예절을 아는 신하들이 없습니다."

그러고는 숙손통을 〔태부에서〕 옮겨 태상으로 삼아 종묘의 의법을 제정하게 했다. 한나라의 여러 가지 의법이 점차 갖추어졌는데, 모두 숙손통이 태상으로 있으면서 제정한 것이다.

---

4) 뒤쪽에 의관과 궤장(几丈)을 두는 곳을 침(寢)이라 하고, 천자의 묘지 앞쪽에 위패와 화상을 두고 철마다 제사를 지내는 곳을 묘(廟)라고 한다.

효혜제가 〔평소〕 동쪽에 있는 장락궁의 여 태후에게 오가면서 백성의 통행을 막아 번거롭게 하는 일이 잦았다. 그래서 따로 복도(複道)높은 건물을 연결하는 길를 만들기 위해 무기고의 남쪽에서부터 공사를 시작했다. 숙손통은 나랏일을 아뢰고 기회를 틈타 이렇게 말했다.

"폐하께서는 어찌 복도를 만들려 하십니까? 고조의 사당에 모셔진 의관은 한 달에 한 번 고묘(高廟)고조의 본묘(本廟). 장안 대로 동쪽에 있음로 옮기게 되어 있습니다. 고묘는 한나라의 시조를 제사지내는 곳인데, 어찌 후손들이 종묘로 가는 길 위를 지나게 할 수 있습니까?"

효혜제는 크게 두려워하며 말했다.

"빨리 그것을 헐어 버리시오."

〔그러나〕 숙손통이 말했다.

"군주에게는 잘못된 행동이 있어서는 안 됩니다. 지금 복도가 만들어지고 있는 것을 백성들이 다 아는데, 지금 그것을 허문다면 스스로 잘못이 있었음을 보이는 것입니다. 원컨대 폐하께서는 위수(渭水) 북쪽에 원묘(原廟)를 만들어 〔고조의〕 의관을 매달 그곳으로 옮기도록 하십시오. 종묘를 더욱더 넓히고 많이 짓는 것은 바로 큰 효도의 근본입니다."

효혜제는 담당 관리에게 조서를 내려 원묘를 세우도록 하였다. 원묘를 세우게 된 것은 복도 때문이었다.

효혜제가 일찍이 봄에 이궁(離宮)황제의 임시 처소으로 놀러 나왔을 때 숙손통이 말했다.

"옛날에는 봄이 되면 과일을 〔종묘에〕 바치곤 했는데, 지금 앵두가 잘 익어 바칠 만합니다. 원컨대 폐하께서 놀러 나왔으니 앵두를 따서 종묘에 바치시기 바랍니다."

이에 황제는 그렇게 하겠다고 하였다. 온갖 과일을 종묘에 바치는 일이 이로부터 생겨났다.

태사공은 말한다.

"속담에 '천금의 갖옷은 여우 한 마리의 겨드랑이 가죽으로 만들어진 것이 아니고 높은 누대의 서까래는 한 그루의 나뭇가지만으로 만들어진 것이 아니며 〔하, 은, 주〕 삼대의 성대함은 선비 한 명의 지혜로 이루어진 것이 아니다.'라고 하였는데 믿을 만하구나! 고조는 미천한 신분에서 떨쳐 일어나 천하를 평정하였으니 계책과 용병술이 아주 뛰어나다고 할 수 있다. 그러나 유경이 수레 끄는 가로막대를 내던지고 〔도읍을 옮기도록〕 역설하여 만대의 편안함을 이루었으니, 지혜라는 것이 어찌 〔한 사람의〕 전유물일 수 있겠는가! 숙손통은 세상에서 쓰이기를 바라고, 당시 무엇이 중요한 일인지를 생각하여 의례를 제정하고, 나아가고 물러남에 있어 시대의 변화와 함께하여 마침내 한나라 유학의 종정이 되었다. '너무 곧은 것은 굽어 보이고, 길은 본래 꾸불꾸불하다.'⁵⁾라고 한 것은 아마도 이런 것을 말한 것인가."

---

5) 이 말은 『노자』 45장에 나온다. 숙손통이 곧은 마음과 강직한 성품으로 일하면서도 그 본모습을 쉽게 드러내지 않고 가슴 깊숙이 숨겨 두며, 형세를 보고 변화에 응하면서 황제 마음에 들게 말을 하여 수월하게 자기 의도대로 일한 것을 칭찬한 것이다.

40

◎

계포 난포 열전
季布欒布列傳

　　계포는 항우의 용감한 장수로 여러 차례 유방을 곤경에 빠뜨렸다. 항우가
멸망한 뒤 유방이 현상금을 내걸고 그를 체포하려 했으므로 복양의 주씨라는
사람 집에 숨어 살았다. 그러나 주씨는 이 사실을 두려워하여 그를 노비로 꾸
며 주가(朱家)에게 팔았다. 주가는 계포의 인물됨을 알아보고는 밭 창고에 숨
겨 놓고, 낙양으로 수레를 달려 등공을 만나 고조에게 계포를 용서하도록 설
득하여 혐의를 풀어 주었다.

　　난포는 팽월(彭越)과 친구 사이이다. 고조는 여후가 팽월을 참소하자 그를
죽여 낙양의 성문 아래에 목을 내걸고는, 그를 보러 오는 자가 있으면 즉시 체
포하겠다는 조서를 내렸다. 그러나 난포는 서슬 퍼런 상황을 아랑곳하지 않
고 가서 살펴보았으니 친구에 대한 그의 깊은 우정을 엿볼 수 있다. 고조는
그 의리를 장하게 여겨 사면하였다.

　　사마천이 굽힘으로써 뜻을 펼친 계포와 죽음을 무릅쓰고 의를 좇아 이름
을 얻은 난포를 합쳐 놓은 것은 다른 길을 통해 뜻하는 바를 이루는 경우를
선명하게 대비시키기 위함이다. 또 한편으로는 이 두 사람의 경우를 들어 사
마천 자신의 인생관과 생사관(生死觀)을 보여 주려 한 것이다.

　　이 편은 「오자서 열전」과 「염파 인상여 열전」을 비교하며 읽어 보면 좀 더
명확하게 이해된다.

천하를 가진 자는 사사로운 원한을 앞세우면 안 된다

계포(季布)는 초나라 사람으로 약한 자를 돕고 의로운 행동을 하는 것으로 초나라에서 이름이 있었다. 항적(項籍)항우은 그를 군대 장수로 삼아 한왕을 여러 차례 곤경에 빠뜨렸다. 항우가 멸망하자 고조는 현상금 1000금을 걸어 계포를 붙잡으려 하면서, 감히 계포를 숨겨 주는 자의 죄는 삼족까지 이르게 될 것이라고 했다. 계포는 복양현(濮陽縣) 주씨(周氏)의 집에 숨어 있었는데, 주씨가 〔계포에게〕 말했다.

"한나라에서 현상금을 걸고 장군을 급히 찾고 있으니 자취를 더듬어 곧 저희 집까지 들이닥칠 것입니다. 장군께서 제 말을 들어주신다면 제가 감히 계책을 올리겠지만, 그럴 수 없다면 붙잡히기 전에 스스로 목숨을 끊으십시오."

계포는 그렇게 하기로 하였다. 그래서 〔주씨는 노예처럼〕계포의 머리를 깎고 칼을 채우고 베옷을 입힌 뒤 광류거(廣柳車) 당시 물건을 운반하던 수레 속에 넣어 자기 집 하인 수십 명과 함께 노나라의 주가(朱家)에게 팔았다. 주가는 마음속으로 그가 계포인 줄을 알면서도 사들여 밭에 두고, 자기 아들에게 경계하며 일렀다.

"밭일은 이 종의 말을 듣고 하고, 반드시 그와 함께 밥을 먹도록 해라."

주가는 말 한 마리가 끄는 빠른 수레를 타고 낙양으로 가서 여음후(汝陰侯) 등공(滕公)[1]을 만났다. 등공은 주가를 자기 집에 붙들어 놓고 며칠 동안 술을 마셨다. 주가는 이런 기회에 등공에게 말했다.

"계포가 무슨 큰 죄를 지었기에 황상께서 그를 다급히 찾습니까?"

등공이 말했다.

"계포가 항우를 위하여 여러 차례 황상을 곤경에 빠뜨렸기 때문에 황상께서 그를 원망하여 꼭 잡으려는 것입니다."

주가가 물었다.

"당신께서는 계포를 어떤 인물로 보십니까?"

---

1) 하후영(夏侯嬰)을 말한다. 초나라 사람들은 현령을 공(公)으로 일컫는데, 하후영이 일찍이 등현(滕縣)의 현령을 지냈기 때문에 등공이라고 부른 것이다.

〔등공이〕 말했다.

"어진 사람이오."

주가가 말했다.

"신하는 저마다 자기 군주를 위하여 일합니다. 계포가 항적을 위해서 일한 것은 할 일을 다한 것뿐입니다. 항씨항우의 신하라면 정녕 모조리 죽여야 합니까? 지금 황상께서는 이제막 천하를 얻으셨는데 유독 자신의 사사로운 원한으로 한 사람을 찾고 있으니, 어찌 천하 사람들에게 황상의 좁은 도량을 보이신단 말입니까! 더구나 계포 같은 어진 사람을 한나라가이렇게 다급히 찾는다면 〔계포는〕 북쪽 흉노로 달아나든가 남쪽 월나라로 달아날 것입니다. 이는 장사(壯士)를 꺼려서 적국을 이롭게 하는 것으로, 오자서가 초나라 평왕의 묘를 파헤쳐〔그 시신을〕 매질한 것과 같은 원인을 만드는 일입니다. 당신은어째서 〔이 일을〕 조용히 황상께 말씀드리지 않으십니까?"

여음후 등공은 주가가 의협심이 대단한 사람임을 알고 있었으므로, 계포가 그의 집에 숨어 있을 것으로 짐작하고는 허락하여 말했다.

"알겠소."

〔등공이〕 기회를 보아 주가의 생각을 말하자 고조는 계포를용서했다. 그 무렵 여러 공경은 모두 계포가 자신의 강직한 성격을 누르고 유순해진 것을 칭찬하였고, 주가도 이 일로 인하여 그 시대에 이름을 날렸다.

〔그로부터 얼마 뒤〕 계포는 고조의 부름을 받았는데 계포가사죄하자 고조는 그를 낭중으로 임명했다.

아부가 천하를 뒤엎을 수 있다

효혜제 때 [계포는] 중랑장이 되었다. 일찍이 선우가 편지를 보내 여 태후를 모욕하고 거드름을 피운 일이 있었다. 여 태후는 매우 노여워하며 장수들을 불러 이 일을 의논하였다. 상장군 번쾌가 말했다.

"신에게 군사 10만 명을 주시면 흉노 한가운데를 종횡으로 누비고 다니겠습니다."

장수들은 모두 여 태후의 비위를 맞추어 아부하여 말했다.

"좋습니다."

계포가 말했다.

"번쾌의 목을 베어야 합니다. 고조께서는 군사 40여만 명을 이끌고도 평성에서 곤경을 당하셨는데, 지금 번쾌가 어떻게 10만 명의 군사로 흉노 한가운데를 누비고 다닐 수 있겠습니까? 이는 [태후를] 눈앞에서 속이는 말입니다. 게다가 진나라가 흉노 정벌을 일삼았기 때문에 진승 등이 [반란을] 일으킬 수 있었던 것입니다. 지금 그 상처가 아물지도 않았는데, 번쾌는 다시 눈앞에서 아부하며 천하를 흔들어 놓으려 하고 있습니다."

이때 궁전 위에 있던 사람들은 모두 두려워했고, 태후는 조회를 끝내고 다시는 흉노를 정벌하는 일을 논의하지 않았다.

소신껏 행동하라

계포는 하동군(河東郡)의 군수가 되었다. 효문제 때 계포를 현명하다고 말하는 이가 있어, 효문제는 계포를 불러 어사대 부로 삼으려고 하였다. 그런데 또 어떤 이는 계포가 용맹하기는 하지만 술버릇이 있어 가까이 두기 어렵다고 말했다. 계포는 (부름을 받고) 장안에 이르러 숙소에서 한 달이나 머물렀지만 황제는 불러 보기만 할 뿐이었다. 그러자 계포는 황제 앞으로 나아가 이렇게 말했다.

"신은 공로도 없이 총애를 받아 하동에서 죄를 기다리고 있습니다.[2] 폐하께서 이렇다 할 까닭도 없이 신을 부르셨으니, 이는 분명히 신이 현명하다고 폐하를 속인 사람이 있었기 때문일 것입니다. 지금 신이 왔으나 폐하로부터 어떠한 임무도 받지 못하고 되돌아가게 되었으니, 이는 틀림없이 어떤 사람이 신을 헐뜯었기 때문일 것입니다. 폐하께서 어떤 사람의 칭찬을 듣고 신을 부르시고, 어떤 사람의 헐뜯는 말을 듣고 신을 돌려보내시니 신은 천하의 지혜로운 사람들이 이런 말을 듣고 폐하의 식견을 의심할까 두렵습니다."

황제는 이 말을 듣고 부끄러워 한동안 있다가 이렇게 말했다.

---

2) 계포가 조서를 받고 하동 군수가 되었으나, 일을 처리하다가 혹시 허물이라도 있게 되면 죗값을 치러야 하지 않느냐는 뜻으로서 겸양을 나타내는 말에 불과하다.

"하동군은 내 넓적다리와 다름없는 군이므로 각별히 그대를 부른 것뿐이오."

그러나 계포는 사직 인사를 하고 〔하동 군수 자리로〕 돌아가 버렸다.

황금 100근보다 계포의 말 한마디가 더 낫다

초나라 사람 조구생(曹丘生)은 말솜씨가 뛰어난 선비로, 여러 차례 권세를 빌려 〔일을 처리해 주고〕 그 대가로 돈을 받았다. 그는 귀인 조동(趙同)문제의 총애를 받던 환관 조담(趙談) 등을 섬기고, 두장군(竇長君)문제의 손위 처남과도 사이가 좋았다. 계포는 이 소문을 듣고 두장군에게 편지를 보내 이렇게 간언하였다.

"제가 듣건대 조구생은 장자(長者)가 아니라고 하니 〔그와〕 왕래하지 마십시오."

조구생은 초나라로 돌아가면서 계포를 만나기 위해 두장군에게 소개 글을 받으려고 하였다. 이에 두장군이 말했다.

"계 장군은 그대를 좋지 않게 생각하고 있으니 가지 마시오."

그러나 조구생은 굳이 소개 글을 받아 떠났다. 조구생은 먼저 사람을 시켜 계포에게 두장군의 글을 보냈다. 계포는 짐작대로 몹시 화가 나서 조구생을 기다리고 있었다. 조구생은 도착하자 계포에게 읍한 뒤 이렇게 말했다.

"초나라 사람들 속담에 '황금 100근을 얻는 것이 계포의 허락 한마디를 받는 것만 못하다.'라는 말이 있는데, 당신은 어떻게 양나라와 초나라 사이에서 이러한 명성을 얻게 되셨습니까? 저도 초나라 사람이고 장군도 초나라 사람입니다. 제가 떠돌면서 장군의 이름을 널리 알린다면 설마 〔천하에서〕 귀하게 되지 않겠습니까? 당신은 어찌하여 저를 매몰차게 거절하십니까?"

계포는 이에 크게 기뻐하며 그를 안으로 맞아들이고는 여러 달 동안 머물게 하며 상객으로 정성껏 대접하고 많은 선물을 주어 보냈다. 계포의 명성이 더욱더 높아진 것은 조구생이 그의 이름을 알렸기 때문이다.

의협심 있는 계심

계포의 아우 계심(季心)은 기개가 관중을 뒤덮을 만했으며, 사람을 만날 때 공손하고 삼가며 의협심이 있었으므로 사방 수천 리나 떨어진 곳의 선비들도 모두 그를 위하여 죽음을 다툴 정도였다. 그는 일찍이 사람을 죽이고 오나라로 달아나 원사(袁絲)원앙(袁盎)의 집에 숨기도 했다. 〔그는〕 원사를 윗사람으로 모시고, 관부(灌夫)와 적복(籍福) 등의 무리를 아우처럼 돌보았다. 그는 일찍이 중사마(中司馬)로 있었기 때문에 중위 질도(郅都)도 그를 예우하지 않을 수 없었다. 또한 젊은 사람들

중에는 은밀히 계심의 이름을 빌려 행동하는 자도 있었다. 당시 계심은 용맹으로, 계포는 믿음으로 관중에 이름을 떨쳤다.

충성을 다하지 않은 신하의 종말

계포의 외삼촌 정공(丁公)정고(丁固)이 초나라 장수가 되었다. 정공은 항우를 위하여 고조를 뒤쫓아 가서 팽성(彭城) 서쪽에서 궁지로 몰아넣고 단병(短兵)으로 붙어 싸워 고조를 위험하게 만들었다. 고조는 정공을 돌아보며 말했다.

"[우리는] 둘 다 어진 사람인데 어찌 서로 해치려 할 필요가 있겠소?"

이 말을 듣고 정공이 군대를 철수하자, 한왕은 포위에서 풀려 돌아올 수 있었다. 항우가 멸망한 뒤에 정공은 고조를 찾아갔다. 고조는 정공을 군대 안에서 박해하고 이렇게 말했다.

"정공은 항왕의 신하이면서 충성을 다하지 않았으니 항왕이 천하를 잃도록 한 자는 바로 정공이다."

그리고 나서 정공을 베어 죽이고는 이렇게 말했다.

"후세에 남의 신하가 된 사람으로 정공을 본받는 일이 없도록 하기 위해서이다."

사느니 죽는 것이 낫다

난포(欒布)는 양나라 사람으로 처음에 양나라 왕 팽월이 평민일 때 서로 교유하였는데, 둘 다 가난하여 제나라에서 머슴살이를 했고 한 술집에서 머슴살이를 하기도 하였다. 몇 년 뒤 팽월은 떠나 거야(巨野)에서 도적이 되었고, 난포는 어떤 사람에게 납치되어 팔려 가 연나라에서 종이 되었다.

난포가 주인을 위하여 원수를 갚아 주자 연나라 장수 장도가 도위로 발탁하였다. 뒤에 장도는 연나라 왕이 되어 난포를 장수로 삼았다. 장도가 모반하자 한나라는 연나라를 치고 난포를 사로잡았다. 양나라 왕 팽월은 이 소식을 듣고 황제에게 부탁하여 난포의 죗값을 돈으로 치르고 양나라의 대부로 삼았다. 난포가 사신으로 제나라에 갔을 때 한나라는 팽월을 불러 모반죄를 물어 삼족을 멸하고, 팽월의 머리를 낙양에 매달아 놓고 다음과 같이 조서를 내렸다.

감히 그의 머리를 거두어 돌보려는 자가 있으면 체포하라.

난포는 제나라에서 돌아오자, 팽월의 머리 앞에서 사신으로 갔던 일을 아뢰고 제사를 지내며 통곡하였다. 관리가 난포를 체포하고 그 사실을 고조에게 아뢰었다. 고조는 난포를 불러 꾸짖어 말했다.

"네놈도 팽월과 같이 모반하였느냐? 내가 그놈의 머리를 거두지 못하도록 했거늘 네놈만이 제사를 지내 주고 통곡하니 팽월과 함께 모반한 것이 분명하다. 저놈을 빨리 삶아 죽여라."

관리가 그를 잡아 끓는 물로 데려가려는데 난포가 돌아보며 말했다.

"한마디만 하고 죽게 해 주십시오."

고조가 말했다.

"무엇을 말하려느냐?"

난포가 말했다.

"폐하께서 팽성에서 곤경에 처하고 형양현과 성고읍 사이에서 패하셨을 때, 항왕이 서쪽으로 나아갈 수 없었던 것은 팽왕이 양나라 땅을 지키면서 한나라와 힘을 합쳐 초나라를 힘들게 했기 때문입니다. 그때 팽왕이 한쪽만 돌아보며 초나라 편을 들었다면 한나라가 무너졌을 것이고, 한나라 편을 들었다면 초나라가 무너졌을 것입니다. 또 해하 싸움에서도 팽왕이 참가하지 않았다면 항우를 멸망시키지 못했을 것입니다. 천하가 평정된 뒤 팽왕은 부절을 나누어 받고 봉토를 받았으며, 또한 이것을 자손 대대로 전하려고 하였습니다. 그런데 이제 폐하께서는 양나라에서 한 차례 군대를 모을 때 팽왕이 병들어 나가지 못하자 모반했다고 의심하였습니다. 그 증거도 드러나지 않았는데 아주 작은 안건을 가지고 가혹하게 그를 죽이고 가족까지 멸하셨습니다. 신은 공신들 스스로 위험을 느낄까 염려스럽습니다. 이제 팽왕이 이미 죽었으니 신은 사는 것보다 죽는 편이 차라리 낫습니다. 삶아 죽이십시오."

결국 고조는 즉시 난포의 죄를 용서하고 도위로 삼았다.

치욕을 참아야 사람 구실을 할 수 있다

난포는 효문제 때 연나라 재상이 되었다가 장군까지 이르렀다. 난포는 드러내 놓고 말했다.

"힘들 때 치욕을 참지 못하면 사람 구실을 할 수 없고, 부귀할 때 뜻대로 하지 못하면 현명하다고 할 수 없다."

그는 일찍이 자기에게 은혜를 베푼 사람들에게는 후하게 보답하고, 원한이 있는 사람들은 반드시 법에 근거하여 〔되갚아〕 멸족시켰다. 오나라와 초나라가 반란을 일으켰을 때 그는 군공을 세워 유후(兪侯)로 봉해지고, 또 연나라 재상이 되었다. 연나라와 제나라에서는 모두 난포를 위하여 사당을 세우고 난공사(欒公社)라고 하였다.

효경제 중원 5년에 난포가 죽자 아들 분(賁)이 그의 작위를 이어 태상이 되었으나, 〔제사에 쓰는〕 희생을 법령대로 하지 않았기 때문에 벌을 받고 봉국을 잃었다.

태사공은 말한다.

"항우는 기개로 계포는 용감함으로 초나라에서 이름을 드날렸으며, 여러 차례 군대를 이끌고서 적군을 쳐부수고 적기를 빼앗았으므로 장사라고 할 수 있다. 그러나 그가 형벌을 받고 다른 사람의 노예가 되어서까지 스스로 목숨을 끊지 않았으니 얼마나 그 자신을 낮춘 것인가! 그는 분명 자기 재능에 자부심이 있었기 때문에 치욕을 받고도 부끄러워하지 않고 자기 재능을 펼칠 곳이 있기를 바랐으며, 결국 한나라의 명장이 되었던 것이다. 현명한 사람은 진실로 자기 죽음을 귀중히 여긴다. 저 비첩(婢妾)이나 천한 사람이 분개하여 스스로 목숨을 끊는 것은 (진정한) 용기라고 할 수 없고, 그들이 바라는 것을 실현할 방법이 없었을 뿐이다. 난포는 팽월을 위하여 통곡하고 끓는 물속으로 들어가기를 마치 제집으로 돌아가듯이 하였으니, 이는 진실로 그가 (삶과 죽음에 대해서) 처신할 바를 알고 죽음을 겁내지 않은 것이다. 비록 지난날의 열사라도 (난포보다) 더 이상 무엇을 더할 수 있겠는가!"

◎

원앙 조조 열전
袁盎鼂錯列傳

원앙은 강직한 성품으로 간언을 일삼은 인물이다. 그의 간언은 황제의 귀에 거슬리는 경우가 많았으며 강후(絳侯), 조동(趙同), 조조(鼂錯), 양왕(梁王) 등 정적들도 적지 않았다. 승진도 고속으로 했던 원앙은 결국 양왕이 보낸 자객의 손에 죽었으니 너무 강하면 천수를 누리지 못하는 것이 세상의 진리인 셈이다. 간언하는 신하가 없으면 왕은 바른길로 가지 못하게 된다. 강후가 승상 자리에서 물러나게 된 것도 그의 간언에 기인했다. 환관 조동도 마찬가지이다. 그는 여러 차례 황제와 함께 수레를 탈 정도로 위세를 부려 제왕의 위엄이 말이 아니었으나, 결국 원앙의 간언으로 말미암아 단박에 추락하고 만다.

조조는 지혜주머니로 불리며 경제에게 총애를 받았다. 처음에 경제는 조조를 매우 아꼈으나, 일곱 나라가 모반했을 때 조조의 처신과 계책을 문제 삼아 저잣거리에서 그를 죽였다. 예로부터 무도한 임금이 많아지면 성현은 벼슬에 나가지 않았다. 기자의 은둔살이나 접여의 미치광이 노릇, 범려와 장량의 은둔이 그러했으니 조조가 모반에 관여하지 않고 분수를 지키며 살았더라면 천수를 누렸을 것이다.

『상서』를 전수하는 복생.

제후가 교만하면 우환이 생긴다

　원앙(袁盎)은 초나라 사람으로 자는 사(絲)이다. 그의 아버지는 옛날에 떼도둑 노릇을 하다가 안릉(安陵)으로 옮겨 와 살았다. 고후 때 원앙은 여록(呂祿)의 사인으로 있었다. 효문제가 즉위하자 형 원쾌(袁噲)의 추천으로 중랑(中郞)이 되었다.

　승상으로 있던 강후(絳侯) 주발이 조회를 마치고 빠른 걸음으로 물러 나오는데, 의기양양한 태도였다. 문제도 그를 공손히 예우하여 항상 직접 전송하였다. 원앙이 황제에게 진언하여 말했다.

　"폐하께서는 승상을 어떤 사람이라고 생각하십니까?"

황제가 말했다.

"사직의 신하요."

원앙이 말했다.

"강후는 공신이라고 할 수는 있지만 사직의 신하는 아닙니다. 사직의 신하란 그 군주가 살아 있을 때는 같이 살고 죽을 때는 같이 죽어야 합니다. 여후가 실권을 잡았을 때 여러 여씨가 나랏일을 제멋대로 휘두르고 서로 번갈아 가며 왕 노릇 하였으니 유씨의 (명맥은) 띠처럼 끊어지지 않았습니다. 그때 강후는 태위가 되어 병권을 쥐고 있으면서도 (그들을) 바로잡을 수 없었습니다. 여후가 세상을 떠나고 대신들이 함께 의논하여 모반을 일으킨 여씨들을 배척했을 때, 태위는 병권을 쥐고 있었기 때문에 우연히 공을 이룰 수 있었던 것입니다. 그러므로 그는 이른바 공신이지 사직의 신하는 아닙니다. (그런데도) 승상은 교만한 기색이고 폐하께서는 겸양하고 계시니, 신하와 군주가 예를 잃고 있는 것입니다. 가만히 생각해 보니 폐하께서 취할 태도가 아닙니다."

그 뒤로 조회 때마다 문제는 더욱 정중한 태도를 취하였고, 승상은 그럴수록 더욱 두려워하게 되었다. 얼마 뒤에 강후가 원앙을 원망하여 말했다.

"나는 네 형과 친한 사이인데, 지금 네가 조정에서 감히 나를 헐뜯다니!"

(그러나) 원앙은 끝까지 사과하지 않았다.

강후가 승상 자리에서 파면되어 (자기 봉국으로) 돌아갔는데, 그 나라의 어떤 자가 황제에게 그가 모반을 꾀하려 한다

는 글을 올렸다. 이에 〔강후를〕 체포하여 청실(淸室)죄인을 문초
하는 곳에 가두자 종실과 여러 신하는 감히 그를 위해 말하지
못했는데, 오직 원앙만이 강후에게 죄가 없음을 해명하였다.
강후가 풀려날 수 있었던 데에는 원앙의 힘이 꽤 컸다. 강후는
곧 원앙과 〔깊은〕 교분을 맺었다.

회남의 여왕(厲王)이 입조하여 벽양후(辟陽侯)를 죽이고 평
상시의 태도가 매우 교만하였다.[1] 원앙이 간언했다.

"제후가 지나치게 교만하면 반드시 우환이 생겨나니 〔그들
의〕 봉토를 적당히 깎으십시오."

문제가 〔간언을〕 받아들이지 않자 회남왕은 더욱더 방자해
졌다. 극포후(棘蒲侯) 시무(柴武)의 태자가 모반하려다가 일이
발각되었는데 문초해 보니 회남왕이 연루되어 있었다. 문제는
회남왕을 불러 그를 함거(檻車)죄인을 호송하는 수레에 실어 촉
땅으로 옮기도록 했다. 원앙은 당시 중랑장이 되어 즉시 간언
하였다.

"폐하께서는 평소에 교만한 회남왕을 조금도 제지하지 않

---

1) 회남 여왕은 고조의 막내아들 유장(劉長)으로 솥을 들어 올릴 정도로 장
사였다. 그는 자신이 황제와 가장 친하다고 생각하여 거드름을 피우며 한나
라 법을 어기는 적이 많았다. 예전에 여왕의 어머니인 조 미인(趙美人)이 고
조 살해 모의 사건에 연루되었을 때 벽양후 심이기에게 도움을 청했으나 심
이기는 힘써 주지 않았고 결국 조 미인은 스스로 목숨을 끊었다. 이 때문에
원한을 품고 있던 여왕은 심이기를 불러내 철추로 내려치고 측근에게 목을
베도록 한 것이다. 문제는 여왕의 행동이 어머니를 위한 것이라는 이유로 용
서해 주고 죄를 묻지 않았는데 이로 인해 여왕은 더욱 방자해졌다. 「회남 형
산 열전」에 자세하다.

았는데, 이 지경에 이른 지금 갑자기 그를 꺾으려 하고 있습니다. 회남왕은 사람됨이 강직하여 가는 도중에 안개와 이슬을 만나 죽기라도 한다면, 폐하께서는 결국 천하를 가졌으면서도 포용하지 못하여 아우를 죽였다는 오명을 쓰게 될 텐데 어떻게 하시겠습니까?"

그러나 문제는 듣지 않고 결국 회남왕을 가게 했다.

회남왕은 옹현(雍縣)에 이르러 병을 얻어 죽었다. 이 소식을 들은 황제는 음식도 먹지 않고 매우 슬프게 곡을 하였다. 원앙이 들어가 머리를 조아리며 〔강력하게 간언하지 못한〕 죄를 사과하니 황제가 말했다.

"공의 간언을 받아들이지 않아 일이 이 지경에 이르렀소."

원앙이 말했다.

"폐하께서는 스스로 〔마음을〕 너그럽게 하십시오. 이는 지난 일이니 후회하신들 무슨 소용이 있겠습니까? 폐하께서는 세상에서 뛰어난 행적이 세 가지 있으니, 이런 일로 명예에 손상을 입지는 않을 것입니다."

황제가 말했다.

"세상에서 뛰어난 나의 행적 세 가지란 무엇이오?"

원앙이 대답했다.

"폐하께서 대나라에 계실 때, 태후께서는 병석에 계신 지 3년이나 되었습니다. 〔그때〕 폐하께서는 잠도 주무시지 않고 옷고름도 풀지 않으셨으며, 탕약도 친히 맛보시지 아니하면 태후께 올리실 수 없었습니다. 증삼처럼 벼슬하지 않은 신분으로도 이런 일을 하기 어려워하였는데, 지금 폐하께서는 친히 왕 노릇 하는 신분으로서 실천하셨으니 증삼보다 훨씬 뛰어난 효성이십니다. 또한 여씨 일족들이 정권을 잡고 대신들이 정치를 휘두르고 있을 때 예측할 수 없는 위험을 무릅쓰고 폐하께서는 대나라에서 여섯 대의 수레를 타고 수도로 달려오셨으니, 비록 용맹한 맹분(孟賁)과 하육(夏育)이라고 해도 폐하에게는 미치지 못할 것입니다. 게다가 폐하께서는 대나라 왕의 저택에서 서쪽으로 향하여 천자 자리를 두 번 사양하셨고, 남쪽으로 향하여 천자 자리를 세 번이나 양보하셨습니다. 허유도 단 한 번 양보하였는데, 폐하께서는 다섯 번이나 천하를 양보하셨으니 허유보다 네 번이나 더 하신 것입니다. 게다가 폐하께서 회남왕을 귀양 보낸 것도 그가 허물을 스스로 반성하여 고치게 하려고 하신 것이었습니다. 담당 관리들이 〔그를〕 제대로 보살피지 못했기 때문에 병들어 죽은 것입니다."

황제는 이 말을 듣고야 마음을 놓으며 말했다.

"장차 어떻게 하면 좋겠소?"

원앙이 대답했다.

"회남왕에게는 세 아들이 있으니, 오직 폐하께서 하시기에 달렸을 뿐입니다."

그리하여 효문제는 회남왕의 세 아들을 모두 왕으로 삼았다. 원앙은 이 일로 인하여 조정에서 더욱 이름을 떨치게 되었다.

재앙의 싹을 미리 자른다

원앙은 언제나 일반적인 원칙에 근거하여 말하였으나 (세상 일에) 울분을 토로하기도 했다. 환관 조동(趙同)이 (문제의) 총애를 자주 받아 언제나 원앙을 해치려 하므로 원앙은 이것을 걱정했다. 원앙의 조카 원종(袁種)이 상시기(常侍騎)황제를 모시는 기사가 되어 (천자의 권한을 상징하는) 부절을 가지고 황제 곁에서 모셨는데, 그가 원앙에게 설득하며 말했다.

"그와 만나게 되면 조정에서 모욕을 주어 삼촌을 비방하는 말이 받아들여지지 않게 하십시오."

문제가 나들이하는데 조동이 황제의 수레에 함께 타고 있었다. 그때 원앙이 수레 앞으로 나아가 엎드려 말했다.

"신이 듣건대 천자께서 여섯 대 수레에 함께 태우는 사람은 모두 천하의 호걸과 영웅이라고 합니다. 지금 한나라에 인물이 부족하다고는 하나, 폐하께서는 어찌 궁형을 받은 자환관와 함께 수레를 타십니까?"

그러자 황제는 미소를 머금고 조동을 내리도록 했다. 조동은 울면서 수레에서 내렸다.

부잣집 아들은 마루 끝에 앉지 않는다

문제가 패릉(霸陵)에서 올라갔다가 서쪽 가파른 고갯길을 달려 내려가려고 하였다. 그때 원앙은 타고 있던 말을 황제의 수레 옆에 대고는 말고삐를 잡아당겼다. 황제가 말했다.

"장군은 두렵소?"

원앙이 말했다.

"신이 듣건대 1000금을 가진 〔부잣집〕 아들은 마루 끝에 앉지 않고, 100금을 가진 아들은 난간에 기대어 서지 않으며, 성스러운 군주는 위험을 무릅쓰면서까지 요행을 바라지 않는다고 합니다. 지금 폐하께서는 여섯 마리의 말이 끄는 마차를 달려 가파른 고갯길을 내려가시려고 하는데, 만일 말이 놀라 수레가 부숴지기라도 한다면 폐하께서는 자신을 가볍게 여긴 것이라 치더라도 종묘와 태후께 무슨 낯으로 대하시겠습니까?"

그래서 황제는 생각을 거두었다.

높고 낮음에 질서가 있어야 화목하다

문제가 상림원(上林苑)으로 행차했을 때 두 황후(竇皇后)와 신 부인(愼夫人)도 따라갔다. 이 두 사람은 궁궐에서 항상 같은 줄에 자리를 하고 앉았다. 낭서장(郞署長)이 자리를 [같이] 마련하자 원앙은 신 부인의 자리를 당겨 아래로 내렸다. 신 부인은 화가 나서 앉으려 하지 않았고, 황제도 노여워서 일어나 궁궐로 들어가 버렸다. 원앙은 이 틈에 앞으로 나아가 설득하여 말했다.

"신이 듣건대 높고 낮음에 질서가 정해지면 위아래가 화목하다고 합니다. 지금 폐하께서는 황후를 세우셨으니 신 부인은 겨우 첩이거늘, 첩과 처가 어찌 같은 자리에 앉을 수 있겠습니까? 이러한 것이 높고 낮음의 질서를 잃는 근원이 됩니다. 만일 폐하께서 신 부인을 총애하신다면 많은 상을 내리십시오. [지금] 폐하께서 신 부인을 위해 하는 행동은 도리어 화를 부르는 까닭이 됩니다. 폐하께서는 어찌 '사람 돼지(人彘)'[2]의 일을 보지 못하셨는지요?"

이에 황제가 기뻐하며 신 부인을 불러 이 말을 들려주자, 신 부인은 원앙에게 황금 50근을 내렸다.

세상 사람들의 입에 재갈을 물리면 재앙이 닥친다

그러나 원앙은 자주 직간하였으므로 궁궐 안에 오래 머물

---

2) 한나라 고조의 여후가 총애를 받던 척 부인을 투기하여 손발을 자르고 눈을 빼고 혀를 잘라 돼지우리에 두고 사람 돼지라고 불렀다고 한다.

지 못하고 농서군의 도위로 옮겨졌다. [그는] 사졸을 인자하게 아꼈으므로 사졸이 모두 그를 위하여 죽음을 다툴 정도였다. 나중에 [그는] 제나라의 재상이 되었고, 다시 오나라의 재상 으로 옮겨 갔다. 그가 하직 인사를 하고 [오나라로] 떠나려 할 때 [조카] 원종이 원앙에게 이렇게 말했다.

"오나라 왕유비(劉濞)를 지칭은 교만에 빠진 지 오래되었고, 그 나라에는 간사한 사람이 많습니다. 지금 만일 [그들의 죄를] 탄 핵하고 다스리고자 한다면, 그들은 글을 올려 삼촌을 고발하 지 않으면, 날카로운 칼로 삼촌을 찌르려 할 것입니다. 남방은 땅이 낮고 습기가 많으니 삼촌께서는 날마다 술이나 마시면 서 아무 일도 하지 마십시오. 때때로 왕에게 '모반을 꾀하지 마십시오.'라고만 하십시오. 이렇게 하면 다행히 [화는] 벗어날 수 있을 것입니다."

원앙이 원종의 계책대로 하자 오나라 왕은 원앙을 두텁게 대우했다.

원앙은 [오나라에서 집으로] 돌아오다가 길에서 승상 신도가 (申屠嘉)를 만나자 수레에서 내려 배알했는데, 승상은 수레 위 에서 원앙에게 사례했다. 원앙은 되돌아와 생각해도 자기 아 랫사람들에게 부끄럽기 짝이 없었다.[3] 그는 승상의 관사로 찾 아가서 뵙기를 청했다. 승상은 한참 뒤에 원앙을 만났다. 원앙 은 무릎을 굽히고 말했다.

---

3) 신도가는 승상이고 원앙은 그의 속관이니 승상의 태도에 전혀 문제가 없다고 볼 수도 있다. 그러나 원앙의 입장에서는 승상이 현인을 대하는 태 도가 오만하다는 것을 알면서도 직간하지 못한 자신이 부끄러웠던 것이다.

"사람들을 물리쳐 주시기를 청합니다."

승상이 말했다.

"만일 그대가 하려는 말이 공적인 것이라면 관청으로 가서 장사(長史)나 아전과 의논하시오. 그러면 내가 (황상께) 글을 올려 보겠소. 그러나 만일 사사로운 이야기라면 나는 듣지 않겠소."

원앙은 무릎을 굽히고 말했다.

"공께서는 승상이신데, 스스로 생각하시기에 진평(陳平)한나라 고조의 모신이나 강후와 비교하면 어느 분이 더 낫다고 보십니까?"

승상이 말했다.

"내가 (그들보다) 못하겠지요."

원앙이 말했다.

"좋습니다. 당신께서는 그들보다 못하다고 말씀하셨습니다. 진평과 강후는 고조를 도와 천하를 평정하도록 했고, 장수와 승상이 되어 여씨 일족을 멸하여 유씨한나라를 보존시켰습니다. 그러나 당신께서는 목재 관리인이요 궁노수(弓弩手)였으나, 한 부대를 통솔하는 자리로 옮기셨으니 공적을 세워 회양군(淮陽郡)의 군수가 되셨을 뿐, 어떤 기발한 계책을 내어 성을 공격하고 들판에서 싸워 공적을 세운 것은 아닙니다. 한편 폐하께서는 대(代)나라에서 오신 이래로 조회를 할 때마다 낭관이 상소를 올리면 용련(龍輦)황제나 황후가 타는 수레을 멈추고 받지 않은 적이 없었습니다. 그리고 그 의견 중에서 쓸모없는 것은 내버려 두고 쓸 만한 것은 받아들이시면서 훌륭하다고 칭찬하지 않은 적이 없습니다. 무엇 때문이겠습니까? 천하의 어진 선비를 불러들일 수 있기 때문입니다. 그렇게 하여 폐하께서는 날마다 듣지 못했던 것을 들으시고, 몰랐던 사실도 분명하게 알게 되어 날이 갈수록 성스럽고 지혜로워졌습니다. 〔그런데〕 당신께서는 지금 스스로 세상 사람들의 입에 재갈을 물림으로써 날로 더욱더 어리석어지고 계십니다. 성스러운 군주가 어리석은 승상을 문책하시니 당신이 화를 받을 날이 멀지 않았습니다."

승상은 이 말을 듣고 원앙에게 두 번이나 절하고 말했다.

"나는 미천한 시골 사람이라 아는 것이 없었는데, 장군께서 요행히 가르쳐 주셨소."

〔그러고는〕 원앙을 데리고 들어가 자리를 함께하고 상객으로 예우했다.

망설이다가 당한다

원앙은 평소 조조(鼂錯)를 탐탁하게 여기지 않았다. 〔그래서〕 조조가 머물고 있는 자리에서는 원앙이 일어나 나갔고, 원앙이 앉아 있으면 조조도 자리를 떴으므로 이 두 사람은 한자리에서 말을 나눈 적이 없었다. 효문제가 죽고 효경제가 즉위하자 조조는 어사대부가 되었다. 그는 관리에게 원앙이 오나라 왕으로부터 뇌물을 받은 죄를 조사하게 하여 벌을 주려고 하였으나, [황제는] 조서를 내려 [원앙의] 죄를 용서하고 평민이 되게 했다.

오나라와 초나라가 모반했다는 소문이 있자, 조조는 [어사대부의 보좌관인] 승(丞)과 사(史)에게 말했다.

"원앙은 오나라 왕에게 많은 뇌물을 받아 오로지 [오나라 왕의 죄를] 숨겨 주고 모반하지 않았다고 말했지만, 지금 [오나라 왕은] 모반하였으니, [황제께] 원앙이 오나라의 모반 음모를 알고 있었으므로 죄를 다스릴 것을 간청하려 한다."

승과 사(史)가 말했다.

"모반이 일어나기 전에 그 죄를 다스렸다면 모반의 마음을 끊을 수 있었겠지만, 지금 [오나라와 초나라의] 군대는 서쪽으로 가고 있으니 원앙을 처벌한들 무슨 도움이 되겠습니까! 또한 원앙이 음모를 꾸몄다는 것은 가당치 않습니다."

조조는 망설이며 결단을 내리지 못하였다. 어떤 사람이 원앙에게 [이러한 사실을] 알려 주었다. 원앙은 두려워 밤을 틈타 두영(竇嬰)을 만나 오나라 왕이 모반한 이유를 설명하고는 황제에게 이 일을 직접 말하고 싶다고 하였다. 두영이 [내전으로] 들어가 황제 앞에서 원앙의 이야기를 하자, 황제는 즉시 원앙을 불러들여 만났다. 그때 조조는 [황제와] 마주하고 있었는데 원앙이 주위의 다른 사람들을 물려 달라고 요청하였으므로 조조도 물러갔다. 조조는 몹시 분한 모습이었다. 원앙은 오나라 왕이 모반한 까닭이 조조 때문이라고 자세하게 말했다.

"하루빨리 조조의 목을 베어 오나라에 사과하는 뜻을 보인다면 오나라의 반란군은 반드시 물러갈 것입니다."

이에 관한 이야기는 〔「오왕 비 열전」의〕 오나라 사적에 자세하게 기록해 두었다. 〔황제는〕 원앙을 태상으로 삼고 두영을 대장군으로 삼았다. 두 사람은 본래 사이가 좋았다. 오나라가 모반을 일으키자, 〔장안 부근의〕 각 현에서 벼슬하지 않은 장자(長者)들과 장안 안에 있는 재능 있는 대부들이 앞다투어 이 두 사람에게 아부하여 따르는 수레가 하루에도 수백 대나 되었다.

은정을 베풀면 반드시 보답을 받는다

조조가 목이 베여 죽고 난 뒤 원앙은 태상 신분으로 오나라에 사신으로 갔다. 오나라 왕은 〔원앙을〕 장군으로 삼고 싶었지만 받아들이지 않자, 그를 죽이려고 도위 한 명에게 군사 500명을 이끌고 군영 안에서 원앙을 포위하고는 감시하도록 하였다.

원앙이 오나라 재상으로 있을 때 종사(從史)주인을 따라 일을 할 뿐 전문 직책은 없음 한 명이 원앙의 시녀와 몰래 사랑을 나누었지만, 원앙은 이 사실을 알면서도 말하지 않고 전과 다름없이 대했다. 어떤 사람이 종사에게 말했다.

"재상께서는 당신이 시녀와 정을 통한 일을 알고 있소."

그는 즉시 달아나 집으로 돌아왔지만, 원앙이 직접 말을 달려 뒤쫓아 가서 데리고 돌아와 그 시녀를 주고 다시 종사로 삼았다.

그런데 원앙이 오나라에 사신으로 갔다가 감시를 받게 되었을 때, 마침 그 종사가 원앙을 감시하는 교위사마(校尉司馬)로 있었다. 그는 자신의 옷가지와 물건을 죄다 팔아서 독한 술두 섬을 샀다. 때마침 그날은 날씨가 추운 데다가 병사들은 굶주리고 목말랐으므로 취하도록 술을 마셨고, 서남쪽 구석을 지키던 병사들은 모두 〔술에 취해 쓰러져〕 잠이 들었다. 사마는 밤이 깊어지자 원앙을 깨워 일으키고 이렇게 말했다.

"공께서는 지금 달아나십시오. 오나라 왕은 날이 밝으면 공을 베어 죽일 것입니다."

원앙은 믿을 수 없어 물었다.

"당신은 무엇을 하는 사람이오?"

사마가 말했다.

"소인은 이전에 공의 종사로 있으면서 공의 시녀를 도둑질한 놈입니다."

원앙은 놀라며 거절하고 말했다.

"당신은 다행히 부모님께서 살아 계시니, 내 일로 인하여 당신에게 누를 끼칠 수 없소."

사마가 말했다.

"공께서는 어서 달아나십시오. 저도 달아나 제 부모님을 피신시키면 될 텐데, 공께서는 무엇을 걱정하십니까?"

그러고는 칼로 장막을 찢어 젖히고 〔원앙을〕 인도해서 취해잠들어 있는 병사들 틈을 뚫고 곧장 빠져나왔다. 사마는 〔원앙과〕 반대 방향으로 달아났다. 원앙이 절모(節毛)사자의 표식를 풀어 품속에 감추고 (그것이 묶여 있던 기의 나무를) 지팡이로 삼아 7~8리를 걸어가니 날이 밝았다. 양나라 기병을 만나 말을 얻어 타고 달려 돌아와 보고하였다.

노름꾼도 사귈 만한 가치가 있다

오나라와 초나라의 군대가 격파된 뒤 황제는 다시 원왕(元王)유교(劉交)의 아들 평륙후(平陸侯) 유례(劉禮)를 초나라 왕으로 삼고, 원앙을 초나라 재상으로 삼았다. (원앙은) 일찍이 글을 올려 자기 의견을 말한 적이 있었지만 받아들여지지 않았다. 원앙은 병으로 벼슬을 그만두고 집에 들어앉았는데, 마을 사람들과 똑같은 모습으로 살아가며 한데 어울려 닭싸움이나 개싸움을 하곤 하였다. 낙양의 극맹(劇孟)이라는 사람이 일찍이 원앙의 집에 들른 적이 있는데, 원앙이 그를 잘 대접하였다. (그러자) 안릉(安陵)의 어떤 부자가 원앙에게 이렇게 말했다.

"저는 극맹이 노름꾼이라고 들었는데, 장군께서는 무슨 까닭으로 그런 사람과 사귀십니까?"

원앙이 말했다.

"극맹은 노름꾼이기는 하나, 그 어머니가 죽었을 때 장례에 온 손님의 수레가 1000대도 넘었습니다. 이것은 그 사람이 다른 사람들보다 뛰어난 면이 있기 때문입니다. 그리고 사람에게는 누구에게나 느슨하거나 위급한 경우가 있게 마련입니다. 만일 하루아침에 급한 처지에 놓여 찾아가서 문을 두드릴 때 부모님이 계시다는 핑계로 도와줄 수 없다고 하거나 집에 있으면서도 없다고 마다하지 않고 천하 사람들이 우러러보며 의지할 수 있는 사람은 계심(季心)과 극맹뿐입니다. 지금 당신은 언제나 말 탄 시종 몇 명을 데리고 다니지만, 위급한 일이 생기면 어찌 의지할 수 있겠습니까?"

〔원앙은〕 그 부자를 꾸짖고 왕래하지 않았다. 이 이야기를 들은 모든 공경들은 대부분 원앙을 칭송하였다.

자객도 원앙의 덕에 감화된다

원앙은 집에 있었지만 경제는 때때로 사람을 보내 의견을 묻곤 하였다. 양나라 왕이 후사가 되기를 요구하였을 때, 원앙이 진언하여 〔반대했기 때문에 양나라 왕을〕 후사로 세운다는 말은 더 이상 나오지 않았다. 양나라 왕은 이 일로 원앙을 원망하여 사람을 시켜 원앙을 찔러 죽이려고 했다. 자객은 관중에 이르러 원앙이 어떤 인물인지 알아보았는데, 사람들이 모두 칭찬만 할 뿐 다른 말은 하지 않았다. 그래서 〔자객은〕 원앙을 만나 이렇게 말했다.

"저는 양나라 왕한테 돈을 받고 공을 찔러 죽이려고 왔습니다만 당신은 장자(長者)이니 차마 죽일 수가 없었습니다. 그렇지만 뒤에 당신을 해치려는 자가 10여 명의 무리가 더 있으니 대비하십시오."

〔이 말을 듣자〕 원앙은 불안하고, 집안에도 괴이한 일이 많이 일어나므로 배생(棓生)을 찾아가 점을 보았다. 〔그런데〕 돌아오다가 안릉의 성문 밖에서 그를 뒤쫓던 양나라 왕의 자객이 앞을 가로막더니 원앙을 찔러 죽였다.

종묘사직을 위하다 죽은 조조

조조(鼂錯)는 영천(潁川) 사람으로 지(軹) 땅의 장회(張恢) 선생으로부터 신불해(申不害)와 상앙(商鞅)의 형명학(刑名學) 엄격한 형법으로 백성을 다스려야 한다는 학문을 배웠으며, 낙양의 송맹(宋孟)과 유례(劉禮)와 같은 스승을 모셨다. 〔그는〕 문학(文學)으로 태상의 장고(掌故)태상의 속관으로 역사를 담당함가 되었다.

조조는 사람됨이 준엄하고 강직하며 냉철했다. 효문제 때는 천하에서 『상서』를 배운 사람이 없었다. 옛날 진나라의 박사를 지낸 제남(濟南)의 복생(伏生)이 『상서』를 배웠다고 했지만 아흔 살이 넘어 〔너무〕 늙었기 때문에 조정으로 불러들일 수가 없었다. 그래서 〔황제는〕 태상에게 조서를 내려 〔복생에게〕 사람을 보내 그것을 배워 오도록 했다. 태상은 조조를 복생의 집으로 보내 『상서』를 배우게 하였다. 〔뒤에〕 조조는 돌아와서

『상서』의 글을 인용하여 나라에 이로운 것과 해로운 것을 자세히 적어 글을 올렸다. 〔황제는〕 조서를 내려 그를 태자의 사인, 문대부(門大夫), 가령(家令)으로 삼았다. 조조는 뛰어난 말재주로 태자의 총애를 받았으며 태자궁에서는 '지혜주머니'로 불렸다. 효문제 때 그는 제후들의 봉토를 줄이는 문제와 개정해야 할 법령에 대해서 수십 번 글을 올렸다. 효문제는 〔조조의 의견을〕 받아들이지는 않았지만 그의 재능을 탁월하다고 인정하여 중대부로 승진시켰다. 당시 태자는 조조의 계책에 찬성했지만 원앙 등을 비롯한 대다수의 여러 공신들은 조조를 좋게 생각하지 않았다.

경제가 즉위하자 조조를 내사(內史)로 삼았다. 조조는 자주 사람들을 물리치고 정사에 관한 의견을 말하였는데 그때마다 황제는 그의 의견을 들었다. 그에 대한 황제의 총애는 구경(九卿)[4]보다 앞섰고, 〔그의 말에 따라〕 개정된 법령도 많았다. 승상 신도가는 마음속으로 탐탁지 않았으나 그에게 상처를 입힐 만한 힘이 없었다. 내사의 관부는 태상황(太上皇)고조의 부친의 묘당 안쪽 담과 바깥담 사이의 빈터에 있었는데 문이 동쪽으로 나가게 되어 있어 불편했다. 그래서 조조는 남쪽으로 나갈 수 있도록 문 두 개를 새로 만들려고 하여 묘당 빈터의 바깥담을 뚫게 되었다. 승상 신도가는 이 사실을 알고 몹시 화

---

4) 한나라의 구경은 봉상(奉常), 낭중령(郎中令), 위위(衛尉), 태복(太僕), 정위(廷尉), 전객(典客), 종정(宗正), 치속내사(治粟內史), 소부(少府)를 가리킨다. 여기서 구경이라 함은 실제 숫자라기보다는 많은 고위직 관료를 빗대어 말하는 것으로 볼 수 있다.

를 내면서 이 잘못을 틈타 주청하여 조조의 목을 베려고 했다. 조조는 그 소식을 듣고 곧장 밤에 사람들을 물리고 황제에게 그 일을 자세히 말했다. 승상은 정사에 관한 일을 말한 뒤, 조조가 멋대로 묘당의 담을 뚫어 문을 만들었으니 그를 정위에게 넘겨 목을 베도록 주청했다. 황제가 말했다.

"이것은 묘당의 담이 아니라 빈터가 있는 바깥담이니 법에 어긋나지 않소."

이에 사죄하고 조정에서 물러나온 승상은 화가 나서 장사(長史)에게 이렇게 말했다.

"나는 먼저 그의 목을 벤 뒤에 황상께 아뢰어야 했는데 먼저 아뢰었다가 어린아이에게 모욕당했으니 진실로 내 잘못이다."

승상은 결국 병들어 죽었다. 조조의 명성은 이 일로 더욱더 높아졌다.

〔조조는〕어사대부로 승진한 뒤 제후들 가운데 죄를 짓거나 허물이 있는 자의 봉토를 줄이고 봉토 근처에 있는 군을 몰수하도록 주청하였다. 상소문이 올라가자 황제는 공경, 열후, 종실들을 불러 모아 논의하도록 했는데 아무도 감히 비난하는 자가 없었다. 오직 두영만이 논쟁하였으므로 이 일로 인해 조조와 틈이 생겼다. 조조가 개정한 법령은 30장(章)이나 되었는데 제후들은 한결같이 시끄럽게 굴면서 조조를 미워했다. 조조의 아버지가 그 소문을 듣고 영천에서 올라와 조조에게 말했다.

"황상께서 막 즉위하실 때 네가 권력을 쥐고 정사를 처리하면서 제후들의 봉토를 줄이고 다른 사람의 골육 사이를 멀어지게 하여 사람들 중에 너를 비난하고 원망하는 자가 많은 것은 무엇 때문이겠느냐?"

조조가 말했다.

"정말로 그렇게 했습니다. 그러나 이렇게 하지 않으면 천자께서는 존귀해지지 않고 종묘는 편안하지 못합니다."

조조의 아버지가 말했다.

"유씨는 편안해졌지만 조씨는 위태로워졌으니 나는 너를 떠나 돌아가겠다."

결국 약을 마시고 스스로 목숨을 끊으며 말했다.

"나는 차마 재앙이 나에게까지 이르는 것을 볼 수 없다."

그가 죽은 지 10여 일 만에 오나라와 초나라 등 일곱 나라가 과연 모반을 일으키면서 조조를 죽인다는 것을 명분으로 내세웠다. 그때 두영과 원앙이 황제를 설득하니, 황제는 조조에게 조복(朝服)을 입히고 동쪽 저자에서 그 목을 베도록 명령했다.

제후들의 봉토를 줄여야 하는 이유

조조가 죽은 뒤 알자 복야(僕射) 등공(鄧公)이 교위(校尉)가 되어 오나라와 초나라의 반란군을 공격하는 장군이 되었다. 〔그가 싸움에서〕 돌아와 군대의 일에 관한 글을 올리고 황제를 뵈었는데 황제가 물었다.

"〔그대가〕 싸움터에서 돌아오는 길이니 묻겠소. 조조가 죽었다는 말을 듣고 오나라와 초나라의 반란군은 싸움을 그만두지 않았소?"

등공이 말했다.

"오나라 왕은 수십 년 전부터 반란을 준비했습니다. 봉토가 깎인 데서 분노가 폭발하여 조조를 죽인다는 명분을 내세웠을 뿐 본래 조조를 목표로 삼지는 않았습니다. 게다가 신은 천하의 선비들이 입을 다물고 감히 황상께 의견을 말하지 않을까 두렵습니다."

황제가 말했다.

"무엇 때문이오?"

등공이 말했다.

"조조는 제후들의 세력이 강대해지면 통제할 수 없을까 봐 염려하여 그들의 봉토를 줄이도록 요청해 조정의 존엄을 높이려고 했던 것입니다. 이것은 만세에 걸친 이익을 도모한 일입니다. 그러나 〔이러한〕 계획이 겨우 시행되었을 때 〔조조는〕 느닷없이 극형을 받고 말았습니다. 이것은 안으로는 충성스러운 신하의 입을 막고, 밖으로는 제후들을 위해서 원수를 갚아 준 꼴입니다. 신은 그것이 폐하를 위한 일이 아니었다고 생각합니다."

그러자 경제는 한동안 아무 말 없이 있다가 말했다.

"공의 말이 옳소. 나도 이 점이 후회스럽소."

그리고는 등공을 성양(城陽)의 중위(中尉)로 삼았다.

등공은 성고(成固) 사람으로 기이한 계책이 많았다. 건원(建元)무제의 첫 번째 연호 연간에 효무제가 현량(賢良)덕행이 있는 자을 초빙하자 공경들은 등공을 추천했다. 그때 등공은 벼슬을 그만두고 물러나 집에 있었으나, 다시 기용되어 구경이 되었다. 1년 뒤에 그는 다시 병을 핑계로 물러나서 고향으로 돌아왔다. 그 아들 등장(鄧章)은 황로(黃老)도가의 학문을 배워 공경들 사이에 이름이 알려졌다.

태사공은 말한다.

"원앙이 비록 학문을 좋아하지는 않았고 [황제의 뜻에] 억지로 꿰맞춰 일을 처리하였지만, 어진 마음을 바탕으로 하여 대의를 이끌어 [세상 일에] 울분을 토로하기도 하였다. 효문제가 막 즉위했을 때 [그의] 능력은 때를 만나게 되었다. [그러나] 시세는 변화하고 달라져, 오나라와 초나라가 모반을 일으켰을 때 단 한 번 황제를 설득하여 자기 주장을 관철시켰을 뿐 두 번 다시 뜻을 얻지는 못했다. 그는 명성을 좋아하고 재주를 뽐내다가 결국 이름 때문에 망한 것이다.

조조는 가령으로 있을 때부터 여러 차례 나랏일에 관한 의견을 말했으나 받아들여지지 않았다. [그러나] 그 뒤에 권력을 휘두르게 되자 법을 많이 고쳤다. 제후들이 반란을 일으켰을 때, 서둘러 해결하지 않고 사사로운 원한을 갚으려다가 도리어 자기 몸을 망치고 말았다. 속담에 '옛것을 바꾸고 떳떳한 이치(常)를 어지럽히는 자는 죽지 않으면 망한다.'라고 하였는데, 어찌 조조 같은 사람을 두고 한 말이 아니겠는가?"

42
◎
장석지 풍당 열전
張釋之馮唐列傳

　이 편은 한나라 문제 때의 강직한 신하 장석지와 풍당의 전기이다. 장석지는 문제 때 정위(廷尉)라는 관직에 올라 법을 공정하게 적용하고 직간하였으며, 풍당은 문제에게 장수 기용에 대해 간언하였다.

　예로부터 아첨하는 신하는 많아도 직간하는 신하는 적으므로 군주는 날로 오만해지고 자기 허물을 알지 못했다. 문제는 간신 등통을 감싸 주고 승상 신도가에게 바른 법리를 불가능하게 하는 등 실정을 거듭하였다. 심지어 자기 수레가 중위교를 지날 때 백성 중에서 다리 아래에서 나오는 사람이 있어 말이 놀라자 기병을 시켜 그들을 잡아 죄를 묻고는 모두 죽이려 했으니, 이는 그가 형벌을 남용한 것이다. 만일 이 두 신하의 직간이 없었다면 문제는 더욱더 어리석음을 범했을 것이다. 그러나 문제는 이들의 직간을 받아들여 말년에는 과실이 줄고, 결국에는 현군으로 평가받았다.

　사마천은 이 두 사람이 나랏일에 충실하고 원칙을 견지하고 자신의 관점을 표출하는 데 과감하며, 제왕의 잘못에 대해 역린을 두려워하지 않고 간언하는 정신을 높이 평가하고 있다. 특히 문제의 포용력이 장석지와 풍당 같은 인물을 만들었으며, 이러한 군신 관계야말로 사마천이 비판적으로 평가한 한 무제 때의 혹리(酷吏)들의 행동 방식과는 근본적인 차이를 보여 준다. 그 백미는 문제와 풍당의 대화인데 염파와 이목에 대한 인물 평을 하는 대목에서 극대화된다.

말재주만으로 사람을 임명해서는 안 된다

정위(廷尉) 장석지(張釋之)는 도양(堵陽) 사람으로 자는 계(季)이고, 형 장중(張仲)과 함께 살았다. 그는 재물로써 기랑(騎郎)황제가 외출할 때 말을 타고 호위하던 관리이 되어 효문제를 섬겼으나 10년 동안 승진도 하지 못하여 그를 알아주는 이가 아무도 없었다. 장석지가 말했다.

"오랜 벼슬살이로 형의 재산만 축내고 〔뜻도〕 이루지 못했구나."[1]

---

1) 당시 낭관이 된 자는 수레와 말, 옷 등을 스스로 구입해야 했기 때문에

그는 스스로 벼슬을 그만두고 〔집으로〕 돌아가려고 했다. 중랑장 원앙은 그가 어질다는 것을 알고 있으므로 떠나는 것을 안타까워하여 알자(謁者)로 옮길 수 있도록 주청하였다.

장석지가 조회를 마친 뒤 앞으로 나아가 〔백성을〕 편안하게 하고 나랏일을 마땅히 하는 일을 말하자 문제가 말했다.

"수준을 낮추어 지나치게 고상한 견해는 말하지 마시오. 지금 당장 시행할 수 있는 것을 말하시오."

그래서 장석지는 진나라와 한나라의 일을 말하였으니 진나라가 멸망하고 한나라가 일어나게 된 원인을 오랫동안 말씀드렸다. 문제는 좋다고 칭찬하면서 곧 장석지를 발탁하여 알자복야로 삼았다.

장석지는 황제를 모시고 나가 호권(虎圈)호랑이를 가두어 기르는 곳에 간 적이 있었다. 황제는 상림위(上林尉)황제의 사냥터인 상림원의 관원에게 짐승들에 관해 적은 책에 대하여 10여 가지를 물었지만, 상림위는 곁에 있던 〔아랫사람만〕 쳐다볼 뿐 전혀 답변하지 못하였다. 호권을 관리하는 색부(嗇夫)가 곁에서 상림위 대신 짐승에 관해 적은 책에 대한 황제의 질문에 매우 상세하게 대답하였다. 〔그는〕 이 기회에 자기 능력을 보이려고 소리를 따라 메아리가 울려 나오듯 묻는 즉시 대답하는 것이 끝이 없었다. 문제가 말했다.

"관리는 이와 같아야 하지 않소? 상림위는 신임할 수 없소."

그리고 장석지에게 색부를 상림령(上林令)으로 삼으라고 명

___

가산을 점점 낭비하게 되었다고 한 것이다.

령하였다. 그러나 장석지는 한참 생각하다가 앞으로 나와 말했다.

"폐하께서는 강후 주발을 어떤 인물로 생각하십니까?"

황상이 대답했다.

"장자(長者)요."

또다시 물었다.

"동양후(東陽侯) 장상여(張相如)는 어떤 인물입니까?"

황상은 다시 이렇게 대답했다.

"장자요."

장석지가 말했다.

"강후와 동양후를 장자라고 하셨지만, 이 두 사람은 일찍이 어떤 일을 말할 때 우물쭈물하며 제대로 표현하지 못하였습니다. 그런데 어찌 이 색부의 수다스러운 말재주를 본받으라고 하십니까! 하물며 진나라는 도필리(刀筆吏)와 같은 낮은 벼슬아치를 임용하였으므로 서리들이 다투면서 서둘러 일을 처리하고 사소한 것을 자질구레하게 파헤치는 것으로써 뛰어나다고 뽐내곤 했습니다. 그러나 이러한 행동으로 인하여 일을 형식적으로 처리할 뿐 백성을 가엾게 여기는 정이 없는 폐단이 생겨났습니다. 그래서 황제는 잘못을 지적해 주는 말을 들을 수 없었고, (나라는) 나날이 쇠퇴해 이세황제에 이르러 천하는 흙더미가 무너지듯 허물어지고 말았습니다. 지금 폐하께서는 색부의 말주변을 높이 사서 파격적으로 승진시키려고 하시는데, 신은 천하 사람들이 바람 따라 휩쓸리듯 말재주에만 지나치게 힘써 다투고 실제적인 이익을 꾀하지 않을까 염려됩니다. 또 아랫사람이 윗사람을 본받는 것은 그림자가 형체를 따르고 메아리가 소리에 답하는 것보다 빠릅니다. 이 때문에 폐하께서는 임용하거나 임용하지 않을 때 신중하게 하시지 않으면 안 됩니다."

문제가 말했다.

"옳은 말이오."

그러고는 색부를 등용하려던 것을 그만두었다.

황제는 수레에 오르자 장석지를 불러 곁에 타도록 한 뒤[2] 천천히 가면서 진나라의 병폐를 물었고, 장석지는 있는 그대로 모두 말하였다. 궁궐에 이르자 황상은 장석지를 높여 공거령(公車令)으로 삼았다.

그로부터 얼마 뒤에 태자와 양나라 왕이 함께 수레를 타고 궁궐로 들어오면서 사마문(司馬門)궁궐 밖의 문에서 내리지 않았으므로 장석지가 뒤쫓아 가서 태자와 양나라 왕을 멈춰 세우고 궁궐 문으로 들어가지 못하게 했다. 그러고는 그 두 사람이 사마문에서 내리지 않은 것은 불경죄라고 탄핵하며 위에 아뢰었다. 이 일이 박 태후(薄太后)의 귀에까지 들어갔으므로 문제는 관을 벗고 사죄하며 말했다.

"자식을 엄하게 가르치지 못한 탓입니다."

박 태후가 사자에게 조서를 받들고 가서 태자와 양나라 왕의 죄를 용서하도록 한 뒤에야 [두 사람은] 궁궐로 들어올 수

---

2) 여기서 곁에 탄다는 말은 오른쪽에 타는 것이다. 황상은 왼쪽에 타고, 중간에는 마부가 탔다.

있었다. 문제는 이 일로 장석지를 범상치 않은 인물로 여기고 중대부로 삼았다.

탐나는 물건이 있으면 무덤 속까지 도둑이 든다

얼마 뒤 장석지는 중랑장으로 승진하여 문제를 따라 패릉에 갔다. 황제는 북쪽 언덕 끝에 앉아 먼 곳을 바라보았다. 이때 신 부인이 곁에서 모시고 있었는데, 황제는 신 부인에게 신풍현(新豐縣)으로 가는 길을 가리키면서 말했다.

"이것이 한단으로 가는 길이오."

황제는 신 부인에게 비파를 타도록 하고 직접 그 비파 곡조에 맞추어 노래를 불렀는데 몹시 처량하고 슬퍼서 고개를 돌려 여러 신하에게 말했다.

"아! 북산(北山)의 돌로 겉 관을 만들고, 모시와 솜을 끊어 틈을 막고, 그 틈새를 옻으로 붙이면 어찌 열 수 있겠소?"

곁에 있던 신하들은 한결같이 말했다.

"열지 못할 것입니다."

이때 장석지가 앞으로 나와 말했다.

"만일 그 속에 〔사람들이〕 좋아하는 물건을 넣어 둔다면 비록 남산(南山)으로 〔겉 관을 만들고 쇠를 녹여 틈을〕 막을지라도 오히려 꺼낼 틈이 있을 것입니다. 그러나 그 속에 사람들이 좋아할 만한 물건을 넣지 않는다면 돌로 만든 관을 쓰지 않더라도 무슨 걱정을 하겠습니까?"

문제는 옳은 말이라고 칭찬하였다. 그 뒤 장석지를 정위로 삼았다.

공정한 법만이 신뢰를 얻는다

그로부터 얼마 뒤 문제가 중위교(中渭橋)위수(渭水) 중류에 있는 다리에 행차하였을 때, 어떤 사람이 갑자기 다리 밑에서 달려나와 황제의 수레를 끌던 말을 놀라게 했다. 그래서 기병을 시켜 붙잡아 정위에게 넘겨 처리하도록 했다. 정위 장석지가 〔그의 죄를〕 심문하자 그 사람은 이렇게 대답했다.

"〔저는〕 장안현 사람으로 〔이곳에〕 왔는데, 청도계엄(淸道戒嚴)제왕이 행차할 때 길을 내고 거리를 청소하며 통행을 금하는 것이 들리기에 다리 밑에 숨어 있었습니다. 한참이 지나 폐하께서 이미 지나가신 줄 알고 나왔다가 수레와 기병을 보고 달아났을 뿐입니다."

정위는 심문을 끝내고 임금이 행차하는 길을 범하였으므로 그 죄는 벌금형에 해당된다고 판결하였다. 문제는 화를 내며 말했다.

"이놈이 직접 내 말을 놀라게 했소. 내 말이 온순하였기 다행이지 다른 말 같았으면 정녕 나를 떨어뜨려 다치게 하지 않았겠는가? 그런데 정위는 그놈의 죄가 벌금형에 해당된다고 말하시오?"

장석지가 말했다.

"법이란 천자와 천하 사람들이 다 같이 지켜야 하는 것입니다. 지금 법에 의하면 이와 같이 하면 되는데, 고쳐서 더 무거운 벌로 다스린다면 법이 백성들에게 믿음을 주지 못하게 될 것입니다. 바로 이때, 황상께서 그 자리에서 그를 베어 버리라고 하셨으면 그만입니다만, 지금 〔그를〕 이미 정위에게 넘기셨습니다. 정위는 천하의 법을 공정하게 다스리는 자인데 한쪽으로 기울면 천하의 법을 집행하는 사람들이 다 제각기 법을 무겁게도 하고 가볍게도 할 것입니다. 〔그렇게 되면〕 백성은 그들의 손과 발을 어느 곳에 두겠습니까? 폐하께서는 이 점을 〔분명하게〕 살피시기 바랍니다."

황제는 한참 있다가 말했다.

"정위의 판결이 옳소."

그 뒤 고묘(高廟)한나라 고조 유방의 묘의 신주 앞에 놓여 있던 옥가락지를 훔친 자가 있어 〔그를〕 체포하였는데, 문제가 몹시 노하여 정위에게 넘겨서 다스리도록 하였다. 장석지는 종묘의 옷과 물건을 훔친 자에 관한 법률에 의하면 기시(棄市)사형에 처한 뒤 시신을 시장 바닥에 버리는 형벌에 해당한다고 판결하였다. 그러자 문제는 몹시 노여워하며 말했다.

"그놈은 무도(無道)하여 선제의 종묘 안에서 기물(器物)을 훔쳤소. 내가 그를 정위에게 넘긴 까닭은 그 집안 식구를 멸하는 벌로 다스리기 위해서였소. 그런데 그대는 법에 의해 기시에 해당한다고 하니, 종묘를 공손히 받들고자 하는 나의 뜻이 아니오."

장석지는 관을 벗고 머리를 조아리면서 사죄하여 말했다.

"법에 의하면 이와 같이 하면 충분합니다. 죄는 같아도 무겁고 가벼운 정도에 따라 차이가 있어야 합니다. 지금 종묘의 기물을 훔쳤다고 하여 집안을 멸한다면, 만에 하나 어리석은 백성이 장릉(長陵)한나라 고조 유방의 능묘의 흙을 한 움큼 훔쳤을 때 폐하께서는 어떤 형벌을 내리시겠습니까?"

한참 생각하더니 문제는 태후와 상의하여 정위의 판결이 타당하다고 비준하였다. 당시 중위(中尉) 조후(條侯) 주아부(周亞夫)와 양나라 승상 산도후(山都侯) 왕염개(王恬開)는 장석지의 의논이 공평한 것을 보고 친구 관계를 맺었다. 장석지는 이로부터 천하 사람들의 칭송을 들었다.

내 버선을 매어 주시오

뒤에 문제가 죽고 경제가 즉위하였다. 장석지는 [지난 일 때문에 벌을 받을까 봐] 두려워 병을 핑계로 [정위직을] 그만두고 떠날까 하였지만 [더욱] 큰 형벌을 초래할까 겁이 났다. [궁궐로 들어가] 사과할까 생각도 해 보았지만 아직 결단을 내리지 못하고 있었다. 왕생(王生)의 계책을 받아들여 [경제를] 뵙고 사과하니, 경제는 나무라지 않았다.

왕생은 황로의 학문에 뛰어난 처사(處士)벼슬에 나가지 않은 선비였다. 그는 일찍이 궁궐로 불려 들어간 적이 있는데, 삼공(三公)과 구경 대신이 모두 모여 서 있었다.

왕생이란 노인이 말했다.

"내 버선 대님이 풀어졌군."

(그러고는) 장 정위를 돌아보며 말했다.

"내 버선 대님을 매어 주시오!"

장석지는 꿇어앉아 버선을 매어 주었다.

얼마 후에 어떤 사람이 왕생에게 물었다.

"어째서 조정에서 장 정위에게 꿇어앉아 (당신) 버선 대님을 매도록 모욕을 주셨습니까?"

왕생이 말했다.

"나는 늙고 비천하여 아무리 생각해도 장 정위에게 보탬이 될 길이 없었소. 장 정위는 지금 천하의 명신이므로 나는 잠시 꿇어앉아 내 버선 대님을 매도록 욕을 보임으로써 그의 명성을 더욱 높여 주려고 한 것이오."

공경들은 이 말을 듣고 왕생을 현명하다고 하고 장 정위를 존경했다.

장 정위는 경제를 섬긴 지 1년 남짓 만에 회남왕의 재상이 되었는데, 이것은 전에 경제에게 죄를 지었기 때문이었다. 그로부터 얼마 뒤 장석지는 세상을 떠났다. 그 아들 장지(張摯)는 자가 장공(長公)으로 벼슬이 대부까지 이르렀다가 면직되었다. (그는) 당시 권세 있고 지위가 높은 사람을 받아들이려 하지 않았기 때문에 죽을 때까지 벼슬을 하지 않았다.

전쟁은 왕이 아니라 장수가 하는 것이다

풍당(馮唐)이란 사람의 할아버지는 조나라 사람이다. 아버지 때 대나라로 옮겨 와 살다가 한(漢)나라가 일어난 뒤에 안릉(安陵)으로 옮겨 살았다. 풍당은 효행으로 이름이 났으며, 중랑서(中郞署)상림(上林)을 숙위(宿衛)하는 관서의 장(長)이 되어 문제를 섬겼다. 문제가 수레를 타고 중랑 관서를 지나다가 풍당에게 물었다.

"노인장께서는 어떻게 낭관이 되었소? 집은 어디에 있소?"

풍당이 사실대로 모두 말하자, 문제는 말했다.

"내가 대나라에 있을 때 내 상식감(尙食監)음식물을 관리함 고거(高祛)는 나에게 조나라 장수 이제(李齊)가 어진 사람이라고 여러 차례 칭찬하고 거록(鉅鹿) 아래에서 싸운 이야기를 들려주었소. 지금도 나는 밥을 먹을 때마다 〔이제가〕 거록에서 싸우던 일을 생각하지 않는 적이 없소. 노인장께서는 이제라는 사람을 아시오?"

풍당이 대답했다.

"그는 염파와 이목만 한 장수는 전혀 아니었습니다."

황제가 물었다.

"왜 그렇소?"

풍당이 대답했다.

"신의 할아버지는 조나라에 있을 때 병사 100명을 거느리는 장수여서 이목과 아주 친했고, 신의 아버지는 대나라 왕의 재상을 지낼 때 조나라 장수 이제와 사이가 좋았으므로 그의 사람됨을 압니다."

황제는 염파와 이목의 사람됨이 훌륭하다는 말을 듣자 매우 기뻐하며 허벅지를 치면서 말했다.

"아! 나는 어째서 염파와 이목 같은 사람을 얻지 못했는가! 내가 그들 같은 사람을 장수로 삼았다면 내가 어찌 흉노를 근심하겠소?"

풍당이 말했다.

"황공하옵니다! 폐하께서는 염파나 이목을 얻더라도 등용하실 수 없을 것입니다."

황제는 노여워하며 일어나 궁궐로 들어가더니 한참 뒤에 풍당을 불러들여 꾸짖었다.

"그대는 어찌하여 많은 사람 앞에서 나를 모욕하였소? 어찌 조용한 곳이 없었겠소?"

풍당은 사죄하며 말했다.

"소인이 미천하여 미처 가릴 줄을 몰랐습니다."

당시 흉노가 조나현(朝那縣)으로 크게 쳐들어와 북지(北地)의 도위 손앙(孫卬)을 죽였다. 문제는 흉노가 쳐들어올 것으로 생각하고 마침내 다시 풍당에게 물었다.

"그대는 내가 염파와 이목을 쓸 수 없다는 것을 어떻게 알았소?"

풍당이 대답했다.

"신이 듣건대 옛날 왕은 장수를 싸움터로 보낼 때 꿇어앉아 수레바퀴를 밀어 주면서 '궁궐 안의 일은 내가 처리할 테니 궁궐 밖의 일은 장군이 통제하시오.'라고 말하고, 군공과 작위와 상은 모두 궁궐 밖에서 결정하고 돌아와서 아뢰도록 했다고 합니다. 이것은 빈말이 아닙니다. 신의 할아버지 말씀에 따르면 이목은 조나라 장수로 변경을 지킬 때 군시(軍市)에서 걷은 조세를 모두 마음대로 사용하여 병사들을 대접하는 데 썼으며, 상을 주는 것은 궁궐 밖에서 결정하고 조정은 관여하지 않았다고 합니다. 〔조정에서는〕 그에게 맡겨 책임지고 공을 이루도록 하였으므로 이목은 자기 지혜와 재능을 다 발휘할 수 있었습니다. 선발된 수레 1300승, 활 쏘는 기병 1만 3000명, 싸워 100금을 상으로 받을 만한 정예 병사 10만 명을 보냈습니다. 이 군대로 북쪽으로는 선우를 내쫓고 동호(東胡)를 물리치고 담림(澹林)을 멸망시켰으며, 서쪽으로는 강한 진나라를 누르고 남쪽으로는 한(韓)나라와 위(魏)나라를 막아 냈습니다. 당시에 조나라는 거의 천하의 우두머리가 될 뻔했습니다. 그 뒤 조나라 왕 천(遷)이 즉위하였는데, 그 어머니는 길거리에서 노래를 부르며 돈을 벌던 여자였습니다. 〔조나라〕 왕 천이 즉위하자, 곽개(郭開)의 참소만을 받아들여 마침내 이목을 죽이고 안취(顔聚)로 그를 대신하게 하였습니다. 이 때문에 군대는 싸움에서 지고 달아났으며, 조나라 왕은 진나라에 사로잡히고 나라는 멸망하였습니다.

지금 신이 듣건대 위상(魏尙)은 운중(雲中) 태수로 있을 때 군중에 둔 교역 시장에서 걷은 세금으로 병사들을 배불리 먹이고, 자신에게 지급되는 수당으로 닷새마다 한 차례씩 소를 잡아 빈객과 군리와 사인들을 먹였으므로 흉노는 멀리 숨어 운중 요새에는 가까이 오지 못했다고 합니다. 흉노가 한 차례 쳐들어온 적이 있는데, 위상이 거기(車騎)를 이끌고 쳐서 매우 많은 적군을 죽였다고 합니다. 위상의 병사들은 모두 평민 자식으로 밭을 갈다가 군사가 되었는데 어떻게 '척적(尺籍)',[3] '오부(伍符)'[4] 같은 군법을 알겠습니까? 하루 종일 힘껏 싸워서 적의 머리를 베고 포로를 잡아 상부에 전공을 보고할 때, 한 마디라도 서로 맞지 않으면 문리(文吏)사법관들이 법에 따라 제재를 가했습니다. 공이 있는 자들은 상을 받을 수 없고, 문리가 받드는 법은 반드시 신용을 얻었습니다. 신의 어리석은 생각으로는 폐하의 법이 지나치게 엄격해서 상 주는 데는 몹시 인색하고 벌 주는 데는 너무 무겁습니다. 하물며 운중 태수 위상이 상부에 전공을 보고할 때 적군의 목을 벤 숫자가 여섯이 차이 난다고 하여 폐하께서는 그를 형리에게 넘겨 작위를 박탈하고 징역에 처하셨습니다. 이와 같은 것으로 미루어 볼 때 폐하께서는 염파나 이목을 얻더라도 등용하실 수 없을 것입니다. 신은 진실로 어리석어 거슬리는 말씀을 올렸으니 죽을죄를 지었습니다. 죽을죄를 지었습니다."

문제는 기뻐하였다. 그날로 풍당을 시켜 부절을 가지고 가서 위상을 풀어 주어 다시 운중 태수로 삼고, 아울러 풍당을 거기도위로 삼아 중위와 각 군과 국의 전차 부대를 주관하도록 하였다.

---

3) 적군의 머리를 벤 공을 나무판 위에 기록하는 것이다.
4) 부대의 병사들로 하여금 다섯 명씩 한 대오가 되어 서로 감시하게 하는 것이다.

〔한나라 효문제 후원(後元)〕 7년, 경제가 즉위하여 풍당을 초나라 재상에 임명하였으나 〔얼마 되지 않아〕 면직되었다. 무제가 즉위하자 현량(賢良)을 구했는데 풍당도 추천되었다. 〔그러나〕 그때 풍당은 아흔 살이 넘어 더 이상 관직을 맡을 수 없으므로 그 아들 풍수(馮遂)를 낭관으로 삼았다. 풍수는 자가 왕손(王孫)이고 그 또한 걸출한 인물로 나와 친한 사이였다.

태사공은 말한다.

"장계(張季)가 장자(長者)를 말한 것은 법을 지키며 〔황제의〕 뜻에 아부하지 않은 것이고, 풍 공이 장수(將率)를 말한 것은 참으로 〔깊은〕 맛이 있구나! 〔깊은〕 맛이 있구나! 속담에 '그 사람을 알지 못하면 그의 친구를 보라.'라고 했다. 두 사람을 칭송한 말은 낭묘(廊廟)조정을 가리킴에 적어 남겨 둘 만하다. 『서』에 '치우치지도 않고 파당도 만들지 않으니 성왕의 도는 넓고 크다. 파당도 없고 치우치지도 않으니 성왕의 도는 끝없이 평온하다.'라고 하였다. 장계와 풍 공은 이 뜻에 가깝다."

43
◎
만석 장숙 열전
萬石張叔列傳

이 편은 만석군 석분(石奮)과 장숙을 합쳐 열전을 만들고 여기에 위관(衛綰), 직불의(直不疑), 주인(周仁) 등 세 사람의 사적을 덧붙여 실은 것이다.

석분과 그의 네 아들은 모두 2000석의 관리로서, 충성심과 근면함으로 구경이 되어 한 가문이 만 석을 받아 만석군이라는 호를 얻었다. 장숙은 문제, 경제, 무제 3대를 섬겨 관직이 어사대부까지 올랐다. 이들은 당시 크게 두각을 나타내지 못했으나 군주에게 올바르게 처신하여 끝까지 살아남은 처세의 달인이었다.

여기서 사마천은 석분이 공손하며 삼가는 태도로 처세하는 모습을 서술하면서 그가 마치 귀머거리와 벙어리인 척한 것, 그의 아들 석경 또한 9년 동안 재상으로 있으면서 어떤 다른 말도 하지 않는 것, 위관이 끝까지 진언을 하지 않고 승상 자리를 마친 것을 비판적으로 바라본다. 그러나 이러한 처세법도 그 당시 궁정의 풍토가 얼마나 음산했는지를 충분히 짐작하게 만든다.

직언하는 사람들이 살해되거나 형을 받거나 하는 데 비해, 이처럼 비굴한 모습을 간직한 자들은 권세도 적당히 누리면서 살아갔던 것이다.

예의 바르고 삼가는 태도가 부귀를 따르게 한다

만석군(萬石君)의 이름은 분(奮)이다. 그 아버지는 조나라 사람으로 성은 석(石)인데, 조나라가 멸망하자 온(溫)으로 옮겨 와 살았다. 고조가 동쪽으로 항적(항우)을 치기 위해 하내(河內)를 지날 때 석분은 열다섯 살로 낮은 벼슬아치가 되어 고조를 모시고 있었다. 고조는 그와 이야기하면서 그가 공경하는 마음이 있음을 어여삐 여겨 물었다.

"네 집에는 누가 있느냐?"

[그는] 대답했다.

"저에게는 어머니만 계시는데 불행히도 앞을 보지 못하고 집안은 가난합니다. 누이가 있는데 거문고를 탈 수 있습니다."

고조가 말했다.

"너는 나를 따를 수 있겠느냐?"

[석분이] 대답했다.

"원컨대 힘을 다하겠습니다."

고조는 그 누이를 불러 미인(美人) 궁녀의 관직명으로 삼고, 석분을 중연(中涓)으로 삼아 올라오는 글과 알현을 청하는 일을 맡아보게 하였다. 그리고 집을 장안성의 척리(戚里)[1]로 옮기도록 하였는데, 이것은 그 누이가 미인이 되었기 때문이다. 그의 관직은 공로를 많이 쌓아 효문제 때 태중태부에 이르렀다. 그는 글재주와 학문을 쌓지는 못했지만 공손하고 신중한 면에서는 비할 만한 사람이 없었다.

문제 때 동양후(東陽侯) 장상여(張相如)가 태자태부가 되었다가 면직되었다. [문제가] 태부가 될 만한 사람을 찾자 모두가 석분을 추천하였으므로 그가 태자태부가 되었다. 효경제는 즉위한 뒤 [그를] 구경(九卿)으로 삼았다. [그러나 그가 너무 겸손하고 예의가 발라] 가까이하기가 꺼려졌으므로 자리를 옮겨 제후의 상국이 되게 했다. 석분의 맏아들은 석건(石建)이고, 둘째 아들은 석갑(石甲)이며, 셋째 아들은 석을(石乙)이고, 넷째 아들은 석경(石慶)이다. 모두 품행이 바르고 부모에게 효성스럽고 신중하였으며, 벼슬은 모두 2000석의 [봉록을 받는] 지위에 이르렀다. 이에

---

1) 한 대에 후비의 친정들이 살던 마을인데, 시간이 흐르면서 제왕의 외척을 일컫는 말로 쓰이게 되었다.

경제는 말했다.

"석 군(石君)과 네 아들이 모두 2000석의 지위에 있으니, 신하 된 자의 존귀와 영예가 한집안에 모였구나!"

그래서 석분을 만석군이라고 불렀다.

효경제 말년에 만석군은 상대부 봉록을 받으면서 늙었다 하여 [벼슬을 그만두고] 집으로 돌아왔으나, 세시(歲時)에는 신하로서 조회에 들었다. 궁궐 문을 지날 때면 만석군은 반드시 수레에서 내려 잰걸음으로 걸어 들어갔고, 노거(路車)[2]를 보게 되면 반드시 수레의 가로나무를 짚고 엎드려 존경하는 마음을 나타냈다. 자손들 가운데 지위가 낮은 관리가 되어 집으로 돌아와 문안을 드리면 만석군은 반드시 조복(朝服)을 입고 만났으며 [임금의 관리가 된 것을 존중하여] 이름을 부르지 않았다. 자손들이 잘못하면 꾸짖지 않고 한쪽에 앉게 하고는 밥상을 대하여도 먹지 않았다. 그런 후에 자손들이 서로 꾸짖고 나이 많은 아들이 옷을 벗어 어깨를 드러내 사죄하고 잘못을 고치면 그제야 용서하였다. 자손들 가운데 [성년이 되어] 관을 쓴 자가 곁에 있으면 편안히 쉴 때도 반드시 관을 써서 단정하고 삼가는 태도를 지니도록 하였다. 하인들도 즐겁게 지내면서도 태도만은 삼갔다. 황제가 그 집에 음식을 내려 주기라도 하면 반드시 머리를 조아리고 엎드려 먹었는데, 그 모습이

---

2) 노거란 천자가 타는 큰 수레를 말한다. 원문에는 노마(路馬)라고 되어 있는데, 마(馬)는 거(車)를 잘못 쓴 것으로 생각된다. 옛날 사람들은 존장자(尊長者)가 탄 수레를 보면 예를 깊이 하는 것이 관례였으므로 만석군만이 이렇게 한 것은 아니고 그가 예의 바름을 강조하기 위한 것으로 보인다.

마치 황제 앞에서 하는 것 같았다. 그는 상(喪)을 당했을 때는 몹시 슬퍼하였다. 자손들도 그의 가르침을 따라 모든 일을 그와 똑같이 하였다. 만석군 집안은 효행과 신중함으로 각 군(郡)과 국(國)에 소문이 났다. 비록 제나라와 노나라의 성실하고 신의 있는 행동을 일삼는 유생들이라도 모두 스스로 그에 미치지 못한다고 생각했다.

〔효무제〕건원 2년에 낭중령 왕장(王臧)이 유가 학설을 실행하려다가 〔도가 학설을 폄하하여 두 태후에게〕죄를 지었다. 황태후는 유자(儒者)들은 겉치레에만 힘써 질박함이 부족한데 지금 만석군의 집안만은 말없이 몸소 실천하고 있다고 여겼으므로 만석군의 맏아들 석건을 낭중령으로 삼고, 작은아들 석경을 내사로 삼았다.

석건이 늙어서 머리가 세었지만 만석군은 여전히 정정하였다. 석건은 낭중령이 된 뒤로도 닷새에 한 번 휴가를 얻어 집으로 돌아와 아버지를 뵈었다. 작은방으로 들어가 몰래 모시는 자에게 물어보고 아버지의 속옷과 요강을 가져오게 하여 직접 깨끗하게 빨고 씻은 뒤 다시 모시는 자에게 건네주면서 이 사실을 아버지가 모르게 하였는데, 언제나 이와 같이 하였다.

석건은 낭중령으로 일하면서 할 말이 있으면 곁에 있던 사람들을 내보내고 하고자 한 말을 다 하였는데 〔한마디 한마디가〕지극히 간절하였다. 〔그러나〕조정의 회견 때에는 말을 못하는 사람처럼 있었다. 이 때문에 황상은 그를 아끼고 예우했다.

만석군은 집을 능리(陵里)로 옮겼다. 내사인 석경이 술에 취해 돌아왔는데 마을 외문(外門)을 들어와서도 수레에서 내리지 않았다. 만석군은 이 소식을 듣자 밥을 먹지 않았다. 석경은 두려워서 어깨를 드러내어 벌 받기를 청하였으나 용서하지 않았다. 온 가족과 형 석건이 어깨를 드러내어 사죄하고야 비로소 만석군은 꾸짖어 말했다.

"내사는 지위가 높고 귀한 사람이기 때문에 마을 안으로 들어서면 마을의 나이 든 사람이 모두 길을 피해서 숨고, 내사는 수레 안에서 태연하게 앉아 있는 것이 본래 당연한 것인가!"

그러고는 석경에게 〔수레에서〕 내리라고 분부했다. 〔그 뒤로〕 석경과 모든 자제들은 마을 문을 들어서면 잰걸음으로 걸어서 집으로 들어왔다.

만석군은 원삭(元朔) 5년에 죽었다. 큰아들 낭중령 석건은 통곡하며 몹시 비통해하여 지팡이에 의지해야만 겨우 걸을 수 있었다. 한 해 남짓하여 석건도 세상을 떠났다. 모든 자손이 두루 효성스러웠지만 그중에서도 석건이 가장 뛰어나 만석군을 앞설 정도였다.

석건은 낭중령으로 있을 때 어떤 일에 대해서 글을 올린 적이 있는데, 그 글이 황상의 비준을 마치고 내려왔다. 석건은 그 글을 읽더니 말했다.

"잘못 썼구나! '마(馬)'자는 아래에 꼬리를 나타낸 획까지 다섯 획이 되어야 하는데, 지금 보니 네 획만 있고 한 획이 모자라네. 황상께서 꾸짖으시면 죽어 마땅하다."

그는 매우 송구스러워하고 전전긍긍했다. 그가 삼가고 조심하는 것은 비록 다른 일에 대해서도 모두 이와 같았다.

어려운 때 지나치게 신중하면 해가 된다

만석군의 작은 아들 석경은 태복이 되어 황상의 수레를 몰고 외출한 적이 있는데 황상이 물었다.

"이 수레는 말 몇 마리가 끌고 있소?"

석경은 채찍으로 말을 다 세어 본 뒤에야 손을 들고 말했다.

"여섯 마리입니다."

석경은 여러 형제 중에서 소탈하고 무난한 편이었지만 이와 같았다. 〔석경은〕 제나라 재상이 되었는데, 제나라 사람은 모두 그 집안의 가풍을 사모하였다. 말을 하지 않아도 제나라는 잘 다스려졌으며, 그를 위해서 석상사(石相祠)를 세웠다.

원수(元狩) 원년에 황상은 태자를 세우고 신하들 가운데서 태자의 스승이 될 만한 사람을 뽑았는데 석경이 패군 태수에서 태자태부가 되었고, 〔그로부터〕 7년 만에 어사대부로 벼슬을 옮겼다.

원정(元鼎) 5년 가을에 승상조주(趙周)가 죄를 지어 파면되었다. 〔황상은〕 어사에게 조서를 내렸다.

선제께서는 만석군을 존중하셨으며, 그 자손들도 효성스러우니 어사대부 석경을 승상으로 삼고 목구후(牧丘侯)로 봉하노라.

이때 한나라는 남쪽으로는 양월(兩越)을 토벌하고, 동쪽으로 조선을 쳤으며, 북쪽으로 흉노를 내몰고, 서쪽으로 대원(大宛)을 정벌하였으므로 중원에는 일이 많았다. 천자는 온 천하를 순행하면서 상고 시대의 신사(神祠)를 수리하고 봉선 의식을 행했으며 예악을 일으켰다. 나라의 재정이 어려워지자 상홍양(桑弘羊) 등은 이익이 될 만한 것을 찾아 나섰고, 왕온서(王溫舒) 무리들은 법을 엄격하게 시행하였으며, 아관(兒寬) 등은 문학을 떠받들어 각각 구경에 이르게 했고 번갈아 권력을 휘둘렀다. 나랏일은 승상의 결재를 거치지 않아도 정해지고, 승상은 바르고 삼갈 뿐이었다. [석경은] 9년 동안 승상 벼슬에 있으면서 잘못된 것을 바로잡을 수 있는 어떤 말도 하지 않았다. [그는] 일찍이 황상과 가까운 신하 소충(所忠)과 구경인 함선(咸宣)의 죄를 다스려야 한다고 주청하려 했지만 그들의 죄를 자백받기는커녕 도리어 무고죄로 몰려 속죄한 일이 있었다.

원봉(元封) 4년 중에 관동에 200만 명의 유민이 발생했는데, 그중 호적 없는 사람이 40만 명이나 되었으므로 공경들은 논의 끝에 유민들을 변경 부근으로 옮겨 귀양 보내기로 뜻을 모아 주청하였다. 황상은 승상이 연로하고 신중하므로 이 일을 함께 논의할 수 없다고 판단하여 승상에게 휴가를 주어 집으로 돌아가도록 하고, 어사대부 이하의 관리를 논의에 참여시켜 주청한 내용을 조사하였다. 승상은 [자기가] 맡은 일을 제대로 수행하지 못하는 것이 부끄러워 곧 글을 올려 말했다.

신은 총애를 받아 승상 직책을 맡았으나 어리석고 재능이 없어 〔나라를〕 다스리는 데 도움이 되지 못하였습니다. 성곽과 창고는 텅 비었고, 백성 가운데 떠도는 자가 많아졌으므로 그 죄는 마땅히 죽어야 합니다만, 황상께서는 차마 법에 따라 처벌하지 못하셨습니다. 청컨대 승상과 후(侯)의 인(印)을 돌려드리고 고향으로 물러남으로써 현명한 사람에게 길을 열어 주고 싶습니다.

그러자 황상은 이렇게 말했다.

창고는 텅 비고 백성은 가난하여 떠돌고 있는데, 그대가 그들을 옮길 것을 주청한 일로 해서 〔민심은〕 더 동요되고 불안해졌소. 이처럼 위태로운 사태를 만들어 놓고 자리를 그만둔다니 그대는 이 어려움을 누구에게 떠넘기려는 것이오?

〔황상이〕 조서를 내려 석경을 꾸짖자, 석경은 매우 부끄러워하고 다시 조정으로 나가 일을 보았다.

석경은 〔생각이〕 깊고 신중하고 엄격했지만 백성을 위한 어떤 원대한 계획도 진언하지 못했다. 그로부터 3년 남짓 지난 태초(太初) 2년에 승상 석경이 죽자 염후(恬侯)라는 시호가 내려졌다. 석경의 둘째 아들은 석덕(石德)인데, 황상은 석경이 그 아들을 몹시 사랑했다 하여 그에게 석경의 뒤를 잇도록 하고 아버지 대신 후로 삼았다. 뒤에 그는 태상이 되었을 때 법을 어겨 사형 당할 처지가 되었지만 속죄하고 면직되어 평민이 되었다. 석경이 승상으로 있을 때 여러 자손이 관리가 되었는데 2000석까지 오른 자가 열세 명이나 되었다. 석경이 죽은 뒤로 점차 죄를 지어 벼슬에서 물러났고, 효성스럽고 삼가는 가풍도 갈수록 쇠약해졌다.

아랫사람이 잘못하면 윗사람이 책임진다

건릉후(建陵侯) 위관(衛綰)은 대(代)나라 대릉(大陵) 사람으로 수레를 다루는 기예로 낭관이 되어 문제를 섬겼다. 〔그는〕 공을 차근차근 쌓아 중랑장으로 승진하였으며, 성품이 순박하고 근실하나 다른 능력은 없었다. 효경제가 태자일 때 황제 주위의 신하들을 불러 술자리를 열었는데 위관은 병을 핑계로 가지 않았다. 문제가 죽기 전에 경제에게 이런 부탁을 했다.

"위관은 훌륭한 사람이니 잘 대우해 주시오."

문제가 세상을 떠나고 경제가 즉위했다. 〔경제는〕 1년이 넘도록 위관을 꾸짖지 않았고, 위관은 계속 삼가며 역량을 다하였다.

경제는 상림원으로 행차하면서 중랑장을 곁에 타도록 하였는데 돌아오는 길에 이렇게 물었다.

"그대는 수레 옆에 탄 까닭을 아시오?"

위관이 대답했다.

"신은 〔수레 공연을 하는〕 차사(車士)로서 총애를 받아 공을 쌓아 중랑장이 되었기 때문에 [수레를 탄 까닭은] 모르겠습니다."

황제가 물었다.

"내가 태자일 때 그대를 부른 적이 있는데 그대는 오려고 하지 않았으니, 무엇 때문이오?"

[위관이] 대답하며 말했다.

"죽을죄를 지었습니다. 사실은 병이 났었습니다."

황제가 칼을 내려 주자 위관이 말했다.

"선제께서 신에게 내려 주신 칼만 해도 여섯 자루나 됩니다. 이 이상은 감히 받을 수 없습니다."

황제가 말했다.

"칼이란 사람들이 다른 것과 바꾸거나 팔 수 있는 것인데, 설마 지금까지 가지고 있다는 말이오?"

위관이 말했다.

"모두 간직하고 있습니다."

황제는 그에게 칼 여섯 자루를 가져오도록 하였는데, 칼은 칼집 속에 그대로 있고 일찍이 쓴 흔적이 없었다. [그는] 낭관들에게 잘못이 있으면 언제나 그 죄를 자신이 뒤집어썼다. [그는] 다른 중랑장과 다투지도 않았고 공로가 있으면 항상 다른 중랑장에게 양보하였다. 황제는 그가 청렴하고 충성스럽고 신실하며 다른 꿍꿍이가 없다고 생각하고는 곧 위관을 하간왕(河間王) 태부로 삼았다. 오나라와 초나라가 모반했을 때 [황제는] 위관을 장수로 삼아 하간(河間)의 병사를 이끌고 가서 오나라와 초나라를 치도록 하였는데 공을 세웠으므로 중위(中

尉)로 삼았다. 〔위관은 그로부터〕 3년 뒤에 군공을 쌓았으므로 경제 전원(前元) 6년에 건릉후에 봉해졌다.

그 이듬해 경제는 태자유영(劉榮)를 폐출시키고 율경(栗卿) 율 태자의 외삼촌 무리를 주살했다. 이때 황제는 위관이 장자라 차마 다스리지 못할 것을 알고 휴가를 주어 집으로 돌아가도록 하고, 질도(郅都)를 보내 율씨(栗氏)를 체포하여 죄를 다스리게 하였다. 그런 뒤에 황상은 교동왕(膠東王)을 세워 태자로 삼고 위관을 불러들여 태자태부로 삼았다. 그로부터 오랜 시간이 지난 뒤에 그는 어사대부로 승진하였다가, 5년 뒤에 도후(桃侯) 유사(劉舍)를 대신하여 승상이 되었다. 조정에서 정무를 아뢸 때는 자기 직분에 맞는 말만 했다. 처음 관리가 되어서부터 승상이 되기까지 끝내 진언을 한 적은 없었다. 황제는 그가 성실하고 후덕하여 어린 군주를 보필할 수 있다고 여겨 존중하고 총애하였으며 대단히 많은 상을 내렸다.

승상이 된 지 3년 만에 경제가 세상을 떠나고 무제가 즉위했다. 건원 연간에 승상은 경제가 병들었을 때, 여러 관원에 대한 옥사에서 무고하게 연루되어 벌받은 자가 많은 것은 자신이 승상의 직무를 다하지 못했기 때문이라며 관직을 떠났다. 그 뒤 위관이 죽고 아들 위신(衛信)이 〔후 작위를〕 대신하였는데, 주금(酎金)[3]을 규정에 맞지 않게 하였기 때문에 후 작위를 잃었다.

---

3) 천자가 하느님이나 종묘에 제사 지낼 때 제후들에게서 거둬들이던 일종의 비용인데, 무제는 이를 적게 낸 열후 106명의 작위를 박탈해 버렸다.

결백을 구태여 밝히지 않아도 된다

새후(塞侯)[4] 직불의(直不疑)는 남양(南陽) 사람으로 낭관이
되어 문제를 섬겼다. 그와 같은 숙소를 쓰던 낭관 중에 휴가
를 얻어 집으로 돌아간 자가 있었는데 실수로 같은 방을 쓰던
다른 낭관의 황금을 가지고 갔다. 얼마 후에 황금 주인은 황
금이 없어진 것을 알고 함부로 직불의를 의심하였다. 직불의
는 자기가 가져갔다며 용서를 빌고 황금을 사서 돌려주었다.
그 뒤 휴가를 얻어 집으로 갔던 사람이 돌아와서 황금을 돌
려주자 황금을 잃어버렸던 낭관은 매우 부끄러워했다. 이 일
로 그는 장자(長者)라는 칭송을 받았다.

문제는 그를 뽑아 썼고, 〔그는〕 점점 승진하여 태중대부에
이르렀다. 조정에서 〔황제를〕 뵐 때 어떤 사람이 〔직불의를〕 헐
뜯어 말했다.

"직불의는 매우 잘생겼지만 형수와 사사로이 정을 통하고
있으니 어떻게 처리해야 할지 모르겠습니다."

직불의는 이 말을 듣자 말했다.

"저는 형이 없습니다."

그러나 끝까지 자신의 결백을 밝히지는 않았다.

오나라와 초나라가 모반했을 때 직불의는 2000석의 신분

---

4) 새국(塞國)의 왕인데, 새국이란 오늘날 섬서성(陝西省) 도림현(桃林縣)의
서쪽부터 동관(潼關)에 이르는 나라였다.

으로 군대를 이끌고 가서 그들을 공격했다. 경제 후원 원년에 그는 어사대부가 되었다. 경제는 오나라와 초나라가 반란을 일으켰을 때 세운 공로로 직불의를 새후에 봉하였다. 〔그러나〕 무제 건원 연간에는 승상 위관과 함께 죄를 지어 파면되었다.

직불의는 『노자』의 학설을 배웠으므로 자기 직책에서 일을 처리할 때도 전임자처럼 했다. 그는 다른 사람들이 관리로서의 자기 치적을 알게 될까 봐 두려워했고, 명성을 세우기를 좋아하지 않았으므로 장자라고 칭송받았다. 직불의가 죽자 그 아들 직상여(直相如)가 대신 후가 되었고, 손자 직망(直望)은 주금을 규정에 맞지 않게 하였기 때문에 후 작위를 잃었다.

직접 사람을 보고 평가하라

낭중령 주문(周文)은 이름이 인(仁)이며 그 조상은 원래 임성(任城) 사람이었다. 그는 의술로 〔황제를〕 만나게 되었다. 경제가 태자로 있을 때 사인이 되었으며, 공을 쌓아 차츰 승진하여 효문제 때는 태중대부가 되었다. 경제는 막 즉위하자 주인(周仁)을 낭중령으로 삼았다.

주인은 사람됨이 신중하고 입이 무거워 〔다른 사람의 말을〕 누설하는 일이 없었다. 그는 언제나 낡을 대로 낡은 기운 옷과 때에 찌든 속옷을 입으며 빨려고 하지 않았다. 이 때문에 경제의 총애를 받아 경제의 침실 안까지 들어가게 되었으며,

후궁에서 저속한 연극이 공연될 때도 주인은 항상 〔경제〕 곁에 있었다. 경제가 죽을 때까지 주인은 낭중령으로 있었으나 끝내 다른 사람들의 비밀을 말한 적이 없었다. 황제가 때때로 다른 사람에 대해 물으면 주인은 이렇게 말했다.

"폐하께서 직접 그 사람을 살피십시오."

그는 이처럼 다른 사람을 헐뜯으려고 하지 않았다. 이러하므로 경제는 직접 그 집을 두 차례나 행차했다. 〔주인은〕 집을 양릉(陽陵)으로 옮겼고, 황제가 매우 많은 상을 내렸지만 언제나 사양하며 감히 받으려고 하지 않았다. 그는 제후와 신하들이 보내 주는 선물도 끝내 받지 않았다.

무제는 즉위하여 그가 선제의 신하이므로 중하게 여겼다. 주인은 곧 병들어 벼슬을 그만두고 2000석의 봉록으로 고향에 돌아가 노후를 보냈다. 자손은 모두 높은 관직에 올랐다.

죄를 다스림에 마음속 정이 우러나와야 한다

어사대부 장숙(張叔)은 이름이 구(歐)이고, 안구후(安丘侯) 장열(張說)의 첩의 자식이다. 효문제 때 형명학을 연구하였으므로 태자를 섬기게 되었다. 장구(張歐)는 형명학을 연구하기는 했지만 사람됨은 장자(長者)였다. 경제 때는 존중되어 항상 구경이 되었다. 무제 원삭(元朔) 4년에 한안국(韓安國)이 면직되자 황상은 조서를 내려 장구를 어사대부로 삼았다. 장구는 관리가 된 뒤로는 다른 사람의 죄를 다스려야 한다는 말을 한 적이 없으며, 오로지 성실한 장자로서 벼슬에 나아갔다. 속관들은 그를 장자로 여겼고 감히 크게 속이지 않았다. 속관이 판결한 옥안(獄案)을 올리면 다시 심리할 수 있는 것이면 돌려보내고, 돌려보낼 수 없는 것은 어쩔 수 없는 경우에는 결재했지만 눈물을 흘리며 직접 마주한 뒤 밀봉하였다. 그가 사람들을 사랑함이 이와 같았다.

그는 늙고 병이 위독해지자 관직을 그만두게 해 달라고 청했다. 그래서 천자는 특별히 조서를 내려 그만두게 하고 상대부 봉록을 주어 집으로 돌아가 노후를 보내게 하였다. 그의 집은 양릉에 있었으며, 자손은 모두 높은 벼슬에 올랐다.

태사공은 말한다.

"공자는 '군자란 말에는 어눌하고 행동에는 민첩해야 한다.' 라고 했는데 아마도 만석군, 건릉후, 장숙을 두고 한 말인가? 그래서 그들의 가르침은 엄하지 않지만 공을 이룰 수 있었고, 〔정치도〕 엄격하지 않지만 잘 다스려졌다. 새후는 미묘하게 교활하였고, 주문은 아첨에 뛰어났다. 군자는 그들을 비웃었는데, 그들이 영신(佞臣)에 가깝기 때문이었다. 그러나 그들도 독실한 군자의 모습이라고 할 만하구나!"

44

◎

전숙 열전
田叔列傳

이 편은 전숙이라는 사람을 통해 그가 황로 사상의 색채를 띠고 있는 것이 오히려 사사로운 것을 잊고 공적인 일을 수행하는 능력이 있는 명신(名臣)임을 부각시키고 있다. 전숙은 노나라 공왕(恭王)에게 부드러우면서도 굳센 어조로 건의한 몇 가지 사안을 통해 그가 한편으론 유가의 풍모도 갖추고 있음을 말하고 있다.

사마천은 전숙의 의리와 현명함에 중점을 두고 있는 반면, 저소손은 전숙의 아들 전인과 임안에 중점을 두어 서술하고 있다. 그는 두 사람이 곤궁한 처지에서 일어남을 시작으로 하여 태자의 반란 사건에 연루된 일을 생동감 있게 그려 냈다. 물론 저소손의 입장은 객관적인 제삼자의 입장이며, 세인이 경계하게 하려는 계도적 태도가 주종을 이룬다. 물론 저소손의 역사적 안목은 사마천의 관점에 훨씬 못 미치지만 말이다.

『사기』의 열전 가운데 독특한 체제로 되어 있는 이 편은 서로 다른 문장이 연속된 것처럼 보여 수미일관된 체제가 아니라고 오해를 산다. 즉 '저 선생은 말한다'의 앞부분은 사마천이 쓴 것으로, 전숙이 비록 황로 사상에 물들어 있으나 여러 면에서 명신의 면모가 있다고 보았다. 뒷부분은 저소손이 가필한 것으로, 양자의 서술 방향이 서로 다르다.

끝까지 윗사람을 저버리지 않아야 한다

전숙(田叔)은 조나라 형성(陘城) 사람으로 그 조상은 제나라 전씨(田氏)의 후예이다. 전숙은 검술을 즐겼고, 악거공(樂巨公)이 사는 곳에서 황로(黃老)의 학술을 배웠다. 전숙은 사람됨이 엄격하고 청렴하여 스스로를 아끼면서 사람들과 왕래하고 사귀기를 좋아했다.

조나라의 어떤 사람이 그를 재상 조오(趙午)에게 추천했다. 조오가 다시 조나라 왕 장오(張敖)에게 말하자, 조나라 왕은 그를 낭중으로 삼았다. 몇 년 동안 그는 매우 정직하고 청렴하고 공정하게 일을 하였으므로 조나라 왕은 그를 현명하다고 여겼으나 다른 관직으로 승진시키지는 않았다.

때마침 진희가 대나라에서 반란을 일으켰다. 한나라 7년에 고조가 그를 치러 가는 길에 조나라를 지나게 되었다. 조나라 왕 장오는 몸소 상을 받쳐 들고 먹을 것을 내면서 매우 공손하게 예절을 갖추었으나 고조는 다리를 쭉 뻗고 앉아 〔오만한 자세로〕 그를 꾸짖었다. 이때 조나라 재상 조오 등 수십 명이 한결같이 화가 나서 장왕(張王)에게 말했다.

"왕께서는 예의를 갖추어서 황상을 섬기시는데, 지금 황상께서 왕을 이런 식으로 대하신다면 신등은 모반을 일으킬 것을 주청합니다."

조나라 왕은 손가락을 깨물어 피를 내더니 〔이렇게〕 말했다.

"아버지께서 나라를 잃으셨을 때, 폐하가 아니었다면 여러분은 〔죽어서〕 몸에서 벌레가 나왔을 것이오. 여러분은 어찌 그렇게 말하시오! 다시는 그런 말을 입 밖에 내지 마시오!"

관고(貫高) 등이 말했다.

"왕은 장자라 은덕을 배반하지 않을 것이다."

결국 몰래 고조를 시해하기로 논의했으나 공교롭게도 이 일이 발각되었다. 한나라가 조서를 내려 조나라 왕과 모반한 신하를 모두 체포하려 하자 조오 등은 모두 스스로 목숨을 끊었으며, 관고만 붙들렸다. 이때 한나라에서 조서를 내렸다.

조나라에서 감히 조나라 왕을 따르는 자가 있으면 삼족을 멸하는 죄에 처한다.

그렇지만 맹서(孟舒)와 전숙 등 10여 명은 붉은 옷죄수복을 입고 머리를 깎고 형틀을 차고 조나라 왕가(王家)의 노예라고 일컬으면서 조나라 왕 장오를 수행하여 장안에 이르렀다. 관고가 사건의 진상을 분명하게 밝혔으므로 조나라 왕 장오는 풀려났으나 폐위되어 선평후(宣平侯)로 좌천되었다. 〔장오는〕 진언하여 전숙 등 10여 명을 추천하였다. 고조는 그들을 모두 불러들여 이야기를 해 보았는데, 당시 한나라 조정의 신하 중에서 그들보다 나은 사람이 아무도 없었다. 고조는 기뻐서 그들을 모두 군수나 제후의 재상으로 삼았다. 전숙이 한중 군수가 된 지 10년쯤 되었을 때, 마침 고후가 죽고 여씨 일족들이 반란을 일으키자 대신들은 그들을 주살하고 효문제를 옹립했다.

어진 사람은 지친 병사를 전쟁터로 내몰지 않는다

효문제는 즉위하고 나서 전숙을 불러 물어보았다.

"공은 세상의 장자를 아시오?"

〔전숙이〕 대답했다.

"신이 어찌 그것을 알겠습니까?"

황제가 말했다.

"그대가 장자이니 당연히 알 것이오."

전숙이 머리를 조아리고 말했다.

"옛날에 운중 군수였던 맹서가 장자입니다."

당시 맹서는 흉노가 변경으로 크게 쳐들어와 약탈하였을 때 운중이 가장 큰 피해를 입었으므로 파면된 상태였다. 그러자 황제가 말했다.

"선제께서 맹서를 운중 군수로 두신 지가 10년이 넘었는데 맹서는 흉노가 단 한 차례 쳐들어와도 굳게 지켜 내지 못했고 이유도 없이 전쟁으로 죽은 사졸들이 수백 명이나 되오. 장자가 본래 사람이나 죽이는 자이겠소? 그대는 무슨 근거로 맹서를 장자라 하시오?"

전숙이 머리를 조아리며 대답했다.

"이것이 바로 맹서를 장자라고 하는 까닭입니다. 관고 등이 모반을 꾀하였을 때, 황상께서는 조서를 내려 '조나라에서 감히 조나라 장왕을 따르는 자가 있으면 삼족을 멸하는 죄에 처한다.'라고 했습니다. 그러나 맹서는 스스로 머리를 깎고 목에 칼을 쓰고 노예 차림으로 조나라 왕 장오를 수행하여 장오가 가는 곳이면 어디라도 가서 그를 위해 죽을힘을 다하여 섬기려고 했는데, 어찌 스스로 운중 군수가 될 줄 알았겠습니까! 〔당시〕 한나라와 초나라가 서로 대치하고 있어 사졸들은 모두 지치고 고달파했습니다. 흉노의 묵돌은 북이(北夷)흉노의 북쪽 오랑캐를 막 정복하자마자 변방으로 쳐들어와 해를 끼쳤습니다. 맹서는 사졸들이 지치고 고달파하는 것을 알고는 차마 나가서 싸우라는 말을 하지 못하였습니다. 그러나 병사들이 앞을 다투어 성벽에 나아가 목숨을 걸고 싸웠는데, 그 모습은 마치 아들이 아버지를 위하는 것 같고 동생이 형을 위하는 것과 같았습니다. 이러한 이유로 죽은 자가 수백 명이나 되었던 것입니다. 맹서가 어찌 일부러 그들을 내몰아 싸우도록 했겠습니까? 이것이 바로 맹서를 장자라고 하는 까닭입니다."

이에 황제가 말했다.

"어질구나, 맹서여!"

그러고는 다시 맹서를 불러 운중 군수로 삼았다.

얻는 것보다 잃는 것이 많으면 차라리 덮어라

몇 년 뒤 전숙은 법에 저촉되어 벼슬을 잃었다. 양나라 효왕(孝王)경제의 동생이 사람을 보내 전에 오나라 재상이던 원앙을 살해하자, 경제는 전숙을 불러 양나라로 가서 그 사건을 조사하도록 했다. 전숙이 일의 진상을 모두 알아내 돌아와 보고하니 경제가 말했다.

"양나라에 그러한 일이 있었소?"

전숙이 대답했다.

"죽을죄를 지었습니다. 그러한 일이 있었습니다."

황제가 말했다.

"그러한 일이 어떻게 있을 수 있소?"

전숙이 대답했다.

"황상께서는 양나라 왕의 일을 규명하지 마십시오."

황제가 물었다.

"무엇 때문이오?"

〔전숙이〕 말했다.

"지금 양나라 왕을 주살하지 않는다면 한나라의 법은 시행되지 못할 것이고, 법을 적용하여 처형한다면 두 태후께서는 음식을 먹어도 단맛을 모르고 잠자리에 누워도 편안히 주무실 수 없을 테니, 이것은 폐하의 걱정거리가 될 것입니다."

경제는 전숙을 매우 현명한 사람으로 여겨서 노나라 재상으로 삼았다.

전숙이 막 노나라 재상이 되었을 때 재상에게 직접 와서 〔경제의 아들인〕 노나라 왕이 자신들의 재물을 빼앗아 갔다고 제소하는 백성이 100명이 넘었다. 전숙은 그들의 우두머리 스무 명을 붙잡아 각각 태형 50대에 처하고, 그 밖의 사람들도 20대씩 친 뒤 화를 내며 말했다.

"왕은 그대들의 군주가 아니더냐? 어찌 감히 너희 군주를 직접 헐뜯을 수 있는가!"

노나라 왕은 이 말을 듣고 매우 부끄러워하며 중부(中府)왕의 재물 보관소의 돈을 내어 재상에게 변상해 주도록 했다. 그러자 재상이 말했다.

"왕께서 직접 빼앗은 것을 저더러 변상해 주라고 하시니, 그러면 왕은 나쁜 일을 하시고 저는 좋은 일을 하는 것이 됩니다. 저는 변상하는 일에 관여하지 않겠습니다."

이리하여 〔노나라〕 왕은 즉시 모두 변상해 주었다.

왕과 신하는 위험도 함께해야 한다

노나라 왕이 사냥을 좋아하였으므로 재상전숙은 언제나 왕을 모시고 사냥터로 들어갔다. 왕은 그때마다 전숙에게 관사에서 쉬라고 했지만 전숙은 사냥터로 나와 항상 햇볕이 내리쬐는 곳에 앉아 왕을 기다렸다. 왕은 자주 사람을 보내 그를 쉬게 했으나 끝까지 쉬지 않으며 이렇게 말했다.

"우리 왕이 사냥터에서 몸을 드러내 놓고 있는데, 내 어찌 혼자 관사에 가서 쉬겠소?"

노나라 왕은 이 일로 하여 밖으로 나가 노니는 일이 그다지 많지 않았다.

몇 년 뒤에 전숙이 임기 중에 세상을 떠나자 노나라 왕은 황금 100근을 주어 제사를 지내게 하려고 했으나, 작은아들 전인(田仁)은 받지 않고 말했다.

"황금 100근 때문에 선친의 명예를 손상시킬 수 없습니다."

전인은 몸이 건강하고 힘이 있어 위 장군(衛將軍)위청의 사인이 되었으며, 여러 차례 그를 따라가 흉노를 쳤다. 위 장군이 전인을 황제에게 추천하여 전인은 낭중이 되었다. 몇 년 뒤그는 2000석의 관리로 승상의 장사(長史)가 되었다가 벼슬을 잃었다. 그 뒤 황제는 그를 시켜 삼하(三河)하남, 하내, 하동를 몰래 조사하도록 하였다. 황제가 동쪽 지역을 순시할 때 전인이 보고한 안건이 이치에 맞았으므로 황제는 기뻐 그를 경보도위(京輔都尉)로 임명하고, 한 달쯤 뒤에 사직(司直)승상 보좌역으로 옮기도록 했다. 몇 년이 지나 그는 태자의 일에 연루되어 죄를 짓게 되었다. 당시 좌승상이 직접 군대를 거느리고 와 사직 전인에게 성문을 닫고 지키라고 명령했는데 태자를 놓아주는 죄를 지어 형리에게 넘겨져 사형에 처해지게 되었다. 전인이 반란군을 일으켜 장릉(長陵)에 이르렀는데, 장릉의 현령 차천추(車千秋)가 전인의 모반을 보고하여 전인 일가는 멸족되었다. 형성(陘城)은 지금의 중산국(中山國)에 있다.

태사공은 말한다.

"공자가 일컬어 말하기를 '어느 나라에 가든지 반드시 그 나라의 정사(政事)를 듣는다.'라고 했는데, 바로 전숙 같은 사람을 가리켜 한 말이다. [그는] 현인맹서을 의롭게 여겨 잊지 않았으며, 현명한 군주노나라 왕의 아름다운 덕망을 나타내어 잘못을 저지르지 않도록 했다. 전인은 나와 잘 아는 사이였기 때문에 나는 그를 아울러 논하였다."

부리는 사람을 보고, 사귀는 사람을 보라

저 선생(褚先生)[1]은 말한다.

---

1) 한(漢)나라 원제(元帝)와 성제(成帝) 연간의 박사 저소손(褚少孫)이다. 사마천이 죽은 뒤 저소손이 『사기』의 몇 부분을 보충했는데, 그의 보충은 『사

"내가 낭으로 있을 때 들었는데, 전인은 전에 임안(任安)과 사이가 좋았다고 한다. 임안은 형양 사람으로 어려서 부모를 여의어 가난하고 고달프게 살았다. 그는 남의 수레를 끌고 장안에 갔다가 그곳에 그대로 눌러앉아 하찮은 벼슬아치라도 되려고 하였지만 기회가 없었다. 점을 쳐 자기 마음대로 호적을 만들어 무공(武功)에 집을 정하였다. 무공현은 부풍(扶風) 서쪽에 있는 작은 마을로, 골짜기 어귀는 촉군(蜀郡)의 잔도(棧道)험한 벼랑에 선반처럼 나무를 박아 만든 길로서 산에 가까웠다. 임안은 무공이 작은 마을이라 호걸이 없으니 이름을 쉽게 높일 수 있을 것으로 여겨 머물렀다. 그는 남을 대신하여 구도(求盜)정장(亭長) 수하의 낮은 관직명가 되고 정부(亭父)정장 수하의 낮은 관직명가 되었으며, 뒷날에는 정장(亭長)역정(驛亭)의 우두머리로 10리마다 한 명이 있었음이 되었다. 마을 사람들이 모두 사냥하러 나오면 임안은 언제나 그들을 위하여 고라니, 사슴, 꿩, 토끼 따위를 나눠 주었다. 노인과 젊은이와 장년층을 구별하여 험난한 곳과 평탄한 곳으로 안배하니 사람들은 모두 기뻐하면서 말했다.

'걱정할 것이 없구나. 소경(少卿)임안의 자은 공평하게 분별하고 지혜와 전략이 있으니.'

다음 날 다시 모이도록 하니 모여든 자가 수백 명이었다. 임소경이 말했다.

'아무개의 아들 갑(甲)은 어째서 안 왔습니까?'

───────────

기』의 가치를 크게 훼손시킬 정도로 타당하지 않은 부분이 많다.

모두 그가 사람을 알아보는 능력이 빠름에 놀랐다. 그는 뒤에 삼로(三老)2)에 임명되었고, 친민(親民)고을의 일을 관장함으로 추대되었으며, 나가서는 300석을 받는 현의 우두머리가 되어 백성을 다스렸다. 황제가 천하를 순시할 때 휘장 등을 갖추지 않은 죄를 지어 벼슬을 그만두었다.

그러나 곧 위 장군위청의 사인이 되어 전인과 만나게 되었다. 둘 다 사인으로 문하에 같이 있으면서 뜻이 맞아 서로 친하게 지냈다. 이 두 사람은 집이 가난하여 돈이 없으므로 장군의 가감(家監)가신을 섬기지 못하였다. 가감은 그들을 사람을 물어뜯을 정도로 사나운 말을 기르는 곳으로 보내 버렸다. 두 사람이 잠자리를 같이하여 누웠는데, 전인이 조용히 말했다.

'사람을 몰라보는구나, 가감이여!'

임안이 말했다.

'장군도 사람을 볼 줄 모르는데 어찌 가감이 알 수 있겠는가!'

위 장군은 이 두 사람을 데리고 평양 공주(平陽公主)한 무제의 누이이면서 평양후 조수(曹壽)의 아내의 집에 들렀는데, 공주의 집에서는 두 사람을 기노(騎奴)들과 한자리에서 밥을 먹게 하였다. 그러자 이 두 사람은 칼을 뽑아 깔아 놓은 자리를 잘라 따로 앉았다. 공주의 집안사람들은 모두 그들의 행동을 보고

---

2) 고을의 어른으로 교화를 담당했다. 옛날에는 10정(亭)을 1향(鄕)이라 하고, 향마다 삼로 한 명을 두었다.

매우 놀라고 싫어하였으나 감히 꾸짖지는 못하였다.

그 뒤 위 장군의 사인 중에서 낭(郎)을 선발한다는 조서가 있었다. 장군은 사인들 가운데 잘사는 사람을 골라 안장 딸린 말과 비단옷과 옥으로 장식한 칼을 갖추게 하고 궁궐로 들어가 아뢰고자 했다. 때마침 현명한 대부로 알려진 소부(少府) 조우(趙禹)가 위 장군에게 잠시 들렀다. 장군은 추천할 사인들을 불러 조우에게 보여 주었다. 조우는 차례로 그들을 불러 물어보았으나 10여 명 가운데 일솜씨가 뛰어나고 지혜로운 자가 한 명도 없었다. 조우가 말했다.

'내가 듣건대 장군의 문하에는 반드시 장군급의 인물이 있다고 했습니다. 옛말에 「그 군(君)을 알지 못하면 그가 부리는 사람을 보고, 그 아들을 알지 못하면 그 아들이 사귀는 벗을 보라.」라고 했습니다. 지금 장군의 사인을 추천하라는 조서가 내려진 까닭은 장군께서 현명한 사람과 문무에 뛰어난 선비를 얻었는지 보려는 것입니다. 그런데 지금 부유한 집 아들만을 골라서 아뢰고자 하시니, 그들은 지략이 없어 마치 나무로 만든 허수아비에 비단옷을 입힌 꼴입니다. 장차 이 일을 어떻게 하려고 하십니까?'

그래서 조우는 위 장군의 사인 100여 명을 모두 불러 차례로 질문한 뒤에 전인과 임안을 발견하고는 말했다.

'이 두 사람만이 쓸 만할 뿐 나머지는 쓸 만한 사람이 없습니다.'

위 장군은 이 두 사람이 가난하다는 것을 알고는 마음이 편안하지 않았다. 그는 조우가 돌아간 뒤 두 사람에게 이렇게 말했다.

'각자 스스로 안장 딸린 말과 비단옷을 새것으로 준비하라.'

두 사람이 대답했다.

'집이 가난하여 갖출 수 없습니다.'

장군은 화를 내며 말했다.

'지금 두 사람은 스스로 집안이 가난하다고 하는데, 어떻게 그런 말을 하는가? 마음이 내키지 않는데 마치 나에게 무슨 덕이라도 베푸는 것처럼 하다니 무슨 까닭인가?'

장군은 어쩔 수 없이 명단을 만들어 황제에게 보고했다. 위 장군의 사인을 불러서 보겠다는 조서가 내려왔으므로 두 사람은 황제 앞으로 나아가 뵈었다. 조서로 재능과 지략을 물어 보니 두 사람은 서로 (양보하며 상대방을) 추천하였다. 그래서 전인은 말했다.

'북채와 북을 잡고 군문(軍門)에 서서 사대부가 기꺼이 죽을 각오로 싸우게 할 수 있는 점에서 신은 임안에게 미치지 못합니다.'

임안이 말했다.

'의심스러운 것을 바로잡고 옳고 그른 것을 판정하여 관리들을 다스리고 백성에게 원망하는 마음이 없게 하는 면에서 신은 전인에게 미치지 못합니다.'

무제는 껄껄 웃으며 말했다.

'훌륭하도다.'

임안에게는 북군을 지키게 하고, 전인은 하수의 강가로 보내 변방의 둔전과 곡식을 감독하고 보호하게 했다. 이 두 사람의 이름이 천하에 드러나게 되었다.

그 뒤 임안은 익주(益州) 자사(刺史)가 되었고, 전인은 승상의 장사(長史)가 되었다.

전인은 글을 올려 다음과 같이 말했다.

천하 각 군(郡)의 태수 가운데 사사로운 이익을 꾀하는 자가 매우 많습니다. 그중에서도 삼하(三河)가 가장 심하므로 신이 먼저 삼하를 조사하여 밝히고 싶습니다. 삼하 태수는 모두 궁궐의 귀인(貴人)황제의 총애를 받는 태감(太監)과 결탁하고 있고, 삼공(三公)과 친인척 관계이므로 두려워하거나 꺼리는 바가 없습니다. 먼저 삼하를 바로잡아 천하의 간사한 관리들에게 경고해야 합니다.

이때 하남과 하내 태수는 모두 어사대부 두주(杜周)의 친족이고, 하동 태수는 승상 석경의 자손이었다. 당시 석씨 문벌은 아홉 명이 2000석을 받을 만큼 권세가 왕성하고 존귀하였다. 전인이 여러 차례 글을 올려 그들의 일을 아뢰니, 대부 두씨와 석씨가 사람을 보내 전 소경(田少卿)전숙에게 말했다.

'우리가 감히 무슨 말을 하려는 것은 아니지만 소경께서는 우리를 무고하여 욕되게 하지 말기 바랍니다.'

그러나 이미 전인이 삼하를 낱낱이 조사하여 삼하 태수를 모두 형리에게 넘겨 사형에 처한 뒤였다. 전인이 돌아와 사건을 보고하자 무제는 기뻐하며 전인이 유능하고, 횡포를 일삼는 권세가들을 두려워하지 않는다고 여겨 승상의 사직(司直)

에 임명하였다. 이로써 전인의 위세는 천하를 진동시켰다.

그 뒤 태자가 반란을 일으키는 일이 있자 승상은 직접 병사를 이끌고, 사직에게 성문을 맡아 지키도록 했다. 사직은 태자가 황제와 골육을 나눈 아버지와 아들 사이이니 지나치게 야박한 것을 바라지 않을 것이라고 생각하여 태자가 제릉(諸陵)한고조 유방 등 제왕들의 능묘을 지나가게 했다. 이때 무제는 감천(甘泉)에 있었는데, 어사대부 포군(暴君)을 보내 승상을 문책했다.

'어째서 태자를 풀어 주었는가?'

승상이 대답했다.

'사직에게 성문을 지키게 하였는데, 그가 태자에게 문을 열어 주었습니다.'

글을 올려 보고하고는 사직을 체포하여 구금하도록 허락해 달라고 청했다. 사직은 형리에게 넘겨져 사형에 처해졌다.

이때 임안은 북군(北軍)의 사자의 호군(護軍)이 되어 있었다. 태자는 북군의 남문 밖에서 수레를 세워 두고 임안을 불러 부절을 주며 군대를 이끌고 나가도록 하였다. 임안은 절을 하고 부절을 받기는 했으나 안으로 들어간 뒤 문을 닫고 나오지 않았다. 무제는 이 이야기를 듣고 임안이 부절을 받는 체하면서 태자의 일에 참가하지 않은 까닭이 무엇인지 궁금했다. 〔이보다 앞서〕 임안은 돈을 취급하는 북군의 낮은 벼슬아치에게 모욕을 준 일이 있었는데, 그 낮은 벼슬아치가 글을 올려 말했다.

임안은 태자의 부절을 받고 "나에게 깨끗하고 좋은 것무기을 주기 바란다."라고 말했습니다.

올라온 글을 보고 무제는 말했다.

'그는 노회한 벼슬아치로다. 태자가 병사를 일으킨 것을 보고 앉아서 승패를 지켜보다가 승리자를 따르려는 이중적인 마음을 가졌구나. 임안은 죽을죄를 꽤 많이 지었지만 나는 언제나 그를 살려 주었다. 그는 지금 간사한 마음을 품고 있으며 불충한 생각을 가지고 있다.'

그러고는 임안을 형리에게 넘겨 사형에 처하도록 했다.

대체로 달이 차면 기울고, 사물은 성하면 쇠락하는 것이 세상 이치로다. 앞으로 나아가는 것만 알고 뒤로 물러설 줄 모르며, 오래도록 부귀의 형세에 있으면 화가 쌓여 동티가 나게 마련이다. 그러므로 범려는 월나라를 떠났고, 물러나 관직과 직위도 받지 않았다. 그러나 이름은 후세까지 전해져 만세에 이르도록 잊히지 않으니 어찌 그를 따를 수 있겠는가! 뒤에 관직에 나아가는 사람들은 이 점을 삼가고 경계하기 바란다."

45
◎
편작 창공 열전
扁鵲倉公列傳

　이 편은 명의 편작과 창공 두 사람의 사적을 기록한 것이다. 춘추 시대 진나라의 편작은 전설적인 의사로 일컬어졌다. 편작은 침구와 탕약 두 가지 모두에 뛰어났으며, 창공은 편작에 비견되는 명의였는데 뛰어난 의술 때문에 화를 자초한 이들의 비극적인 삶이 신비로운 일화와 함께 소개되고 있다.

　편작은 진나라의 태의령 이혜(李醯)가 시기하여 보낸 사람에 의해 피살되었으며, 창공은 편작의 불행한 최후를 보고 은둔 생활을 하였다. 그러나 문제 때 하옥되어 죄를 받았으니 사람이 처신하는 일이 얼마나 어려운 것인지 알 수 있다.

　이 편은 창공의 처방을 위주로 서술하고 있는데, 위로는 편작으로부터 한의학의 원류를 기술하여 의학 변천의 흐름을 알 수 있도록 하였다. 특히 창공이 제시한 스물다섯 가지 병적 기록은 중국 최초의 의료 처방으로서 중국 의학사에서 귀중한 문헌적 가치를 가지고 있다. 여기에는 미신적인 요소를 제거하고 임상 실험에 바탕을 둔 과학적인 비방이 담겨 있다. 또한 편작이 제시한 의사로서의 냉철함은 그가 말한 여섯 가지 불치병을 두고 한 말과 어울리며 "스스로 살 수 있는 사람을 일어날 수 있게 한 것뿐이다."라는 그의 명언에도 그의 사유의 한 면을 보여 준다. 이 기록에는 서한 이전의 의학 자료가 보존되어 있으니 환자의 이름, 직업, 주소, 병리, 증상, 치료, 예후, 완치 여부 등이 자세하게 기록되어 있어 당시 의학 수준을 가늠하게 한다.

　「일자 열전」, 「귀책 열전」과 서로 관련이 있으므로 함께 읽으면 좋다.

齊太倉女

劉向列女傳頌曰緹縈訟父亦孔有識推誠上書文雅甚備小女之言乃感聖意終除肉刑以免父事

한 문제에게 글을 올려 아버지 순우곤에게 내려진 형벌을 면하게 한 딸 제영.

맥을 짚어 진찰하는 척하다

편작(扁鵲)은 발해군(勃海郡) 정읍(鄭邑)[1] 사람으로 성은 진씨(秦氏)이고, 이름은 월인(越人)이다. 그는 젊을 때 다른 사람이 운영하는 여관의 관리인으로 있었다. 객사에 장상군(長桑君)[2]이라는 자가 와 머물곤 했는데, 편작만이 그를 특이한 인물로 여겨 언제나 정중하게 대하였다. 장상군도 편작이 평범

---

1) 『색은(索隱)』에는 발해군에 정(鄭)읍이 없다고 하면서 '막(鄚)'의 오기라고 하였다.
2) 여기서 '군(君)'은 고대 사람들에 대한 존칭이고, '장상(長桑)'은 성이다.

한 사람이 아니라는 것을 알았다. 장상군은 객사를 드나든 지 10여 년쯤 되었을 때 가만히 편작을 불러 마주 앉아 조용히 말했다.

"나는 비방을 가지고 있는데 이제 늙어 그대에게 전해 주고 싶으니, 그대는 누설하지 마시오."

편작이 말했다.

"삼가 그렇게 하겠습니다."

이에 장상군은 품속에서 약을 꺼내 편작에게 주며 말했다.

"이 약을 땅에 떨어지지 않은 이슬에 타서 마신 뒤 30일이 지나면 반드시 사물을 꿰뚫어 볼 수 있을 것이오."

그러고는 그 비방이 적힌 의서를 꺼내 모두 편작에게 주고는 홀연히 사라졌는데 거의 사람이 아닌 듯했다. 편작이 장상군의 말대로 약을 먹은 지 30일이 지나자 담장 너머 저편에 숨어 있는 사람이 보였다. 이러한 능력으로 환자를 보니 오장 속 질병의 뿌리가 훤히 보이므로 단지 맥을 짚어 진찰하는 척만 할 뿐이었다. 그는 의원이 되어 제나라에 머물기도 하고 조나라에 머물기도 하였는데, 조나라에 있을 때 편작으로 일컬어졌다.

혈맥이 막혀 있으나 근심할 것은 없다

일찍이 진(晉)나라 소공(昭公) 때는 대부(大夫)외족(外族)이면서 관직이 있는 자들의 세력이 커지고 공족(公族)제후의 친족의 세

168

력이 약해졌는데, 조간자(趙簡子)조앙(趙鞅)가 대부가 되면서 나랏일을 제멋대로 했다. 조간자가 병들어 닷새 동안이나 사람을 알아보지 못하자 대부들은 다 이를 염려하여 편작을 불렀다. 편작이 안으로 들어가 조간자의 병세를 살펴보고 나오자, 동안우(董安于)가 편작에게 〔병세가 어떤지〕 물었다. 편작이 대답했다.

"혈맥이 다스려지고 있으니 어찌 괴이한 일이겠습니까! 옛날 진(秦)나라 목공도 일찍이 이러한 증세로 이레 만에 깨어났습니다. 〔목공은〕 깨어난 날에 공손지(公孫支)자상(子桑)와 자여(子輿)에게 말하기를 '나는 천제(天帝)가 계신 곳에 갔는데 정말 즐거웠소. 내가 오랜 시간 머물렀던 까닭은 마침 배울 것이 있었기 때문이오. 천제는 나에게 이렇게 말씀하셨소.「진(晉)나라는 장차 크게 혼란스러워져 다섯 대[3] 동안 평안치 못할 것이다. 그 뒤를 잇는 사람이 패자가 되겠지만 늙기 전에 죽는다. 그 패자의 아들이 천하를 호령하게 되지만 진나라에는 남자와 여자의 구별이 없어질 것이다.」라고 했습니다. 공손지가 이 일을 기록하여 보관해 두었으니 『진책(秦策)』[4]은 이렇게 해서 세상에 나오게 되었습니다. 〔진(晉)나라는〕 헌공(獻公) 때 내란이 있었고, 문공(文公)이 천하의 패자가 되었으며, 양공(襄公)은 효산(殽山)에서 진(秦)나라 군대를 깨뜨리고 돌아와서는 방탕과 음란을 일삼았습니다. 이것은 당신도 알고 있는 일일

---

3) 여기서 다섯 대란 진(晉)나라 헌공(獻公), 해제(奚齊), 탁자(卓子), 혜공(惠公), 회공(懷公)을 말한다.
4) 진(秦)나라의 일을 기록한 것으로 예언서의 일종이다.

것입니다. 지금 주군(主君)조간자의 병은 진나라 목공이 앓았던 것과 같으니 반드시 사흘 안에 나을 것이고 깨어나면 무슨 말씀을 하실 것입니다."

이틀 하고 반나절이 지나자 조간자는 깨어나 여러 대부들에게 말했다.

"나는 천제가 계신 곳에 갔는데 정말 즐거웠소. 여러 신과 천제의 궁에서 함께 놀았는데, 갖은 악기를 벌여 놓고 아홉 차례 연주하고 만 가지 춤을 추었소. 이것은 〔하, 상, 주〕 삼대의 음악과는 다르지만 그 가락에 사람의 마음을 감동시키는 것이 있었소. 그런데 곰 한 마리가 나타나더니 나를 붙잡아 가려 하였소. 천제가 나에게 곰을 쏘라고 명령하기에 곰을 맞히니 곰은 죽었소. 그러자 곰이 다시 나타나서, 나는 또 곰을 쏘아 맞히니 곰이 죽었소. 천제께서는 몹시 기뻐하며 나에게 대나무 상자 두 개를 내려 주셨는데 모두 쌍으로 되어 있었소. 나는 천제 옆에 내 아들이 있는 것을 보았는데, 천제께서는 내게 적(翟)나라의 개 한 마리를 주시면서 '아들이 장성하거든 이 개를 주어라.'라고 하셨소. 또 천제께서는 내게 '진(晉)나라는 대대로 쇠약해져서 일곱 대⁵⁾ 뒤에는 멸망할 것이다. 영씨(贏氏)조나라가 강대해져서 범괴(范魁) 서쪽에서 주(周)나라 사람을 크게 깨뜨리겠지만 그도 〔나라를〕 오래 보전하지는 못할 것이다.'라고 하셨소."

---

5) 진(晉)나라의 정공(定公), 출공(出公), 애공(哀公), 유공(幽公), 열공(烈公), 효공(孝公), 정공(靜公)을 말한다.

동안우는 이 말을 듣고 기록하여 보관해 두었다. 그가 편작이 한 말을 조간자에게 아뢰자, 조간자는 편작에게 전답 4만무(畝)를 상으로 주었다.

살 수 있는 사람을 살려 낼 뿐이다

그 뒤 편작은 괵(虢)나라에 들렀는데, 〔마침〕괵나라 태자가 죽었다. 편작은 괵나라의 궁궐 문 앞으로 가서 방술(方術)도술(道術)을 좋아하는 중서자(中庶子)태자의 교육을 담당함에게 물었다.

"태자께서는 무슨 병이었기에 온 나라에서 다른 일보다 중하게 제사를 지낸 것입니까?"

중서자는 대답했다.

"태자의 병은 혈기(血氣)가 순조롭지 못하고 뒤엉켜 조금도 트이지 않다가 갑자기 몸 밖으로 발산되어 나와 몸속을 해쳤습니다. 정기(精氣)가 사기(邪氣)를 누르지 못하여 사기가 쌓여 트이지 못하고, 그 때문에 양기가 느려지고 음기가 급해졌기 때문에 갑자기 쓰러져 돌아가셨습니다."

편작이 물었다.

"돌아가신 때가 언제입니까?"

〔중서자가〕 말했다.

"닭이 울 때부터 지금 사이입니다."

〔편작이〕 말했다.

"입관(入棺)은 했습니까?"

〔중서자가〕 말했다.

"아직 안 했습니다. 돌아가신 지 반나절도 안 되어서요."

"저는 제나라 발해의 진월인이라고 합니다. 집이 정읍(鄭邑)에 있어 일찍이 〔괵나라〕 군주의 얼굴을 우러러보며 앞에서 섬길 기회가 없었습니다. 듣건대 태자께서 불행히도 돌아가셨다고 하는데, 제가 태자를 살려 낼 수 있습니다."

중서자가 말했다.

"선생은 거짓 없이 말하는 것입니까? 어떻게 태자를 살려 낼 수 있다고 하십니까? 제가 듣건대 옛날 유부(兪跗) 황제(黃帝) 때의 명의라는 의원이 있었는데 병을 치료할 때 탕액(湯液), 예쇄(醴灑),[6] 참석(鑱石),[7] 교인(撟引),[8] 안올(案扤),[9] 독위(毒熨)[10]를 쓰지 않고 〔옷을 풀어헤쳐〕 잠시 진찰해 보는 것만으로 질병의 징후를 보았고, 오장에 있는 수혈(腧穴)[11]의 모양에 따라 피부를 가르고 살을 열어 막힌 맥을 통하게 하고 끊어진 힘줄을 잇고, 척수와 뇌수를 누르고, 고황과 횡격막을 바로 하고, 장과 위를 깨끗이 씻어 내고, 오장도 씻어 정기를 다스리고 신

---

6) 단술과 맑은술을 말한다.

7) 질병을 치료할 때 쓰는 돌로 만든 침이다.

8) 도가의 도인술(導引術)로 손과 발을 굽혔다 폈다 하며 강장하는 의료 체조의 일종이다.

9) 몸을 주물러서 아픈 곳을 풀어 주는 치료 방법으로, 안마술로 보면 된다.

10) 아픈 곳에 약물(藥物)을 붙이는 것이다.

11) 오장의 맥이 모이는 곳으로, 이곳에 뜸을 뜨거나 침을 놓는다.

체를 바꾸어 놓았다고 합니다. 선생의 의술이 이러하다면 태자를 살릴 수 있겠지만, 이와 같이 할 수 없으면서 태자를 살리려고 한다면 어린아이에게 말해도 믿지 않을 것입니다."

하루가 지나자 편작은 하늘을 우러러보고 탄식하며 말했다.

"당신이 질병을 치료하는 방법은 대나무 구멍으로 하늘을 보고, 좁은 틈으로 무늬를 보는 것과 같습니다. 저 진월인이 질병을 치료하는 방법은 환자의 맥을 짚고, 안색을 살피고 목소리를 듣고, 몸 상태를 살펴보는 등의 일을 하지 않고도 질병이 어느 부위에 있는지 말할 수 있습니다. 환자의 양(陽)에 관한 증상을 진찰하면 음(陰)에 관한 증상을 미루어 알 수 있고, 환자의 음에 관한 증상을 진찰하면 양에 관한 증상을 알 수 있습니다. 몸속의 병은 겉으로 나타나므로 1000리 먼 곳까지 가지 않아도 진단을 내릴 수 있는 경우가 아주 많으며, 감추려 해도 감출 수 없습니다. 당신이 제 말을 진실이 아니라고 여긴다면 안으로 들어가 태자를 진찰해 보십시오. 태자의 귀에서는 소리가 나고 코는 벌름거리고 있을 것이며, 양쪽 넓적다리를 타고 음부(陰部)에 이르면 당연히 아직 따뜻할 겁니다."

중서자는 편작의 말을 듣고 눈이 멍해져 껌벅이지도 못하고 혀가 오그라들어 움직일 수 없을 만큼 놀랐다. 그는 바로 궁궐로 들어가 괵나라 임금에게 편작의 말을 알렸다. 괵나라 임금은 이 말을 듣고 몹시 놀라며 궁궐 중문(中門)까지 나와 편작을 만나 보고는 말했다.

"나는 선생의 높은 명성을 오래전에 들었지만 일찍이 앞에서 뵐 기회가 없었소. 선생이 작은 나라에까지 오셔서 나를 도와주시니 외진 나라의 군주인 나로서는 참으로 다행이오. 선생이 계시니 〔내 아들이〕 살아나겠지만 선생이 없었다면 〔내 아들은〕 도랑이나 골짜기에 버려져 영원히 살아 돌아오지 못할 것이오."

그는 말을 채 끝내지도 못하고 흐느껴 울며 가슴이 메고 정신이 혼미해져 하염없이 눈물을 흘리는데, 흐르는 눈물은 눈썹을 적시고 슬픔을 스스로 누르지 못해 얼굴마저 일그러졌다. 편작이 말했다.

"태자의 병과 같은 것을 '시궐(尸蹶)'[12]이라고 합니다. 대체로 양기가 음기 속으로 흘러 들어가서 위(胃)를 움직이고 경맥(經脈)양의 맥과 낙맥(絡脈)음의 맥을 얽어 막히게 하며, 한편으로는 삼초(三焦)[13]와 방광까지 내려가고, 그럼으로써 양맥(陽脈)은 아래로 내려가고 음맥(陰脈)은 다투듯이 위로 치달아 양기와 음기가 만나는 곳이 막혀 통하지 않게 됩니다. 이 음맥은 위로 올라가고 양맥은 안을 향해서 내려갑니다. 양맥은 안으로 내려가 고동치지만 일어설 줄 모르고, 음맥은 밖으로 올라가 끊어져서 음의 역할을 못 합니다. 위에는 양기가 끊어진 낙맥이 있고, 아래에는 음기가 끊어진 적맥(赤脈)이 있는 것입니다. 음기가 파괴되고 양기가 끊겨 혈색이 사라지고

---

12) 피가 위로 올라와 정신이 혼미해져 가사 상태에 빠지는 병이다.
13) 육부(六腑)의 하나로 상초(上焦), 중초(中焦), 하초(下焦)를 말한다. 상초는 위장의 윗부분으로서 호흡이나 혈맥 등에 관여하고, 중초는 위장 부위로서 음식물의 소화를 담당하며, 하초는 위장 아랫부분으로서 배설을 담당한다.

맥이 어지러워지므로 몸이 죽은 것처럼 움직이지 않는 것입니다. 태자께서는 아직 죽지 않았습니다. 대체로 양기가 음기 속으로 들어가 오장을 누르는 자는 살지만, 음기가 양기 속으로 들어가 오장을 누르는 자는 죽습니다. 이러한 여러 가지 정황은 모두 오장의 기가 몸속에서 거꾸로 치솟을 때 갑자기 일어납니다. 훌륭한 의사는 이것을 치료하지만 서툰 의사는 의심하여 믿지 않습니다."

편작은 제자 자양(子陽)에게 쇠침과 돌침을 갈게 한 뒤 그것으로 몸 살갗에 있는 삼양(三陽)[14]과 오회(五會)[15]를 찔렀다. 한참 뒤 태자가 깨어났다. 그러자 제자 자표(子豹)에게 10분지 5의 위(熨)고약와 10분지 8의 약제를 섞어 달여 양쪽 겨드랑이 아래에 번갈아 붙이도록 하니 태자가 자리에서 일어나 앉았다. 음과 양의 기운을 조절해 가며 탕약을 스무 날 동안 먹게 하니 태자의 몸은 원래대로 돌아왔다. 이 일로 하여 세상 사람들은 모두 편작은 죽은 사람도 살려 낼 수 있다고 여기게 되었다. 편작이 말했다.

"나 진월인은 죽은 사람을 살려 내지는 못한다. 이는 내가 스스로 살 수 있는 사람을 일어날 수 있도록 한 것뿐이다."

---

14) 사람의 손발에는 각각 삼양(三陽)과 삼음(三陰)이 있다. 삼양이란 태양(太陽), 소양(少陽), 양명(陽明)을 말한다.
15) 사람의 질병이 숨어 있는 다섯 곳으로 백회(百會), 흉회(胸會), 청회(聽會), 기회(氣會), 노회(臑會)를 말한다.

질병은 징후가 나타날 때 고쳐야 한다

편작이 제나라로 들르자 제나라 환후(桓侯)[16]는 편작을 빈객으로 맞이했다. 편작은 궁궐로 들어가 [환후를] 뵙고 말했다.

"군왕께서는 살가죽 겉의 작은 결에 병이 있는데 치료하지 않으면 더욱 깊어질 것입니다."

환후가 말했다.

"과인에게는 질병이 없소."

편작이 물러나오자 환후는 곁에 있던 신하들에게 말했다.

"의원이란 자들은 이익을 탐하여 병도 없는 사람을 가지고 공을 세우려고 한다."

닷새 뒤에 편작은 또 [환후를] 뵙고 말했다.

"군왕께서는 혈맥에 병이 있습니다. 치료하지 않으면 깊어질까 두렵습니다."

환후가 말했다.

"과인에게는 질병이 없소."

편작이 물러나오자 환후는 기분이 언짢았다. 닷새 뒤에 편작은 또 [환후를] 뵙고 말했다.

"군께서는 장과 위 사이에 병이 있습니다. 치료하지 않으면

---

16) 춘추 전국 시대 제나라에는 환후(桓侯)는 없고 환공(桓公)만이 두 명 있었는데, 그들은 강소백(姜小白)과 전오(田午)이다. 여기서는 구체적으로 누구를 가리키는지 알 수 없다.

더 깊어질 것입니다."

환후는 대답을 하지 않았다. 편작이 물러나오자 환후는 기분이 좋지 않았다.

닷새 뒤에 편작은 또 환후를 뵈었는데 멀리서 바라보기만 하고 그냥 물러나왔다. 환후가 사람을 보내서 그 까닭을 묻자 편작이 말했다.

"병이 살가죽 겉의 작은 결에 있을 때는 탕약과 고약으로 고칠 수 있고, 혈맥에 있을 때는 쇠침과 돌침으로 치료할 수 있으며, 장과 위에 있을 때는 약술로 고칠 수 있습니다. 그러나 병이 골수까지 들어가면 사명(司命)인간의 생명을 주관하는 고대 전설 속의 신도 어찌할 수 없습니다. 지금은 〔병이〕 골수까지 들어가 있기 때문에 제가 더 이상 드릴 말씀이 없었던 것입니다."

그로부터 닷새 뒤에 환후는 몸에 병이 들었으므로 사람을 보내 편작을 불렀지만, 편작은 이미 자리를 피해 떠난 뒤였다. 환후는 결국 죽었다.

고칠 수 없는 여섯 가지 병

성인(聖人)으로 하여금 질병의 징후를 미리 알게 하여 훌륭한 의사에게 일찍 치료받을 수 있도록 한다면 질병은 치유될 수 있고, 사람도 살 수 있다. 사람들이 걱정하는 것은 병이 많은 것이고, 의사들이 걱정하는 것은 병을 치료할 방법이 적은 것이다. 옛날부터 고칠 수 없는 여섯 가지 병이 있다. 교만하고 방자하여 병의 원리를 논하지 않는 것이 첫 번째 불치병이고, 몸을 가벼이 여기고 재물이 아까워 병을 치료하지 않는 것이 두 번째 불치병이며, 입고 먹는 것을 적절하게 하지 못하는 것이 세 번째 불치병이고, 음과 양이 함께 있어 오장의 기가 불안정한 것이 네 번째 불치병이다. 몸이 극도로 허약하여 약을 먹을 수 없는 것이 다섯 번째 불치병이고, 무당의 말만 믿고 의사를 믿지 않는 것이 여섯 번째 불치병이다. 이러한 것 가운데 하나만 있어도 치료하기 매우 어렵다.

세상이 필요로 하는 의사가 돼라

편작의 이름은 온 세상에 퍼지게 되었다. 편작이 한단을 들렀을 때 그곳에서는 부인들을 귀하게 여긴다는 말을 듣고 부인과(婦人科) 의사가 되었고, 낙양을 들렀을 때는 주나라 사람들이 노인을 공경한다는 말을 듣고 귓병과 눈병과 비병(痹病) 중풍 등 노인병 의사가 되었으며, 함양으로 들어올 때는 진(秦)나라 사람들이 어린아이를 사랑한다는 말을 듣고 소아과 의사가 되어 각 지역 사람들의 풍속에 맞추어 의료 행위를 바꾸었다. 진나라의 태의령(太醫令)의약 행정의 최고 담당자 이혜(李醯)는 스스로 의술이 편작만 못함을 알고 사람을 보내 편작을 찔러 죽였다. 〔그러나〕 지금까지 세상에서 맥법에 관해 말하는 사람들은 모두 편작(의 이론과 방법)을 따르고 있다.

잘 키운 딸이 여러 사내아이보다 더 낫다

태창공(太倉公)은 제나라 태창(太倉)도성의 식량을 모아 두던 창고의 우두머리로서 임치 사람이며, 성은 순우(淳于)이고 이름은 의(意)이다. 그는 젊어서부터 방술(方術)을 좋아하였다. 고후 8년에 같은 고을의 원리(元里)의 공승(公乘)인 양경(陽慶)을 스승으로 모시고 의술을 배웠다. 양경은 일흔 살이 넘었는데도 아들이 없으므로 순우의에게 전에 배운 처방을 모두 버리게 한 뒤 다시 자신의 비방을 모두 (가르쳐) 주고, 황제(黃帝)와 편작이 지은 『맥서(脈書)』맥의 원리에 관한 책를 전해 주었다. 얼굴에 나타나는 다섯 색깔로 질병을 진단하여 환자의 생사를 알고, 의심스러운 증세를 판별해 내어 치료법을 결정하였으며, 약리(藥理)에 관한 견해는 매우 정밀하였다. 순우의는 이것들을 전수받은 3년 동안 남을 위하여 병을 치료하고 생사를 판단해 주기도 했는데 효험을 많이 보았다. 그러나 그는 여기저기 제후국을 돌아다니며 (자기) 집을 집으로 생각하지 않았고, 어떤 때는 사람에 따라 질병을 치료해 주지 않았으므로 환자가 있는 집에서 그를 원망하는 자가 많았다.

문제(文帝) 4년에 어떤 사람이 순우의를 고발하는 글을 올려 형죄(刑罪)몸을 불구로 만드는 형벌에 처해지게 되어 역마(驛

馬)를 이용하여 서쪽 장안으로 압송되었다. 순우의에게는 딸이 다섯이나 있었는데 따라오면서 울자, 그는 화를 내며 꾸짖었다.

"자식을 낳았으나 사내아이를 낳지 못해 긴급할 때 쓸 만한 놈이 없구나."

그러자 막내딸 제영(緹縈)이 아버지의 말에 상처를 받아 아버지를 따라 서쪽으로 가서 글을 올려 말했다.

소첩의 아버지가 벼슬아치로 있을 때 제나라의 모든 사람이 청렴하고 공평하다고 칭송하였으나, 지금은 법을 위반하여 형죄를 받게 되었습니다. 제가 매우 비통한 것은 죽은 자는 다시 살아날 수 없고 형죄를 받은 자는 다시 전처럼 될 수 없다는 것입니다. 비록 허물을 고쳐 새롭게 되고자 하나 그렇게 할 방법이 없으니 끝내 기회를 얻을 수 없을 것입니다. 소첩이 관청 노비가 되어 아버지의 형죄를 속죄하고 행실을 고쳐 스스로 새롭게 될 수 있게 해 주십시오.

이 글이 올라가니 문제는 그 마음을 측은하게 여겨 그해 안에 육형법(肉刑法)을 없앴다.

얼굴색만으로 병을 진단한다

　순우의가 〔용서를 받고〕 집에 있을 때 〔황제는〕 조서를 내려 질병을 치료하여 죽었거나 살아났거나 효험을 본 자가 몇 명이며, 또 환자의 이름이 무엇인지를 물었다.

　전에 태창의 장(長)이던 순우의에게 조서를 내려 물은 내용은 아래와 같았다.

　의술 가운데 뛰어난 것은 무엇인가? 치료할 수 있는 병은 무엇인가? 그것에 관한 책은 있는가? 모두 어디서 배웠는가? 몇 년 동안 배웠는가? 일찍이 효험을 본 자는 어느 마을 사람인가? 〔또 그것은〕 무슨 병이었는가? 치료하고 약을 쓴 뒤 병세가 호전되어 가는 상황이 어떠했는가? 모두 자세하게 대답하라.

〔그래서〕 순우의는 다음과 같이 대답하였다.

　신은 젊어서부터 의술과 약술을 좋아하였으나 의술과 약술을 시험해 보아도 효험이 없는 경우가 많았습니다. 고후 8년에 이르러 임치현 원리의 공승이던 양경을 만나게 되었습니다. 당시 그는 일흔 살이 넘었는데, 신은 그를 만나 스승으로 섬겼습니다. 양경은 신에게 "네 의서를 모두 없애라. 그것은 정확한 것이 아니다. 나는 옛 선현들이 전한 황제와 편작의 『맥서』를 가지고 있는데, 얼굴에 나타나는 다섯 색깔로 질병을 진단

하여 사람의 생사를 알고 의심스러운 증세를 판별해 내어 치료
법을 결정하며, 약리에 관한 서적도 매우 정밀하다. 나는 집안
이 매우 부유하여 마음으로 너를 아끼므로 내 비방이 적혀 있
는 의서를 모두 너에게 가르쳐 주려고 한다."라고 말하였습니
다. 신 순우의는 그 즉시 "참으로 기쁩니다. 제가 감히 바라지
도 못했던 바입니다."라고 말했습니다. 신은 즉시 앉은자리에서
일어나 두 번 절한 뒤 『맥서(脈書)』, 『상경(上經)』, 『하경(下經)』,[17]
『오색진(五色診)』, 『기해술(奇咳術)』,[18] 『규도음양외변(揆度陰陽外
變)』,[19] 『약론(藥論)』, 『석신(石神)』,[20] 『접음양(接陰陽)』[21] 같은 (비
장의) 의서들을 건네받았습니다. 이 책들을 받아 읽고 분석하
고 시험해 보는 데 1년이 걸렸습니다. 그 이듬해에 (임상) 실험
을 해 보았으나 정밀하지는 않았습니다. 그래서 3년쯤 이 일에
몰두한 뒤에야 다른 사람을 위해서 질병을 치료하고, (질병을 진
찰하여) 환자의 생사를 확정지었는데 효험이 뚜렷하게 나타났
습니다. 이제 스승 양경이 죽은 지 10년쯤 되었습니다. 신은 그

---

17) 『황제내경소문(黃帝內經素問)』 「병능론(病能論)」에 의하면 『상경』은 인
간의 몸과 자연 현상의 관계를 논하고 있고, 『하경』은 질병이 변하는 과정
을 논하고 있다고 한다.
18) 이에 관해서는 몇 가지 설이 있는데 환자의 소리를 듣고 진찰하는 방법
을 적은 의학서, 비밀스럽고 특이한 의술을 적은 의학서, 기비방술(奇秘方
術) 등이다. 일반적으로 두 번째 설을 따른다. 어떤 이는 '기(奇)'와 '치(治)'의
옛 소리가 비슷하므로 '치해(治咳)' 방법을 적은 것이라고도 한다.
19) 신체 표면에 드러나는 환부의 변화를 살펴 몸속 음양의 성쇠를 알아내
는 것에 관한 의학서다.
20) 침을 이용하여 치료하는 비법을 적은 책이다.
21) 글자 그대로 방중술에 관한 책이다.

에게 꼬박 3년 동안 배웠고 지금 서른아홉 살입니다.

경맥(經脈)과 낙맥(絡脈)

　제나라의 시어사(侍御史) 성(成)이 스스로 두통이 있다고 말하기에 신은 그 맥을 짚어 보고 "당신 병은 몹시 악화되어 말할 수 없습니다."라고 말하고는 곧바로 물러나와, 그의 아우 창(昌)에게 "이 병은 저(疽)몸속에 생기는 종기로서 몸속의 장과 위 사이에서 생겨났으며 닷새가 지나면 부어오르고, 여드레가 지나면 고름을 토하며 죽을 것입니다."라고 말하였습니다. 성의 병은 술과 성생활로 인해 생긴 것이었습니다. 성은 예상한 날짜에 죽었습니다. 성의 질병을 알 수 있었던 것은 신이 그 맥을 짚었을 때 간의 기운을 알아차렸기 때문입니다. 간의 기가 흐리고 고요하면 이는 내관(內關)내폐(內閉)에 생긴 질병입니다. 『맥법(脈法)』에 따르면 "맥박이 길고 팽팽하여 사계절의 변화에 따라 바뀌지 못하는 것은 그 병이 주로 간에 있다. 맥박이 〔길고 팽팽하지만〕 고르면 경맥(經脈)에 병이 있고, 맥박이 멈췄다가 다시 움직이면 낙맥(絡脈)에 이상이 있다."라고 합니다. 경맥에 이상이 있으면서 맥박이 고르면 그 병이 힘줄과 골수에서 생긴 것이고, 맥박이 때때로 멈추었다가 움직이면서 높아지는 것은 그 병이 술과 성생활에서 생긴 것입니다. 닷새 만에 부어오르고 여드레 만에 고름을 토하고 죽을 줄을 안 것은 그 맥을 짚었을 때 소양(少陽)경맥의 이름에 처음으로 혈맥의 엉킴이 있었기 때문입니다. 혈맥의 엉킴 현상이 나타나는 것은 경맥에 병이 난 뒤 〔소양 낙맥까지 발전되어〕병이 곧장 온몸을 지나 낙맥으로 가는 것입니다. 낙맥에 병이 생기면 그때는 소양의 초관(初關) 한 치쯤에 생겨났을 뿐이므로 열은 있어도 고름은 나오지 않습니다. 다섯 치까지 미치면 소양의 끝에 이르고 여드레가 되면 고름을 토하고 죽게 됩니다. 그러므로 위로 두 치쯤에서 고름이 생기고 경계에 이르면 종기가 부어올라 고름을 쏟고 죽는 것입니다. 열이 높아지면 양명(陽明)이 〔경맥을〕 지지게 하고 소낙맥(小絡脈)을 타게 하는데 소낙맥이 움직이면 낙맥이 서로 이어지는 곳에서 질병이 발생하고, 낙맥이 이어지는 곳에서 질병이 발생하면 이어서 서로 문드러지고 풀어지기 때문에 낙맥 사이가 막히게 됩니다. 그래서 열기가 머리까지 올라가 흔들기 때문에 두통이 생깁니다.

중양(重陽)

제나라 왕 둘째 아들의 어린아이에게 병이 들자 신을 불러서 그 맥을 진찰하게 하였습니다. 신은 진찰을 마치고 "〔기가 흉격 사이에 모여 생긴〕 기격병(氣鬲病)으로, 이 병은 사람의 가슴을 답답하게 하여 먹은 것이 내려가지 못하고 때때로 담(痰)을 토하게 합니다. 이 병은 마음속에 걱정거리가 있으면서 여러 차례 억지로 먹는 데서 비롯된 것입니다."라고 하였습니다. 그리고 신은 곧장 그에게 하기탕(下氣湯)기와 열을 내려 마음을 안정시키는 약물을 지어서 마시게 했더니 하루 만에 기가 내려가고, 이틀 만에 〔음식을〕 먹을 수 있게 되었으며, 사흘이 지나 곧바로 병이 나았습니다. 이 아이의 병을 알게 된 것은 그 맥을 짚어 보니 심기(心氣) 때문으로 맥기가 안정되지 못하고 빨랐는데, 이는 양기가 엉켜서 생겨난 병입니다. 『맥법』에서는 "맥박 뛰는 것이 빠르다 느려졌다 하여 일정하지 않은 것이 여러 차례 나타날 때는 병이 주로 마음에 있다."라고 했습니다. 온몸에 열이 나고 맥이 빨리 뛰며 힘 있는 것을 중양이라고 합니다. 중양이란 심장의 근본을 자극하게 하므로 번민과 근심으로 쌓이게 되어 먹은 것이 내려가지 않으면 낙맥에 장애가 생기고, 낙맥에 장애가 생기면 피가 위로 올라가고, 피가 위로 올라가면 죽게 됩니다. 이것은 슬픈 마음을 가진 데서 생겨난 병으로 근심에서 얻은 것입니다.

용산(涌疝)

제나라의 낭중령(郎中令)궁궐 문을 지킴 순(循)이 병들었는데 여러 의사는 한결같이 기가 거슬러 올라가 심장 속으로 들어간 것이라고 생각하여 침을 놓았습니다. 그러나 신이 진찰해 보고 "이 병은 용산으로 사람으로 하여금 대소변을 볼 수 없게 만듦

니다."라고 하였더니, 순은 "대소변을 못 본 지 사흘이나 되었
소."라고 하였습니다. 〔그래서〕 신이 화제탕(火齊湯)열과 기를 내려
대소변을 원활하게 하는 약물을 마시게 하였더니, 한 번 마시고 소
변을 보았으며 두 번 마시고 대변을 보았고 세 번 마시고는 병
이 나았습니다. 이 병은 성생활로 인하여 생긴 것이었습니다.
그의 질병을 알아낸 것은 맥을 짚었을 때 오른손 촌구맥(寸口
脈) 부분의 기가 급하고 맥에서 오장의 기를 느낄 수 없으며 우
구맥(右口脈)오른손 촌구맥이 거칠고 빨랐기 때문입니다. 맥이 빠
르면 몸의 중앙부와 하복부가 뜨겁게 끓어오릅니다. 왼쪽은 아
래를 진찰하는 것이고 오른쪽은 위를 진찰하는 것인데 어느 쪽
에도 오장에 상응하는 것이 없었습니다. 그래서 용산이라고 진
단했습니다. 몸속에 열이 있어 소변이 붉었습니다.

열병(熱病)

제나라 중어부(中御府)왕실의 사물을 관리하는 곳의 우두머리
인 신(信)이 병들었을 때 신이 들어가 그 맥을 짚어 보고 "열병
기운이 있습니다. 그러나 열 때문에 땀을 흘려 맥이 쇠약해졌
을 뿐 죽지는 않을 것입니다. 이 병은 흐르는 냇물에서 목욕하
다가 몹시 한기를 느껴 잠시 후에 열이 나서 생긴 것입니다."라
고 말하였습니다. 그러자 신이 "아, 맞소! 작년 겨울에 왕의 명
령을 받아 초나라에 사신으로 갔을 때, 거현(莒縣)의 양주수(陽

周水)에 이르러 보니 다리가 심하게 부서져 있어 곧 수레의 끌채를 잡고 머뭇거리고 있는데 말이 놀라 물에 빠지는 바람에 나도 물속으로 빠져 죽을 뻔하였소. 관리들이 달려와 물속에서 나를 구해 주었으나 옷이 흠뻑 젖어 잠시 뒤에 온몸에 한기가 엄습하더니 불덩이같이 열이 나 지금까지도 한기를 쐴 수 없소."라고 말하였습니다. 그래서 신이 액탕(液湯)으로 화제탕을 만들어 열을 내리게 했는데, 한 번 마시니 땀이 없어지고 두 번 마시니 열이 내리고 세 번 마시니 병이 나았습니다. 약을 먹은 지 스무 날쯤 되자 그 몸에서 병이 사라져 버렸습니다. 그의 병을 알아낸 것은 그 맥을 짚어 보았을 때 양기와 음기가 함께 있는 것을 발견했기 때문입니다. 『맥법』에 "열병에 음기와 양기가 교차하면 죽는다."라고 하였습니다. 그런데 그의 맥을 짚어 보니 음양이 교차하지 않고 오히려 함께 있었습니다. 이러한 맥박은 순조롭고 맑아서 병을 치료할 수 있고, 열기가 다 내려가지 않아도 살 수는 있습니다. 신기(腎氣)가 때때로 탁해지기도 하지만, 태음(太陰)의 맥구(脈口)에 있어서 맥박이 다소 뜸한 것은 몸에 수기(水氣)가 있기 때문입니다. 신장은 본래 물을 주재하는 곳이므로 그 병이 나을 줄 알았습니다. 치료 시기가 조금이라도 늦었더라면 곧 오한과 열이 번갈아 일어나는 한열병(寒熱病)을 앓을 뻔하였습니다.

풍단(風癉)

제나라 왕의 태후가 병이 나자 신을 불러들여 진맥하게 하였습니다. 신은 "이것은 풍단열병이 잠시 방광에 들어 대소변을 보기가 어렵고 소변이 붉은 것입니다."라고 말했습니다. 그리고 화제탕을 마시게 했더니, 한 번 마시고 대소변을 보고 두 번 마시더니 병이 나아 소변 색깔도 원래대로 돌아왔습니다. 이 병은 땀을 흘린 뒤 그대로 말린 데서 온 유한출순(流汗出潘)입니다. 순(潘)이란 옷을 벗고 땀을 말리는 것을 말합니다. 태후의 병을 알아낸 것은 신이 진맥했을 때 태음맥의 맥구를 눌러 보니 축축한 풍기(風氣)를 띠고 있었기 때문입니다. 『맥법』에서도 "손가락 끝으로 세게 눌러 보아서 맥이 크고 단단한 것과 가볍게 눌러서 맥의 기세가 강한 경우는 병이 주로 신장에 있다."라고 합니다. 그런데 맥을 짚어 보니 평상시와는 달리 신장의 맥박이 거세고 거칠었습니다. 거센 것은 방광의 기운 때문이고, 거친 것은 몸속에 열이 있다는 것이며, 이 때문에 소변도 붉은 것입니다.

소단(消癉)

제나라 장무리(章武里)의 조산부(曹山跗)가 병들었을 때 신은 그 맥을 짚어 보고 "이것은 폐의 소단소갈증이며, 한열병까지 더해졌습니다."라고 하고, 그 가족에게 "죽을 것입니다. 고칠 수 없으니 음식 봉양이나 잘하십시오. 이 병은 의술로 고칠 수 없습니다."라고 말하였습니다. 이 병은 의법에도 "사흘이 지나면 미치게 되어 함부로 일어나 돌아다니며 뛰쳐나가려고 할 것이다. 앞으로 닷새 뒤에는 죽을 것이다."라고 하였습니다. 결국 그 말대로 산부는 죽었습니다. 산부의 병은 몹시 화가 난 상태에서 방사를 하였기 때문에 생긴 것입니다. 그의 병을 알아내게 된 것은 신이 그 맥을 짚었을 때 폐의 기운이 열을 띠고 있었기 때문입니다. 『맥법』에 "〔폐에서 열이 나면〕 맥박이 고르지 않고 무력하며 몸이 쇠약해진다."라고 했습니다. 이것은 오장의 높은 곳인 폐부와 먼 곳인 간부가 여러 차례 병들었다는 것을 뜻합니다. 그러므로 맥을 짚었을 때 맥박이 고르지 못하고 멈추었다 뛰었던 대맥(代脈)이 나타난 것입니다. 맥박이 고르지 못하다는 것은 피가 간에 머무르지 못하는 것이고, 멈추었다 뛰었다 하는 것은 때때로 삼격(參擊)맥이 쉬었다가 보상하듯 이어서 세 번 뛰는 것이 한꺼번에 와서 급해졌다 거세졌다 하는 것입니다. 이것은 〔간과 폐〕 두 낙맥이 중도에서 끊어진 것이라서 치료하지 못하므로 죽을 수밖에 없습니다. 또 한열병이 왔다는 것은 그 사람이 시탈(尸奪)시체처럼 몸뚱이만 있고 정신은 나가 버린 것 상태에 있음을 의미합니다. 시탈한 자는 몸이 쇠약해지니, 몸이 쇠약해지면 뜸을 뜨거나 침을 놓거나 약을 먹을 수 없습니다. 그런데 신이 가서 진맥하기 전에 제나라 태의가 먼저 산부의 병을 진찰하고 그 발의 소양 맥구에 뜸을 뜨고 반하환(半夏

丸)을 먹였습니다. 그러자 환자는 곧바로 설사를 하여 배 속이 빈 상태였습니다. 또 그의 소음(少陰) 맥구에 뜸을 떴으므로 간의 기운이 심하게 손상된 상태였습니다. 이렇게 거듭 환자의 기운을 해쳤기 때문에 한열병 증세가 더 심하게 나타난 것입니다. 사흘 뒤에 미칠 것이라고 한 것은 간의 낙맥이 유방 아래의 양명(陽明)에 이어져 있는데, 이것이 끊어졌기 때문에 양명맥은 열려(상하게) 되고 맥이 상하면 미쳐서 날뛸 수밖에 없기 때문입니다. 닷새 만에 죽는다는 것은 간과 심장의 거리가 다섯 치 떨어져 있는 만큼 닷새면 다하고, 그렇게 되면 곧 죽게 되기 때문입니다.

유적하(遺積瘕)

제나라의 중위(中尉) 반만여(潘滿如)가 소복(少腹)아랫배에 통증을 앓고 있었습니다. 신이 그 맥을 짚어 보고는 "유적하배 속에 벌레가 오랫동안 쌓여 덩어리가 생긴 병입니다."라고 하였습니다. 신은 즉시 제나라의 태복 요(饒)와 내사(內史)민정을 담당하는 관리 요(繇)에게 "중위가 스스로 방사를 그만두지 않으면 30일 안으로 죽을 것입니다."라고 하였습니다. 반만여는 그로부터 스무 날 만에 피소변을 누고 죽었습니다. 이 병은 지나친 음주와 방사로 인해 생긴 것입니다. 그의 질병을 알 수 있었던 것은, 신이 그 맥을 짚어 보니 맥이 깊고 작고 약하게 뛰다가도 갑자기

왕성해지기도 했기 때문입니다. 이것은 비기(脾氣)비장에 병이 있는 기운으로서 오른쪽 촌구맥이 긴장되고 가냘파 하기(瘕氣)배 속에 응어리가 생기는 병가 생겨난 것입니다. 〔비장에 병이 생기면〕 오장이 차례로 전달하여 30일 만에 죽습니다. 삼음맥(三陰脈)[22]이 한꺼번에 뛰고 있으면 맥법에서 말한 대로 30일 만에 죽습니다만, 삼음맥이 함께 뛰지 않을 경우에는 더 빠른 시일 안에 죽게 됩니다. 한번 뛰다가 쉬는 경우에는 〔죽을 날이〕 가까운 것입니다. 그러므로 반만여의 경우 삼음이 한꺼번에 뛰었으므로 앞서 말한 것처럼 소변에 피가 섞여 나오고 죽었습니다.

동풍(迵風)

양허후(陽虛侯)의 승상 조장(趙章)이 병들었을 때 신을 불렀습니다. 여러 의사가 모두 한중(寒中)한기가 곧바로 장으로 들이쳐 설사를 일으키는 병이라고 하였으나, 신은 그 맥을 짚어 보고 "이 병은 동풍입니다."라고 하였습니다. 동풍이란 먹은 음식물이 식도로 내려가면 모두 밖으로 토해 내어 배에 머물지 못하는 것입니다. 의법에는 "닷새 만에 죽는다."라고 되어 있는데, 그는 그로부터 열흘 뒤에 죽었습니다. 그의 병은 술에서 비롯된 것입

---

22) 소음(少陰), 궐음(厥陰), 태음(太陰)을 말한다. 소음이란 왼쪽 맥구(脈口)를 말하고, 궐음은 소음의 앞쪽을 말하며, 태음은 오른쪽 맥구(脈口)를 말한다.

니다. 조장의 병을 알아낸 까닭은 신이 그 맥을 짚어 보니 맥이 일정하지 않게 뛰었기 때문입니다. 이것은 내풍(內風)²³⁾의 기운이 있음을 의미합니다. 음식이 목구멍을 내려가면 모두 토해 내 머물러 있지 못하는 경우 의법에서도 닷새면 죽는다고 하였습니다. 이것은 이미 말한 바와 같이 분계법(分界法)²⁴⁾에 따른 것입니다. 〔비록〕 조장이 열흘 뒤에 죽었지만 죽을 날짜를 닷새나 넘긴 것은 그 사람이 미음을 즐겨 먹어 내장이 차 있었기 때문입니다. 내장이 차 있으므로 그 기일을 넘기고 죽은 것입니다. 신의 스승께서도 "곡기음식를 잘 먹는 자는 죽을 날짜를 늘리고, 곡기를 잘 먹지 못하는 자는 죽을 날짜가 미치기도 전에 죽는다."라고 하였습니다.

풍궐흉만(風蹶胸滿)

제북왕(濟北王)이 병들어 신을 불렀습니다. 신은 그의 맥을 짚어 보고 "이 병은 풍궐흉만입니다."라고 하고는 즉시 약술을 만들어 3석(石)360근을 마시게 하니 병이 나았습니다. 이 병은 땀을 흘리고 있는데 땅바닥에 엎드려 있었기 때문에 얻은 것입니다. 제북왕의 병을 알게 된 것은 신이 진맥하여 보니 풍기(風

---

23) 몸속의 여러 장기가 제 기능을 상실하여 나타나는 질병이다.
24) 맥부(脈部)를 분계(分界)하여 질병이 변해 가는 증상이나 일수를 따져 죽을 날짜를 미리 알아내는 것이다.

氣)가 있고 심맥(心脈)이 탁하였기 때문입니다. 의법에 "풍기가 양맥으로 들어가면 양기가 다하여 음기가 들어간다."라고 하였습니다. 음기가 들어가서 팽창하면 한기가 오르고 열기는 내려갑니다. 그런 이유로 가슴이 답답해지는 것입니다. 또 땀을 흘리는 채 땅바닥에 엎드려 있었기 때문에 생긴 병이라고 한 것은 그 맥을 짚어 보니 기가 음에 있었기 때문입니다. 맥이 음기인 경우에는 병이 반드시 몸속에 들어가 있으며, 참수(瀺水)시냇물이 졸졸졸 흐르는 것처럼 나는 식은땀를 흘리게 됩니다.

산기(疝氣)

　제나라 북궁(北宮) 사공(司空)의 명부(命婦)관직을 받은 자의 아내 출오(出於)가 병들었을 때, 많은 의사가 한결같이 풍이 몸 안에 든 것이므로 질병은 주로 폐에 있을 줄 알고 그 족소양맥(足少陽脈)에 침을 놓았습니다. 그러나 저는 그녀의 맥을 짚어 보고 "산기가 방광에 머물고 있는 질병으로, 대소변을 보기 어렵고 소변 색깔이 붉을 것입니다. 이러한 질병은 찬 기운을 만나면 소변을 싸게 되고 배가 붓습니다."라고 말하였습니다. 출오의 병은 소변을 누고 싶은데 참고 교접을 했기 때문에 생긴 것입니다. 출오의 질병을 알아내게 된 것은 맥을 짚어 보니, 맥박이 크고도 힘차지만 오는 것이 순조롭지 못하였기 때문입니다. 이것은 궐음(蹶陰)[25]의 요동입니다. 맥박이 오는 게 순조롭지 못한 것은 산기가 방광에 머물고 있기 때문입니다. 또 배가 부풀어 오르는 것은 궐음의 낙맥이 아랫배에 맺혀 있기 때문입니다. 궐음에 이상이 있으면 맥이 이어져 있는 부위가 움직이고, 이렇게 움직이게 되면 배가 부풀어 오르게 됩니다. 신은 즉시 출오의 족궐음맥(足厥陰脈)에 뜸을 떠 주었는데, 좌우 각각 한 군데씩 했습니다. 그러자 소변 싸는 일이 없어지고 소변 색깔도 맑아졌으며 아랫배 통증도 가셨습니다. 곧 다시 화제탕을 만들어 먹였더니 사흘 만에 산기가 흩어지고 바로 나았습니다.

열궐(熱蹶)

고(故) 제북왕(濟北王) 유흥거(劉興居)의 유모가 스스로 "발에 열이 나고 답답합니다."라고 하였습니다. 신은 "이 병은 열궐입니다."라고 말하고, 〔양발의〕 족심(足心) 발바닥에서 오목하게 들어간 가운데 부분에 각각 세 군데씩 침을 놓고 그곳을 손으로 눌러 피가 나지 않도록 하니 병이 곧 나았습니다. 이 병은 술을 지나치게 마셔 취한 데서 생긴 것입니다.

제나라 북왕이 신을 불러 모든 여관(女官)들로부터 여자 재인(才人)에 이르기까지 맥을 짚어 보게 했습니다. 그중 수(竪)라고 하는 시녀가 자기는 아무 병도 없다고 말했습니다. 신은 영

---

25) 갑자기 음기가 거슬러 올라가는 것을 말한다.

항(永巷)궁녀들이 머무는 곳의 장(長)에게 "저 수라는 재인은 비장이 상해 있으니 과로하면 안 됩니다. 의법에 따르면 봄에 피를 토하고 죽을 것입니다."라고 하였습니다. 신이 왕에게 "저 수라는 재인에게는 무슨 재주가 있습니까?"라고 묻자, 왕은 "저 시녀는 방술을 즐겨 하고 매우 재능이 뛰어나오. 옳다고 생각하는 바를 위해서 전해 오는 옛날 기법을 연구하여 새로운 것을 만들기를 좋아하오. 예전에 민간에서 470만 전을 주고 사 왔는데 짝이 네 명이나 되오."라고 하였습니다. 왕이 또 "질병이 있는 것은 아니오?"라고 묻기에, 신은 "그녀는 큰 병을 앓고 있습니다. 죽을병입니다."라고 했습니다. 왕은 그녀를 불러 살펴보았으나 얼굴빛에 변화가 없었으므로 병이 없는 것으로 여기고 다른 제후에게 팔지 않고 자신이 데리고 있었습니다. 봄이 되어 왕이 화장실에 갈 때 그녀가 칼을 받쳐 들고 따라갔습니다. 그런데 왕이 화장실에서 나왔는데도 그녀가 오지 않아 사람을 시켜서 불러오도록 하니 그녀는 화장실에 쓰러져 피를 토하고 죽어 있었습니다. 그녀의 질병은 땀을 너무 많이 흘린 것이 원인입니다. 의법에 따르면 땀을 흘리는 것은 병이 몸 깊숙한 데서 점점 심해지는 것으로, 머리카락에 윤기가 흐르며 맥도 약해지지 않았으나 역시 내관(內關)에 병이 있는 것입니다.

충치

제나라 중대부가 충치를 앓고 있을 때, 신은 그의 왼손 양명
맥에 뜸을 뜨고 즉시 고삼탕(苦參湯)을 달여 하루에 석 되씩 입
을 가시게 하였더니 대엿새 만에 나았습니다. 이것은 바람을 쐬
거나 입을 벌린 채 누워 있고 음식물을 먹은 뒤에 〔입을〕 가시
지 않은 데서 생긴 병입니다.

해산

치천왕(菑川王)유현(劉賢)의 미인이 아이를 가져 달이 찼으나
몸을 풀지 못하자 신을 부르러 왔습니다. 신은 가서 낭탕약(莨
礑藥)낭탕은 '(莨菪)'으로도 쓰며 약초 이름이고 천선자(天仙子)라고도
함 한 촬(撮)손가락 세 개로 집어 올릴 수 있는 양을 술과 함께 마시
게 하였더니 바로 몸을 풀었습니다. 신이 다시 맥을 짚어 보니
맥이 조급하였습니다. 이것은 또 다른 질병이 있기 때문입니다.
그래서 즉시 소석(消石) 한 모금을 먹였더니 콩알만 한 핏덩어리
가 대여섯 개 나왔습니다.

비장의 기가 상한다

　제나라 승상 사인(舍人)의 하인이 왕을 뵈러 궁궐로 들어가는 승상을 모시고 갔습니다. 그때 신은 궁궐의 작은 문 밖에서 음식을 먹고 있는 그 하인의 얼굴을 보게 되었는데, 그 안색이 멀리서 봐도 병든 기색이 있었습니다. 그래서 신은 평(平)이라는 환관에게 그 사실을 말했습니다. 평은 맥을 짚어 보는 일을 좋아하여 신에게 의술을 배우곤 했던 자입니다. 신은 그에게 그 하인의 병이 무엇인지 말해 준 뒤 "그는 비장의 기가 상해 있습니다. 봄이 되면 가슴이 막혀 통하지 않고 밥을 먹거나 물을 마실 수 없을 것입니다. 의법에 따르면 여름이 되면 혈변을 보고 죽을 것입니다."라고 하였습니다. 그러자 환관 평이 승상에게 가서 "군의 사인의 하인은 병들었는데 병이 위중하여 죽을 날이 가까웠습니다."라고 알렸습니다. 승상은 "경은 무슨 근거로 그렇게 말하시오?"라고 하였습니다. 그래서 평은 "군께서 입조하러 가셨을 때 군의 사인의 하인들은 모두 작은 문 밖에서 음식을 먹고 있었습니다. 이때 저는 창공과 함께 그곳에 서 있었는데, 창공이 저에게 이러한 병세를 보이는 사람은 죽는다고 가르쳐 주었습니다."라고 했습니다. 그러자 승상은 사인을 불러 "그대의 하인 중에 병든 자가 없소?"라고 물으니, 사인은 "하인들 중에 질병도 없고 몸이 고통스러워하는 자도 없습니다."라고 말했습니다. 그렇지만 봄이 되자 그 하인은 병들어 4월에 혈변을 보고 죽었습니다. 하인의 병을 알아낸 것은 손상된 비장의 기가 오장으로 옮겨 가 덮쳐서, 이것이 얼굴에 이상한 빛을 띠게 했기 때문입니다. 비장이 상한 사람의 안색은 멀리서 보면 누런색처럼 보이지만 자세히 보면 검푸른 빛을 띱니다. 여러 의사는 그것이 회충 때문이라고만 여길 뿐 비장이 상한 줄을 몰랐던 것입니다. 봄이 되면 〔병이 더욱 심해져〕 죽을 것이라고 한 것은 위의 기운은 황색인데 황색은 토(土)의 기(氣)이고, 토(土)는 목(木)을 이기지 못하기 때문에 봄에 죽는다고 한 것입니다. 〔그런데〕 그가 여름에 이르러 죽은 까닭은 이렇습니다. 『맥법』에 "병이 심한데도 맥이 순조롭고 맑은 것을 내관(內關)이라고 한다."라고 했습니다. 내관의 병은 본인이 아픈 것을 모르고 마음도 맑아 어떤 고통도 느끼지 않으니, 만일 이 상태에서 합병증이 하나라도 있으면 중춘(中春)에 죽지만, 맥박이 순조로우면 석 달을 더 살 수 있습니다. 〔그러나〕 그가 4월에 죽은 것은 그를 진찰하였을 때 맥박이 순조로우면서 몸도 살이 찐 상태였기 때문입니다. 이 하인의 병은 땀을 흘린 뒤 불을 쬐어 덥게 만들고 또 바로 밖으로 나와서 거센 바람을 쐬기를 여러 차례 거듭한 데서 생긴 것입니다.

궐(蹶)

치천왕이 병들자 신을 불러 맥을 짚어 보도록 하였습니다. 신은 "궐(蹶)인데 상부(上部)에 증상이 심해서 머리가 아프고 몸에 열이 나 환자를 괴롭힙니다."라고 말하였습니다. 신이 즉시 찬물로 그 머리를 식히고 양쪽 발의 양명맥에 각각 세 군데씩 침을 놓자 바로 병이 나았습니다. 이 병은 머리를 감고 마르기 전에 잠을 자서 생겼습니다. 병을 진단한 결과는 앞서 말한 바와 같고, 그 때문에 기가 거꾸로 올라가 머리에서 어깨까지 열이 난 것입니다.

신비(腎痺)

제나라 왕의 애첩 황희(黃姬)의 오라버니인 황장경(黃長卿)이 집에서 술자리를 마련하여 손님들을 초대했을 때 신도 초청받았습니다. 손님이 모두 자리에 앉고 아직 음식이 나오지 않았을 때 신은 왕후의 아우인 송건(宋建)을 보고 이렇게 말했습니다. "당신께서는 병을 앓고 있는데 너더댓새 전부터 등허리가 아파서 위를 쳐다볼 수도 아래를 굽어볼 수도 없고 소변도 볼 수 없었을 것입니다. 빨리 치료하지 않으면 병은 곧 신장으로 들어갈 것입니다. 병이 오장까지 들어가기 전에 서둘러 치료하십시오. 지금 병은 바야흐로 신장으로 들어가려 하는데, 신장으로 깊이 들어가면 '신비신장의 혈기가 막혀 통하지 않는 병'가 됩니다." 그러자 송건은 "그렇소. 나는 전부터 등허리가 아팠소. 실은 너더댓새 전 비가 내렸을 때 황씨의 사위들이 우리 집 곳간 근처에 있던 네모난 돌을 보더니 그것을 들어 올리는 놀이를 하였소. 나도 그들처럼 하고 싶었으나 돌을 들어 올릴 수가 없어서 도로 내려놓았소. 그날 저녁때부터 등허리가 아프고 소변도 볼 수 없더니 지금까지 낫지 않았소."라고 했습니다. 송건의 병은 무거운 것을 즐겨 들어 올리다가 생긴 것입니다. 송건의 병을 알게 된 것은 신이 그 얼굴빛을 보니 태양(太陽)인체의 맥의 한 종류의 빛이 메말라 신부(腎部) 위에서부터 허리 아래의 경계까지 네 치 정도의 부위가 수척해서 너더댓새 전에 병이 난 줄을 알 수 있었습니다. 그래서 신이 유탕(柔湯)을 만들어 먹였더니 열여드레 만에 병이 나았습니다.

신맥(腎脈)

제북왕의 시녀인 한녀(韓女)가 허리와 등에 통증을 느끼고 오한과 열이 번갈아 났을 때 의사들은 한결같이 한열병이라고 했습니다. 그러나 신은 맥을 짚어 보고 "몸속이 차서 월경이 통하지 않는 것입니다."라고 말하고, 즉시 좌약을 썼더니 월경이 통하고 완쾌되었습니다. 이 병은 남자를 가까이하고 싶은데 그러지 못하여 생긴 것입니다. 한녀의 병을 알아낸 것은 그 맥을 짚어 보니 신맥(腎脈)이고,[26] 맥박 뛰는 것이 가늘고 느리며 이어지지

---

26) 자궁의 낙맥은 신(腎)에 이어져 있어서 자궁의 낙맥이 막히면 신맥도 원활하지 못하다고 한다.

않았기 때문입니다. 가늘고 느리며 이어지지 않는 것은 그 맥박이 원활하게 뛰지 못하고 단단한 데서 오므로 월경이 통하지 않는다고 말한 것입니다. 또 간맥(肝脈)[27]이 활시위같이 팽팽하고 왼손 좌구맥에서 뛰고 있었습니다. 이러한 까닭에 남자를 가까이하고 싶으나 그러지 못했기 때문이라고 말한 것입니다.

요하(蟯瘕)

임치현(臨淄縣) 범리(氾里)에 사는 박오(薄吾)라는 여자가 병이 깊었을 때 많은 의사가 모두 한열병이 심하므로 당연히 죽을 것으로 생각하고 치료하지 않았습니다. 신은 그 맥을 짚어 보고 "요하입니다."라고 말하였습니다. 요하라는 병은 배가 부풀어 오르고 피부가 누런색을 띠면서 거칠고 만지기만 해도 아픔을 느끼는 병입니다. 신이 팥나무의 꽃봉오리 한 활을 먹였더니 요충(蟯蟲)을 몇 되 쏟고는 병이 나았고 30일 만에 원래대로 돌아왔습니다. 이 병은 차가운 기운과 습한 기운이 있는 곳에서 생깁니다. 차가운 기운과 습한 기운이 몸에 엉겨 발산되지 못하면 벌레로 변합니다. 신이 박오의 병을 알게 된 것은 그 맥을 짚었을 때 척부(尺膚)[28] 부위를 만져 보니 찌르는 것처럼

---

27) 왼손 촌구맥(寸口脈)의 관부(關部)이다.
28) 손의 맥은 촌(寸)과 관(關)과 척(尺) 세 가지로 구분되는데 촌, 관, 척의 순서로 손바닥에 가깝다. 여기서 '척부'란 관 아래에서부터 촌구(寸口)에 이

거칠며 머리카락이 푸석푸석하고 엉성했기 때문입니다. 이러한 것은 벌레의 기운이 있기 때문입니다. 얼굴에 윤기가 돌면 몸속 오장에 나쁜 기운과 중병도 없다는 증거입니다.

동풍(迵風)

제나라 사마(司馬) 순우(淳于)가 병들었을 때, 신은 그 맥을 짚어 보고 "동풍을 앓고 있습니다. 동풍의 증상은 음식물이 목을 넘어가기만 하면 그때마다 설사를 합니다. 이 병은 배불리 먹고 나서 빨리 달렸기 때문에 생긴 것입니다."라고 말하였습니다. 그러자 순우 사마는 "나는 왕가(王家)에 가서 말의 간을 배불리 먹었습니다. 그리고 술을 내오는 것을 보고 황급히 도망쳐 집까지 빠르게 달려 돌아왔고, 그 뒤 설사를 수십 차례 했습니다."라고 말했습니다. 신은 "화제탕에 미즙(米汁)을 섞어 마시면 일여드레면 당연히 나을 것이오."라고 말했습니다. 당시 진신(秦信)이라는 의사가 곁에 있었는데, 신이 그 자리를 떠난 뒤에 곁에 있던 각(閣)씨 성을 가진 도위에게 "순우의가 순우 사마의 병을 무어라고 하였습니까?"라고 물으니, 〔도위는〕 "동풍인데 치료할 수 있다고 했습니다."라고 하였습니다. 그러자 진신은 웃으면서 "그 사람은 병을 모릅니다. 의법에 의하면 순우 사

르는 피부를 말한다.

마의 병은 아흐레 뒤면 당연히 죽습니다."라고 하였습니다. 그런데 아흐레가 지나도 죽지 않았으므로 그 집에서 또다시 신을 불렀습니다. 신이 가서 살펴보니 모든 것이 신이 진단한 그대로였습니다. 신은 그 자리에서 화제탕에 미즙 섞은 것을 먹게 하였습니다. 그러자 일여드레 만에 병이 나았습니다. 그런 병을 안 것은 그 맥을 짚었을 때 맥이 의법에 보이는 것과 완전히 같았기 때문이고, 병세가 순조로우므로 죽지 않은 것입니다.

번음맥(番陰脈)

제나라의 중랑(中郎) 파석(破石)이 병들었을 때, 신은 그 맥을 짚어 보고 "폐가 상해서 치료할 수 없습니다. 열흘 뒤 정해일(丁亥日)에 소변에 피가 섞여 나오고 죽을 것입니다."라고 말했습니다. 그는 그날부터 열하루 만에 소변에 피가 섞여 나오고 죽었습니다. 파석의 병은 말에서 떨어지면서 돌 위에 넘어져서 생긴 것이었습니다. 파석의 병을 알게 된 것은 그 맥을 짚어 보았을 때 폐에 음기가 있고 맥이 몇 갈래로 흩어져 뛰어 한결같지 않으며, 얼굴빛도 〔불그스레하게〕 바뀌었기 때문입니다. 그가 말에서 떨어진 줄을 안 것은 맥을 짚어 보니 번음맥이었기 때문입니다. 그 번음맥이 공허하고 쇠약해진 곳으로 들어가 폐맥(肺脈)을 덮친 것입니다. 폐맥이 흩어져 뛰면 본래 얼굴빛도 이에 따라 바뀝니다. 죽을 것이라던 날짜에 죽지 않은 까닭은 신의 스승인 공승 양경께서도 "환자가 곡기를 잘 먹으면 죽을 날짜를 연장시킬 수 있고, 곡기를 잘 먹지 않으면 죽을 날짜를 앞당긴다."라고 하셨듯이, 그가 기장을 즐겨 먹었는데 기장은 폐의 기능을 돕는 음식이므로 죽을 날짜를 넘긴 것입니다. 또 소변에 피가 섞여 나온 것은 진맥법에서도 "병을 요양하는 데〔고요하고〕어두운 곳을 좋아하는 자는 아래로 피를 쏟고 죽고,〔번잡하고〕밝은 곳을 좋아하는 자는 피를 토하고 죽는다."라고 했습니다. 그런데 이 사람은 고요한 것을 좋아하고 조급하게 서두르는 일이 없으며, 또 오랫동안 편안히 앉아 책상에 엎드려 잤기 때문에 아래로 피를 쏟은 것입니다.

서툰 의사는 음양 관계를 제대로 보지 못한다

제나라 왕의 시의(侍醫) 수(遂)는 병이 들자 직접 오석(五石)[29]을 달여서 복용하였습니다. 신이 지나다가 들러 보니, 수는 신에게 "못난 제가 병들었으니 진찰해 주시면 다행이겠습니다."라고 말하였습니다. 신은 그 자리에서 그를 진찰한 뒤 "공이 앓고 있는 병은 몸속에 열이 차오르는 것입니다. 문장에 이르기를 몸속에 열이 차고 소변을 보지 못하는 사람은 오석을 복용하면 안 된다고 했습니다. 석제(石劑)는 약으로서는 너무 독하

---

29) 단사(丹砂), 웅황(雄黃), 백반(白礬), 증청(曾青), 자석(磁石)을 말한다.

다고 합니다. 공께서는 이것을 너무 자주 복용하여 소변을 잘 보지 못한 것 같습니다. 지금 즉시 복용을 멈추십시오. 낯빛을 보니 머지않아 종기가 날 것 같습니다."라고 하였습니다. 그러자 수는 "편작은 음석(陰石)으로 음성(陰性)의 병을 치료하고 양석(陽石)으로 양성(陽性)의 병을 낫게 한다고 하였습니다. 약석(藥石)에는 음(陰), 양(陽), 수(水), 화(火)의 약제가 있습니다. 그래서 몸속에 열이 있으면 순한 음석의 약제를 지어 치료하고, 몸속에 한기가 있으면 강한 양석의 약제를 지어 치료합니다."라고 하였습니다. 그래서 신은 "공의 말씀은 실제 상황과는 거리가 있습니다. 편작이 그러한 말을 했더라도 반드시 주의를 기울여 진찰해야 합니다. 즉 자와 되로 계산하고 규(規)그림쇠와 구(矩)곡자로 재고 저울추와 저울대로 다는 것처럼 얼굴색과 맥의 상태, 겉과 안, 여분과 부족, 순(順)과 역(逆)의 법칙 등을 모두 고려하고 또 환자의 동정(動靜)과 호흡이 조화를 이루는지 등을 참작한 뒤에야 약석의 사용 여부를 말할 수 있습니다. 문장에 이르기를 양성의 질병이 속에 들어 있으면서 음성의 증상이 밖으로 드러난 자에게는 독한 약이나 침을 쓰면 안 된다고 했습니다. 대체로 독한 약이 몸속에 들어가면 사기(邪氣)는 물리칠 수 있지만 울기(鬱氣)가 점점 더 깊어집니다. 진맥법에도 소음(少陰)의 차가운 기운이 내열에 응해서 겉으로 드러나고, 소양(少陽)의 열이 안에 차 있는 경우는 독한 약을 쓰면 안 된다고 했습니다. 독한 약이 몸속으로 들어가면 양기를 움직여서 음기의 병은 점점 더 약해지게 하고, 양기의 병은 점점 더 심해지며, 사기는 밖으로 흘러 나가 〔경맥(經脈)의〕 수혈(俞穴)에 깊은 통증을 주게 되어 분노가 폭발하듯 나와 종기가 됩니다."라고 하였습니다. 신이 이렇게 알려 준 뒤 100일쯤 지나자 유방 위에 종기가 생기고, 이것이 결분(缺盆)빗장뼈 바로 위의 제일 우묵한 곳 속까지 들어가 죽게 되었습니다. 이상에서 말한 내용은 개략적인 것에 지나지 않으며 실제로는 질병에 따른 치료 원칙이 있습니다. 서툰 의사는 배우지 못한 것이 한 가지 있으니, 문장의 이치와 〔실제 질병에서의〕 음양 관계를 제대로 보지 못하는 미숙함이 그것입니다.

비(痺)

제나라 왕이 이전에 양허후(陽虛侯)로 있을 때 병이 깊어 의사들은 대부분 한결같이 궐이라고 하였는데, 신은 맥을 짚어 보고 비(痺)라고 하였습니다. 그 질병의 뿌리는 오른쪽 겨드랑이 아래에 있었는데, 술잔을 엎어 놓은 것처럼 커서 환자가 숨이 차고 기가 거꾸로 올라와 음식을 먹을 수가 없었습니다. 신은 즉시 화제탕과 죽을 먹게 하였는데 엿새 만에 기가 내려갔습니다. 이에 다시 환약을 복용시키니 대략 엿새 만에 완쾌되었습니다. 이 병은 지나친 방사로 인해 생긴 것입니다. 다른 의사들은 진찰할 때 경맥 이론으로 이 병을 해석해야 한다는 것은 모르고 대부분 병의 소재만 알고 있었습니다.

답풍(沓風)

신은 일찍이 안양현(安陽縣) 무도리(武都里)에서 사는 성개방 (成開方)이라는 자를 진찰한 적이 있습니다. 성개방은 자신이 병 나지 않았다고 하였지만, 신은 그에게 "당신은 답풍을 앓고 있 는데 3년 뒤에는 손발을 쓰지 못하고 말도 못할 것입니다. 말을 못하게 되면 곧 죽게 됩니다."라고 말하였습니다. 지금 그는 손 발을 쓰지 못하고 말도 못하게 되었으나 아직 죽지는 않았다고 합니다.

이 병은 술을 자주 마시고 센 바람을 쐬어서 생긴 것입니다. 성개방의 병을 안 것은 스승의 『맥법』과 『기해』라는 책에 "오장 의 기가 서로 거스르는 자는 죽는다."라고 되어 있는데, 그의 맥 을 짚었을 때 신기(腎氣)와 폐기(肺氣)가 서로 거스르고 있음을 알았기 때문입니다. 의법에 의하면 [이러한 병에 걸리면] 3년 안 에 죽는다고 합니다.

모산(牡疝)

안릉(安陵) 판리(阪里)에 사는 공승(公乘) 항처(項處)라는 사람 이 병들었을 때 신은 그 맥을 짚어 보고 "모산입니다."라고 말했 습니다. [그는] 흉격(胸膈) 아래에 모산이 생겨 위쪽으로 폐에 이어져 있었습니다. 이 병은 방사가 지나쳐 생긴 것입니다. 신은 그에게 "힘든 일은 절대 하지 마십시오. 힘든 일을 하면 틀림없이 피를 토하고 죽을 것입니다."라고 하였습니다. 그 뒤 항처는 축국(蹴鞠)·공차기을 하다가 허리에 한기를 느끼고 땀을 많이 흘리고 그 자리에서 피를 토하였습니다. 신은 또다시 그를 진찰하고 "내일 저녁에 죽을 것입니다."라고 하였는데 정말로 그때 죽었습니다. 항처의 병을 안 것은 그 맥을 짚었을 때 번양맥(番陽脈)임을 알았기 때문입니다. 번양이 빈 속으로 들어가면 그 이튿날 죽게 됩니다. 한편으로는 번양맥이 느껴지고 다른 한편으로는 〔산통(疝痛)이 위로 폐까지〕 연결되는 것이 모산입니다.

신 순우의는 이 밖에도 진찰을 하여 생사의 시기를 예측하고 치료하여 고친 병도 많습니다만, 시간이 오래 지나 대부분 잊어버려 기억하지 못하기 때문에 이 정도만 말씀드립니다.

병명은 같아도 진단은 다르다

〔그러자 황제는〕 순우의에게 물었다.

"진찰한 뒤 치료한 병 가운데 병명은 같은 것이 많지만 진단이 다르고, 어떤 자는 죽고 어떤 자는 산 것은 무슨 까닭이오?"

〔순우의는 이렇게〕 대답했다.

"병명은 서로 비슷한 것이 많아서 잘 알 수 없습니다. 그래서 옛날 성인이 진맥법을 만들어 이것을 표준으로 한 도량(度量)을 가지고 규구(規矩)로 재고 권형(權衡)으로 달며 승묵(繩墨)먹줄을 사용하고 음양을 조절하며 사람의 맥을 구별지어 각각 이름을 붙이니, 〔위로는〕 자연계의 변화에 순응하고 〔아래로는〕 인체의 생리에 부합하였습니다. 이렇게 하여 갖가지 질병을 분별하고 다양한 진단을 내릴 수 있는 것입니다. 그 병을 터득한 사람은 구별하여 여러 진단을 내릴 수 있지만 그러지 못한 사람들은 혼동합니다. 그렇지만 맥법을 하나하나 열거하여 시험해 볼 수는 없습니다. 환자를 진찰할 때 도량을 가지고 맥의 부위를 구별하고, 이것으로 같은 병이라도 자세히 구분하여 질병이 주로 어느 부위에 있는지를 명명할 수 있는 것입니다. 지금까지 신이 진찰한 것은 진찰부에 모두 적어 두었습니다. 신이 질병 이름을 분별할 수 있는 것은, 신이 의술을 모두 습득했을 즈음에 스승님께서 돌아가셨기 때문입니다. 신은 진찰한 병과 생사의 시기를 예측한 것을 모두 진찰부에 적어 진단의 적중 여부를 진맥법과 대조하여 관찰해 왔습니다. 그렇기 때문에 지금도 그것을 알 수 있는 것입니다.”

〔황제가〕 순우의에게 물었다.

“병을 진찰하여 생사의 시기를 예측하지만 맞지 않을 경우도 있는데, 그것은 무슨 까닭이오?”

〔순우의가〕 대답했다.

“그것은 모두 환자가 음식과 기뻐하고 성내는 것에 절도를 잃었거나, 먹으면 안 되는 약을 먹었거나, 해서는 안 되는 침을 맞거나 뜸을 떴기 때문에 예측한 생사의 시기를 기다리지 못하고 다른 때에 죽는 것입니다."

〔황제가〕순우의에게 물었다.

"그대는 진실로 질병의 생사를 알고 약제의 가감을 논할 수 있는 사람이오. 그런데 제후나 왕이나 대신 가운데 병을 문의한 자가 있었소? 그리고 〔제나라〕문왕(文王)유측(劉側)이 병들었을 때 그대에게 진찰과 치료를 받지 않은 것은 어째서요?"

〔순우의가〕대답했다.

"조왕(趙王)유수(劉遂), 교서왕(膠西王)유공(劉卬), 제남왕(濟南王)유벽광(劉辟光), 오왕(吳王)유비(劉濞) 등이 신에게 사람을 보내 부른 적이 있긴 합니다만 신은 감히 가지 않았습니다. 문왕이 병들었을 때 신의 집은 가난하였으므로 남의 병을 치료해 주고 싶었습니다. 그러나 관리가 신에게 관직을 주어 직무에 얽매이게 할까 봐 정말 두려웠습니다. 그래서 호적을 여기저기로 옮기고 집안의 생계도 돌보지 않고 나라 안을 두루 떠돌아다니며, 의술에 뛰어난 자를 찾아 오랫동안 섬기기도 하였습니다. 결국 두어 분의 스승을 만나 섬겨서 그들의 비술을 다 배우고 그들이 지닌 의학서의 내용을 연구하여 그것을 해석하고 강론할 수 있었습니다. 그 무렵 신은 양허후(陽虛侯)의 나라에 있었으므로 그를 섬겼습니다. 양허후가 입조하자 신은 그를 따라 장안으로 갔고, 그래서 안릉에 사는 항처 등의 병을 진찰할 수 있었습니다."

〔황제가〕순우의에게 물었다.

"문왕이 병을 얻어 다시 일어날 수 없게 된 까닭을 아시오?"

순우의가 대답하여 말했다.

"문왕의 병을 직접 진찰한 적은 없습니다. 그러나 가만히 들어 보니 문왕은 천식이 있었고 머리가 심하게 아팠으며 눈이 잘 보이지 않았다고 합니다. 신이 마음속으로 이 증상을 헤아려 보니 그것은 병이 아니었습니다. 생각해 보니 살이 찌고 정력이 쌓이기만 하여 몸을 잘 움직일 수 없고 뼈와 살이 조화를 이루지 못하여 천식이 생긴 것이므로 의약으로는 고칠 수 없는 병이었습니다. 맥법에도 '나이 스물에는 혈맥이 왕성하므로 달리는 것이 좋고, 서른에는 빠른 걸음으로 걷는 것이 좋고, 마흔에는 편안히 앉아 있는 것이 좋고, 쉰 살에는 편안히 누워 있는 것이 좋고, 예순 살이 넘으면 원기를 깊이 감추어 두는 것이 좋다.'라고 했습니다. 문왕은 나이가 스무 살도 채 되지 않았기 때문에 맥기로 보면 한창 달려야 할 때였습니다. 그런데 느릿느릿 걸으니 천도(天道)의 네 계절의 자연법칙에 순응하지 못한 것입니다. 훗날 들으니 의사가 뜸을 뜨고 나서 병이 더 심해졌다고 하는데, 이것은 진단이 틀렸기 때문입니다. 신이 볼 때는 뜸을 떴기 때문에 신기(神氣)가 마구 혼란스러워지고 사기(邪氣)가 〔빈 곳을 헤집고〕 들어갔으므로 젊은 사람은 이를 원래대로 회복시킬 수 없습니다. 그래서 죽은 것입니다. 이른바 기라는 것은 음식을 조절하고 쾌청한 날을 골라 밖으로 나가 수레를 타거나 걸으면서 마음을 넓게 하여 근육과 뼈와 혈맥을 시원하게 하여 발산시켜야 합니다. 그래서 스무 살을 '역무(易貿)'라고 하며, 의법에서는 이때 침을 놓거나 뜸을 뜨면 안 된다고 합니다. 침을 놓거나 뜸을 뜨면 혈기의 흐름이 빨라져 제지할 수 없게 됩니다."

처방술을 남이 알지 못하게 하라

〔황제가〕 순우의에게 물었다.

"〔그대의〕 스승 양경은 어디에서 의술을 전수받았소? 또 제나라 제후들 사이에 이름이 알려졌소?"

〔순우의가〕 대답했다.

"양경이 누구로부터 전수받았는지는 모릅니다. 양경은 의술에 뛰어나기는 했지만 집이 부유하므로 남을 위하여 병을 고쳐 주려고는 하지 않았습니다. 그러므로 널리 알려지지는 않았던 듯합니다. 양경은 또 신에게 '내 자손들이 네가 내 처방술을 배웠다는 것을 알지 못하도록 조심해라.'라고 말씀하기도 했습니다."

〔황제가〕 순우의에게 물었다.

"〔그대의〕 스승 양경은 어떤 점이 마음에 들어 그대를 아끼고 비방을 모두 가르쳐 준 것이오?"

〔순우의가〕 대답했다.

"신은 스승 양경이 의술에 뛰어나다고 들은 적이 없습니다. 신이 양경을 알게 된 것은 이렇습니다. 신은 젊을 때부터 여러 방술을 좋아하여 그 처방을 시험해 보았는데, 대체로 효험이 있고 우수하였습니다. 그러다가 신은 치천(菑川) 당리(唐

里)의 공손광(公孫光)이라는 사람이 옛적부터 전해 오는 의술에 능통하다는 말을 듣고 즉시 찾아가서 그를 만나 뵈었습니다. 그분을 섬기면서 음양을 바꿔 주는 의방과 구전되어 온 비법을 전해 받았습니다. 신은 배운 것을 모두 적어 두었습니다. 신이 또 다른 정미한 처방까지 모조리 배우려고 하자, 공손광은 '내 의술은 이것이 전부이다. 너에게 가르쳐 주는 데엔 아까울 것이 없다. 나는 몸이 이미 쇠약해졌으니 더 이상 나를 섬길 필요가 없다. 이것은 내가 젊을 때 배운 비법인데 너에게 모두 가르쳐 주었으니, 다른 사람에게는 가르쳐 주지 마라.'라고 말씀하셨습니다. 그래서 신은 '선생님께 입문하여 곁에서 모시면서 비법을 모두 배우게 되어 진심으로 기쁩니다. 제가 죽어도 다른 사람에게 함부로 전하지 않겠습니다.'라고 말씀드렸습니다. 그로부터 얼마 뒤 신은 공손광이 한가한 틈을 이용하여 의술에 대해서 깊이 있는 논의를 하고, 백대까지도 명의로 불리고 싶다고 하였습니다. 스승 광은 기뻐하면서 '당신은 틀림없이 이 나라에서 제일 뛰어난 의사가 될 것이다. 내가 친하게 지내는 사람이 있는데, 그는 내 동복 형제로 임치현에 살며 의술이 매우 뛰어나다. 나는 그에 미치지 못한다. 그의 의술은 매우 기묘하지만 세상에는 알려지지 않았다. 나는 중년에 그에게 의술을 전수받고 싶었지만 양중천(楊中倩)양경이 승낙하지 않고,「너는 거기에 전수받을 사람이 못 된다.」라고 하였다. 너와 함께 찾아가 그를 만나 보면 틀림없이 네가 의술을 좋아한다는 것을 알아줄 것이다. 그 사람도 늙긴 했지만 집안이 부유하다.'라고 하였습니다. 〔그러나 신은〕 그때 바로 가지 못했습니다. 마침 양경의 아들 은(殷)이 와서, 스승 광을 통하여 왕에게 말(馬))을 바치게 되었습니다. 저는 이때 은과 친해졌습니다. 스승 공손광은 은에게 신을 부탁하며 '순우의는 의술을 좋아하니 반드시 삼가며 대우해라. 이 사람은 성인의 도가 있는 선비이다.'라고 하였습니다. 또 공손광은 즉시 편지를 써서 양경에게 신을 부탁하였으므로 양경을 알게 되었습니다. 신이 양경을 삼가 섬기자 양경도 신을 사랑해 주었습니다."

모든 의사는 실수하기 마련이다

〔황제가〕 순우의에게 물었다.

"관리든 백성이든 지금까지 그대를 스승으로 섬기며 의술을 배우고, 또 그대의 의술을 죄다 배운 자가 없소? 어느 현, 어느 마을에 사는 사람이 있소?"

〔순우의가〕 대답했다.

"임치현 사람 송읍(宋邑)이 있습니다. 송읍이 신에게 배우러 왔을 때 1년 남짓 '오진(五診)'오장의 맥을 진찰하는 방법을 가르쳤습니다. 제북왕이 태의(太醫) 고기(高期)와 왕우(王禹)를 보내 배우게 하였을 때, 신은 손발 위아래 경맥의 분포 부위와 기락결(奇絡結), 마땅히 알아야 되는 수혈(俞穴)의 위치, 기가 올라가고 내려오고 나가고 들어갈 때의 정사(正邪)와 순역(順逆), 침을 놓고 뜸을 떠야 할 곳을 1년 남짓 가르쳤습니다.

치천왕은 때때로 태창(太倉)의 마장(馬長)말을 담당하는 책임자인 풍신(馮信)을 보내 의술을 묻곤 하셨는데 신은 그에게 안마에서 순과 역의 방법, 약제를 쓰는 방법, 약제의 다섯 가지 맛에 따라 약제를 만드는 법, 화제탕 조제법 등을 가르쳐 주었습니다. 고영후(高永侯)의 가승(家丞)집사 두신(杜信)이 맥법을 좋아하여 신에게 배우러 왔기에 위아래 경맥의 분포 부위와 '오진' 등을 2년 남짓 가르쳐 주었습니다. 임치현 소리(召里)의 당안(唐安)이 배우러 왔을 때는 '오진', 경맥의 분포 부위, 『기해』, 음양이 사계절의 기후에 따라 바뀌는 이치 등을 가르쳤는데 다 배우기도 전에 제나라 왕의 시의(侍醫)로 임명되었습니다."

〔황제가〕 순우의에게 물었다.

"병을 진찰하여 생사를 판단할 때마다 완벽하여 실수한 적이 없었소?"

〔순우의가〕 대답했다.

"신이 환자를 치료할 때는 반드시 먼저 그 맥을 짚어 본 뒤에 치료합니다. 맥이 거스르는 사람은 치료할 수 없고 순조로운 사람은 치료할 수 있습니다. 마음으로 맥을 정밀하게 짚어 볼 수 없는 상태일 때에는 생사를 단정 짓는 일과 치료할 수 있는지를 살피는 데 때때로 실수도 합니다. 신도 완벽하게 하지는 못합니다."

태사공은 말한다.

"여자는 아름답든 못생겼든 궁궐 안에 있기만 하면 질투를 받고, 선비는 어질든 어리석든 조정에 들어가기만 하면 의심

을 받는다. 그래서 편작은 뛰어난 의술 때문에 재앙을 입었고,
창공은 자취를 감추고 스스로 숨어 살았어도 형벌을 받았다.
그는 딸 제영이 조정에 글을 올려 사정을 아뢴 뒤에야 편안하
게 지낼 수 있게 되었다. 그래서 노자도 '아름답고 좋은 것은
상서롭지 못한 기물이다.'라고 말하였다. 이는 편작 등과 같은
사람을 두고 한 말이 아니겠는가? 창공 같은 이도 이들과 비
슷하다고 할 수 있다."

46

◎

오왕 비 열전
吳王濞列傳

나라를 빼앗으면 군주가 되고 물건을 빼앗으면 도둑이 된다는 말이 있다. 그런데 혁명이란 쉽게 성공하는 것이 아니다. 신하가 군주를 죽이면 대부분 민심은 등을 돌리게 마련이다. 물론 탕왕과 무왕은 걸왕과 주왕의 폭정에 반기를 들었지만, 이윤과 여상이라는 명재상의 보필이 있었기 때문에 혁명이 가능했다.

이 편은 오왕 유비를 제목으로 삼고 있지만 오나라와 초나라 등 일곱 개 나라에서의 반란의 탄생과 발전 및 그 소멸의 모든 과정이 상세하게 다루어져 있다.

세상 사람들은 한(漢)나라 초기 제후였던 오왕 유비를 평하여 반란할 사람이 아니라고 하지만, 그 아들이 경제에게 죽음을 당했으니 그에게도 원망하는 마음이 있었을 것이다. 더구나 경제는 제후의 봉토를 줄이는 데만 열을 올렸으니 오왕 유비의 원망은 더욱 심할 수밖에 없었다. 그러나 책략은 없고, 무모할 정도로 용감하며, 아랫사람의 건의를 철저히 무시한 오왕의 혁명은 성공하지 못하고 자신에게 악평만 더해질 수밖에 없었다. 물론 사마천의 관점은 이들 반란에 대해 비판적이다.

이 편은 「양 효왕 세가」, 「강후 주발 세가」, 「회남 형산 열전」과 자매편 성격을 띠고 있으며 「원앙 조조 열전」과도 연관된다.

네 얼굴에는 모반의 상이 있다

오왕 유비(劉濞)는 고제유방의 형인 유중(劉仲)[1]의 아들이
다. 고제는 천하를 평정한 뒤 7년째 되던 해에 유중을 대나라
왕으로 세웠다. 그렇지만 유중은 흉노가 대나라로 쳐들어오
자 굳게 지키지 못하고 봉지를 내버리고 달아나서는 샛길로
해서 낙양으로 들어가 천자에게 몸을 의지하였다. 고제는 그
와 형제이므로 법대로 다스리지 못하고 그 왕위를 폐하고 합

---

1) 유중의 이름은 희(喜)이고 중(仲)은 항렬이니 둘째를 뜻한다. 유방은 셋
째 아들이었다.

양후(郜陽侯)로 삼았다.

고제 11년 가을에 회남왕 영포(英布)가 반란을 일으켜 동쪽으로 형(荊) 땅을 병합하고 그 나라의 군사를 위협하여 서쪽으로 회수를 건너 초나라를 쳤으므로, 고제는 몸소 군대를 거느리고 토벌에 나섰다. 당시 유중의 아들 패후(沛侯) 비(濞)는 스무 살로 기개와 힘이 있으므로 기장(騎將) 신분으로 고조를 수행하여 기(蘄)의 서쪽 회추(會甀)에서 영포의 군대를 깨뜨리니 영포는 달아났다. 형왕(荊王) 유가(劉賈)가 영포의 손에 죽었는데 후사가 없었다. 오군(吳郡)과 회계군 사람들은 날쌔고 사나워서 고제는 이들을 제압할 만한 힘을 가진 왕이 없음을 걱정하였다. 〔고제의〕 아들은 모두 어리므로 비(濞)를 패(沛)에 세우고 오왕으로 삼아 3군 53성을 다스리도록 했다. 고제는 왕인(王印)을 내리고, 비를 불러 그 관상을 찬찬히 뜯어보고 나서 이렇게 말했다.

"네 얼굴에는 모반의 상이 있다."

고제는 속으로 후회했으나, 이미 임명한 뒤이므로 그 등을 어루만지며 일깨워 주었다.

"앞으로 50년 뒤에 한나라의 동남쪽에서 반란을 일으키는 자가 설마 너이겠느냐? 천하는 〔너와〕 같은 성을 가지고 있는 한집안이니 삼가며 모반하는 일이 없도록 해라."

유비가 머리를 조아리며 말했다.

"감히 그런 일을 하지 않겠습니다."

지난 일은 잊어버리고 다시 시작하다

한나라 혜제와 고후 때에 이르러 천하는 안정되었다. 군국(郡國)의 제후들은 저마다 자기 백성을 다독거리는 일에 힘썼다. 오나라는 예장군(豫章郡) 동산(銅山)에서 〔구리가 생산되므로〕 유비는 천하의 망명자들을 불러 모아 몰래 돈을 만들고, 바닷물을 끓여 소금을 만들었다. 그래서 세금을 걷지 않아도 나라 살림이 넉넉했다.

효문제 때 오나라 태자가 〔조정으로〕 들어가 천자를 뵌 다음 황태자를 모시고 술을 마시고 박(博)을 두게 되었다. 오나라 태부들은 초나라 사람들로서 경박하고 사나웠으며, 〔오나라 태자도〕 줄곧 교만하였다. 박을 두는 데 길을 다투는 것이 불손하므로 황태자는 박판을 끌어당겨 오나라 태자에게 집어던져 죽이고 말았다. 그러고는 그 시신을 관에 넣어 돌려보내 장사 지내게 하였다. 태자의 시신이 오나라에 이르자 오왕은 노여워하여 말했다.

"천하는 같은 종족인데 장안에서 죽었으면 장안에서 장사 지내야지 무엇 때문에 꼭 〔오나라에〕 와서 장사 지내야 하는가!"

다시 유해를 장안으로 돌려보내 그곳에서 장사 지내게 하였다. 이때부터 오왕은 점점 번신(藩臣)봉토로 받거나 귀순한 나라의 제후으로서의 예의를 잃고 병을 핑계 삼아 조정으로 나가지 않았다. 경사(京師)본래는 수도를 뜻하지만 여기서는 조정을 의미함에서는 오왕이 아들 일로 인하여 병을 핑계로 조정에 나오지 않는다고 여겨 조사해 보니, 실제로 병이 난 것이 아니므로 오나라 사자가 오는 대로 모두 잡아 가두고 벌을 주었다. 오왕은 두려워 더욱더 심한 음모를 꾸미게 되었다. 뒤에 사람을 보내 추청(秋請)가을에 황제를 알현하는 것하게 하니, 또 황제는 오나라 사자를 문책했다. [오나라] 사자가 이렇게 말했다.

"오왕은 사실 병이 나지 않았습니다. 한나라에서 여러 차례 사신을 잡아 두고 죄를 다스렸기 때문에 왕께서는 병이라 일컬은 것입니다. 대체로 '연못 속의 물고기를 들여다보는 것은 상서롭지 못하다.'라고 하였습니다. 지금 왕께서는 병을 핑계로 삼았는데, [조정에서] 이 사실을 알고 심하게 꾸짖으니 더욱더 몸을 숨기고 황상의 처벌이 두려워 어찌할 수 없이 음모를 꾸민 것입니다. 오직 황상께서는 지금까지의 일은 잊고 오왕과 함께 다시 시작하십시오."

그래서 천자는 오나라 사자들을 풀어 돌려보내고, 오왕에게는 안석(安席)과 지팡이를 내려 주고 예우하면서 늙었으니 입조하지 않아도 된다고 하였다. 오나라 왕은 죄를 용서받았으므로 꾀하던 일을 서서히 그만두게 되었다. 그러나 오나라에는 구리와 소금이 많이 있으므로 백성에게 세금을 거두지 않고, 돈을 받고 남 대신 병역에 종사하는 사람에게는 그때마다 시세에 맞는 돈을 지급하였다. 세시(歲時)에는 사람을 보내 나라 안의 재능 있는 사람들에게 안부를 묻고, 마을의 어진 사람들에게는 상을 내려 주었다. 다른 군과 국에서 관리가 와서 도망 온 사람을 잡으려고 해도 숨겨 주어 잡아가지 못하게 하고, 도망 온 사람을 내주지 않았다. 40여 년을 이와 같이 다스리자 그 사람들을 마음대로 다룰 수 있게 되었다.

이익을 같이하는 자는 이익을 위해 죽는다

조조(鼂錯)는 태자가령(太子家令)태자의 속관으로서 형벌, 돈, 음식 등을 관리함이 되어 태자에게 총애를 받자, 한가한 틈을 타서 오나라는 자주 죄를 지었으므로 땅을 줄여야 한다고 말했다. 〔한나라〕효문제에게도 여러 차례 글을 올려 자신의 생각을 말했는데, 문제는 너그러워서 차마 벌을 내리지 못하였다. 오나라는 시간이 흐를수록 더욱더 멋대로 행동했다. 효경제가 즉위하자 조조는 어사대부가 되었다. 그는 천자를 설득하여 말했다.

"옛날 고조께서 처음 천하를 평정하셨을 때 형제가 적고 자제들이 어리므로 성씨가 같은 자를 제후국의 왕으로 봉하여 서자인 도혜왕(悼惠王)을 제나라 70여 성의 왕으로 삼고, 배다른 동생인 원왕(元王)을 초나라 40여 성의 왕으로 삼았으며, 조카 비를 오나라 50여 성의 왕으로 삼았습니다. 이렇게 세 서자를 왕으로 봉하여 천하의 절반을 나눠 주었습니다. 지금 오왕은 이전에 있었던 태자의 일로 틈이 벌어진 뒤로는 거짓으로 병을 핑계 삼아 입조도 하지 않고 있습니다. 옛 법에 의하면 마땅히 사형에 처해야 하는데, 문제께서는 차마 처벌하

지 못하고 도리어 안석과 지팡이를 내려 주셨습니다. 〔이처럼〕
은덕이 지극히 두터우니 그는 잘못을 고치고 스스로 새롭게
다졌어야 합니다. 그렇지만 오히려 오만하고 방자해져 산에서
나는 구리로 돈을 만들고 바닷물을 끓여 소금을 만들며, 천
하의 도망자들을 불러 모아 반란을 일으킬 음모를 꾀하고 있
습니다. 지금 그는 봉지를 깎아도 반란을 일으킬 것이고 깎지
않아도 반란을 일으킬 것입니다. 봉지를 깎으면 그 반란 시기
는 빨라지겠지만 화는 작을 것이고, 깎지 않는다면 반란 시기
는 늦어지겠지만 그 화는 더욱 클 것입니다.”

〔효경제〕 3년 겨울에 초나라 왕이 입조하였다. 이것을 기회
로 삼아 조조는 황제에게 이렇게 말했다.

“초나라 왕 무(戊)는 지난해 박 태후를 위해 복상(服喪)하
던 중 복상하고 있는 집에서 몰래 간음을 저질렀으니 죽이시
기 바랍니다.”

〔효경제는〕 조서를 내려 〔죄는 죽어 마땅하지만〕 용서하고 그
대신 동해군(東海郡)을 깎는 벌을 내렸다. 그리고 이어서 오나
라의 예장군과 회계군을 깎았다. 또 2년 전에는 조나라 왕이
죄를 지어 조나라의 하간군(河間郡)을 깎았고, 교서왕(膠西王)
앙(卬)이 작위를 팔아먹고 간음을 저질러서 그의 여섯 현을
깎았다.

한나라 조정의 신하들은 바야흐로 오나라 땅을 깎는 문제
를 논의하고 있었다. 오왕 비는 땅이 깎이는 데에 그치지 않
을 것을 두려워하다가 음모를 꾸며 반란을 일으키려고 했던
것이다. 그렇지만 생각해 보니 제후들 가운데 자신과 함께 일

을 도모할 만한 사람이 없었다. 그는 교서왕이 용감하고 기개를 소중히 여기며 용병을 좋아하여 제나라의 모든 나라가 두려워하고 꺼린다는 말을 듣고는 이에 중대부 응고(應高)를 보내 교서왕을 설득하도록 했다. 응고는 편지 대신 구두로 오왕의 뜻을 전하며 이렇게 말했다.

"오왕은 어리석어 머지않아 닥칠 우환을 염려하면서 감히 다른 사람에게 말하지 않고 저를 보내 터놓고 마음을 전하게 했습니다."

교서왕이 말했다.

"무엇을 가르쳐 주시렵니까?"

응고가 말했다.

"지금 황상께서는 간신들에게 현혹당하고 간악한 신하들에게 조종되어 작은 장점을 좋아하며, 중상모략하는 사신(邪臣)의 말을 듣고 계십니다. 이러한 신하들은 법령을 자신들 마음대로 고쳐 제후들의 땅을 침략하여 빼앗고 징수하여 거두어들이는 것이 점점 늘어만 가고, 선량한 사람들을 죽이고 벌주는 일이 나날이 심해지고 있습니다. 마을의 속담에 '쌀겨를 핥다 보면 쌀까지 먹게 된다.'라는 말이 있습니다. 오(吳)와 교서는 모두 이름 있는 제후국입니다. 그러나 한 번이라도 감사를 받게 되면 안녕과 자유를 누릴 수 없을 것입니다. 오왕은 몸에 속병이 있어 천자를 알현[2]하지 못한 지 20여 년이 되었습

---

2) 원문은 조청(朝請)이다. 봄에 천자를 알현하는 것을 조(朝)라 하고, 가을에 알현하는 것을 청(請)이라고 한다.

니다. 오왕은 언제나 의심을 받으면서도 자신이 분명하게 변명조차 하지 못하는 것을 걱정하고 있습니다. 지금도 움츠리고 발을 모으고 있으면서도 용서를 받지 못할까 두려워하고 있습니다. 가만히 들으니 대왕께서 작위와 관련된 일로 인하여 문책을 받아 봉지를 깎일 것이라고 합니다. 이 죄는 땅까지 깎일 만한 것은 아닙니다. 이다음 일은 봉지를 깎이는 데서 그치지 않을 것입니다."

교서왕이 말했다.

"그렇소. 그런 일이 있었지만 당신은 장차 어떻게 하시겠소?"

응고가 대답했다.

"미워하는 것이 같은 자는 서로 돕고, 좋아하는 것이 같은 자는 서로 붙들며, 뜻하는 바가 같은 자는 서로 이루고, 하고자 하는 것이 같은 자는 서로 같은 길로 달려가고, 이익을 같이하는 자는 서로를 위하여 죽는다고 합니다. 지금 오왕은 스스로 대왕과 같은 것을 놓고 염려하고 있다고 생각합니다. 원컨대 형세에 순응하고 순리를 따라서 몸을 던져 이 세상의 근심거리와 해악을 없애 주십시오. 생각해 보면 이 또한 옳은 일이겠지요?"

교서왕은 깜짝 놀라며 말했다.

"과인이 어떻게 감히 그런 일을 하겠소? 지금 황상께서 비록 나를 서둘러 문책한다 하더라도 벌을 받고 죽을 뿐 어찌 황상을 받들지 않을 수 있겠소?"

응고가 말했다.

"어사대부 조조는 천자를 어지럽게 하여 제후들의 땅을 침탈하고 충신을 가리고 덮어 어진 신하들을 막고 있습니다. 조정의 신하들은 그를 미워하고 원망하며, 제후들은 모두 배반할 뜻을 품게 되었습니다. 이리하여 사람들의 일이 한계에 이르렀습니다. 혜성이 나타나고 황충(蝗蟲)의 피해가 자주 일어납니다. 이것은 만세에 한 번 있는 때입니다. 모든 백성이 걱정하고 노고하는 때야말로 성인이 일어날 기회입니다. 그래서 오왕은 안으로는 조조 토벌을 명분으로 삼고, 밖으로는 대왕의 수레 뒤를 따르며 천하에 웅비하려는 것입니다. 〔우리 군사가〕향하는 곳마다 항복하고 가리키는 곳마다 함락시키면 천하에서 감히 복종하지 않는 자가 없을 것입니다. 대왕께서 참으로 다행스럽게 허락한다는 말 한마디만 해 주시면, 오왕은 초나라 왕을 이끌고 가서 함곡관을 공략하고 형양과 오창의 곡식을 확보한 뒤에 한나라 군대의 진출을 막으면서 군대가 머물 곳을 준비하고 대왕을 기다릴 것입니다. 대왕께서 다행히 와주시기만 한다면 천하를 삼킬 수 있을 것이며, 두 군주께서 천하를 나누는 것도 좋지 않겠습니까?"

교서왕은 말했다.

"알겠소."

응고는 돌아와 오왕에게 보고했다. 그러나 오왕은 교서왕이 한편이 되어 주지 않을까 두려워 몸소 사자가 되어 교서로 가서 약속을 했다.

교서의 신하들 가운데 어떤 이가 왕이 음모를 꾀한다는 말을 듣고 간언하였다.

"황제 한 사람을 보좌하기는 지극히 편합니다. 지금 대왕께서는 오나라와 함께 서쪽으로 향하여 쳐들어가려고 하시지만 일이 성공하더라도 대왕과 오왕 두 군주가 갈려 다투게 될 테고, 여기서 화근이 생길 것입니다. 게다가 제후의 땅은 한나라 군현의 10분의 2도 못 되는데 반란을 일으켜 태후께 심려를 끼치는 것은 장구한 계책이 아닙니다."

왕은 듣지 않고 사자를 보내 제, 치천, 교동, 제남, 제북과 맹약을 맺도록 하니 모두 허락했다. 그러고는 말했다.

"성양국(城陽國)의 경왕(景王)유장(劉章)은 의로운 사람으로 여겨 일족을 칠 때도 끼지 않았다. [이번에도 끼어들지 않을 테니] 일이 성공한 뒤에 [성양국의 땅을] 나누어 가지면 될 것이다."

[당시] 제후들 중에는 새로 봉지를 깎이는 벌을 받고 두려워 떨면서 조조를 원망하는 이가 많았다. 오나라의 회계군과 예장군을 깎는다는 조서가 오나라에 이르자 오왕이 먼저 병사를 일으켰다. 교서에서는 정월 병오일에 한나라가 보낸 2000석 이하 관리들의 목을 베었고, 교동과 치천과 제남과 초나라와 조나라도 그렇게 했다. 그리고 나서 병사를 동원하여 서쪽으로 향했다. 한편 제나라 왕은 동맹에 가입한 것을 후회하여 독약을 마시고 스스로 목숨을 끊음으로써 맹약을 어겼다. 제북왕은 성벽이 파괴되어 완전하게 수리하지 못했는데, 또 낭중령이 제북왕을 협박하고 감시하면서 병사를 일으키지 못하게 했다. 교서왕이 통솔자가 되어 교동, 치천, 제남의 병사와 함께 제나라의 수도 임치를 포위하여 공격했다. 조나라 왕

유수도 반란을 일으켜 몰래 흉노로 사자를 보내 그 군대와 연합했다.

일곱 나라의 군사가 반란을 일으키자 오왕은 병사를 다 동원한 뒤 나라 안에 다음과 같은 명령을 내렸다.

과인은 예순두 살인데 몸소 군대를 거느리게 되었고, 과인의 자식은 열네 살로 사졸의 선두에 섰다. 따라서 나이가 위로는 과인과 비슷한 사람으로부터 아래로는 내 자식과 같은 자에 이르기까지 모두 출전하라.

이렇게 해서 오나라는 20여만 명을 동원했다. 또 남쪽으로 민월(閩越)과 동월(東越)에 사자를 보내자, 동월에서도 병사를 동원하여 오왕을 뒤따랐다.

제후들에게 보내는 한 통의 편지

효경제 3년 정월 갑자일에 〔오왕이〕 먼저 광릉(廣陵)에서 군대를 일으켜 서쪽으로 회수를 건너 초나라 군대와 합류했다. 그리고 나서 그는 제후들에게 사자를 보내 다음과 같은 편지를 전했다.

오왕 유비는 삼가 교서왕, 교동왕, 치천왕, 제남왕, 조왕, 초왕, 회남왕, 형산왕, 여강왕, 고 장사왕의 아들[3]께 여쭙겠으니 과인에게 가르침이 있으시기 바랍니다. 생각하건대 한나라에 적신(賊臣)조조를 가리키며 이하의 내용도 그의 죄를 나열한 것임이 있어 천하에서 어떤 공로도 세우지 못했으면서 제후들의 땅을 침략하여 빼앗고 형리들을 시켜 탄핵, 구금, 신문, 처벌하도록 하여 제후들을 모욕하는 것을 일삼고 있습니다. 제후들에게 군주에 대한 예의로써 유씨의 형제로 예우하지 않고, 선제의 공신들을 제거하고, 간악한 무리를 추천하고 임명하여 천하를 어지럽히고 사직을 위태롭게 하려고 합니다. [그런데] 폐하께서 병이 많아 심지를 잃어 사태를 살펴볼 수 없습니다. 그러므로 병사를 동원하여 그들을 죽이려는 것이니 삼가 가르침을 따르겠습니다. 저희 나라는 비록 좁지만 땅이 사방 3000리이고, 인구도 적다고는 하지만 50만 명의 정예 병사를 갖출 수 있습니다. 과인은 평소 남월의 여러 나라와 30여 년 동안 친교를 맺어 왔습니다. 그곳의 군왕은 모두 그들의 군사를 나누어 과인을 따르기를 마다하지 않을 테니 30여만 명을 더 얻을 수 있습니다. 과인은 비록 어리석지만 직접 여러 왕을 따르고자 합니다.

남월의 장사와 땅을 접하고 있는 곳은 장사왕의 아들께서 장사 북쪽을 평정한 뒤 서쪽으로 촉과 한중으로 달려가기 바랍니다. 동월왕과 초왕과 회남의 세 왕회남왕, 형산왕, 여강왕께 말씀드리건대 과인과 함께 서쪽으로 향하여 공격하고, 제나라

---

3) 고조 때 오예(吳芮)를 장사왕으로 봉했다. 오예의 네 번째 대에 아들이 없고, 서자 두 명이 열후로 봉해져 왕위를 계승할 수 없기 때문에 장사왕의 아들이라고 했다.

의 여러 왕치천왕, 교동왕, 제남왕과 조나라 왕은 하간(河間)과 하내(河內)를 평정하고 임진관(臨晋關)으로 들어가든지 과인과 낙양에서 합류하기 바랍니다. 연나라 왕과 조나라 왕은 본래 흉노 왕과 맹약이 있으니, 연나라 왕은 북쪽으로 대와 운중을 평정하고 흉노의 군대를 거느리고 소관(蕭關)으로 들어가기 바랍니다. 〔우리는 관중으로 들어가〕 장안으로 진격하여 천자를 바로 잡아 종묘를 편안하게 해야 합니다. 여러 왕께서는 힘써 주시기 바랍니다. 초나라 원왕의 아들과 회남의 세 왕께서는 10여 년 동안이나 머리 감고 발 씻는 것조차 하지 않을 만큼 원한이 골수에 사무쳐 하루아침에 조정을 등지려 한 지 오래되었습니다. 그러나 과인은 아직도 여러 왕의 동의를 얻지 못하여 감히 그 뜻을 따르지 못했습니다. 이제 여러 왕께서 진실로 멸망한 나라를 존재하게 하고, 끊어진 후대를 이어지게 하며, 약자를 구하고 포악한 자를 정벌하여 유씨 정권을 안정되게 할 수 있다면 사직이 바라는 바입니다.

저희 나라는 비록 가난하지만 과인은 입고 먹는 비용을 절약하여 금전을 저축하고, 군비를 갖추고 식량을 모아 온 지 30년이나 됩니다. 모두가 이 일을 위해 한 것이니 여러 왕께서는 이것을 힘껏 사용해 주십시오. 적의 대장을 베어 죽이거나 사로잡은 자에게는 황금 5000근을 주고 1만 호의 식읍에 봉하며, 일반 장수일 경우에는 황금 3000근에 5000호의 식읍을, 비장의 경우에는 황금 2000근에 2000호의 식읍을, 봉록이 2000석인 관료의 경우에는 황금 1000근에 1000호의 식읍을, 1000석의 관료인 경우에는 황금 500근에 500호의 식읍을 주어 모두 열후에 봉하겠습니다. 그 군대나 성읍을 가지고 항복하는 자에게는 병졸 1만 명 1만 호의 성읍인 경우에는 대장을 얻을 때와 똑같이 대우하며, 군사 5000명 5000호의 성읍인 경우에는 일반 장수를 얻은 것과 똑같이 대우하고, 군사 3000명 3000호의 성읍인 경우에는 비장을 얻은 것과 같이 대우하며, 군사 1000명 1000호의 성읍인 경우에는 2000석의 관료를 얻은 것과 같이 대우하겠습니다. 또 적의 하급 관리도 상대의 등급에 따라 작위와 상금을 줄 것입니다. 그 밖의 봉작이나 상을 내리는 것도 모두 한나라의 일반 규정보다 두 배로 하겠습니다. 본래 작위와 봉읍을 가지고 있던 자에게는 그대로 두지 않고 다시 더 보태 줄 것입니다. 원컨대 여러 왕께서는 사대부들에게 확실하게 명령을 내려 주시기 바랍니다. 감히 속이는 일은 없을 것입니다. 과인의 돈은 이 세상 어느 곳에든 있으니 반드시 오나라에서 가져갈 필요는 없습니다. 여러 왕께서 밤낮으로 이것을 써도 다 쓰지 못할 것입니다. 마땅히 주어야 할 사람이 있으면 과인에게 알려 주십시오. 그러면 과인이 달려가서 주겠습니다. 이와 같은 사실을 삼가 알립니다.

일곱 나라의 반란 소식을 보고하는 문서가 천자에게 올라가자, 천자는 태위 조후 주아부에게 장군 서른여섯 명을 이끌고 가서 오나라와 초나라를 치게 하였다. 곡주후(曲周侯) 역기(酈寄)에게는 조나라를 치게 하고, 장군 난포에게는 제나라를 치게 하였으며, 대장군 두영에게는 형양에 주둔하여 제나라와 조나라 군사의 동태를 감시하도록 했다.

내가 누구에게 절하리오

오나라와 초나라가 반란을 일으켰다는 문서가 올라온 뒤 한나라는 아직 군사를 출동시키지 않고 있었다. 두영은 출발하기 전에 오나라 재상이던 원앙(袁盎)을 효경제에게 추천했다. 원앙은 그 무렵 집에 있었는데 조서를 통해 부름을 받고 입조하였다. 경제는 마침 조조와 함께 군사와 군량을 직접 따져 보고 있었다. 황제가 원앙에게 물었다.

"그대는 한때 오나라 재상을 지냈다니 오왕의 신하 전녹백(田祿伯)이 어떤 사람인지 아시오? 지금 오나라와 초나라가 반란을 일으켰는데, 그대는 이것을 어떻게 보시오?"

〔원앙이〕 대답했다.

"근심하실 일이 못 됩니다. 바로 평정될 것입니다."

황제가 말했다.

"오왕은 〔구리가 생산되는〕 산에서 화폐를 주조하고 바닷물을 끓여 소금을 만들고 천하의 호걸들을 끌어들여 백발이 성성한 나이에 반란을 일으켰소. 상황이 이러한데 그에게 완벽한 계책이 없다면 어떻게 일을 일으켰겠소? 무슨 근거로 그가 아무것도 할 수 없을 것이라고 하시오?"

원앙이 대답했다.

"오나라에 구리와 소금이 있으니 이익이 있기는 하지만 어떻게 천하의 호걸들을 꾈 수 있겠습니까? 만일 오나라가 호걸을 얻었다면 그들은 오왕을 도와 의로운 일을 했지 반란을 일으키지 않았을 것입니다. 오나라가 꾄 자들은 모두 무뢰배의 자제들과 도망한 자들, 그리고 돈을 만드는 간악한 인물들입니다. 그래서 서로 이끌어 반란을 일으킨 것입니다."

조조가 말했다.

"원앙의 계책이 좋습니다."

황제가 〔원앙에게〕 물었다.

"계책이 어떠하면 좋겠소?"

원앙이 대답했다.

"주위 사람들을 물리쳐 주십시오."

황제는 사람들을 물러가게 하고 조조만 남아 있도록 했다. 원앙이 말했다.

"신이 말씀드리고자 하는 것은 다른 사람의 신하가 된 자는 알면 안 됩니다."

황제는 조조를 물러가게 했다. 조조는 빠른 걸음으로 〔궁전의〕 동상(東廂)으로 물러났으나 몹시 분통해했다. 황제가 마침내 원앙에게 물으니, 원앙이 이렇게 대답했다.

"오나라와 초나라가 서로 주고받은 편지에는 '고조 황제는 자제들을 왕으로 삼아 각각 땅을 나누어 주었다. 그런데 지금 적신 조조가 제멋대로 제후들의 죄를 문책하여 그들의 땅을 빼앗았다.'라고 하면서 이것을 반란의 명분으로 삼아 서쪽으로 나아가 함께 조조를 죽이고 옛 땅을 되찾은 뒤 군사를 해산시키자고 했습니다. 지금 계책으로는 조조의 목을 베고 사자를 보내 오나라와 초나라 등 일곱 나라를 용서하고 그들의 옛 삭감한 봉지를 회복시켜 주면 군사들의 칼날에 피를 묻히지 않고도 반란군은 모두 흩어질 것입니다."

이에 황제는 한참 말이 없다가 드디어 입을 열었다.

"어떻게 하면 좋을지 확실히 모르겠소. 내가 한 사람을 아끼지 말고 천하에 사과해야 한다는 말이오?"

원앙이 말했다.

"신의 어리석은 생각으로는 이보다 나은 계책이 없습니다. 폐하께서 깊이 헤아려 보시기 바랍니다."

〔황제는〕 원앙을 태상으로 삼고, 오왕의 조카 덕후(德侯) 유광(劉廣)을 종정(宗正)으로 삼았다. 원앙은 짐을 꾸려 떠날 준비를 했다. 이로부터 열흘쯤 지나서 황제는 중위를 시켜 조조를 불러내어 수레에 몰래 태우고 〔장안의〕 동시(東市)로 데려가게 했다. 조조는 조복 차림으로 동시(東市)에서 처형되었다. 그런 후에 사자를 보내 〔원앙의 계책대로〕 원앙은 종묘를 받들고 종정에게 친척유씨 가족을 돕도록 한다는 것을 오나라 왕에게 알리게 하였다.

오나라에 이르렀을 때, 오나라와 초나라의 병사는 이미 양나라의 성벽을 공격하고 있었다. 종정은 오왕과 친척이므로 먼저 들어가 오왕을 만나 절하고 〔황제의〕 조서를 받으라고 했다. 그러나 오왕은 원앙이 왔다는 말을 듣자 자기를 설득하려는 것임을 알아차리고 웃으면서 이렇게 대답했다.

"나는 이미 동쪽 황제가 되었는데 누구에게 절하리오?"

그러고는 원앙을 만나 보려고도 하지 않고, 그를 군중에 붙잡아 두고 협박하여 장수로 삼으려 했다. 원앙이 말을 듣지 않자 오왕은 사람을 시켜 그를 겹겹이 에워싸 감시하도록 하고 결국에는 죽이려고 했다. 원앙은 밤에 도망쳐 나와 걸어서 양나라의 군영으로 달아났다가 마침내 돌아가 〔황제에게〕 이런 사실을 보고했다.

지친 적군을 제압하라

조후는 장군이 되어 말 여섯 마리가 이끄는 전거(傳車)를 타고 병사들을 형양으로 집결시켰다. 그는 낙양에 이르러 극맹(劇孟)을 만나자 기뻐하며 말했다.

"일곱 나라가 반란을 일으켰기 때문에 나는 전거를 타고 이곳까지 오기는 했지만 안전하게 이르리라고는 생각지 못하였소. 또한 제후들이 이미 당신을 한편으로 끌어들였으리라고 걱정했는데, 당신이 반란에 가담하지 않았으니 나는 형양에 주둔하더라도 형양 동쪽으로는 두려워할 만한 자가 없을 것이오."

형양에 이르러 그는 아버지 강후 주발의 옛 빈객이었던 등도위(鄧都尉)에게 물었다.

"어떤 계책이 좋겠습니까?"

빈객이 말했다.

"오나라 군사는 매우 정예로워 맞서 싸워 승부를 결정짓기는 어렵습니다. 그러나 초나라 군대는 경솔하므로 오랫동안 싸울 수는 없을 것입니다. 이제 장군을 위하여 계책을 세운다면 병사를 북동쪽으로 이끌고 가서 창읍(昌邑)에 성벽을 높게 쌓고 굳게 지키면서 양나라를 오나라에 맡겨 두는 것이 좋습니다. 오나라는 반드시 정예 부대를 모두 동원하여 양나라를 칠 것입니다. 장군께서는 도랑을 깊이 파고 성벽을 높이 쌓아 굳게 지키면서 날랜 병사들을 내보내 회수와 사수의 어귀를 끊어 오나라의 식량 보급로를 막아 버리면, 오나라와 양나라의 군사는 서로 지치고 양식은 바닥날 것입니다. 이때 장군의 온전하고 강력한 군대로 지칠 대로 지친 적군을 제압한다면 오나라 군대를 깨뜨리는 것은 당연한 일입니다."

조후가 말했다.

"좋습니다."

〔조후는〕 그 계책을 좇아 창읍 남쪽의 성벽을 튼튼히 하고 날랜 병사들을 출동시켜 오나라의 식량 보급로를 끊었다.

독불장군 오왕

오왕은 막 반란을 일으켰을 때 오나라 신하 전녹백을 대장군으로 삼았다. 전녹백이 말했다.

"군대가 한데 모여서 서쪽으로 나아가는데 다른 기발한 계책이 없으면 성공하기 어려울 것입니다. 원컨대 제게 군사 5만 명을 갈라 주시어 별도로 강수와 회수를 따라 거슬러 올라가 회남과 장사(長沙)를 손에 넣고 무관으로 들어가 대왕과 만나도록 해 주십시오. 이 또한 하나의 비책일 것입니다."

그러나 오왕의 태자가 이렇게 간했다.

"왕께서는 반란을 명분으로 삼고 있는 만큼 군사를 남에게 빌려주는 것은 곤란합니다. 군사를 남에게 빌려주었다가 왕을 배반한다면 어떻게 하시겠습니까? 또 군대 통솔권을 나눠 주면 다른 이해관계가 예측할 수 없이 생길지도 모릅니다. 그것은 부질없이 손해를 자초할 뿐입니다."

오왕은 전녹백의 의견을 받아들이지 않았다. 오나라의 젊은 장수 환 장군(桓將軍)이 왕을 설득하여 말했다.

"오나라에는 보병이 많은데 보병에게는 험난한 지형이 유리합니다. 한나라 군대에는 전차와 기병이 많은데 전차와 기병에게는 평탄한 땅이 유리합니다. 원컨대 대왕께서는 지나가는 성읍 중에서 손에 넣지 못하는 곳이 있으면 그대로 내버려 두고, 재빨리 서쪽으로 가서 낙양의 무기고를 점령하고 오창의 양곡을 먹으면서 산하의 험난한 지형에 의지하여 제후들에게 명령을 내리십시오. 이렇게 하면 함곡관에 들어가지 않더라도 천하는 진실로 평정된 것입니다. 만약 대왕께서 서서히 진군하여 머물면서 성읍을 항복시키고 있는 사이에 한나라 군대의 전차와 기마병이 이르러 양나라와 초나라의 들판으로 달려온다면 일은 실패할 것입니다."

오왕이 나이 든 장수들에게 이 문제를 물으니 그들은 이렇게 대답했다.

"그것은 젊은 사람이 적의 예봉을 꺾어 버릴 때 쓸 만한 계책일 뿐, 어찌 원대한 계책임을 알 수 있겠습니까?"

그리하여 오왕은 환 장군의 계책을 받아들이지 않았다.

오왕은 독단적으로 모든 군사를 모아서 통솔하였는데, 오나라 군대가 회수를 건너기 전에 여러 빈객은 모두 장군, 교위, 척후, 사마로 임명되었으나 주구(周丘)만 홀로 임용되지 못했다.

주구는 하비 사람인데 오나라로 도망쳐 와 술을 팔고 행실이 좋지 않았으므로 오왕 비는 그를 업신여겨 임용하지 않은 것이다. 그러자 주구가 오왕을 뵙고 설득하여 말했다.

"신은 무능하여 군대에서 맡은 일을 제대로 처리하지 못하고 벌 받을 날만을 기다리고 있습니다. 신은 감히 장군이 되고자 하는 것은 아닙니다. 왕께서 가지고 계신 한나라의 부절을 하나 주신다면 반드시 왕께 보답하겠습니다."

왕은 주구에게 부절을 주었다. 부절을 받은 주구는 밤을 틈타 말을 달려 하비로 들어갔다. 이때 하비에서는 오나라가 반란을 일으켰다는 말을 듣고 모두 성을 지키고 있었다. 주구는 전사(傳舍)휴식을 취하는 곳에 이르자 현령을 불렀다. 현령이 문안으로 들어서자 자신을 따라온 시종에게 그의 죄명을 대게 하고는 목을 베어 버렸다. 그러고는 자기 형제들과 친하게 지내던 힘 있는 관리들을 불러 놓고 말했다.

"오나라의 반란군이 곧 이곳에 도착할 것이다. 그들이 오면 이곳 하비를 무찌르는 데 밥 한 끼 먹는 시간도 채 안 걸릴 것이다. 지금 미리 항복하면 그 집은 틀림없이 온전하게 될 것이고 능력 있는 자는 제후에 봉해질 것이다."

이들이 나가 서로 이 말을 알리자 하비 사람들은 모두 항복했다. 〔이렇게 하여〕 주구는 하룻밤 사이에 3만 명을 얻었다. 주구는 사람을 시켜 〔이 사실을〕 오왕에게 보고한 뒤 그 병력을 이끌고 북쪽으로 가서 성읍을 공략했다. 성양(城陽)에 이르렀을 때는 병력이 10여만 명이나 되었다. 그는 성양 중위(中尉)의 군사를 깨뜨렸다. 그러나 오왕이 싸움에서 져 달아났다는 말을 듣고 스스로 생각해 보니, 오왕과 함께해도 성공할 수 없을 것 같아 군사를 이끌고 하비로 돌아갔다. 그러나 하비에 채 닿기도 전에 등창이 나서 죽고 말았다.

2월 중에 오왕의 군사는 이미 격파되고 패하여 달아났다. 이에 천자는 장군들에게 조서를 내려 다음과 같이 말했다.

대체로 듣건대 "착한 일을 하는 자에게는 하늘이 복으로 갚아 주고 나쁜 일을 하는 자에게는 하늘이 재앙으로 되갚아 준다."라고 한다. 고황제께서는 몸소 공덕을 빛내 제후를 세웠는데, 유왕과 도혜왕은 〔후대에〕 왕위가 끊겨 뒤를 잇지 못했다.[4] 효문황제께서는 이를 불쌍히 여기고 은혜를 베풀어 유왕의 아들 유수와 도혜왕의 아들 유앙 등을 왕으로 세워 그 선왕의 종묘에 제사를 지내게 하고 한나라의 제후국이 되게 하였으니, 그 덕은 천지에 비길 만큼 크고 그 밝음은 해와 달 같다. 그런데 오왕 유비는 은덕을 등지고 의리를 저버리며 천하의 망명자

---

4) 유방의 아들 유왕이 여후에게 살해되어 봉작이 모두 취소된 것이 여후 6년기원전 182년이다. 그리고 유방의 서자 도혜왕에게는 아들이 모두 여섯 명 있었으니, 자손이 없었던 게 아니라 이들이 여러 사건으로 인해 왕위를 잇지 못한 것이다.

와 죄인들을 끌어들이고 천하의 화폐 제도를 어지럽히며, 병을 핑계로 스무 해 넘게 조정에 들어오지 않았다. 담당 관리들이 유비의 죄를 다스려 달라고 요청했으나, 효문황제께서는 관용을 베풀어 그가 잘못된 행실을 고쳐 옳은 일을 하기 바라셨다. 그런데 오왕 유비는 지금 초나라 왕 무(戊), 조나라 왕 수(遂), 교서왕 앙(卬), 제남왕 벽광(辟光), 치천왕 현(賢), 교동왕 웅거(雄渠)와 연합하여 반란을 일으켜 극악무도한 짓을 일삼았다. 군사를 일으켜 종묘를 위태롭게 하고, 대신과 한나라의 사자를 죽였으며, 온 백성을 겁박하고, 죄 없는 사람들을 잔인하게 죽였으며, 민가를 불태우고, 분묘를 파헤치는 등 포악한 짓을 일삼았다. 지금 교서왕 유앙도 극악무도한 일을 거듭하여 종묘를 불사르고 (군과 국에 있는) 종묘 안의 물건을 약탈했다. 짐은 이 일을 몹시 애통히 여겨 소복을 입고 정전(正殿)을 피하고 있다.[5] 장군들은 사대부들을 독려하여 반역한 무리를 치도록 하라. 반역한 무리를 치는 데는 적진으로 깊이 들어가 많이 죽이는 것을 공으로 한다. 반역자들의 목을 베어도 좋고 사로잡아도 좋지만 봉록 300석 이상을 받는 자는 모조리 죽이고 풀어 주지 말라. 감히 이 조서에 이의를 제기하거나 불복하는 자는 모두 허리를 베어 죽이겠노라.

---

5) 이것은 편전으로 가서 조정의 일을 처리한다는 말로, 비상 시기에 놓여 있음을 나타낸다.

권모에 앞장서면 도리어 화를 입는다

처음에 오왕이 회수를 건너 초나라 왕과 함께 서쪽으로 나아가 극벽을 깨뜨리고 승세를 타고 진격했는데 그 기세가 자못 날카로웠다. 양나라 효왕(孝王) 유무(劉武)가 위협을 느껴 장군 여섯 명을 보내 오나라 군대를 치게 했으나, 오나라가 양나라의 장군 둘을 깨뜨렸으므로 사졸이 모두 달아나 양나라로 돌아왔다. 양나라에서는 조후 주아부에게 여러 차례 사자를 보내 상황을 알리고 구원을 요청했으나 조후는 이를 수락하지 않았다. 그러자 양나라에서는 또 사자를 보내 황제에게 조후를 헐뜯었다. 황제는 사자를 보내 조후에게 양나라를 구원하라고 했으나, 조후는 자신이 옳다고 생각되는 계책을 고집하며 황제의 명령을 집행하려 하지 않았다. 양나라는 한안국(韓安國)과, 초나라 왕에게 간언하다가 죽은 재상 장상(張尙)의 아우 장우(張羽)를 장군으로 삼고야 겨우 오나라 군대를 깨뜨릴 수 있었다.

오나라 군대는 서쪽으로 나아가려 했으나, 양나라가 성을 굳게 지키고 있으므로 함부로 나아갈 수 없었다. 그래서 조후의 군으로 가서 하읍(下邑)에서 맞닥뜨려 싸우려 했으나 조후는 성벽을 굳게 지킬 뿐 싸우려 하지 않았다. 오나라 군대는 식량이 떨어져서 사졸들이 굶주려 여러 차례 싸움을 걸었다. 마침내 야음을 틈타 조후의 성벽으로 달려 들어가 동남쪽을 놀라게 했다. 조후는 명을 내려 서북쪽을 지키도록 했는데, 오나라 군대가 예상대로 서북쪽으로부터 침입했으나 크게 패하여 사졸들은 대부분 굶어 죽거나 등을 돌리고 흩어졌다. 오왕도 휘하의 장수 수천 명과 함께 밤을 틈타 달아나 강수를 건너 단도(丹徒)로 달려가 동월에 몸을 의탁했다. 동월에는 1만여 명의 병력이 있으므로 사람을 시켜 달아났던 병사들을 불러 모으게 했다.

한나라에서는 사람을 보내 이익을 미끼로 동월을 회유했다. 동월은 오왕을 속여 오왕이 밖으로 나아가 군사들을 위로할 때 사람을 시켜 갈래진 창으로 찔러 오왕을 죽인 뒤 그 머리를 그릇에 담아 빠른 수레를 타고 가서 한나라 조정에 보고하게 했다. 오왕의 아들 자화(子華)와 자구(子駒)는 민월로 달아났다. 오왕이 군대를 버리고 달아나자 오나라 군대는 결국 무너졌고, 도처로 흩어졌던 병사들은 서서히 태위와 양나라 군대에게 항복했다. 초나라 왕 유무는 전쟁에서 패하자 자살했다.

세 왕교서, 교동, 치천은 제나라의 수도 임치를 석 달 동안이나 포위했지만 함락하지 못했다. 그러던 중 한나라 군대가 도착하자 이 세 왕은 각각 군사를 이끌고 돌아갔다. 교서왕은 어깨를 드러내고 맨발로 짚을 깔고 앉아 물만 마시면서 태후에게 사죄했다. 왕의 태자 유덕(劉德)이 말했다.

"한나라 군대는 먼길을 왔기에 신이 그들을 살펴보니 이미 지쳐 있어 습격할 만합니다. 원컨대 대왕의 남은 병사를 거두어 그들을 치십시오. 그들을 치다가 이기지 못하면 그때 바다로 달아나도 늦지 않을 것입니다."

교서왕은 말했다.

"우리 사졸은 모두 이미 지쳐 있어 내보내 쓸 수가 없다."

〔왕은 태자의 말을〕 듣지 않았다. 한나라 장군 궁고후 퇴당(隤當)이 교서왕에게 글을 보내 말했다.

조서를 받들어 의롭지 못한 자를 주멸하려 하오. 항복하는 자는 그 잘못을 용서하고 전처럼 지위를 회복시켜 주겠지만, 항복하지 않는 자는 멸할 것이오. 왕이 어떻게 처신하는가에 따라 이 일을 처리하겠소.

왕은 어깨를 드러내고 한나라 군대의 성벽 아래에 머리를 조아리면서 퇴당을 보고 말했다.

"신 유앙은 법을 받들어 행동을 삼가지 않고 백성을 놀라게 했으며, 수고롭게도 장군을 멀리 저희 나라까지 오시게 했으니 제 몸으로 젓을 담그는 형벌을 원합니다."

궁고후가 종과 북을 가지고 왕을 만나 말했다.

"왕은 군대의 일로 노고가 많으니, 왕이 병사를 일으키게 된 상황을 듣고 싶소."

교서왕은 머리를 조아리고 무릎으로 기어 나와 대답했다.

"지금 조조는 천자께서 권력을 휘두르게 한 신하인데, 고황제가 정하신 법령을 바꾸고 제후들의 땅을 침탈하였습니다. 저희는 그것을 의롭지 못하다 여기고 그가 천하를 어지럽힐까 두려워 일곱 나라가 병사를 일으켜 조조를 죽이려 했습니다. 그런데 조조의 목이 이미 베어졌다고 하니 저희는 삼가 병사를 거두어 돌아갔습니다."

장군이 말했다.

"왕께서 진실로 조조가 의롭지 못하다고 생각했다면 어째서 〔황상께〕 말씀드리지 않았소? 그리고 황상께서 조서와 호부(虎符)도 내리지 않았는데 제멋대로 병사를 동원하여 정의를 지키는 나라를 친단 말이오? 이로 미루어 볼 때 왕의 참뜻은 조조를 주살하려던 것이 아니오."

그러고 나서 조서를 꺼내 왕에게 읽어 주고 이렇게 말했다.

"왕 스스로 생각해 보시오."

교서왕이 말했다.

"저 같은 사람은 죽어도 죄가 남습니다."

드디어 스스로 목숨을 끊었다. 태후와 태자도 모두 죽었다. 교동왕, 치천왕, 제남왕도 모두 죽고 이들의 봉국은 폐지되어 한나라에 귀속되었다. 장군 역기가 조나라를 포위하여 열 달 만에 함락시키니 조나라 왕도 스스로 목숨을 끊었다. 제북왕은 협박을 받아 그렇게 한 것이므로 목을 베지는 않고 옮겨 치천왕으로 삼았다.

처음에 오왕이 먼저 반란을 일으키고, 아울러 초나라 군대를 거느리고 제나라와 조나라를 연합하였다. 1월에 병사를 일으켜 3월에 모두 패하고 조나라만이 뒤늦게 항복했다. 초나라 원왕유교의 어린 아들 평륙후(平陸侯) 유례(劉禮)를 초나라 왕으로 삼아 원왕의 뒤를 잇게 하고, 여남왕(汝南王) 유비(劉非)를 오나라의 옛 땅으로 옮겨 강도왕(江都王)이라고 했다.

태사공은 말한다.

"오왕유비이 왕 노릇을 할 수 있었던 것은 그 아버지가 강등되었기 때문이다. 그는 부세를 가볍게 하고 그 무리를 부려서 산과 바다의 이익을 마음대로 거둬들였다. 반역의 싹은 그 아들에게서 텄다. 그 아들이 황태자와 박을 두다가 길을 다툰 데서 재앙이 발생하여 근본을 멸망시키게 되었다. 월나라와 가까이 지내며 한나라 종실을 전복시키려다가 끝내는 멸망했다. 조조는 국가의 먼 앞날을 염려하여 계책을 세웠다가 도리어 자신이 화를 입었고, 원앙은 권모와 유세로서 처음에는 총애를 받았으나 훗날 치욕을 당하였다. 그래서 옛날에 제후의 땅은 사방 100리를 넘지 않고, 산과 바다가 있는 곳에는 제후를 봉하지 않았다. '오랑캐를 가까이하여 친족을 멀리하지 말라.'라고 한 것은 아마도 오나라를 두고 말한 것인가? '권모에 앞장서지 말지니, 도리어 재앙을 입게 된다.'라고 한 것은 아마도 원앙과 조조 같은 사람을 두고 한 말인가?"

47
◎

위기 무안후 열전
魏其武安侯列傳

이 편은 위기후 두영(竇嬰), 무안후 전분(田蚡), 관부(灌夫) 세 사람의 전기를 합쳐 놓은 것이다. 두영은 한나라 문제 두 황후의 사촌 조카로 경제 3년에 일곱 나라가 반란을 일으키자 대장군이 되었으며, 난이 평정되자 위기후로 제수되었다. 전분은 왕 태후의 동생으로 존귀한 신분을 믿고 권세를 휘둘렀다.

두 사람 모두 학식과 덕망이 빼어나지는 않았으나 봉후를 계속 유지할 수 있었던 것은 그들이 황제의 친척이라는 이유 못지않게 큰 공적을 세웠기 때문이다. 두 사람을 비교해 보면 위기후가 무안후보다는 더 현명하여 천자의 하사금을 집 안에 쌓아 두지 않고 모두 복도에 진열하였다. 그러나 무안후는 그러지 못했다. 무안후는 회남왕에게서 금을 취하였고, 위기후의 좋은 밭을 권모로써 취하려 했으며, 저잣거리에서 물품을 사서 쌓아 뒀고, 기녀만도 수백 명을 거느릴 정도로 사치스러웠다. 따라서 사마천은 서로 다른 두 사람의 내면 세계를 그려 다양한 인물군을 나타내었다. 관부는 용감하고 전쟁에 뛰어나며 아첨을 싫어하고 신의를 내세우는 강직한 인물이라는 점에서 긍정적인 평가를 받지만, 지나치게 세도를 부리고 터무니없이 처신하여 그에 대한 불만도 적지 않았다.

사마천은 이 편을 통해 궁중 권력의 내부 모순을 생동감 있게 표현함으로써 최고 권력층의 교만과 잔인함과 위선도 드러냈다. 사마천은 이 편에 등장하는 세 주요 인물에 대한 애증의 감정을 선명하게 대비시키고 있다.

긴급한 때에는 겸양만이 능사가 아니다

위기후(魏其侯) 두영(竇嬰)은 효문제 황후두 태후의 사촌 오빠 아들로서, 아버지 때까지 대대로 살았던 관진(觀津) 사람이다. 〔그는〕 빈객을 좋아하였다. 효문제 때 두영은 오나라 재상이 되었다가 병으로 벼슬을 그만두고, 효경제가 막 즉위했을 때 첨사(詹事)황후와 태자의 집안일을 관리함가 되었다.

양나라 효왕은 효경제의 동생으로 어머니 두 태후의 총애를 받았다. 양나라 효왕이 입조하자, 〔황제는〕 그와 형제 사이이므로 술자리를 벌였다. 이때 황제는 아직 태자를 세우지 않고 있었는데, 술이 얼큰하게 취하자 별 생각 없이 이렇게 말했다.

"내가 죽은 뒤 양왕에게 황제 자리를 전하겠다."

태후는 기뻐했다. 그러나 두영은 잔에 술을 따라 황제에게 올리며 말했다.

"천하는 고조의 천하로서, 아버지에서 아들로 전하는 것이 한나라의 정해진 약속입니다. 황상께서는 무엇을 가지고 천하를 마음대로 양왕에게 전하실 수 있겠습니까?"[1]

태후는 이 일로 두영을 미워하게 되었고, 두영도 자신의 벼슬을 하찮게 여기고 있던 차이므로 병을 핑계로 물러났다. 그런데 태후는 두영의 문적(門籍)궁궐을 드나드는 자의 이름이나 신분 등 신상을 적어 궁궐 문에 걸어 두는 명부을 없애 궁궐로 들어와 조청(朝請)도 할 수 없게 해 버렸다.

효경제 3년에 오나라와 초나라가 반란을 일으키자 황제는 종실과 두씨 일족을 살펴보았지만 두영만큼 현명한 사람이 없으므로 두영을 불러들였다. 두영은 궁궐로 들어와 황제를 뵙고는 병 때문에 중책을 맡을 수 없다며 사양했다. 태후도 〔전날의 행동을〕 부끄러워하였다. 이에 황제가 말했다.

"천하가 바야흐로 위급한데 왕손(王孫)두영의 자께서는 어찌 겸양만 하고 있습니까?"

〔황제는〕 두영을 대장군[2]에 임명하고 금 1000근을 내려 주

---

1) 양나라 왕도 문제의 아들이고 문제도 고조의 아들이니, 경제가 만일 양왕에게 전한다 하더라도 결코 천리에 어긋난 것은 아니다.
2) 장군의 최고 칭호로 군대 안의 일과 다른 나라와의 싸움을 총괄하는데, 대부분 귀척(貴戚) 중에서 임명되었다.

었다. 두영은 원앙, 난포 등 집에 있는 여러 이름 있는 장수와 현명한 선비를 추천하고 하사받은 금은 궁전 행랑 아래에 두었다가 군리가 올 때마다 필요한 만큼 가져다 쓰게 하고 집으로 가져가지 않았다.

두영은 형양현을 지키면서 제나라와 조나라의 군사를 감시하였다. 일곱 나라의 병사를 모두 물리치자 황제는 두영을 위기후로 봉하였다. 여러 유사와 빈객이 앞을 다투어 위기후를 찾아와 몸을 의탁했다. 효경제 때 매번 조정에서 큰일을 의논할 때면 열후들은 조후 주아부와 위기후를 감히 자신들과 동등한 예로 대하려는 자가 없었다.

효경제 4년에 율 태자(栗太子)[3]를 세우고, 위기후를 태자부로 삼았다. 효경제 7년에 율 태자를 폐위시키자 위기후는 〔그것이 옳지 않다고〕 여러 차례 간하였으나 뜻을 이룰 수 없었다. 위기후는 병을 핑계로 물러나와 남전현(藍田縣)의 남산(南山) 기슭에서 몇 달 동안 농사를 지으며 보냈다. 빈객들과 변사들이 그를 설득하였으나 누구도 그를 조정으로 돌아오게 하지 못했다. 양나라 사람 고수(高遂)가 나서서 위기후를 설득했다.

"장군을 부귀하게 만들 수 있는 사람은 황상이시고, 장군을 친근하게 할 수 있는 사람은 태후입니다. 지금 장군께서는 태자의 태부로 있으면서 태자가 폐위되었는데도 간언하지 못했고, 간언했지만 뜻을 이루지 못했으며 죽지도 못했습니다.

---

3) 유영(劉榮). 한나라 경제의 맏아들로 어머니 율희(栗姬)의 성을 따서 율태자라고 일컬었다.

그런데 스스로 병을 핑계로 물러나와 조나라의 아름다운 여인을 끼고 한적한 곳에 머물면서 입조도 하지 않고 〔빈객들과〕시비를 논하고 계시니, 이것은 스스로 황상의 허물을 드러내는 일입니다. 만일 두 궁궐[4]에서 장군에게 분노하여 벌을 내린다면 장군은 물론이고 처자식까지도 살아남는 자가 없을 것입니다."

위기후는 그 말이 그럴듯하다고 여겨 마침내 일어나 전처럼 조회에 참석하였다.

도후(桃侯)유사(劉舍)가 승상에서 물러나자 두 태후는 여러 차례 위기후를 추천했다. 그러나 효경제는 〔두 태후에게〕 이렇게 말했다.

"태후께서는 어찌 제가 자리를 아까워하여 위기후를 승상으로 쓰지 않는다고 생각하십니까? 위기후는 경박하여 스스로 일을 꾸미고 희희낙락하며, 스스로 대단하게 생각하여 경솔하게 행동하는 일이 많기 때문에 승상으로 삼아서 큰 임무를 맡기기는 어렵습니다."

끝내 위기후를 등용하지 않고 건릉후(建陵侯) 위관(衛綰)을 승상으로 삼았다.

---

4) 여기서 두 궁궐이란 두 태후가 머물고 있는 장락궁(長樂宮)과 경제가 머물고 있는 미앙궁(未央宮)을 말한다.

악을 포용해야 자리를 보존한다

무안후(武安侯) 전분(田蚡)은 효경제의 황후[5]와 어머니만 같은 동생으로 장릉(長陵)에서 태어났다. 위기후가 대장군이 되어 위세가 드높을 때 전분은 낭관으로 존귀한 신분이 아니었다. 위기후의 집을 드나들며 술자리에서 모셨는데 꿇어앉고 일어서는 것이 마치 자식이나 손자와 같았다. 효경제 만년에 이르러 전분은 점점 귀해지고 총애를 받아 태중대부(太中大夫)가 되었다. 전분은 언변이 뛰어나고, 말재주가 있었으며 『반우(槃盂)』와 같은 여러 책들을 익혔으므로 왕 태후(王太后)도 그를 현명한 사람으로 여겼다. 효경제가 죽자 그날로 태자를 세우고 태후가 천자를 대신하여 정치를 하였는데, 이때 누르고 달래는 데 전분의 빈객들이 낸 계책이 많았다. 전분과 동생 전승(田勝)은 모두 태후의 동생이라 하여 효경제 후원 3년에 전분을 무안후(武安侯), 전승을 주양후(周陽侯)에 봉했다.

무안후는 새로 권세를 잡아 승상이 되고자 하여, 자신을 낮추어 빈객들을 예우하고 집에 머물러 있는 명사들을 추천하여 존귀하게 만듦으로써 위기후와 지위가 높은 사람들을 누르려고 하였다.

건원 원년에 승상 위관이 병으로 벼슬을 그만두자 황상은 승상과 태위의 후임자를 논의하였다. 이때 적복(籍福)전분의 문

객이 무안후를 설득했다.

"위기후는 오랫동안 존귀한 자리에 있어 천하의 선비들이 줄곧 그에게 몸을 의탁하고 있습니다. 그러나 장군은 지금 막 일어나기 시작했으므로 위기후만 못합니다. 만일 황상께서 장군을 승상으로 삼고자 하시면 반드시 위기후에게 양보하십시오. 위기후가 승상이 되면 장군은 반드시 태위가 될 것입니다. 태위와 승상은 존귀한 면에서는 같습니다. 그리고 장군께서는 어진 사람에게 자리를 양보하였다는 명성을 얻을 것입니다."

무안후는 은연중에 이것을 태후에게 넌지시 말하여 황상에게까지 전달되게 하였다. 이렇게 하여 위기후는 승상이 되고 무안후는 태위가 되었다. 적복은 위기후를 축하한 뒤, 이어서 조의를 표하며 이렇게 말했다.

"군후(君侯)[6]께서는 천성이 착한 것을 좋아하고 악한 것을 미워하십니다. 지금 선한 사람들이 군후를 칭송하였기 때문에 승상에 오르신 것입니다. 군후께서는 악한 것을 미워하지만 [이 세상에는] 악한 사람이 많으며, 이들은 또 군후를 헐뜯을 것입니다. 군후께서 선한 사람과 악한 사람을 다 같이 끌어안는다면 다행히 지위를 오래 보전하실 수 있지만, 그러지 못하면 곧 비방을 받아 물러나게 될 것입니다."

위기후는 이 말을 듣지 않았다.

위기후와 무안후는 모두 유가의 학술을 좋아하였다. 조관

---

6) 신분이 높은 관리들을 일컫는 말로, 본래는 승상을 지낸 열후에 대한 존칭으로 쓰였다.

(趙綰)을 추천해 어사대부로 삼게 하고, 왕장(王臧)을 추천해 낭중령으로 삼게 했으며, 노나라 땅의 신공(申公)대유학자 신배(申培)을 맞아들여 명당(明堂)[7]을 세우려고 하였다. 열후들은 각자의 영지로 돌아가게 하고, 관(關)도성 출입 증서을 폐지하였으며, 예법에 따라 복식 제도를 정하여 태평성대를 이루려고 했다. 외척인 두씨 일족과 종실 가운데서 절조와 행실이 올바르지 못한 자를 하나하나 들추어내어 견책하고 족보에서 삭제시켰다. 이때 많은 외척이 열후가 되었는데, 열후들은 대부분 공주를 아내로 맞이하였으므로 모두 자신의 영지로 돌아가기를 싫어했다. 그리하여 [두영 등을] 헐뜯는 소리가 매일 두 태후의 귀에 들려왔다. 태후는 황로의 주장을 좋아하였는데 위기후, 무안후, 조관, 왕장 등은 유가 학술을 장려하고 도가의 말을 깎아내려서 두 태후는 위기후 등을 더욱 달가워하지 않게 되었다.

건원 2년에 어사대부 조관이 황제께 동궁두 태후가 머물던 궁전인 장락궁에 나랏일 아뢰는 것을 그만두도록 요청하였다. 두 태후는 이 일로 몹시 노하여 조관, 왕장 등을 내쫓고 승상과 태위를 파면했다. 백지후(柏至侯) 허창(許昌)을 승상으로 삼고 무강후(武彊侯) 장청적(莊靑翟)을 어사대부로 삼았다. 이리하여 위기후와 무안후는 후 신분으로 집에 머물러 있게 되었다.

무안후는 비록 직책은 맡지 못했지만 왕 태후와의 연고 때문에 총애를 받았으며, 여러 차례 나랏일에 의견을 제시하여

---

7) 고대에 제왕이 정치, 제사, 교화 등의 일을 했던 곳이다.

채택되어 효과를 낸 경우가 많았다. 그래서 천하의 권세와 이익을 좇는 선비와 벼슬아치는 모두 위기후를 떠나 무안후에게로 귀의했다. 무안후는 날이 갈수록 더욱 전횡을 일삼았다.

건원 6년에 두 태후가 죽었다. 승상 허창과 어사대부 장청적은 〔두 태후의〕 장례식을 잘 처리하지 못하였다 하여 파면되고, 무안후 전분이 승상이 되고 대사농(大司農)조세, 화폐, 곡물, 소금, 철 및 국가의 수입과 지출을 관리함 한안국이 어사대부가 되었다. 천하의 선비와 군국의 제후들은 더욱더 무안후에게 빌붙게 되었다.

무안후는 용모가 못생겼으나 태생은 매우 귀했다. 그는 또 제후왕은 대부분 나이가 많고 주상은 막 즉위하였으나 나이가 어리니, 전분 자신이 외척으로서 조정의 승상이 된 이상 그들의 기세를 꺾어 예법으로 복종하게 하지 않으면 천하 사람들이 〔자신을〕 경외하지 않을 것이라고 생각했다.

당시 승상 전분이 입조하여 나랏일을 보고할 때에는 〔황제와〕 함께 앉아서 온종일 이야기를 하였고, 〔황제는〕 그가 하는 말은 다 들어주었다. 사람을 추천하는 일에서도 때로는 집에 머물러 있는 자를 단번에 2000석이 되게도 하여 주상의 권한을 자기에게로 옮겨 왔다. 이에 황상이 말했다.

"그대가 관리를 임명하는 것이 끝났소? 아니면 아직 끝나지 않았소? 나도 관리를 임명해 보고 싶소."

한번은 승상이 고공(考工)기계 제조를 맡은 관직의 땅을 얻어 집을 늘리고 싶다고 하자, 황상이 노여워하며 말했다.

"그대는 어째서 무기고를 탈취하겠다고 하지 않소?"

이런 일이 있은 뒤로 그는 조심했다. 일찍이 손님을 초대하여 술자리를 벌인 적이 있는데, 자기 형 갑후(蓋侯)왕신(王信), 전분과 아버지가 다른 형제는 [하석인] 남쪽을 향하여 앉게 하고 자신은 [상석인] 동쪽을 향하여 앉았다. 그는 한나라 승상은 존귀한 만큼 형이라고 하여 사사로이 굽힐 수는 없다고 생각하여 일부러 그렇게 한 것이다. 무안후는 그 뒤로 더욱 교만해져 집을 수리하여 어떤 저택보다 으뜸으로 만들었고, 전답과 동산도 매우 기름지게 바꿨다. 각 군현에서 기물을 팔러오는 자가 길에 줄을 이었다. 전당(前堂)에는 종과 북을 벌여 놓고 곡전(曲旃)8)을 세워 두었으며, 뒤채에는 부녀자가 100명을 헤아릴 정도였다. 제후들이 바치는 금, 옥, 개, 말, 기호품 등은 이루 헤아릴 수 없었다.

위기후는 두 태후가 죽어 의지할 곳을 잃은 뒤 [황제와] 더욱 멀어져서 쓰이지 않아 세력이 없어졌고, 빈객들도 각자 점점 떠나가면서 [그에게] 게으르고 거만하게 대했다. 관(灌) 장군만이 홀로 원래 태도를 바꾸지 않았다. 위기후는 날마다 답답하고 울적해하면서 관 장군만을 두텁게 대우했다.

---

8) 고대 군주가 은사를 초빙할 때 쓰던 의장용 깃발인데, 깃대 끝이 비스듬하게 굽어 있다.

동병상련

　장군 관부(灌夫)는 영음현(潁陰縣) 사람이다. 그 아버지 장맹(張孟)은 일찍이 영음후 관영(灌嬰)의 사인이 되어 총애를 받았으며, 관영의 추천으로 2000석의 지위에 이르게 되었으므로 관씨 성을 따서 관맹(灌孟)이 되었다. 오나라와 초나라가 반란을 일으켰을 때 영음후 관하(灌何)가 장군이 되어 태위의 부하가 되자, 관맹을 교위로 삼도록 청하였다. 〔이렇게 하여〕 관부는 1000명을 이끌고 아버지와 함께 싸움터로 나가게 되었다. 관맹은 나이가 많지만 영음후의 강력한 추천으로 쓰이게 되었으므로 마음이 울적했다. 그래서 싸울 때마다 언제나 적의 견고한 곳을 골라 공격하다가 마침내 오나라 군대 속에서 전사했다. 당시 군법에 의하면 아버지와 아들이 함께 종군한 경우 한 사람이라도 전사하면 남은 한 사람은 유해와 함께 돌아갈 수 있었다. 그러나 관부는 아버지의 유해를 따라 돌아가려 하지 않고 분연히 말했다.

　"오나라의 왕이든 장군이든 목을 베어 아버지 원수를 갚게 해 주십시오."

　이에 관부는 갑옷을 입고 창을 쥐고는 군영의 장사들 중에서 자기와 친분이 있고 따라나서기를 원하는 사람을 수십 명 모았다. 그러나 막상 성벽 문을 열고 나가려 하자 감히 앞으로 나서는 자가 없었다. 단지 두 사람과 〔관부를〕 따르는 하인 10여 명만이 말을 달려 오나라 군영 속으로 들어가 오나라 장군의 깃발 아래에 이르렀다. 수십 명을 죽이거나 상처를 입혔지만 더 이상 나아갈 수 없어서 다시 말을 돌려 한나라 군대의 진지까지 달려 들어왔다. 이 싸움에서 관부는 하인을 모두 잃고 기병 한 명과 돌아왔을 뿐이었다. 관부 자신도 10여 군데 큰 상처를 입었으나, 마침 값이 만금이나 나가는 좋은 약이 있어 목숨만은 건질 수 있었다. 관부는 상처가 조금 나아지자 또다시 장군에게 청하여 말했다.

"저는 이제 오나라 진지의 정황을 더 자세히 알게 되었습니다. 다시 가도록 해 주십시오."

장군은 그가 용감하고 의기가 있다고 여겼으나, 그를 잃게 될까 두려워 태위에게 상의하였다. 태위는 강력히 말려 가지 못하게 했다. 오나라가 패하자 관부는 이 일로 천하에 이름이 알려졌다.

영음후가 관부를 황제에게 추천하니, 황제는 그를 중랑장으로 삼았다. 그러나 몇 달 만에 법을 어겨 파면되었다. 그는 그 뒤로 장안의 집에서 머물러 살았는데, 장안의 여러 귀족 중에서 그를 칭찬하지 않는 사람이 없었다. 그는 경제 때 대나라의 재상이 되었다. 경제가 죽고 지금의 황상이 막 즉위하자, 회양군(淮陽郡)이 천하의 요충지로서 강성한 군대가 있을 곳이라고 생각하여 관부를 옮겨 회양 태수로 삼았다. 건원 원년에 [관부는 조정으로] 들어가 태복이 되었다. [건원] 2년에 그는 장락궁의 위위(衛尉) 두보(竇甫)와 술을 마시게 되었는데 예절에 분별이 없어 술에 취하여 두보를 때렸다. 두보는 두 태후의 친정 동생이었다. 황상은 태후가 관부의 목을 벨까 염려하여 그를 옮겨 연나라 재상으로 삼았다. (관부는) 몇 년 뒤에 또 법을 어긴 일로 버슬에서 물러나 장안의 집에 머물렀다.

관부는 사람됨이 강직하고 술 기운을 빌려 기세를 부리기도 하였으며, 대놓고 아첨하기를 좋아하지 않았다. 귀한 친척이나 자기보다 신분이 높고 세력 있는 사람들에게는 예절을 지키려 하지 않고 반드시 업신여겼다. 자기보다 신분이 낮은 사람들의 경우에는 그들이 가난하고 천할수록 더욱더 존경하고 자신과 동등하게 대우하였으며, 많은 사람이 모인 곳에서 지위가 낮은 사람을 추천하고 아꼈다. 선비들도 이로 인해서 그를 높이 평가했다.

관부는 문장과 학문을 즐기지 않고 협기를 좋아하였으며 약속한 일은 반드시 지켰다. 그가 교유하며 왕래하는 자는 호걸이거나 대단히 교활하지 않은 자가 없었다. 집안에는 수천만 금을 쌓아 두었으며 빈객은 날마다 수십 명에서 수백 명에 달했다. 저수지와 전답과 동산이 잇닿아 있는데, 그의 종족과 빈객들이 권세와 이익을 다투며 영천에서 제멋대로 행동하고 다녔기 때문에 영천 아이들은 이렇게 노래하였다.

"영천 물 맑으면 관씨는 편안하고, 영천 물 흐리면 관씨는 멸족되리."

관부는 비록 재산이 많지만 권세를 잃고 집에 들어앉아 있기 때문에 경상(卿相), 시중(侍中)으로서 빈객이던 자들이 차츰 멀어져 갔다. 위기후도 세력을 잃은 뒤로는 관부에 의지하여 평소 자신을 앙모하다가 뒤에 가서 버린 자들을 목공이 먹줄로 굽은 것을 바로잡듯이 비평하고, 나뭇가지를 쳐서 바르게 하듯이 가르치려고 했다. 관부 역시 위기후에 기대 열후나 종실과 오가며 이름을 높이려고 하였다. 두 사람이 서로 이끌어 주고 존중하며 교유하는 모습이 마치 아버지와 아들 사이 같았다. 서로 의기가 투합하여 매우 기뻐하며 싫증을 내지 않았고 서로 늦게 알게 된 것을 한스럽게 여길 뿐이었다.

원망하는 마음은 작은 일에서 싹튼다

〔한번은〕 관부가 상중에 있으면서 승상전분을 찾은 적이 있는데, 승상은 조용히 말했다.

"나는 중유(仲孺)관부와 함께 위기후를 만나려고 하는데, 마침 중유는 상중이군요."

관부가 말했다.

"장군께서 영광스럽게도 위기후의 집을 찾아 주려 하시는데, 제가 어찌 감히 상중이라는 이유로 거절하겠습니까! 제가 위기후에게 알려 접대 준비를 하도록 하겠으니, 장군께서는 내일 아침 일찍 왕림해 주십시오."

무안후가 허락하자 관부는 무안후에게 말한 대로 위기후에게 자세히 말했다. 위기후는 아내와 함께 술과 고기를 많이 사고 밤새도록 집안 청소를 하며 새벽 무렵에야 접대 준비를 마쳤다. 날이 밝자 집안 아랫사람들에게 나가 승상을 맞이하도록 했다. 그러나 해가 중천에 뜨도록 승상은 오지 않았다. 위기후가 관부에게 말했다.

"승상이 잊은 것 아니오?"

관부는 언짢아하며 말했다.

"저 관부는 상중인데도 그의 요청에 응했습니다. 그는 마땅히 와야 했습니다."

관부는 수레를 타고 몸소 승상을 맞이하러 나갔다. 승상은 전날 농담으로 관부에게 승낙했을 뿐 갈 생각이 전혀 없었다. 관부가 그 집 문 앞에 이르렀을 때 승상은 아직도 자리에 누워 있었다. 관부가 들어가서 승상을 보고 말했다.

"영광스럽게도 장군께서 어제 위기후를 방문하겠다고 하셨으므로 위기후 부부는 술과 음식을 준비해 놓고 새벽부터 지금까지 식사도 못하고 있습니다."

무안후는 깜짝 놀라 사과하며 말했다.

"내가 어제 술에 취하여 중유와 약속한 것을 깜박 잊었소."

그리고 수레를 타고 가기는 했으나, 또 너무 유유자적하며 가므로 관부는 더욱 화가 났다. 술자리가 한창 무르익었을 때 관부는 일어나 춤을 춘 뒤 승상에게 춤을 추도록 권하였다. 승상이 일어나지 않자 관부는 앉은자리에서 승상을 능멸하는 말을 하였다. 위기후는 관부를 부축하여 일으켜 가게 한 뒤 승상에게 사과했다. 승상은 밤까지 술을 마시며 한껏 즐기고 돌아갔다.

승상은 일찍이 적복을 시켜 위기후에게 성 남쪽 밭을 달라고 했다. 위기후는 몹시 원망하며 말했다.

"늙은 종인 저는 버림을 받았고 장군이 귀한 신분이기는 하지만 어찌 세력에 기대 빼앗을 수 있겠습니까?"

그러고는 허락하지 않았다. 관부는 이 말을 듣고 노하여 적복을 꾸짖었다. 적복은 두 사람 사이에 틈이 생기기를 싫어하였으므로 자신이 승상에게 좋은 말로 거절하여 말했다.

"위기후는 늙어서 머지않아 죽을 것인데, 참기 어려운 일도 아니니 잠시 기다리십시오."

얼마 지나지 않아 무안후는 위기후와 관부가 화가 나서 밭을 내주지 않았다는 사실을 알고, 그도 성을 내며 말했다.

"위기의 아들이 일찍이 사람을 죽였을 때 내가 살려 주었다. 나는 위기를 섬길 때 안 된다고 한 일이 없이 다 잘해 주었다. 그런데 어찌 몇 고랑의 밭을 아낀단 말인가? 또 관부는 무엇 때문에 참견하는가? 내 다시는 밭을 요구하지 않겠다."

무안후는 이 일로 관부와 위기후를 몹시 원망하였다.

대장부는 귓속말을 삼가야 한다

〔무제〕 원광(元光) 4년 봄에 승상은 〔황상에게〕 관부의 집은 영천에 있는데, 세도를 지나치게 부려 백성이 고통스러워하고 있으니 조사하겠다는 안건을 올렸다. 황상이 말했다.

"이것은 승상 직권으로 할 일인데 어째서 청을 하시오?"

〔그러나〕 관부도 승상이 부정한 방법으로 이익을 취하고 회남왕으로부터 황금을 뇌물로 받고 〔누설해서는 안 되는 궁궐의

일을) 말해 준 은밀한 일들을 알고 있었다. (그래서 양쪽) 빈객들이 중간에서 조정하여 마침내 멈추고는 서로 화해하였다.

(그해) 여름에 승상은 (죽은) 연나라 왕의 딸을 아내로 맞이하였다. 태후가 조서를 내려 열후와 종실을 부르므로 모두 가서 축하해 주었다. 위기후는 관부에게 들러 함께 가려고 하였는데, 관부가 사절하며 말했다.

"나는 여러 차례 술에 취해 실수하여 승상에게 죄를 지었습니다. 또 승상은 지금 나와 틈이 벌어졌습니다."

위기후가 말했다.

"그 일은 이미 풀었잖소."

그러고는 억지로 함께 갔다. 술자리가 한창 무르익을 무렵 무안후가 일어나서 장수를 기원하자 그 자리에 있던 사람은 모두 자리에서 일어나 엎드렸다. 이어서 위기후가 장수를 기원하자 친분이 있는 사람만 자리에서 일어설 뿐 절반 정도가 그 자리에서 무릎만 붙이고 허리를 세우고 마시므로 관부는 기분이 언짢았다. 관부는 일어나 술을 따라 사람들에게 권하면서 무안후에게까지 이르렀다. 무안후는 무릎을 자리에 붙인 채 말했다.

"잔을 채우면 다 마실 수 없는데."

관부는 화가 났지만 억지로 웃으면서 말했다.

"장군께서는 귀한 분이시니 다 드시지요."

무안후는 끝내 마시지 않았다. 관부가 차례로 술잔을 돌려 임여후(臨汝侯)관영의 손자 관현에게 이르렀을 때 마침 임여후는 정불식(程不識)과 귓속말을 하고 있었고, 또 자리에서 피하지도 않았다. 관부는 분을 참지 못하여 임여후에게 욕을 했다.

"평소에는 정불식을 한 푼의 가치도 없는 사람이라고 헐뜯
더니, 오늘은 어른이 축수하는데도 계집애처럼 귓속말을 하
시오!"

무안후가 관부에게 말했다.

"정불식과 이광(李廣)은 모두 동궁과 서궁의 위위관직 이름
요. 지금 많은 사람 앞에서 정 장군을 모욕하는데, 중유는 어
찌 이 장군의 입장을 생각하지 않소?"

관부가 말했다.

"오늘 목이 달아나고 가슴에 구멍이 뚫린다 한들 무슨 정불
식이나 이광을 알겠소이까?"

그곳에 있던 사람들은 화장실에 가는 척하면서 하나둘 빠
져나갔다. 위기후는 나가면서 관부에게 손짓하여 나오게 했
다. 무안후는 마침내 성을 내며 말했다.

"이것은 내가 관부를 교만하게 만든 죄이다."

그러고는 기병에게 관부를 잡아 두도록 했다. 관부는 나가
려고 했지만 그럴 수가 없었다. 적복이 일어나 그를 위해 사죄
하고 관부의 목을 눌러 사죄하게 하려고 했다. 그러나 관부는
더욱 화를 낼 뿐 사죄하지 않았다. 무안후는 기병을 지휘하여
관부를 결박해 전사(傳舍)여행길에 오른 사람들이 쉬는 곳에 가두
게 하고, 장사(長史)를 불러 말했다.

"오늘 종실을 부른 것은 조서가 있었기 때문이다."

그러면서 관부가 그 자리를 모욕하고 조서를 따르지 않았
다며 탄핵하고 거실(居室)관리나 그 가족을 구금하던 곳에 붙잡아

두었다. 마침내 그의 전에 있었던 일까지 들춰내 관리들을 둘로 나누어 관씨 일족을 잡아들이게 하였는데, 모두 기시 죄에 해당되었다. 위기후는 몹시 후회하며 자금을 풀어 빈객들에게 관부의 사면을 청하게 하였으나 아무도 풀려나게 할 수가 없었다. 무안후의 관리는 모두 그의 눈과 귀가 되어 살펴보았으나, 관씨 일족은 모두 달아나 숨어 버렸고 관부는 갇혀 있으므로 무안후의 비밀을 고발할 수 없었다.

가지가 기둥보다 크면 부러진다

위기후가 온 힘을 다해 관부를 구출하려고 하자, 그 아내가 위기후에게 간언했다.

"관 장군은 승상에게 죄를 짓고 태후의 집안을 거슬렀으니, 어찌 구할 수 있겠습니까?"

위기후가 말했다

"후(侯) 지위는 내 힘으로 얻은 것이니 나는 그것을 잃어도 한이 없소. 그러나 관중유를 홀로 죽게 하고 나만 혼자 살 수는 없소."

그러고는 자기 집 사람들이 모르게 몰래 나가 〔황상에게〕 글을 올렸다. 그는 곧바로 불려 들어가 관부가 술에 취해 한 일로서 벌할 만한 일이 못 됨을 자세히 말씀드렸다. 황상은 그 말이 옳다고 생각하여 위기후에게 음식을 내리고는 이렇게 말했다.

"〔태후가 있는〕 동쪽 궁전으로 가서 공정하게 변론하시오."

위기후는 동쪽 궁전으로 가서 관부의 장점을 힘을 다해 칭찬하고, 그가 몹시 취해서 저지른 일인데 승상이 다른 일을 가지고 죄를 씌워 벌하려 한다고 주장했다. 이에 무안후는 관부가 포악하고 방자하며 대역무도한 일을 했다고 말했다. 위기후는 어찌할 도리가 없다고 판단하여 승상의 허물을 말했다. 무안후가 말했다.

"천하가 다행히 편안하여 일이 없습니다. 신은 황상의 심복이 되었으며, 좋아하는 것은 음악과 개와 말과 밭과 집이며, 아끼는 것은 광대와 솜씨 좋은 장인의 무리뿐입니다. 이것은 위기나 관부가 밤낮으로 천하의 호걸과 장사들을 불러 모아 놓고 논의하며 마음속으로 불만에 차 조정을 헐뜯고, 고개를 들어 하늘〔의 형상〕을 살피지 않으면 고개를 숙여 땅의 형세를 살피고, 황상과 태후의 궁궐을 흘겨보며 요행히 천하에 변란이라도 일어나면 큰 공을 세우기를 바라는 것과는 다릅니다. 신은 위기후 등이 하는 일을 알 수 없습니다."

이에 황상은 조정의 신하들에게 물었다.

"두 사람 중 누구 말이 옳소?"

어사대부 한안국이 말했다.

"위기후가 '관부는 아버지가 나라를 위해 죽자 직접 창을 들고 위험을 예측할 수 없는 오나라 군영 속으로 달려 들어가 몸에 수십 군데 상처를 입어 이름이 삼군(三軍)에서 으뜸이었으니, 이 사람은 천하의 장사입니다. 큰 죄를 지은 것도 아니고 술잔을 돌리다 생긴 다툼인데 다른 허물을 끌어내어 죽일 만한 것은 못 됩니다.'라고 말하였는데 그의 말이 옳습니다. 승상도 '관부는 간사하고 교활한 무리와 가까이 지내며 백성을 침탈하고 집에는 수만금의 재산을 쌓아 두고 영천에서 포악하고 방자하게 행동하며 종실을 업신여기고 황실의 골육들을 범하였으니, 이는 가지가 기둥보다 크고 종아리가 넓적다리보다 커서 부러지지 않으면 반드시 갈라진다고 하는 것입니다.'라고 하였는데 승상의 말도 옳습니다. 그러니 현명하신 황상께서 판결하십시오."

주작도위(主爵都尉)작위를 봉하는 것과 관련된 일을 함 급암(汲黯)은 위기후의 말이 옳다고 하였다. 내사(內史)경성과 그 인근 지역을 다스림 정당시(鄭當時)는 위기후가 옳다고 하였다가 나중에는 자신의 대답을 굳게 지키지 못하였다. 그 밖의 사람들은 모두 감히 대답하지 못했다. 황상은 내사에게 성을 내며 말했다.

"그대는 평소 위기후와 무안후의 장단점을 곧잘 말하더니 어찌하여 오늘 논의에서는 수레 끌채 아래에 매인 망아지처럼 움츠리고 있는가? 나는 너희까지 목을 치겠다."

황상은 논의를 마치고 일어나 안으로 들어가서 태후를 모시고 식사를 했다. 태후는 사람을 보내 일의 진행 상황을 엿듣게 하고 상세한 내용을 보고받았다. 태후는 화가 나서 식사를 하지 않고 말했다.

"지금 내가 살아 있는데도 사람들은 다 내 동생을 짓밟으니, 내가 죽은 뒤에는 모두 생선이나 고기처럼 취급할 것이오. 또 황상인들 어찌 돌을 깎아 만든 사람처럼 영원히 살 수 있

겠소! 이들은 황상이 살아 계신데도 〔주관 없이〕 흔들거려 쓸
모가 없거늘, 황상께서 돌아가시기라도 하면 이들을 어찌 믿
을 수 있겠소?"

황상이 사과하며 말했다.

"〔위기후나 무안후는〕 모두 종실의 외척이기 때문에 조정에
서 논의한 것입니다. 그렇지 않다면 이것은 일개 형리가 결정
할 일입니다."

이때 낭중령 석건(石建)이 황상을 위해서 사리를 따져 두
사람의 일을 말했다.

무안후는 조회가 끝나자 지거문(止車門)궁궐의 바깥문으로 이
곳부터는 수레를 타고 들어갈 수 없음을 나와서 어사대부 한안국을
불러 〔수레에〕 같이 타고 가면서 노여워하며 말했다.

"나는 그대와 함께 늙은이를 제거하려 하였는데, 그대는 어
찌하여 머리를 내놓고 양쪽을 살피는 쥐처럼 하고 있소?"

한안국은 말없이 한참 있다가 승상에게 말했다.

"승상께서는 어찌 자중하지 않습니까? 저 위기후가 당신을
헐뜯으면 당신께서는 관을 벗고 승상의 인끈을 풀어 황상께
돌려 드리며 '신은 외척으로 요행히 승상직을 얻었습니다만
사실 그 임무를 다할 수 없었습니다. 위기후의 말이 다 옳습
니다.'라고 말했어야 합니다. 이렇게 한다면 황상께서는 반드
시 승상의 겸손한 태도를 칭찬하고 승상을 폐하지 않을 것이
고, 위기후는 틀림없이 속으로 부끄러워 문을 닫아걸고 혀를
깨물어 자살하였을 것입니다. 지금 남이 당신을 헐뜯었다고
하여 당신께서도 남을 헐뜯으니, 예컨대 장사치의 심부름꾼이

나 계집애들의 말다툼과 같습니다. 어찌 그리도 대인의 체통이 없으십니까!"

무안후는 사과하며 말했다.

"다툴 때는 마음이 다급해 이러한 것까지 생각지 못했습니다."

이에 황상은 어사대부를 시켜 문서에 기록된 관부의 죄상을 위기후에게 문책하도록 하였는데, 상당 부분 사실과 일치하지 않는 거짓이므로 [위기후를] 탄핵하여 도사공(都司空)황족과 외척의 법법 행위를 처리하는 사법 기관에 가두었다. 효경제 때 위기후는 "불편한 일이 있으면 편의대로 그 일을 논술하여 황상에게 보고하라."라는 유조(遺詔)군주가 죽음에 임박하여 내리는 조서를 받았다. 위기후가 갇히자 관부의 죄는 멸족에 이르고 일이 날로 다급해졌으나 여러 신하 중에서 감히 황상에게 다시 밝혀 말해 주는 사람이 없었다. 위기후는 조카를 시켜 황상에게 글을 올려 유조의 일을 말하고 다시 불려 들어가 뵐 기회를 원하였다. 글이 황상에게 올라오자 상서(尙書)문서를 관리함의 문서를 조사해 보았으나 선제(先帝)의 유조가 없었다. 조서는 위기후의 집에 감추어져 있었는데 가승(家丞)식읍 1000호 이상 되는 열후의 집안일을 담당함이 봉인해 둔 것이었다. 위기후는 선제의 유조를 위조하여 그 죄가 기시에 해당한다는 탄핵을 받았다.

[원광] 5년 10월에 관부와 그 일족은 모두 처형되었다. 위기후는 그로부터 한참 뒤에야 소식을 듣고 분에 못 이겨 중풍에 걸렸으며 굶어 죽으려고 하였다. 그러나 황상이 위기후를 죽

일 뜻은 없다는 말을 듣고 위기후는 다시 음식을 먹고 병을 치료하였다. 조정에서는 위기후를 죽이지 않기로 결정하였지만 그를 헐뜯는 근거 없는 말이 떠돌았고, 그것이 황상의 귀에까지 들어가 12월 그믐에 위성현(渭城縣)에서 기시되었다.

그해 봄에 무안후는 병이 들었는데 줄곧 "잘못했습니다."라고 소리치며 사죄하였다. 귀신을 볼 수 있는 무당에게 보게 하니, 위기후와 관부가 함께 그를 지키고 서서 죽이려 하는 것이 보였다. 결국 [무안후는] 죽고 그 아들 염(恬)이 뒤를 이었다. 원삭(元朔) 3년에 무안후 전염는 짧은 옷을 입고 궁궐로 들어간 일로 불경죄에 걸렸다.

회남왕 유안(劉安)이 반란을 일으키려다가 발각되어 벌을 받았다. 전에 회남왕이 입조하였을 때 무안후는 태위였는데, 패상까지 회남왕을 맞으러 나갔다가 이런 말을 하였다.

"황상께는 태자가 없습니다. 대왕께서는 가장 어질고 고제의 손자이십니다. 그러니 만일 황상께서 돌아가시면 대왕이 즉위하지 않고 누가 서겠습니까?"

회남왕은 매우 기뻐하며 황금과 재물을 후하게 주었다. 황상은 위기후의 일이 있은 때부터 무안후를 정직하지 못한 사람으로 여겼으나 특별히 태후를 위하여 그냥 두었을 뿐이다. 황상은 무안후가 회남왕에게 황금 받은 일을 듣고 이렇게 말했다.

"만일 무안후가 살아 있으면 멸족의 화를 당하였을 것이다."

태사공은 말한다.

"위기후와 무안후는 모두 외척으로서 중시되었고, 관부는 한 차례의 결단력 있는 계책으로 이름을 드러내었다.[9] 위기후는 오나라와 초나라의 반란을 진압하기 위해 등용되었고, 무안후는 해와 달의 사이처럼 존귀한 신분이 되었다. 그러나 위기후는 시운의 변화를 모르고 관부는 학식이 없으며 불손하였으니, 이 두 사람은 서로 도와 가며 재앙과 혼란을 만들었다. 무안후는 존귀한 신분만을 믿고 권세를 휘두르기 좋아하여 술자리에서 있었던 원망을 가지고 저 어진 두 사람을 모함하였다. 아 슬프구나! [관부에 대한] 분노를 옮겨 남위기후에게 이르게 하고, 자기 목숨마저 연장하지 못하였으니 뭇 사람들이 떠받들지 않아 끝내는 나쁜 평가를 받게 되었다. 아 슬프도다! 재앙은 그 원인과 결과가 있구나!"

---

9) 관부가 아버지와 함께 전쟁터에 나왔다가 아버지가 죽자 집으로 돌아가지 않고 더욱 용감하게 싸운 일을 가리킨다.

48

◎

한장유 열전
韓長孺列傳

한장유한안국는 성격이 복잡하고 독특한 사람이다. 그는 재물 욕심이 많고 일찍이 전분에게 뇌물을 주어 관직을 옮긴 흠이 있었으나, 자기보다 현명하고 청렴한 인사들을 추천하여 극심한 권력 투쟁 속에서 살아남았다. 어찌 보면 혼돈의 세상에서 벗어나 장량처럼 청빈하고 고결한 선비만을 기대한다는 것 자체가 무리일지도 모른다. 한나라 무제는 한장유를 재능과 지략이 출중하여 나라의 큰 그릇으로 쓸 만하다고 보고 승상으로 삼으려 했으나 공교롭게도 수레에서 떨어져 다리를 저는 것을 보고 그만두었다. 한장유는 그 후 지위도 낮아지고 더욱 소원해져서 우울한 여생을 보내다 죽었다. 그는 전분(田蚡)과 한 무리였다. 전분이 두영, 관부와 부딪칠 때 그는 전분의 편에 있었다. 그의 처세 방식은 「위기 무안후 열전」에서 자세히 나온 바 있다. 무제는 한장유가 추천한 호수(壺遂)를 승상 자리에 임명하려 했으나 그도 불행하게 병들어 죽었다. 사마천은 본래 호수와 함께 음률(音律)과 역법을 만든 좋은 친구 사이이므로 그의 죽음에 대해 안타까운 마음을 나타내었다.

사마천은 그를 장자(長者)라고 일컬으면서 경제와 양 효왕 간의 갈등과 모순을 조화롭게 극복할 수 있도록 한 인물이었음을 생동감 있게 보여 준다. 그러나 그 역시 재물을 탐했고, 전분에게 아부하여 결국 법의 심판을 받고 투옥되었으니 권력을 좇아 시대를 풍미했던 가련한 인물 중 하나다.

불 꺼진 재라도 다시 타오른다

어사대부 한안국(韓安國)은 양나라 성안현(成安縣) 사람으로, 뒤에 수양(睢陽)으로 옮겨 살았다. 그는 일찍이 추현(騶縣)의 전생(田生)에게서 『한비자』와 잡가의 학설을 배웠으며, 양나라 효왕을 섬겨 중대부가 되었다. 오나라와 초나라가 반란을 일으켰을 때 효왕은 한안국과 장우(張羽)를 장군으로 삼아 동쪽 국경에서 오나라 군대를 막게 하였다. 이때 장우가 힘을 다해 싸웠고, 한안국이 신중을 기하며 지켰기 때문에 오나라 군대는 양나라[의 방어선]를 넘을 수 없었다. 오나라와 초나라가 깨진 뒤 한안국과 장우는 이 일로 이름이 알려졌다.

양나라 효왕은 한나라 경제와 어머니가 같은 동생이었는데, 두 태후는 그를 사랑하여 몸소 청해서 효왕이 〔직접〕 재상과 2000석의 녹을 받는 관리를 둘 수 있도록 해 주었다. 그런데 〔효왕은〕 들어가고 나가는 것과 노는 것이 천자를 뛰어넘었다. 천자는 이런 소문을 듣고 못마땅하게 생각했다. 태후는 경제가 언짢아한다는 것을 알고, 양나라 사자에게 화를 내며 만나 주지도 않고 양왕의 행위를 나무랐다. 한안국은 양나라 사자가 되어 대장공주(大長公主)한나라 경제의 누이 유표(劉嫖)를 만나 울면서 말했다.

　　"양나라 왕은 아들처럼 효도하고 신하처럼 충성을 다하는데, 태후께서는 어찌 살펴 주지 않으십니까? 전에 오, 초, 제, 조 등 일곱 나라가 반란을 일으켰을 때 함곡관 동쪽은 모두 합종하여 서쪽으로 진격했으나 양나라만 조정과 가장 친밀하여 큰 어려움을 겪었습니다. 양왕은 태후와 황상께서 관중에 계신데 제후들이 반란을 일으킨 것을 걱정하여 이 일을 말할 때마다 눈물을 줄줄 흘리셨습니다. 신등 여섯 사람에게 무릎을 꿇고 군대를 이끌고 가서 오나라와 초나라의 반란군을 물리치라고 하셨습니다. 오나라와 초나라의 군대는 이 때문에 감히 서쪽으로 나아가지 못하고 마침내 패망하였습니다. 이것은 양왕의 힘 덕분입니다. 지금 태후께서는 사소한 절개와 각박한 예의로 양왕을 꾸짖고 계십니다. 양왕은 아버지와 형이 모두 제왕이므로 본 것이 성대합니다. 따라서 나갈 때에 필(蹕)통행을 금하는 것을 외치고 들어올 때에 경(警)행인을 경계하는 것을 외치게 하였던 것입니다. 〔양왕의〕 수레와 깃발은 모두 황

제께서 내려 주신 것입니다. 그는 이것을 가지고 구석진 현양
나라에서 자랑하고, 수레를 몰아 나라 안을 달려 제후들에게
뽐내며, 천하 사람들에게 태후와 황상께서 자신을 사랑하심
을 알리려고 하였을 뿐입니다. 그런데 지금 양나라 사자가 오
면 그때마다 꾸짖으시니 양왕은 두려워 밤낮으로 울며 〔태후
와 황상을〕 사모할 뿐 어찌할 줄을 모르십니다. 양왕이 아들처
럼 효도하고 신하처럼 충성하는 것을 태후께서는 어찌 어여
삐 여기지 않으십니까?"

　대장공주가 이 말을 태후에게 자세히 전하자 태후는 기뻐
하며 말했다.

　"그를 위하여 이 말을 황상에게 알리리라."

　이 이야기를 황제에게 전하자, 황제는 마음이 풀려 관을 벗
고 태후에게 사과하며 말했다.

　"형제가 서로 잘 가르치지 못해 태후께 걱정을 끼쳐 드렸습
니다."

　그리고 양나라 사자를 모두 만나 보고 후하게 상을 내렸다.
그 뒤 양나라 왕은 더욱더 총애를 받았다. 태후와 대장공주
는 각각 한안국에게 1000여 금이 나가는 상을 더 내렸다. 이
일로 한안국의 이름이 드러나고 한나라 조정과 인연을 맺게
되었다.

　그 뒤 한안국은 법을 어겨 벌을 받게 되었다. 이때 몽현(蒙
縣)의 옥리 전갑(田甲)이 그를 모욕하자, 한안국이 말했다.

　"불 꺼진 재라고 어찌 다시 타지 않겠는가?"

　전갑이 말했다.

"그러면 즉시 거기다 소변을 누겠다."

그로부터 얼마 지나지 않아 양나라의 내사 자리가 비게 되었다. 한나라는 사자를 보내 한안국을 양나라의 내사로 삼으니 죄수의 몸에서 풀려나 2000석의 녹을 받는 고관이 되었다. 전갑이 도망쳐 달아나자 한안국이 말했다.

"전갑이 관직으로 나아가지 않으면 내 너의 일족을 멸하리라."

전갑은 어깨를 드러내고 사죄하였다. 한안국은 웃으면서 말했다.

"소변을 누라. 너희 같은 무리를 데리고 따질 것이 있겠느냐?"

그러고는 마침내 전갑을 잘 대우해 주었다.

군주가 곤욕을 당하면 신하는 죽어야 한다

양나라의 내사 자리가 비었을 때, 효왕은 새로 제나라 사람 공손궤(公孫詭)를 얻어 그를 좋아하므로 조정에 그를 내사로 삼고 싶다고 요청했다. 그러나 두 태후는 이 말을 듣고 왕에게 조서를 내려 한안국을 내사로 삼게 하였다.

공손궤와 양승(羊勝)은 효왕을 설득하여, 〔경제에게〕 태자로 삼아 주고 영지를 더 늘려 달라고 요구하게 하였다. 그리고 한나라 대신들이 듣지 않을까 두려워 몰래 사람을 보내 한나라 조정의 권력을 휘두르는 모신을 찔러 죽이고, 옛날 오나라 재상이던 원앙도 찔러 죽이게 했다. 때마침 경제가 공손궤와 양 승 등의 계획을 알고 사자를 보내어 이들을 체포하여 반드시 잡아 오게 하였다. 한나라 사자 10명이 양나라에 이르러 재상 어하 온 나라가 대대적으로 찾았으나 한 달이 넘도록 이들을 잡지 못했다. 내사 한안국은 공손궤와 양승이 효왕이 머무는 곳에 숨어 있다는 말을 듣고 왕궁으로 들어가 효왕을 뵙고 울면서 말했다.

"군주가 곤욕을 당하면 신하는 죽어야 합니다. 대왕께서는 어진 신하가 없기 때문에 일이 이처럼 어지러워졌습니다. 지 금 공손궤와 양승을 못 잡고 있으니 신을 꾸짖고 죽음을 내 려 주십시오."

효왕이 말했다.

"어찌 이렇게까지 하시오?"

한안국은 눈물을 여러 차례나 줄줄 흘리며 말했다.

"대왕께서는 스스로 헤아리시기에 왕과 황상의 친함이 태 상황(太上皇)과 고황제의 친함, 황상과 임강왕(臨江王)의 친함 에 비교하면 어느 쪽이 더하다고 보십니까?

효왕은 말했다.

"내가 그들만 못하오."

한안국이 말했다.

"저 태상황과 임강왕은 〔황상과〕 친부자 사이입니다. 그러나 고제께서는 '석 자 되는 칼을 들고 싸워 천하를 얻은 자는 짐 이다.'라고 하셨습니다. 이 때문에 태상황은 돌아가실 때까지 국정에 관여하지 못하고 역양현(櫟陽縣)에 계셨습니다. 임강왕

은 본처가 낳은 맏아들로서 태자였지만 (태자의 어머니 율희가)
말 한마디 잘못함으로써 폐위되어 임강왕이 되었고, 뒤에 왕
궁 담장을 침해한 일로 (벌을 받게 될까 두려워) 중위부에서 자
살하였습니다. 무엇 때문에 그렇게 하였겠습니까? 천하를 다
스리는 데 사사로운 정 때문에 공적인 일을 어지럽힐 수 없기
때문입니다. 속담에 '친아버지가 있다고 해도 그가 호랑이가
되지 않으리라는 것을 어찌 알며, 친형이 있다고 해도 그가 이
리가 되지 않으리라는 것을 어찌 알겠는가?'라고 하였습니다.
지금 대왕께서는 제후의 열에 계시면서 한낱 간사한 신하의
터무니없는 말을 좋아하여 군주의 금령을 어기고 분명한 법
을 왜곡시켰습니다. 천자께서는 태후 때문에 차마 대왕께 법
을 집행하지 못하고 있을 뿐입니다. 지금 태후께서는 밤낮으
로 울면서 대왕께서 스스로 잘못을 고치시기를 바라지만, 대
왕께서는 끝내 깨닫지 못하고 계십니다. 만일 태후께서 돌아
가시기라도 하면 왕께서는 누구를 의지하시렵니까?"

효왕은 말이 채 끝나기도 전에 눈물을 여러 차례나 줄줄
흘리며 한안국에게 사과하며 말했다.

"내 지금 공손궤와 양승을 내주겠소."

공손궤와 양승은 자살했다. 한나라 사자는 돌아가 이렇게
양나라의 일이 모두 해결되었으며 이것은 한안국의 힘 덕분이
었다고 보고했다. 이 일로 경제와 태후는 한안국을 더욱 중하
게 여겼다.

효왕이 죽고 공왕(共王)양나라 효왕의 맏아들 유매(劉買)이 즉위
했다. 한안국은 법을 어겨 벼슬을 잃고 집에 있게 되었다.

회오리바람도 마지막에는 기러기 털조차
날리지 못한다

〔무제〕 건원 연간에 무안후 전분은 한나라 태위가 되었으며, 외척이면서 지위도 높아 정권을 장악하였다. 한안국은 그에게 500금 가치의 예물을 선물하였다. 전분은 태후에게 한안국을 추천하였다. 천자도 평소 한안국이 어질다고 들었으므로 곧바로 불러 북지군(北地郡)의 도위로 삼았다가 자리를 옮겨 대사농으로 삼았다. 민월과 동월이 서로 공격하자 한안국과 대행(大行)대행령(大行令)이라고도 하며 빈객 접대를 맡음 왕회(王恢)가 병사를 이끌고 출정하였다. 그러나 〔군대가〕 월나라 땅에 이르기도 전에 월나라에서 그들의 왕을 죽이고 투항하였으므로 한나라 군대도 철수하였다.

건원 6년에 무안후가 승상이 되고 한안국은 어사대부가 되었다. 흉노가 화친을 청해 오므로 천자는 신하들에게 이 문제를 논의하게 하였다. 대행 왕회는 연나라 사람으로 여러 차례 변방의 관리를 지내서 흉노의 사정을 잘 알았다. 그가 논의하여 말했다.

"한나라가 흉노와 화친을 한다 해도 대체로 몇 년 지나지 않아 흉노가 또다시 약속을 어길 테니, 받아들이지 말고 군대를 일으켜 치는 것이 낫습니다."

〔그러자〕 한안국이 말했다.

"1000리 밖으로 나가 싸우는 것은 군대에게 이롭지 못하니다. 지금 흉노는 병사가 강하고 말이 튼실한 것만 믿고 금수 같은 마음을 품고 새 떼처럼 흩어졌다 모였다 하며 이리저리 옮겨 다니므로 제압하기 어렵습니다. 우리가 그 땅을 손에 넣더라도 땅을 넓혔다고 할 수 없고, 그 백성을 가진다 해도 국력을 강화하는 데 보탬이 안 됩니다. 그래서 상고 때부터 그들을 한나라로 예속시켜 천자의 백성으로 취급하지 않았던 것입니다. 한나라 군대가 수천 리 밖에서 (그들과) 이익을 다툰다면 사람과 말이 지칠 테고, 흉노는 한나라 군대가 지친 틈을 타서 제압할 것입니다. 게다가 강력한 쇠뇌도 끝에 가서는 (아주 얇은) 노나라의 비단조차 뚫을 수 없고, 회오리바람도 그 마지막 힘은 (가벼운) 기러기 털을 날리게도 할 수 없습니다. 처음부터 강력하지 않은 것이 아니라 끝에 가서 힘이 쇠약해지기 때문입니다. 흉노를 치는 것은 불리하니 화친하는 편이 더 낫습니다."

논의에 참가한 여러 신하들 가운데 한안국의 의견에 찬성하는 이가 많으므로 이에 황상은 화친을 허락하였다.

하마터면 한나라에 속을 뻔하다

그 이듬해는 바로 원광 원년이다. 안문군(雁門郡) 마읍현(馬邑縣)의 호족 섭옹일(聶翁壹)이 대행 왕회를 통하여 황상에게 말했다.

"흉노는 한나라와 처음으로 화친하여 변경 사람들과 친하게 지내며 믿고 있습니다. 이 기회에 이익을 미끼로 그들을 유인하는 것이 좋습니다."

〔그래서〕 섭옹일을 몰래 첩자로 삼아 흉노로 도망쳐 들어가 선우흉노의 군주에게 이렇게 말하게 했다.

"저는 마읍의 현령, 현승, 관리를 베어 죽이고 성을 들어 항복하여 재물을 다 얻도록 할 수 있습니다."

선우는 섭옹일을 믿으므로 그렇게 할 수 있다고 여기고, 그의 말대로 하도록 하였다. 섭옹일은 돌아와 속여서 사형수의 목을 베어 머리를 마읍의 성에 매달아 놓고 선우의 사자에게 보여 주며 믿게 하고는 말했다.

"마읍의 장관은 벌써 죽었으니 서둘러 쳐들어오시오."

이에 선우는 변방의 요새를 뚫고 기병 10여만 명을 이끌고 무주현(武州縣)의 요새로 들어왔다.

이때 한나라의 복병은 전차, 기병, 보병 등 30여만 명이 마읍 옆 산골짜기에 숨어 있었다. 위위 이광(李廣)은 효기장군(驍騎將軍)이 되고, 태복 공손하(公孫賀)는 경거장군(輕車將軍)이 되고, 대행 왕회는 장둔장군(將屯將軍)이 되고, 태중대부 이식(李息)은 재관장군(材官將軍)이 되었다. 어사대부 한안국은 호군장군(護軍將軍)이 되었는데 모든 장군은 호군에 소속되었다. 선우가 마읍으로 들어오면 한나라 군사가 일제히 돌격하기로 약속하였다. 왕회, 이식, 이광은 따로 대군(代郡)에서 흉노의 보급 부대를 치기로 하였다.

이때 선우는 한나라의 장성(長城)인 무주현의 요새로 들어와 마을에서 100여 리가 채 못 되는 곳까지 쳐들어오면서 약탈을 계속하였는데, 들에는 가축만 보일 뿐 사람은 한 명도 보이지 않았다. 선우는 이를 괴상하게 여겨 봉화대를 공격하여 무주의 위사(尉史)현위(縣尉)를 보좌하는 관원를 붙잡았다. 선우가 위사를 찔러 죽이겠다고 위협하며 [어떻게 된 일인지] 물으니, 위사가 말했다.

"한나라 군대 수십만 명이 마읍성 아래에 매복하고 있소."

그래서 선우는 좌우를 돌아보며 말했다.

"하마터면 한나라에 속을 뻔하였다."

그는 군사를 이끌고 돌아서 변방의 요새 밖으로 나가면서 말했다.

"내가 위사를 얻은 것은 하늘의 뜻이다."

그리고 위사를 '천왕(天王)'으로 일컬었다. 요새 아래에 선우가 군대를 이끌고 돌아갔다는 말이 전해졌다. 한나라 군대는 변방의 요새까지 추격하였으나 따라잡을 수 없음을 알고 곧 멈췄다. 왕회 등의 군사 3만 명은 선우가 한나라 군대와 싸우지 않았다는 말을 듣고 가서 선우의 보급 부대를 치면 반드시 선우의 정예 병사들과 싸우게 될 테고, 그러면 한나라 군대는 반드시 패하게 되리라 여겨 임의로 싸움을 멈추기로 하여 다같이 공을 세우지 못했다.

천자는 왕회가 선우의 보급 부대를 치지 않고 멋대로 군대를 이끌어 [싸움을] 멈춘 것에 노여워했다. 왕회는 말했다.

"처음 약속으로는 흉노가 마읍성으로 들어와 우리 군대와 선우가 싸우면, 신이 그들의 보급 부대를 쳐서 승리할 수 있다고 했습니다. 그런데 선우는 〔이런 말을〕 듣고는 마음으로 들어오지 않고 돌아갔습니다. 신은 3만 명으로 그들과 대적하기에는 역부족이며, 그럼에도 불구하고 그들을 공격한다면 치욕만 얻을 뿐이라고 생각하였습니다. 물론 신은 돌아와서 목이 베일 것을 알고 있었습니다. 그러나 폐하의 군사 3만 명은 온전하게 보전할 수 있었습니다."

이에 〔황상은〕 왕회를 정위형벌을 관장하는 직위에게 넘겼다. 정위는 왕회에게 두요(逗橈)적군을 보고 도망치려는 죄 죄를 적용하여 머리를 베어야 한다고 판결하였다. 왕회는 몰래 승상 전분에게 1000금을 뇌물로 주었다. 전분은 감히 황상에게는 말하지 못하고 태후에게 이렇게 말했다.

"왕회가 주동이 되어 마읍의 일을 꾸몄는데 지금 성공하지 못하였다고 하여 왕회를 죽인다면, 이것은 흉노를 위하여 원수를 갚아 주는 격입니다."

황상이 태후에게 아침 문안을 드릴 때, 태후는 승상이 한 말을 황상에게 전했다. 그러자 황상이 말했다.

"처음으로 마읍의 일을 주도한 사람은 왕회입니다. 그 때문에 천하의 군사 수십만 명을 동원하여 그의 말에 따라 이렇게 했던 것입니다. 비록 선우는 사로잡을 수 없더라도 왕회의 부대가 그의 보급 부대를 쳤다면 오히려 자못 얻는 바가 있었을 테고, 그로써 사대부들의 마음을 위로할 수 있었을 것입니다. 지금 왕회를 죽이지 않으면 천하에 사과할 길이 없습니다."

왕회는 이 말을 듣고 자살했다.

흉노에게 속아 결국 피를 토하고 죽다

한안국의 사람됨은 원대한 지략이 많아 그 지모는 세상의 흐름에 따라 영합하기에 충분했으며 충성심이 두터운 데서 나온 것이다. 그는 재물을 좋아하고 탐하기는 하였으나, 자신보다 청렴결백하고 현명한 선비들을 추천하였다. 양나라에서는 호수(壺遂), 장고(臧固), 질타(郅他)를 추천하였는데 모두 천하의 이름난 선비였다. 이 때문에 선비들은 그를 칭찬하고 앙모하였으며, 천자까지도 그야말로 나라의 재목으로 여겼다. 한안국이 어사대부가 된 지 4년 남짓하여 승상 전분이 죽자 한안국이 승상 일을 대행하게 되었는데, [천자의 수레를] 인도하다가 수레에서 떨어져 절름발이가 되었다. 천자는 승상을 임명하는 문제를 의논하고 한안국을 등용할 생각으로 사자를 보내 그를 살펴보게 하였는데 심하게 절었다. 그래서 평극후(平棘侯) 설택(薛澤)을 승상으로 삼았다. 한안국은 병으로 벼슬을 그만둔 몇 달 뒤에 절름거리는 것이 낫게 되자, 황상은 다시 그를 중위로 삼았다. 1년 남짓 지나 다시 자리를 옮겨 위위로 삼았다.

거기장군 위청(衛靑)이 흉노를 공격했는데, 상곡군(上谷郡)으로 출동하여 농성(蘢城)에서 깨뜨렸다. 그러나 이때 장군 이광은 흉노에게 붙잡혔다가 도망쳐 돌아왔고, 공손오는 병졸을 크게 잃었다. 이들은 모두 참수되어야 하는 죄에 해당하였지만 속죄금을 내고 평민이 되었다. 이듬해에 흉노가 변경으로 크게 쳐들어와 요서군(遼西郡) 태수를 죽이고, 또 안문으로 들어와 죽이고 붙잡아 간 사람이 수천 명이나 되었다. 거기장 군 위청은 그들을 치기 위해 안문에서 나갔고, 위위 한안국은 재관장군으로서 어양(漁陽)에 주둔하였다. 〔이 무렵〕 한안국이 사로잡은 포로가 흉노는 멀리 물러갔다고 하였으므로, 즉시 글을 올려 마침 농번기이니 잠시 군대가 주둔하는 것을 멈추 게 해 달라고 요청했다. 군대의 주둔을 멈춘 지 한 달여 만에 흉노가 상곡과 어양에 대규모로 쳐들어왔다. 한안국의 성벽에 는 700여 명이 있어 나가 흉노와 싸웠으나 이기지 못하고 다 시 성으로 돌아왔다. 흉노는 백성 1000여 명과 가축과 재산 을 약탈해 갔다. 천자는 이 소식을 듣고 노하여 사자를 보내 한안국을 꾸짖고 더 동쪽으로 옮겨 우북평군(右北平郡)에 주 둔하게 하였다. 이때 흉노의 포로가 흉노 군대가 동쪽으로 들 어올 것이라고 했다.

한안국은 처음에 어사대부이면서 호군이었으나, 나중에 점 점 배척되고 멀어져 벼슬이 아래로 옮겨졌다. 그러나 새로 총 애를 받게 된 장년의 장군 위청 등은 공을 세워서 더욱더 존 귀한 신분이 되었다. 한안국은 이미 소원해져 묵묵히 보냈다. 그는 주둔군의 장수가 되었다가 또 흉노에게 속아 군사를 많 이 잃게 되자 몹시 부끄럽게 여겼다. 그는 요행히 벼슬을 그만 두고 돌아가 점점 더 동쪽으로 옮겨 주둔하게 되자, 마음이 불안하고 즐겁지가 않았다. 그는 몇 달 뒤에 병들어 피를 토하 고 죽었다. 한안국은 원삭 2년에 죽은 것이었다.

태사공은 말한다.

"나는 호수와 함께 음률과 역법을 제정할 때, 한장유는 의리 있고 호수는 생각이 깊으며 중후함을 감추고 있음을 보았다. 세상 사람들이 양나라에 장자(長者)가 많다고 하는데 헛된 말이 아니구나! 호수의 벼슬은 첨사(詹事)황후와 태자의 집안일 관장에 이르렀는데, 천자는 그를 신임하여 한나라의 승상으로 삼으려고 하였으나 마침 세상을 떠났다. 그렇지 않았다면 호수는 청렴한 마음과 올바른 품행으로 삼가고 직분을 다하는 군자가 되었을 것이다."

49
◎

이 장군 열전
李將軍列傳

이광은 한나라 경제, 무제 때의 장수로 사냥하던 중 풀더미 속 바위를 호랑이로 잘못 알고 쏜 화살이 바위를 뚫었다는 이야기로 유명하다. 그는 전한 시대에 흉노와 70여 차례 싸워 혁혁한 공을 세워 흉노로부터 비장군(飛將軍)으로까지 불렸다. 그는 부하를 사랑하는 마음이 각별하여 행군 도중에 부하들이 목마름과 굶주림으로 고통을 받으면 그들에게 먼저 물을 먹이고 음식을 주었다. 이 때문에 부하들은 이광을 위해 죽는 것을 가장 큰 기쁨으로 여겼다. 그의 전공에 비하면 벼슬은 보잘것없는 구경에 불과했다. 그런데 당시 대장군 위청은 그의 재능을 시기하여 일부러 불리한 위치에서 싸우게 하여 어떤 전공도 세우지 못하게 만들어 결국 궁지에 몰아넣는 궁정 사회의 폐단이 여실히 드러난다.

따라서 사마천은 한편으로는 이 장군의 재능을 구체적으로 서술하면서, 또 한편으로는 그와 그 가족들의 불행에 깊은 동정을 보이면서 경제 때의 국내적 상황과 무제 때의 대외 전쟁 등으로 야기된 당시의 시대적 아픔을 행간마다 비분강개한 필치로 드러내었다.

이 편은 서사적 표현과 비유로 이광을 품평하고 있으나, 문체는 소박하고 꾸민 흔적이 별로 없다. 그럼에도 독자가 받는 감명의 폭은 깊다. 여기서 주목할 것은 이광을 같은 시대의 위청, 곽거병과 대비시키기 위하여 「이 장군 열전」 뒤에 「흉노 열전」을 두어 당시 흉노 정벌의 선봉에 섰던 장수들을 비교한 점이다. 출신이 미천한 이광과 귀족 출신 장수 위청, 곽거병을 대비함으로써 이광의 인품을 더욱 부각시키려 한 의도를 엿볼 수 있다.

호랑이인 줄 알고 바위를 쏘아 뚫은 이광.

때를 만났다면 만호후쯤은 문제없었을 텐데

장군 이광(李廣)은 농서군(隴西郡) 성기(成紀) 사람이다. 그의 선조 이신(李信)은 진(秦)나라 때 장군이 되어 연나라 태자 단(丹)을 추격해 잡은 일이 있다. 그는 본래 괴리현(槐里縣)에서 살았는데 나중에 성기현(成紀縣)으로 이사하였다. 이광의 집은 대대로 궁술을 전수받았다.

효문제 14년에 흉노가 소관(蕭關)으로 대거 쳐들어왔을 때 이광은 양가의 자제로서 종군하여 흉노를 공격했다. 그는 기마술과 활쏘기에 뛰어나 적의 머리를 베고 포로를 많이 잡아 한나라의 중랑(中郞)이 되었고, 사촌 동생 이채(李蔡)도 중랑이 되었다. 두 사람 모두 무기상시(武騎常侍)에 임명되어 봉록 800석을 받았다. 일찍이 〔황제의〕 행차를 따르다가 위험을 무릅쓰고 무용을 드러내었으며, 맹수를 주먹으로 쳐서 죽인 일도 있었다. 문제가 말했다.

"안타깝게도 그대는 때를 만나지 못했으니! 만일 고제 때 살았더라면 만호의 제후쯤은 어찌 말할 필요가 있었겠는가."

효경제가 막 즉위했을 때 이광은 농서도위가 되었다가 기랑장(騎郎將)으로 자리를 옮겼다. 오나라와 초나라 등이 〔일곱 나라가〕 반란을 일으켰을 때 이광은 효기도위(驍騎都尉)가 되어 태위 주아부를 따라 오나라와 초나라 군대를 쳐 깃발을 빼앗고, 창읍(昌邑)의 성 밑에서 공을 세워 이름을 떨쳤다. 〔그러나〕 그는 양왕에게 장군의 인수를 받아 돌아왔으니 포상을 받지 못했다. 상곡군(上谷郡) 태수로 옮겨서 날마다 흉노와 맞서 싸웠다. 전속국(典屬國)관직 공손곤야(公孫昆邪)가 울면서 효경제에게 말했다.

"이광의 재능은 천하에 둘도 없습니다. 그는 자기 능력을 과신하여 걸핏하면 오랑캐와 싸우곤 합니다. 이광을 잃을까 두렵습니다."

이에 곧 황제는 이광을 옮겨 상군(上郡) 태수로 삼았다. 뒤에 이광은 변방에 있는 각 군의 태수로 자리를 옮겼다가 다시 상군으로 옮겼다. 그는 일찍이 농서, 북지, 안문, 대군, 운중의 태수를 지냈으며 모두 힘껏 싸워서 이름을 날렸다.

흉노가 상군으로 대거 쳐들어오자, 천자는 중귀인(中貴人) 환관에게 이광을 따라 군사를 통솔하고 훈련시켜 흉노를 치도록 명령했다. 중귀인은 기병 수십 명을 이끌고 사방으로 달리다가 흉노의 군사 세 명을 발견하고 싸우게 되었다. 그러나 세 사람은 중귀인 쪽으로 몸을 돌리더니 활을 쏘아 중귀인에게 상처를 입히고, 뒤따르던 한나라 기병을 거의 다 죽이려 하였다. 중귀인이 이광이 있는 곳으로 달려 들어오자 이광이 말했다.

"그들은 틀림없이 수리를 쏘는 사수이다."

이광은 기병 100명을 이끌고 세 사람을 뒤쫓아 달려갔다. 세 사람은 말이 없어 걸어서 달아났으므로 몇십 리밖에 가지 못했다. 이광은 기병들에게 좌우로 날개처럼 벌리도록 하고 자신이 그 세 사람을 쏘아 두 사람을 죽이고 하나를 사로잡았다. 잡고 보니 정말 흉노 가운데 수리를 쏘는 사수들이었다. 이광이 이들을 묶은 뒤 말 위에 올라 흉노 쪽을 바라보니 기병 몇천 명이 눈에 띄었다. 흉노는 이 광을 보고 자신들을 유인하러 온 기병으로 알고 모두 놀라서 산 위로 올라가 진을 쳤다. 이광이 이끄는 기병 100명도 모두 매우 두려워하여 말머리를 돌려 물러나려고 했으나 이광이 말했다.

"우리는 〔본진의〕 대군에서 몇십 리 떨어져 있다. 만일 지금 이러한 상황에서 기병 100명으로 달아난다면 흉노들이 우리에게 활을 쏘며 뒤쫓아 와 순식간에 전멸될 것이다. 지금 우리가 〔이곳에〕 머물러 있으면 흉노들은 틀림없이 우리를 대군을 낀 유인병으로 알고 감히 공격하지 못할 것이다."

이광은 모든 기병에게 명령을 내렸다.

"전진하라!"

또 흉노의 진지 앞 2리쯤에서 멈춰 이렇게 명령했다.

"모두 말에서 내려 안장을 풀어라."

그러자 기병들이 물었다.

"흉노는 수가 많으며 바로 눈앞에 있습니다. 만일 급습해 오면 어떻게 합니까?"

이광이 말했다.

"저 오랑캐들은 우리가 달아날 것으로 알고 있다. 지금 모두 안장을 풀어서 달아나지 않는다는 것을 보여 우리가 유인병이라는 생각을 굳히게 하려는 것이다."

정말 흉노 기병들은 끝까지 감히 공격해 오지 않았다.

백마를 탄 적군의 장수가 앞으로 나와 그들 군대를 보호하고 있었다. 이광은 기병 10여 명과 말을 달려 백마를 타고 있던 적장을 활로 쏘아 죽인 뒤 그 기병 속으로 다시 돌아와 말안장을 내려놓고는 기병들에게 모두 말을 풀어 놓고 누워 있도록 하였다.

이때 마침 날이 저물자 흉노 군사들은 이를 이상하게 여겨 감히 습격하려고 하지 않았다. 한밤중이 되자 흉노 군사들은 또 가까운 곳에 한나라의 복병이 있어 어둠을 타고 습격해 오지 않을까 의심하여 군사를 모두 이끌고 떠났다. 이튿날 새벽에 이광은 즉시 한나라 진영으로 돌아왔다. 한나라 진영에서는 이광이 어느 곳으로 갔는지 몰라서 뒤따라오지 못했던 것이다.

반드시 산 채로 잡아 오라

세월이 흘러 효경제가 죽고 무제가 즉위하였다. 주위에 있는 자들이 이광을 명장이라 하므로 이에 이광은 상군 태수로 있으면서 미앙궁의 위위를 겸했다. 정불식(程不識)도 장락궁의 위위가 되었다. 정불식은 전에 이광과 함께 변방 태수로서 주둔군을 인솔하던 장수였다. 오랑캐를 치러 나갈 때 이광은 행군하면서 부대를 편성하거나 진형을 취하지도 않고 물풀이 무성한 곳에 주둔하였다. 머물러 있으면서 사람들은 자유로웠고, 조두(刁斗)구리로 만든 그릇으로 밤에 이것을 쳐서 경비를 했음를 쳐서 경계하는 일도 없었다. 장군의 진영 안에서는 [가능하면] 문서와 장부 같은 것을 생략했으며, 척후병을 먼 데까지 보내어 일찍이 적의 습격으로 인한 피해를 받은 일이 없었다. [이와 반대로] 정불식은 부곡(部曲)항오(行伍) 또는 부오(部伍)라고 함, 수오(隧伍)대오, 숙영진영을 규범에 맞게 하고 조두를 쳐 경계하였으며 사졸들은 날이 밝아 올 때까지 군의 문서를 처리하였으므로 군사들은 쉴 수가 없었다. 그런데 그도 적에게 습격을 받은 일은 없었다. 정불식이 말했다.

"이광의 군사는 무장이 간단하여 적이 갑자기 습격해 오면 막아 낼 방법이 없을 것이다. 그렇지만 사졸들은 편안하고 즐겁게 지내므로 모두 그를 위해 즐겁게 죽을 생각을 하고 있다. 우리 군대는 일이 번잡하지만 오랑캐들은 우리를 침범해 오지 못한다."

그 무렵 한나라의 변방 고을에서 이광과 정불식은 둘 다 이름 있는 장수였다. 그러나 흉노는 이광의 지략을 두려워하였고, 사졸들도 이광의 밑에 있기를 좋아하고 정불식의 부대에서 일하는 것을 고통스러워했다. 정불식은 효경제 때 직간을 자주 하여 태중대부가 되었다. 그는 사람됨이 청렴하고 조정의 법령을 지키는 데 엄격했다.

그 뒤에 한나라는 마읍성을 미끼로 선우를 유인하고, 대군을 마읍 부근 골짜기에 숨겨 놓은 일이 있었다. 이때 이광은 효기장군이 되어 호군장군한안국에 배속되었다. 당시 선우는 그 계략을 눈치채고 군사를 이끌고 달아났으므로 한나라 군사들은 모두 전공을 세울 수 없게 되었다. 그 뒤 4년이 지나 이광은 위위 신분으로 장군이 되어 안문을 나가 흉노를 쳤다. 〔그러나〕 흉노의 대군을 만나 이광의 군대는 싸움에서 지고 이광은 사로잡혔다. 선우는 전부터 이광이 현명하다고 들었으므로 이렇게 명령했다.

"이광을 잡거든 반드시 산 채로 데리고 오라."

오랑캐군은 이광을 사로잡았으나, 이광이 당시 부상을 입었으므로 말 두 필 사이에 그물을 엮고 그 위에 눕혔다. 10여 리쯤 갔을 때 이광은 죽은 척하고 누워서 곁눈질로 살펴보니 곁에 오랑캐 소년이 좋은 말을 타고 있었다. 이광은 갑자기 뛰어 일어나서 오랑캐 소년의 말에 올라타 그 소년을 밀어 떨어뜨리고 그의 활을 빼앗아 말을 달려 남쪽으로 수십 리를 가서야 다시 남은 군사들을 얻어 그들을 이끌고 요새로 들어갔다. 흉노 기병 수백 명이 뒤쫓았으나 이광은 빼앗은 활로 이들을 쏘아 죽이고 무사히 달아났다. 이렇게 하여 한나라로 되돌아왔는데, 한나라에서는 이광을 형리에게 넘겨 문초하게 하였다. 한나라에서는 이광이 많은 부하를 잃고 적에게 사로잡힌 죄를 들어 참수해야 한다고 하였으나, 속죄금을 내고 평민이 되었다.

돌에 박힌 화살

눈 깜짝할 사이에 이광이 집에 들어앉은 지 몇 년이 되었다. 이광은 영음후관영의 손자와 함께 물러나와 시골에 살면서 남전(藍田)의 남쪽 산속에서 활쏘기와 사냥을 하곤 했다. 어느 날 밤 기병 한 명을 데리고 밖으로 나갔다가 사람들과 야외에서 술을 마셨다. 집에 돌아오는 길에 패릉정(霸陵亭)에 이르렀을 때, 패릉현의 위(尉)가 술에 취하여 이광을 큰소리로 꾸짖으며 보내 주지 않았다. 이광의 기병이 말했다.

"이분은 옛날의 이 장군이시다."

그러자 정위가 말했다.

"현직에 있는 장군도 밤에는 돌아다니지 못하거늘 하물며 예전 장군임에랴!"

그러고는 이광을 붙잡아 두고 역정(驛亭)에서 밤을 보내게 했다. 이 일이 있고 나서 얼마 뒤에 흉노가 쳐들어와 요서군 태수를 죽이고 한 장군(韓將軍)한안국을 패배시켰다. 뒤에 한

장군은 우북평(右北平)으로 옮겨졌다. 그래서 천자는 이광을 불러 우북평의 태수로 삼았다. 이광은 곧 천자에게 패릉의 위를 함께 가도록 해 달라고 요청하여 그가 진영 안으로 오자 목을 베었다.

이광이 우북평에 머물자 흉노는 그 소문을 듣고 '한나라의 비장군(飛將軍)'이라고 부르며 피하여 몇 년 동안은 감히 우북평에 쳐들어오지 않았다.

이광이 사냥을 나갔다가 풀숲에 있는 돌을 호랑이로 잘못 보고 활을 쏘았더니 그 화살촉이 돌 속으로 들어가 버렸다. 자세히 보니 돌이었으므로 한 번 더 쏘았으나 [화살촉이 박혀] 더 이상 다시 들어가지 않았다. 이광은 자신이 부임한 군에 호랑이가 있다는 소리를 들으면 일찍이 혼자 나가서 활로 쏘곤 하였다. 우북평에 있을 때 이광의 화살을 맞은 호랑이가 달려들어 그에게 상처를 입혔지만, 결국 이광이 호랑이를 쏘아 죽인 적도 있었다.

이광은 청렴하여 상을 받으면 그것을 번번이 부하들에게 나눠 주고, 음식도 병사들과 함께 먹었다. 이광은 죽을 때까지 40여 년에 걸쳐 봉록 2000석을 받는 관직에 있었으나 집에는 남아 있는 재물이 없었으며, 끝까지 집안의 재산에 대해서는 말하는 일이 없었다.

이광은 태어날 때부터 키가 크고 팔이 원숭이처럼 길었다. 그가 활을 잘 쏘는 것도 천부적인 재능이어서 그 자손이나 남들이 아무리 배워도 이광에게는 미치지 못했다. 이광은 말을 더듬고 말수가 적었으며, 다른 사람과 한가하게 있을 때는 땅바닥에 군사 진형을 그려 놓고, 또 땅의 넓고 좁은 것을 재어 표적을 만든 뒤 활을 쏘아 누가 멀고 가까운가를 비교하여 내기 술을 마시곤 하였다. 이처럼 활쏘기를 즐거움으로 삼다가 일생을 마쳤다.

이광은 군대를 인솔할 때 식량과 물이 부족한 곳에서 물을 보아도 병졸들이 물을 다 마시기 전에는 물에 가까이 가지 않았으며, 병졸들이 음식을 다 먹고 난 뒤에야 비로소 음식을 먹었다. 이렇듯 사람들에게 관대하면서 까다롭지는 않아 병졸들은 그에게 지휘 받기를 좋아했다. 또 활을 쏠 때는 적이 습격해 와도 거리가 수십 보 안에 들어오지 않거나 명중시킬 자신이 없으면 쏘지 않았는데, 쏘기만 하면 활시위 소리가 나자마자 고꾸라졌다. 이 때문에 그는 싸움터에서 자주 적에게 포위되거나 곤욕을 당했고, 맹수를 쏠 때도 부상을 당하는 일이 많았다고 한다.

위기가 닥치면 침착하라

얼마 지나지 않아 석건이 죽자 황상은 이광을 불러서 석건 대신 낭중령으로 삼았다. 원삭 6년에 이광은 다시 후장군(後將軍)이 되어서 대장군 위청을 따라 정양군(定襄郡)에 나가 흉노를 공격하였다. 여러 장수 중에는 적의 머리를 베고 포로를 잡은 공로가 법령의 상을 주는 기준에 맞아 제후에 봉해진 자가 많았는데, 이광의 군대는 공을 세우지 못했다. 2년이 지난 뒤 이광은 낭중령으로서 기병 4000명을 거느리고 우북평을 출발했다. 박망후(博望侯) 장건(張騫)도 기병 1만 명을 이끌고 이광과 길을 달리하여 정벌길에 올랐다. 수백 리쯤 행군했을 때 이광은 흉노 좌현왕(左賢王)이 거느린 기병 4만 명에게 포위되었다. 이광의 군사가 모두 겁에 질리자, 이광은 그 아들 이감(李敢)에게 명해 적군을 돌파하게 했다. 이감은 겨우 기병 수십 명만을 거느리고 홀로 오랑캐의 한가운데를 돌파하여 적을 좌우로 갈라 놓고 이광에게 이렇게 말했다.

"오랑캐 따위는 쉽게 상대할 수 있습니다."

군사들은 그제야 안심하였다. 이광은 진을 동그랗게 치고 밖을 향하게 하였는데, 흉노 군대가 급히 내달아 와 공격하며 화살을 소나기처럼 쏘았다. 한나라 군대는 죽은 자가 절반을 넘었고 화살도 거의 떨어졌다. 그래서 이광은 군사들에게 활에 살을 메워 한껏 잡아당기되 쏘지는 말도록 명령하고 자신이 직접 대황(大黃)이라는 활로 적의 비장을 쏜 뒤 몇 사람을 죽이니 흉노 군사들의 포위망이 점점 풀리기 시작했다. 때마침 날이 저물자 군리와 군사들은 모두 〔겁에 질려〕 사색이 되었으나 이광의 감정은 평상시나 다름없이 군대를 정돈하고 격려하였다. 군사들은 이로 인해 이광의 용기에 탄복했다. 이튿날 다시 치열한 싸움이 벌어졌는데, 박망후의 군사가 도착하였으므로 흉노의 군사는 〔포위망을〕 풀고 물러갔다. 그러나 한나라 군대는 지쳐서 뒤쫓아 공격할 수 없었다. 이때 이광의 군대는 거의 전멸 상황까지 가서 싸움을 끝내고 돌아왔다. 한나라 법에 의하면 박망후가 꾸물대어 제때에 도착하지 못한 것은 사형에 해당되었는데 그는 속죄금을 내고 서민이 되었다. 이광은 공적과 과실이 비슷하여 상은 받지 못했다.

항복한 자를 죽이면 화가 닥친다

처음에 이광의 사촌 동생 이채는 이광과 함께 효문제를 섬겼다. 경제 때 이채는 공을 쌓아 2000석이 되었고, 효문제 때는 대나라의 승상에 이르렀다. 원삭 5년에는 경거장군(輕車將軍)이 되어 대장군을 따라가 우현왕(右賢王)을 쳤는데, 공로가 법령의 상을 주는 규정에 맞아 낙안후(樂安侯)로 봉해졌다. 원수 2년에 공손홍(公孫弘)을 대신하여 승상이 되었다. 이채의 사람됨은 하품에서 중간이며 명성은 이광보다 훨씬 떨어졌다. 그런데 이광은 작위나 봉읍도 얻지 못하고 벼슬도 구경(九卿)에 불과했으나, 이채는 열후가 되고 작위는 삼공까지 이르렀다. 이광의 군리와 사졸들 중에도 후에 봉해진 자가 있었다. 이광은 일찍이 구름의 기운을 보고 길흉화복을 점치는 왕삭(王朔)과 이야기하다가 이런 말을 했다.

"한나라가 흉노를 공격한 이래로 지금까지 나 이광은 일찍이 참가하지 않은 적이 없소. 부대의 교위 이하 사람들 중에 재능은 중간치도 못 되지만 오랑캐를 친 공으로 후가 된 이가 수십 명이오. 나 이광은 뒤떨어지는 사람이 아닌데도 봉읍을 얻을 만한 조그마한 군공도 없으니 이것은 무슨 까닭이오? 어찌 내 관상이 후를 감당하지 못하겠소? 아니면 정녕 운명이오?"

왕삭이 말했다.

"장군께서 스스로 생각하시기에 설마 한스러운 일이 있었습니까?"

이광이 말했다.

"일찍이 내가 농서군 태수로 있을 때 강족(羌族)이 모반한 일이 있소. 나는 그들을 달래 항복을 권했소. 항복한 자가 800여 명이었는데 내가 그들을 속여 같은 날에 다 죽였소. 지금까지 크게 후회되는 일은 이것 하나뿐이오."

왕삭이 말했다.

"항복한 자를 죽이는 것보다 큰 화는 없습니다. 이것이 바로 장군께서 후가 되지 못하는 까닭입니다."

그로부터 2년 뒤, 대장군과 표기장군이 대대적으로 흉노 공격에 나서자 이광은 자기도 싸움에 나가고 싶다고 여러 번 청했다. 천자는 그가 늙었다고 생각하여 허락지 않다가 한참 뒤에야 허락하고 전장군(前將軍)으로 삼았다. 이해가 원수 4년이었다.

이광은 대장군 위청을 따라 흉노를 공격했다. 요새를 나왔을 때 위청은 적병을 잡아 선우가 있는 곳을 알아내어 스스로 정병을 이끌고 그곳으로 가면서, 이광에게는 우장군(右將軍)의 군대와 합류하여 동쪽 길로 나가도록 했다. 동쪽 길은 약간 멀리 돌아가야 하는 데다가 큰 군대가 물과 풀이 적은 곳으로 가야 하므로 이러한 상황에서는 주둔하기도 앞으로 나아가기도 어려웠다. 이광은 직접 대장군에게 청원했다.

"신의 부서는 전장군인데, 지금 대장군께서는 신에게 자리를 옮겨 동쪽 길로 나가도록 하셨습니다. 신은 젊을 때부터 계속 흉노와 싸워 왔는데 이제야 선우와 맞닥뜨려 싸울 수 있는 기회가 왔으니 앞에 서서 목숨을 걸고 선우와 싸우기를 원합니다."

그러나 대장군 위청은 은밀히 천자로부터 이런 경계의 말을 들었다.

"이광은 늙고 운수가 사나운 사람이니 선우와 대적하게 해서는 안 된다. 대적한다고 해도 바라던 바를 이루지 못할 것이다."

이때 공손오는 후 신분을 잃은 채 중장군(中將軍)이 되어 대장군을 수행하고 있었다. 대장군은 공손오와 함께 선우에 대적하고자 하여 전장군 이광의 부서를 옮겼다. 이광은 이런 사실을 알고 대장군에게 〔동쪽으로 나가는 것을〕 한사코 사양했다. 그러나 대장군은 이광의 요청을 받아들이지 않고는 장사(長史)를 시켜 이광에게 봉서(封書)를 주어 군영으로 돌려보내며 이렇게 말했다.

"빨리 부서로 가서 편지에 적은 대로 하시오."

이광은 대장군에게 인사도 하지 않고 일어나 나왔다. 그는 마음속에 분노가 가득 찬 채로 부서에 가서 군사들을 이끌고 우장군 조이기(趙食其)와 합류하여 함께 동쪽 길로 나아갔다. 〔그러나〕 군대에 길을 안내하는 자가 없으므로 때때로 길을 잘

못 들어 대장군보다 늦었다. 대장군은 선우와 접전하였으나 선우가 달아나자 잡지 못하고 돌아오다가 남쪽 사막을 지나서야 전장군과 우장군을 만났다. 이광은 대장군을 만난 뒤 자기 군영으로 돌아왔다. 대장군은 장사를 시켜 말린 밥과 탁주를 들려 이광에게 보내고, 이광과 조이기가 길을 잘못 들어 늦게 된 상황을 물었다. 위청은 천자께 글을 올려 군대 상황을 자세히 보고하려 하였으나 이광은 대답하지 않았다. 대장군은 장사를 시켜 이광의 막부로 가서 문서에 의해 사실을 심문하고 엄히 질책하였다.

이광이 말했다.

"모든 교위들에게는 죄가 없고, 내가 스스로 길을 잘못 든 것이오. 내가 지금 직접 가서 심문을 받겠소."

〔이광은〕 자기 막부로 돌아와 부하들에게 이렇게 말했다.

"나 이광은 젊은 시절부터 흉노와 70여 차례 크고 작은 싸움을 했다. 이제 다행히도 대장군을 따라 출전하여 선우의 군사와 맞서 싸우려고 했는데 대장군이 내 부서를 옮겨 길을 멀리 돌아가게 하였고, 더욱이 길을 잃기까지 하였으니, 어찌 천명이 아니겠는가? 하물며 내 나이 예순이 넘었으니 지금에 와서 도필리의 심문에 대답할 수는 없다."

그러고는 칼을 빼어 스스로 목을 찔러 죽었다. 이광이 거느리던 군대의 사대부^{일반적으로 문관과 무관의 총칭으로 쓰이는데, 여기서는 장사(將士)를 말함}들이 모두 소리 높여 울었다. 백성도 이 소식을 듣고 그를 아는 사람이건 모르는 사람이든 늙은이든 젊은이든 할 것 없이 모두 〔그를〕 위하여 눈물을 흘렸다. 우장군은 형리에게 넘겨져 사형 판결을 받았는데 속죄금을 물고 서민이 되었다.

이광의 세 아들

이광에게는 아들 셋이 있었는데 당호(當戶), 초(椒), 감(敢)으로 불렸으며 낭관이 되었다. 천자가 한언(韓嫣)과 장난을 하고 있었는데, 한언의 행동이 좀 불손하여 이당호가 한언을 치자 한언이 달아났다. 그 때문에 천자는 이당호가 용기 있다고 생각했으나 일찍 세상을 떠났으므로 이초를 대군 태수로 삼았는데, 그도 이광보다 먼저 세상을 떠났다. 이당호에게는 이릉(李陵)이라는 유복자가 있었다. 이광이 전투에서 죽었을 때 이감은 표기장군을 따라 출전했다. 이광이 죽은 이듬해에 승상 이채는 효경제의 능원 담장 밖에 있는 땅을 침범한 죄로 형리에게 넘겨져 법에 따라 벌을 받게 되었다. 〔그런데〕 이채가 스스로 목숨을 끊어 심문을 받지 않으려고 했으므로 봉국이 몰수되었다. 이감은 교위 신분으로 표기장군을 따라 오랑캐 좌현왕을 공격하였을 때 온 힘을 다해 싸워 좌현왕의 북과 깃발을 빼앗고 적군의 머리를 많이 베었다. 그 공으로 관내후 작위와 식읍 200호를 받았으며 이광을 대신하여 낭중령이 되었다. 그로부터 얼마 뒤 대장군 위청이 자기 아버지가 원한을 품고 죽게 만든 것을 원망하여 대장군을 쳐서 상처를 입혔으나,

대장군은 이 일을 숨기고 드러내지 않았다. 그러나 그 뒤에 이 감이 황상의 행차를 따라 옹산(雍山)으로 올라가서 감천궁에 이르러 사냥을 할 때 위청과 친척인 표기장군 곽거병(霍去病) 이 이감을 활로 쏘아 죽였다. 당시 곽거병은 황상의 총애를 받고 있었으므로 황상은 이 사실을 숨기고 사슴뿔에 받혀서 죽었다고 말했다. 그로부터 1년쯤 지나 곽거병이 죽었다. 이감에게 딸이 있었는데 무제의 중인(中人)궁녀이 되어 총애를 받았다. 이감의 아들 이우(李禹)도 태자에게 총애를 받았으나 이익을 탐했다. 이씨 가문은 점점 몰락하였다.

폐하께 보고할 면목이 없다

이릉은 장성하자 건장감(建章監)이 되어 여러 기병을 감독했다. 그는 활을 잘 쏘고 병사들을 아꼈다. 천자는 이씨 집안이 대대로 장군을 지낸 것을 생각하여 이릉에게 기병 800명을 이끌도록 했다. 〔이릉은〕 일찍이 흉노 땅 안으로 2000여 리나 깊숙이 들어가 거연현(居延縣)을 지나 지형을 살폈지만 오랑캐를 보지도 못하고 돌아왔다. 그는 기도위(騎都尉)로 임명되어 단양(丹陽)의 초나라 사람 5000명의 장수가 되자, 주천군(酒泉郡)과 장액군(張掖郡)에서 활쏘기를 가르쳐 흉노의 침입에 대비했다.

여러 해가 지나고 천한(天漢) 2년 가을에 이사장군(貳師將

軍) 이광리(李廣利)는 3만 명의 기병을 이끌고 흉노 우현왕을 기련(祁連)천산(天山) 방면에서 치게 되었다. 이릉에게 궁사와 보병 5000명을 이끌고 거연 북쪽에서 1000여 리나 나가도록 하여, 흉노 군대를 둘로 나누어 적병이 이사장군에게만 모이지 않도록 하려고 하였다. 이릉이 기일이 되어 돌아오려는데 선우가 군사 8만 명으로 이릉의 군대를 에워싸고 공격해 왔다. 이릉의 군사 5000명은 무기와 화살이 이미 다 떨어지고 싸우다 죽은 자도 절반을 넘었다. 그러나 죽인 흉노 병사도 1만여 명이나 되었다. 이릉은 한편으로는 물러나고 한편으로는 싸워 가며 여드레 동안 싸움을 계속했다. 거연에서 100여 리쯤 떨어진 곳에 이르렀을 때 흉노는 좁은 길을 막아 끊었다. 이릉의 군대는 양식이 떨어진 데다가 구원병도 오지 않았다. 오랑캐는 거세게 공격하며 이릉에게 항복을 권하였다. 이릉이 말했다.

"폐하께 보고할 면목이 없다."

그는 마침내 흉노에게 항복했다. 이릉의 병사는 거의 다 죽고 그 나머지 가운데 이리저리 흩어져 도망쳐 한나라로 돌아온 자가 겨우 400여 명에 불과했다.

선우는 이릉을 잡은 뒤, 평소에 그의 집안 명성을 들은 데다 싸움에 임해서도 용감했으므로 자기 딸을 이릉에게 아내로 주고 귀하게 대우했다. 한나라에서는 이 소식을 듣고 이릉의 어머니와 처자식을 몰살했다. 이 뒤부터 이씨 일가의 명성이 실추되어 농서군의 선비는 모두 이씨 문하에 있었던 것을 부끄럽게 여겼다.

태사공은 말한다.

"전해 오는 말에 '자기 몸이 바르면 명령하지 않아도 시행되며, 자기 몸이 바르지 못하면 명령해도 따르지 않는다.'라고 하는데 아마도 이 장군을 두고 하는 말인가? 나는 이 장군을 본 적이 있는데 시골 사람처럼 투박하고 소탈하며 말도 잘하지 못했다. 그가 죽던 날 그를 알든 모르든 세상 사람 모두가 슬퍼했으니, 그 충실한 마음씨가 정녕 사대부의 신뢰를 얻은 것인가? 속담에 말하기를 '복숭아나 오얏은 말을 하지 않지만 그 밑에는 저절로 샛길이 생긴다.'라고 하였다. 이 말은 사소한 것이지만 큰 이치를 설명할 수 있으리라."

흉노 열전
匈奴列傳

본래 흉노는 하후(夏后)의 후예로서 한나라와 동족인데, 한나라에 따르지 않고 북방 초원으로 쫓겨나 사냥과 목축을 하면서 점차 한나라와 멀어졌다. 이들은 식량이 부족해서 자주 남침하므로 한나라의 골칫거리였다.

한나라 무제의 흉노 정벌 정책은 중국의 정치와 역사 면에서 보면 강력하기 이를 데 없었다. 그래서 그의 지나친 강경책에 대해 논쟁의 소지가 있는 것도 사실이다. 그가 대원과 두 월나라를 정벌하고 서남쪽의 이족을 친 것도 따지고 보면 흉노를 정벌하기 위함이었다. 무제가 측은지심을 가지고 흉노를 남쪽으로 불러 편안한 삶을 보장해 주었다면 감화될 수 있었을 것이라는 견해도 있다. 당시 중국은 남방 지역 인구가 상당히 적어 수천 리나 되는 옥토에 사람이 거의 살지 않았기 때문이다. 본래 무제는 언제나 지존의 위치에 있으면서 항복한 적들도 그 씨족을 멸할 정도로 가혹한 인물이었다.

양계초가 「흉노 열전」을 『사기』의 10대 명편 중 하나라고 한 것은 흉노라는 이족에 대한 사마천의 역사의식을 엿볼 수 있게 한다는 점에 의의를 둔 것이다. 사마천은 「흉노 열전」을 통해 어진 장수를 가려 쓰는 방법을 논하고, 공자의 『춘추』를 인용하여 자신의 뜻을 기탁하였다. 그는 위청과 곽거병이 존귀해졌으나 일컬어지지 않는 것은 무제가 사람을 잘못 썼음을 의미한다고 보았다.

이 열전은 중국의 역사서에서 가장 체계적이고 완정한 형태의 흉노 역사의 기록으로 꼽힌다. 사마천은 객관적이고 공정한 태도로 흉노의 역사적 변천, 사회 제도 풍속 및 그 주변 민족과의 관계 등을 서술하였으며, 그들과 한족,

특히 진·한 제국의 장기간에 걸친 서로 간의 복잡한 관계의 역사를 서술하고 있다. 사마천은 가능한 한 편견 없이 흉노 발전에 공헌을 세운 묵돌 선우에 대해 묘사하고 한나라와 흉노와의 관계 설정에 대한 그의 공을 인정하고 있다. 이러한 사마천의 역사적 안목은 사실 한 무제의 정벌 정책에 대한 예리한 비판에서 비롯된 것이며, 이는 경제 때 추구한 화친 정책의 긍정적 측면을 부각시킴으로써 훨씬 더 빛을 발한다.

이 편은 편폭이 비교적 긴데, 「대원 열전」, 「조선 열전」, 「남월 열전」, 「서남이 열전」, 「동월 열전」과 비교해 가며 읽어야 한다. 또한 한나라와 흉노의 전반적인 상황을 제대로 알기 위해서는 「위 장군 표기 열전」, 「한장유 열전」, 「이 장군 열전」, 「평준서(平準書)」 등도 함께 읽으면 도움이 된다.

匈奴

사냥한 짐승의 가죽으로 옷을 입고, 어린아이도 활을 쏠 줄 아는 흉노.

흉노의 풍습은 다르다

　흉노는 그 조상이 하후씨(夏后氏)의 먼 후손으로 순유(淳維)라고도 한다. 당우(唐虞)요순 이전에는 산융(山戎), 험윤(獫狁), 훈육(葷粥) 등이 북쪽의 오랑캐 땅에서 살면서 기르던 가축을 따라 이곳저곳으로 옮겨 다녔다. 그들이 기른 가축은 대체로 말, 소, 양이고 특이한 가축으로는 낙타, 나귀, 노새, 버새, 도도(駒駼)푸른 말, 탄해(驒駭)야생마가 있다. 〔그들은〕 물과 풀을 따라 옮겨 다녀서 성곽이나 일정한 주거지가 없고 밭 가는 일도 하지 않았으나, 각자 땅만은 나누어 가졌다. 문자나 책이 없으며 말로 약속을 했다. 어린아이도 양을 타고 활시위를 당겨 새나 쥐를 쏠 줄 알고, 좀 더 자라면 여우나 토끼를 쏘아 식량으로 삼았다. 남자는 활을 당길 만한 힘이 있으면 모두 무장한 기병이 되었다.

그들의 풍속은 한가할 때는 가축을 따라다니며 새나 짐승을 사냥하는 것을 생업으로 삼고, 위급할 때는 모두가 싸움에 참여하여 침략하고 공격하는데 이것이 그들의 천성이다. 그들이 먼 거리에 쓰는 무기로는 활과 화살이 있고, 가까운 거리에 쓰는 무기로는 칼과 작은 창이 있다. 〔싸움이〕 유리하면 앞으로 나아가고 불리하면 뒤로 물러서며 달아나는 것을 부끄러운 일로 여기지 않았다. 만일 조금이라도 이익이 있으면 예의라는 것을 알지 못했다. 군왕으로부터 아랫사람에 이르기까지 모든 사람이 가축의 살코기는 먹고 그 가죽은 옷을 만들어 입거나 이불로 덮어 썼다. 장정들이 살지고 맛있는 고기를 먹고 노인은 그 나머지를 먹었다. 건장한 자를 소중하게 여기고 노약자를 가볍게 여기는 것이다. 아버지가 죽으면 아들이 아버지의 후처를 아내로 삼고, 형제가 죽으면 남아 있는 형제가 그 아내를 자기 아내로 삼았다. 그들의 풍속은 이름은 있었으나 피휘(避諱)선왕이나 선조의 이름자가 나타나면 꺼려 쓰지 않은 것하지 않았으며, 성이나 자(字)가 없었다.

흉노의 역사와 계보

하(夏)나라의 도(道)가 쇠하자, 공류(公劉)후직의 증손가 그의 직관(稷官)농사일을 관장하는 벼슬 벼슬을 잃고 서융(西戎)에서 변화를 일으켜 빈(豳)에 도읍을 세웠다. 그 뒤 300여 년 만에 융적(戎狄)이 대왕 단보(亶父)를 치자 단보는 기산(岐山) 기슭으로 패망하여 달아났다. 빈 땅의 사람들이 모두 단보를 따라 이곳으로 와서 도읍을 이루니 주(周)나라가 일어나게 되었다. 그 뒤 100여 년이 지나서 주나라의 서백(西伯) 창(昌)문왕이 견이지(畎夷氏)견융(犬戎)를 정벌했다. 그로부터 10년 뒤, 〔주나라〕 무왕(武王)이 〔은(殷)나라〕 주왕(紂王)을 치고 낙읍(雒邑)낙양을 경영했다. 또 풍(酆)호(鄗)에 살며 융이(戎夷)를 경수(涇水)와 낙수(洛水) 북쪽으로 내쫓고 철마다 조공을 바치게 했으며, 〔그 지역을〕 '황복(荒服)'이라고 불렀다. 그 뒤 200여 년이 지나서 주나라의 도가 쇠하자, 목왕(穆王)이 견융(犬戎)을 정벌하고 흰 이리 네 마리와 흰 사슴 네 마리를 잡아서 돌아왔다. 이때부터 황복에서는 〔조공을〕 바치러 오지 않았다. 그래서 주나라는 보형[1]이라는 법을 만들었다.

목왕 이후 200년이 지나서 주나라 유왕(幽王)은 총애하던

---

1) '보형지벽(甫刑之辟)'을 옮긴 말인데 '벽'은 '법(法)'이고, '보형'은 '여형(呂刑)'이라고도 한다. 목왕(穆王)이 여후에게 이 법을 만들라고 해서 붙여진 이름이다.

비첩 포사(褒姒)의 일로 인해 신후(申侯)와 틈이 벌어졌다. 신후가 노여워서 견융과 함께 쳐들어와 주나라 유왕을 여산(驪山) 기슭에서 죽이고, 마침내 주나라의 초호(焦穫)를 차지하여 경수와 위수 사이에 살면서 중원을 침범하고 약탈했다. 이에 진(秦)나라 양공(襄公)이 주나라를 구원해 주었으므로 주나라 평왕(平王)은 풍호를 떠나 동쪽 낙읍으로 도읍을 옮겨 갔다. 이때 진나라 양공은 견융을 치고 기산까지 이르러 비로소 제후 반열에 들어섰다.

이로부터 65년 뒤 산융이 연나라를 넘어와 제나라를 치자 제나라 희공(釐公)은 제나라 교외에서 그들과 싸웠다. 그로부터 44년 뒤에 산융이 연나라를 쳤다. 연나라가 제나라에 위급한 상황을 알려 오자, 제나라 환공이 북쪽으로 산융을 공격하니 산융은 달아났다. 그로부터 20여 년 뒤 융적이 낙읍으로 들어와서 주나라 양왕을 치니, 양왕은 정나라 범읍(氾邑)으로 달아났다. 애당초 주나라 양왕은 정나라를 치려고 하여 일부러 융적의 딸을 후(后)로 삼고 융적의 군사들과 함께 정나라를 쳤다. 얼마 뒤에 적후(狄后)를 쫓아내자 적후는 왕을 원망했다. 양왕의 계모 혜후(惠后)에게 자대(子帶)라는 아들이 있었다. 혜후는 자기 아들 자대를 왕으로 세우려 하였으므로 이에 혜후는 적후, 자대와 함께 내통하여 융적에게 성문을 열어 주니, 융적이 그 틈에 쳐들어와 주나라 양왕을 쳐부수어 쫓아내고 자대를 천자로 삼았다. 그 후 융적은 육혼(陸渾)에서 살기도 하고 동쪽으로 위(衛)나라에까지 이르러 중원을 침략하고 도적질하며 포악한 짓을 일삼았으므로 중원에서는 그

316

들을 미워하였다. 그래서 시인은 이렇게 노래했다.

융적을 이에 공격한다.『시경』「노송·비궁(閟宮)」

여기에 험윤을 쳐부수어
대원에 이른다.『시경』「소아·유월(六月)」

많은 수레를 내어
저 북방에 성을 쌓는다.『시경』「소아·출거(出車)」

주나라 양왕은 도성 밖에서 산 지 4년이 되어 진(晉)나라에 사신을 보내 위급함을 알렸다. 〔그러자〕 진나라 문공은 막 즉위하여 패업을 이루고자 하여, 군대를 일으켜 융적을 쳐서 내쫓고 자대를 죽인 다음 주나라 양왕을 맞아들여 낙읍에 살게 했다.

이 무렵에는 진(秦)나라와 진(晉)나라가 강국이었다. 진(晉)나라 문공은 융적을 쫓아내 하서(河西) 지방의 은수(圁水)와 낙수 사이에 살게 했는데 그들을 적적(赤翟), 백적(白翟)이라고 불렀다.

진(秦)나라 목공(穆公)은 유여(由余)를 얻어 서융의 여덟 나라를 진나라에 복속시켰다. 그래서 농(隴) 서쪽에는 면저(綿諸)와 곤융(緄戎)과 적(翟)과 원(豲)이라는 융족이 있고, 기산과 양산(梁山)과 경수와 칠수(漆水) 북쪽에는 의거(義渠)와 대려(大荔)와 오지(烏氏)와 구연(朐衍)이라는 융족이 있었다. 그리고 진(晉)나라 북쪽에는 임호(林胡)와 누번(樓煩)이라는 융족이 있으며, 연나라 북쪽에는 동호(東胡)와 산융이 있었다. [이들은] 각각 계곡에 흩어져 살며 저마다 군장(君長)도 있었다. 더러는 100여 개의 융족이 모이기도 하였지만 아무도 서로 하나가 되지는 못했다.

이로부터 100여 년 뒤 진(晉)나라 도공(悼公)이 위강(魏絳)을 사자로 보내서 융적과 화친을 맺음으로써 융적이 진나라에 입조하게 되었다. 100여 년 뒤 조양자(趙襄子)가 구주산(句注山)을 넘어서 대(代)를 깨뜨려 병합하고 호맥(胡貉)까지 이르렀다. 그 뒤 [조양자는] 곧 한(韓)나라, 위(魏)나라와 함께 지백(智伯)을 멸망시키고 진(晉)나라 땅을 나눠 가졌으니, 조나라는 대나라와 구주산 북쪽을 차지했고, 위나라는 하서와 상군(上郡)을 차지하여 융과 경계를 마주하게 되었다. 그 뒤 의거(義渠)의 융족이 성곽을 쌓아 스스로 지켰으나, 진(秦)나라가 조금씩 누에가 먹이를 먹듯이 들어가 혜왕(惠王) 때에 이르러서는 드디어 의거의 성 스물다섯 개를 차지했다. 혜왕이 위(魏)나라를 치자 위나라는 서하군(西河郡)과 상군을 모두 진나라에 주었다.

진(秦)나라 소왕 때, 의거의 융왕이 선 태후(宣太后)소왕의 어머니와 난잡한 짓을 하여 두 아들을 낳았다. 선 태후는 의거의 융왕을 속여 감천궁(甘泉宮)에서 죽인 뒤 드디어 군사를 일으켜 의거를 쳐서 멸망시켰다. 이렇게 하여 진나라는 농서, 북지, 상군을 차지하게 되었고 장성을 쌓아 흉노를 막아 내게 했다. 그리고 조나라 무령왕도 풍속을 바꿔 호복(胡服)을 입고 말타기와 활쏘기를 익혀 북쪽으로 임호와 누번을 깨뜨리고 장성을 쌓아 대(代)에서부터 음산산맥(陰山山脈) 기슭을 따라 고궐(高闕)에 이르는 지역을 요새로 만들어 운중군(雲中郡), 안문군(鴈門郡), 대군(代郡)을 두었다.

그 뒤 연나라의 현명한 장군 진개(秦開)가 호족(胡族)에 볼모로 잡혀 있었는데 호족들은 그를 매우 믿었다. 진개는 연나라로 돌아오자 동호를 습격하여 쳐부수어 쫓아내자, 동호는 1000여 리나 물러갔다. 형가(荊軻)와 함께 진(秦)나라 왕 정(政)을 찌르러 갔던 진무양(秦舞陽)은 진개의 손자이다. 연나라도 조양(造陽)에서 양평(襄平)에 이르는 장성을 쌓고 상곡군(上谷郡), 어양군(漁陽郡), 우북평군(右北平郡), 요서군(遼西郡), 요동군(遼東郡)을 두어 흉노를 방어했다.

이 무렵 관을 쓰고 속대를 하는 전국 칠웅(戰國七雄)제, 연, 초, 한(韓), 위(魏), 조, 진(秦) 가운데 세 나라연, 조, 진는 흉노와 국경을 마주하고 있었다. 그 뒤 조나라 장수 이목(李牧)이 있을 때는 흉노가 감히 조나라의 변경으로 쳐들어오지 못했다. 그 뒤 진(秦)나라가 여섯 나라를 멸망시켰고 시황제는 몽염에게 군사 10만 명을 이끌고 북쪽으로 가서 흉노를 치게 하여 하남(河南) 땅을 모두 손에 넣었다. 하수를 따라 요새를 만들고, 하수에 다다라 현성(縣城) 마흔네 개를 쌓고 죄수들을 수자리로 삼아 이곳에 옮겨 와 살게 했다. 그리고 구원(九原)에서 운양(雲陽)까지 쭉 뻗은 길을 개통시켰다. 험준한 산을 국경으로 삼고 골짜기를 이용하여 참호로 삼았으며, 보수할 수 있는 곳은 보수하였는데, 임조에서 요동까지 만여 리에 달하였다. 또 하수를 건너 양산(陽山)과 북가(北假)까지 차지했다.

이 무렵에는 동호와 월지의 세력이 강성했다. [당시에는] 흉노의 선우를 두만(頭曼)이라 했다. 두만은 진(秦)나라를 이기지 못하여 북쪽으로 옮겨 살았다.

10여 년 만에 몽염이 죽고 제후들이 진나라를 배반하여 중원이 소란스러워지자, 진나라가 변경으로 수자리 보냈던 죄수들도 모두 돌아왔다. 그래서 흉노는 숨을 돌리고 다시 차츰차츰 하수를 건너서 남쪽으로 내려와 원래의 변방에서 중원과 경계를 맞대게 되었다.

어찌 이웃 나라에 여자 하나를 아끼겠는가

선우에게는 이름이 묵돌(冒頓)인 태자가 있었다. 나중에 총애하는 연지(燕支)흉노 군주의 정실 부인의 호칭에게서 작은아들을 얻게 되자, 선우는 묵돌을 폐위시키고 작은아들을 [태자로] 세울 목적으로 묵돌을 월지국에 볼모로 보냈다. 묵돌이 월지국에 볼모로 있을 때 두만은 갑자기 월지국을 공격했다. 월지국에서 묵돌을 죽이려 하자 묵돌은 그 나라의 좋은 말을 훔쳐 타고 도망쳐 돌아왔다. 두만은 [그 용기를] 장하게 여겨 기병 1만 명을 거느리는 대장으로 삼았다. 묵돌은 명적(鳴鏑)쏘면 소리를 내는 화살을 만들어 기병에게 활쏘기를 익히도록 한 뒤 명을 내려 말했다.

"명적으로 쏘아 맞히는 곳을 일제히 쏘라. 그렇게 하지 않는 자는 베어 죽이겠다."

그리고 새와 짐승을 사냥하러 나가 자신의 명적으로 맞힌 곳을 쏘지 않는 자가 있으면 별안간 목을 베었다. 얼마 뒤에 묵돌은 명적으로 자기 애마를 쏘았다. 좌우에서 감히 쏘지 못하는 자가 있자 묵돌은 자기 애마를 쏘지 않은 자를 그 자리에서 베었다. 조금 뒤 다시 자기 애처(愛妻)를 향해 명적을 날렸는데 좌우 군사들 중에서 두려워하며 감히 쏘지 못하는 자가 있자 묵돌은 또다시 그들을 베었다. 얼마 뒤 사냥하러 나가 명적으로 선우의 명마를 쏘았는데 곁에 있던 자들이 일제히 그 말을 쏘았다. 이에 묵돌은 그의 좌우에 있는 자들이 모두 쓸 만하게 된 것을 알았다. 그는 아버지 두만 선우를 따라 사냥하러 나갔을 때 명적으로 두만을 쏘았다. 그러자 그 부하들도 명적이 맞힌 곳을 따라 두만 선우를 쏘아 죽였다. 마침내 묵돌은 그의 계모와 아우 및 자기를 따르지 않는 대신을 모조리 죽이고 스스로 자리에 올라 선우가 되었다.

묵돌이 자리에 오른 이때는 동호의 세력이 강성하였다. 〔동호에서는〕 묵돌이 아버지를 죽이고 스스로 자리에 올랐다는 말을 듣고 사자를 보내 두만이 살아 있을 때 타던 천리마를 달라고 했다. 묵돌이 신하들에게 물으니, 신하가 모두 이렇게 말했다.

"천리마는 흉노의 보배로운 말이니, 주지 마십시오."

묵돌이 말했다.

"어떻게 남과 이웃 나라로 있으면서 말 한 마리를 아끼겠소?"

결국 동호에게 천리마를 주었다.

얼마 뒤 동호에서는 묵돌이 자기들을 두려워한다고 여겨 사자를 보내 묵돌에게 선우의 연지 중 한 사람을 달라고 말하게 했다. 묵돌은 또 곁에 있는 자들에게 이 일을 어떻게 할지 묻자, 주위에 있던 자들은 화를 내며 말했다.

"동호는 무도하기 때문에 연지를 요구하는 것입니다. 청컨대 그들을 치십시오."

묵돌이 말했다.

"어찌 남과 이웃 나라로 있으면서 여자 하나를 아끼겠소?"

그리하여 사랑하는 연지를 동호에게 보냈다.

동호의 왕은 더욱더 교만해져서 서쪽으로 침략해 왔다. 〔동호와〕 흉노 사이 한가운데에 아무도 살지 않는 버려진 땅 1000여 리가 있었는데, 두 나라는 각각 변방에 방비할 거점을 세워 놓고 있었다. 동호가 묵돌에게 사자를 보내서 이렇게 말했다.

"흉노가 우리와 경계로 삼고 있는 거점 밖의 버려진 땅은 흉노가 올 수 없는 곳이니 우리가 그곳을 차지하려 하오."

묵돌이 여러 신하들에게 물으니, 신하들 가운데 이렇게 말하는 자가 있었다.

"이곳은 버려진 땅이니 그들에게 주어도 좋고 주지 않아도 좋습니다."

그러자 묵돌은 몹시 화를 내며 말했다.

"땅이란 국가의 근본인데, 어찌 이것을 줄 수 있단 말이오?"

묵돌은 그 땅을 주자고 한 자를 모조리 베어 죽이고 말 위에 올라 온 나라에 뒤늦게 출전하는 자는 베어 버리겠다고 명을 내리고는 드디어 동쪽으로 달려가 동호를 공격했다. 동호는 애초부터 흉노를 하찮게 여겼으므로 대비도 하지 않고 있었다. 묵돌은 병사를 이끌고 쳐들어가 동호를 깨뜨리고 왕을 죽이고, 그 백성과 가축을 노획했다. 돌아와서는 서쪽으로 월지를 쳐서 달아나게 하고, 남쪽으로 하남의 누번과 백양(白羊)의 하남왕(河南王)의 토지를 손아귀에 넣었다. [또 연 땅과 대 땅을 공격하여] 진나라가 몽염을 시켜 빼앗아 갔던 흉노 땅을 모조리 되찾았다. 그리고 한(漢)나라의 국경인 예전 하남의 요새에 관문을 맞대고 조나(朝那), 부시(膚施)까지 진출하였으며 마침내 연 땅과 대 땅까지 쳐들어갔다.

이 무렵 한나라 군대는 항우의 군대와 서로 대치하고 있어 중원은 전쟁으로 지쳐 있었다. 그래서 묵돌은 스스로 강대해질 수 있었고 활시위를 당기는 군사가 30만여 명이나 되었다.

순유에서 두만에 이르기까지 1000여 년 동안 [흉노는] 때로는 강대해지고 때로는 약소해지면서 흩어졌다 모였다 한 것이 오래되었으므로 그들의 전해 오는 계보를 차례대로 기록할 수는 없다. 그러나 묵돌에 이르러 흉노가 가장 강대해져서 북쪽으로는 오랑캐를 모조리 복종시키고, 남쪽으로는 중원과 적국이 되었다. 그들 대대로 전해 오는 나라의 관직 명칭을 기록하면 다음과 같다.

[선우 밑에는] 좌우현왕(左右賢王), 좌우곡려왕(左右谷蠡王), 좌우대장(左右大將), 좌우대도위(左右大都尉), 좌우대당호(左右大當戶), 좌우골도후(左右骨都侯)를 두었다. 흉노에서는 현명한

것을 일컬어 '도기(屠耆)'라고 하였으므로 언제나 태자를 좌도기왕(左屠耆王)이라고 했다. 좌우현왕에서 당호에 이르기까지 크게는 기병 1만 명부터 작게는 수천 명까지 모두 스물네 장(長)이 있었는데, 이들을 '만기(萬騎)'라고 불렀다. 여러 대신은 모두 관직을 세습했으며 호연씨(呼衍氏)와 난씨(蘭氏), 그리고 그 뒤에 있었던 수복씨(須卜氏) 이 세 성씨는 〔흉노의〕 귀한 종족이었다. 모든 좌방(左方)의 왕과 장(將)은 동쪽에 살고 있어 상곡군 동쪽으로 예맥 및 조선과 접하고 있었다. 우방(右方)의 왕과 장들은 서쪽에 살고 있어 상군 서쪽의 월지, 저(氐), 강(羌)과 접하고 있었다. 선우가 머물고 있는 곳왕정(王庭)이라 함은 대군과 운중군을 마주하고 있었다. 제각기 영역이 있었고 물과 풀을 따라 옮겨 다녔다. 그들 중에서 좌우현왕과 좌우곡려왕의 영역이 가장 크고, 좌우골도후는 〔선우의〕 정치를 보좌했다. 스물네 명의 장은 또한 각각 스스로 천장(千長), 백장(百長), 십장(什長), 비소왕(裨小王), 상(相), 봉(封), 도위(都尉), 당호(當戶), 저거(且渠) 등의 속관을 두었다.

매년 정월에는 여러 장(長)이 선우의 왕정에서 소규모 집회를 열고 봄 제사를 지냈다. 5월에는 농성(蘢城)에서 대규모 집회를 열어 그들의 조상과 하늘과 땅과 귀신들에게 제사를 지냈다. 가을날 말이 살찔 무렵에는 대림(蹛林)에서 대규모 집회를 열어 백성과 가축의 숫자를 조사했다. 그들의 법에는 칼을 뽑아 한 자 이상 상처를 낸 자는 사형에 처하고, 도둑질하는 자는 그 가족과 재산을 다 빼앗으며, 가벼운 죄가 있는 자는 알형(軋刑)칼로 얼굴을 가르거나 수레바퀴 밑으로 몸을 넣어 뼈를 부수는 형벌에 처하고, 큰 죄를 지은 자는 사형에 처했다. 옥에 가두는 것은 길어도 열흘을 넘지 않았으며 온 나라의 죄수는 몇 명에 지나지 않았다.

선우는 매일 아침 군영에서 나와 해돋이를 보고 절하고 저녁에는 달을 보고 절했다. 앉는 자리는 왼쪽을 높이 여기고 북쪽을 향했다. 날은 무일(戊日)과 기일(己日)을 길일로 숭상했다. 장례식에는 관곽(棺槨)에 금, 은, 옷, 갖옷을 넣을 뿐 봉분을 하거나 나무를 심는 일은 없으며 상복도 입지 않았다. 〔선우가 죽으면〕 가까이서 총애를 받던 신하나 애첩을 순장했는데, 많을 때는 수천 수백 명에 이르기도 했다. 전쟁을 일으킬 때는 별과 달의 상태를 보았으니, 달이 차고 커지면 공격하여 싸우고 달이 이지러지면 군대를 물렸다. 공격하여 싸우는 중에 목을 베거나 포로를 잡은 자에게는 술 한 잔을 상으로 내리고, 노획품은 그것을 얻은 사람에게 주었으며, 〔포로를〕 잡은 사람이 노비로 삼게 했다. 그래서 싸울 때는 사람들마다 자기 이익을 좇아 교묘히 적을 꾀어내어 포위하는 데 뛰어났다. 그들은 적을 발견하면 새처럼 모여들어 이익을 다투었으나, 그들이 곤욕을 치르고 패했을 때는 기와가 깨지고 구름이 흩어지는 듯했다. 싸움에서 죽은 자를 거두어 수레에 태워 온 자에게는 죽은 자의 재산을 모두 가질 수 있게 했다.

그 뒤 〔묵돌은〕 북쪽으로 혼유(渾庾), 굴야(屈射), 정령(丁零), 격곤(鬲昆), 신리(薪犁) 같은 나라들을 복속시켰다. 이에 흉노의 귀족이나 대신들은 모두 탄복하여 묵돌 선우를 현명하다고 하였다.

싸울 것인가 화친할 것인가

이 무렵 한(漢)나라는 처음으로 중원을 평정하고 한왕(韓王) 신(信)을 대군으로 옮겨 마읍(馬邑)에 도읍을 정하게 했다. 흉노가 대대적으로 공격하여 마읍을 포위하자 한왕 신은 흉노에게 항복했다. 흉노는 한왕 신을 얻자, 병사를 이끌고 남쪽으로 구주산을 넘어 태원군(太原郡)을 치고 진양성(晉陽城) 아래까지 이르렀다. 고조는 몸소 병사를 이끌고 가서 그들을 공격하였는데, 때마침 겨울이어서 몹시 춥고 진눈깨비가 내려 병졸들 가운데 손가락이 떨어져 나간 자가 열에 두세 명은 되었다.

이에 묵돌은 거짓으로 싸움에서 져 달아나는 척하여 한나라 군대를 유인했다. 한나라 군대는 묵돌을 추격하였다. 묵돌은 정예 병사를 숨겨 둔 채 어리고 약한 병사들만을 보이는 곳에 배치했다. 그러자 한나라는 전군을 투입하여 보병을 32만 명으로 늘리고 북쪽으로 그들을 쫓아갔다. 고조가 먼저 평성(平城)에 이르렀는데 보병이 아직 다 도착하기 전에 묵돌은 정예 기병 40만 명을 풀어 고조를 백등산(白登山)에서 이레 동안 포위하였다. 한나라 군대는 포위망의 안팎에서 서로 구원할 수도 식량을 보급할 수도 없었다. [백등산을 포위한] 흉노의 기병 중 서쪽에 있는 자는 모두 백마를 타고 있고, 동쪽에 있는 자는 모두 청방마(靑駹馬)청마(靑馬)를 타고 있으며, 북쪽에 있는 자는 모두 오려마(烏驪馬)흑마(黑馬)를 타고 있고, 남쪽에 있는 자는 모두 성마(騂馬)적황마(赤黃馬)를 타고 있었다.

고조가 사자를 보내 연지에게 선물을 후하게 주자, 연지는 묵돌에게 이렇게 말했다.

"두 나라의 군주가 서로 곤경에 처하게 되어서는 안 됩니다. 지금 한나라 땅을 얻는다 하더라도 〔그곳은〕 선우께서 도저히 살 만한 곳이 못 됩니다. 또 한왕(漢王)은 신(神)의 도움을 받고 있다고 하니, 선우께서는 이러한 점을 살피십시오."

묵돌은 한왕 신의 장수 왕황(王黃), 조리(趙利)의 군대와 합류하기로 기약했지만 그들 또한 〔제 날짜에〕 오지 않아 한(漢)나라와 공모하였을 것으로 의심하던 중이므로 연지의 말을 받아들여 한 모퉁이 포위망을 풀어 주었다. 따라서 고조는 병사들을 모두 가득 끌어가지고 활시위를 한껏 잡아당겨 밖으로 겨누게 하고는 포위가 풀린 한 모퉁이로 탈출하여 마침내 〔밖에 있던〕 대군과 합류할 수 있었다. 묵돌은 마침내 군대를 이끌고 돌아갔고, 한(漢)나라도 군대를 이끌고 돌아갔다. 〔한나라는〕 유경(劉敬)을 사신으로 보내 화친 맹약을 맺게 했다.

그 뒤 한왕 신은 흉노의 장군이 되었고, 조리와 왕황 등은 자주 〔화친〕 맹약을 어기고 대군과 운중군으로 쳐들어와 도적질을 일삼았다. 얼마 지나지 않아 진희(陳豨)가 모반을 꾀하고, 또다시 한왕 신과 공모하여 대군을 공격하였다. 한나라는 번쾌를 보내 이들을 치게 하여 대, 안문, 운중의 여러 군현을 다시 탈환하기는 했지만 국경의 요새 밖으로 출동시키지는 않았다.

이 무렵 한나라 장수 가운데 흉노에 투항하는 자가 많으므로 묵돌은 언제나 대군 지역을 넘나들면서 약탈했다. 한나라 고조는 고민 끝에 유경을 시켜 종실의 여자를 공주라고 바쳐 선우의 연지로 삼게 하고 해마다 흉노에게 일정량의 무명, 비단, 술, 쌀 같은 식품을 보내 주어 형제 나라가 되기로 화친하였다. 묵돌은 침략을 잠시 멈추었으나, 그 뒤 연나라 왕 노관이 [한나라를] 배반하고 그 일당 수천 명을 이끌고 흉노에게 투항하여 상곡군 동쪽 지역을 오가며 괴롭혔다.

고조가 세상을 떠나고 효혜제와 여 태후 시대에 들어와 한나라는 비로소 안정을 찾았으나 여전히 흉노는 교만했다. 묵돌이 고후에게 편지를 보내 망령된 말을 했다. 고후는 흉노를 치려 했으나 여러 장수가 말했다.

"고제께서는 현명하고 용감했지만 오히려 평성에서 곤욕을 치렀습니다."

그리하여 고후는 공격하지 않고 다시 흉노와 화친했다.

효문제가 막 즉위하자 다시 화친에 관한 사안을 점검했다. 그런데 효문제 3년 5월에 흉노 우현왕이 하남 지역으로 쳐들어와 있으면서 상군의 요새를 공격하여 [한나라를 위해] 수비하고 있던 만이(蠻夷)를 침략하고 백성을 죽이고 약탈했다. 그리하여 효문제는 승상 관영에게 조서를 내려 전차와 기병 8만 5000명을 출동시켜 고노(高奴)로 가서 우현왕을 치게 했다. 우현왕은 변방으로 도망쳐 버렸다. 그런데 효문제가 태원까지 행차했는데 이때 제북왕이 반란을 일으켰으므로, 효문제는 돌아와야 했고, 승상 지휘하의 흉노 토벌을 멈출 수밖에 없었다.

그 이듬해에 선우는 한나라에 다음과 같은 글을 보내 말했다.

하늘이 세운 흉노의 대선우는 삼가 묻노니, 황제께서는 무탈하십니까? 예전에 황제께서 화친에 관한 말을 했을 때 그 글의 취지가 마음에 들어 기꺼이 화친을 맺었습니다. 그런데 한나라의 변방 관리가 우리 우현왕을 침범하여 모욕을 주었으므로 우현왕은 나 선우에게도 알리지 않고 후의(後義), 노후(盧侯), 난지(難氏) 등의 계책을 받아들여 한나라 관리와 싸워 두 나라 군주 사이에 맺은 맹약을 깨뜨리고 형제로서의 친애의 정마저 떼어 놓았습니다. 문책하는 황제의 서신이 두 차례나 왔으므로 사자를 보내 편지로 회답했는데, (우리 사자도) 돌아오지 않았고 한나라 사자도 오지 않았습니다. 이렇게 해서 한나라가 화친하지 않겠다면 이웃하고 있는 우리 나라도 가까이 지낼 수 없습니다. 지금 낮은 관리들이 약속을 깨뜨렸기 때문에 우현왕에게 그 벌로 서쪽 월지를 치게 하였는데 하늘의 가호와 정예 병사와 강력한 말로써 월지를 전멸시키고 그들을 모두 베어 죽여 항복시켰으며 누란(樓蘭), 오손(烏孫), 호걸(呼揭) 및 그 곁의 스물여섯 나라를 평정하여 모두 흉노에 귀속시켰습니다. 활을 당길 수 있는 모든 백성이 모여 한집안이 되었습니다. 북쪽 지역은 안정되었으니, 원컨대 싸움을 멈추고 사졸들을 쉬게 하며 말이나 길러 앞서 있었던 불화를 불문에 부치고 옛날의 맹약을 회복시켜 변방의 백성을 안정시키고, 처음 응대했던 옛날처럼 젊은이들이 잘 자라게 하고 노인들이 그들의 거처에서 편안하며 대대로 평화와 안락을 누리게 하십시오. 그러나 황제의 뜻을 알 수 없어 낭중(郞中) 계우천(係雩淺)을 시켜 이 편지를 드리도록 하고 낙타 한 마리, 승마 두 필, 마차에 맬 말 여덟 필을 바칩니다. 황제께서 흉노가 변방 요새 가까이 오는 것을 원치 않는다면 관리와 백성에게 조서를 내려 멀리 떨어져서 살도록 해 주기 바랍니다. 사자가 이르는 즉시 돌려보내 주십시오.

그 사자는 6월 중에 신망(薪望) 땅에 이르렀다.
편지가 도착하자 한나라에서는 공격과 화친 가운데 어느 쪽이 유리한가를 의논했다. 공경들은 한결같이 말했다.
"선우는 막 월지를 깨뜨리고 승세를 타고 있어 공격해서는 안 됩니다. 또한 흉노 땅을 얻게 되더라도 늪과 소금기가 많아 살 만한 곳이 못 되므로 화친하는 편이 훨씬 유리합니다."
그래서 한나라는 화친을 허락했다.
효문제 전원(前元) 6년에 한나라는 흉노에게 이러한 편지를 보냈다.

황제는 삼가 흉노의 대선우에게 묻노니 무탈하십니까? 낭중 계우천을 통해 짐에게 보낸 편지에서 "우현왕은 나 선우에게도 알리지 않고 후의, 노후, 난지 등의 계책을 받아들여 〔한나라 관리와 싸워〕두 나라 군주 사이에 맺은 맹약을 깨뜨리고 형제로서의 친애의 정마저 떼어 놓았습니다. 이렇게 해서 한나라가 화친하지 않겠다면 이웃하고 있는 우리 나라도 가까이 지낼 수 없습니다. 지금 낮은 관리들이 약속을 깨뜨렸기 때문에 우현왕

에게 그 벌로 서쪽 월지를 치게 하였는데 북쪽 지역은 다 안정
되었으니, 원컨대 싸움을 멈추고 사졸들을 쉬게 하며 말이나
길러 앞서 있었던 불화를 불문에 부치고 옛날의 맹약을 회복시
켜 변방의 백성을 안정시키고, 옛날처럼 젊은이들이 잘 자라게
하고 노인들이 그들의 거처에서 편안하며 대대로 안정된 생활
을 하여 평화와 안락을 누리게 하십시오."라고 하였습니다. 짐
은 이 말을 매우 가상히 여깁니다. 이것이야말로 옛 성스러운
군주의 뜻입니다. 한나라는 흉노와 약속하여 형제 나라가 되었
으므로 선우에게 매우 후한 선물을 보내고 있었는데 맹약을 어
기고 형제로서의 친애의 정을 벌어지게 한 것은 언제나 흉노 쪽
이었습니다. 그러나 우현왕이 일으킨 일은 한나라에서 사면령
을 내리기 전의 일이므로 선우는 그를 심하게 처벌하지는 마십
시오. 만일 선우가 이 편지의 뜻에 찬동하여 당신 나라의 관리
들에게 분명하게 알려서 맹약을 저버리지 않고 신의를 지키게
한다면, 삼가 선우께서 보낸 편지 내용과 같이 하겠습니다. 사
자의 말에 의하면 선우께서 스스로 병사들을 이끌고 나가 여
러 나라를 쳐서 공을 세웠으나 전쟁으로 인한 수고로움도 크다
하니, 짐이 입는 수겹기의(繡袷綺衣), 수겹장유(繡袷長襦), 금겹포
(錦袷袍) 각각 한 벌, 비여(比余)장식으로 머리에 꽂는 빗 한 개, 황
금으로 장식한 허리띠 한 개, 황금으로 꾸민 띠와 고리 한 개,
수놓은 비단 열 필, 비단 서른 필, 붉은 비단과 푸른 비단 각각
마흔 필을 중대부 의(意)와 알자령(謁者令)문서를 전달하는 관직
견(肩)을 시켜 선우에게 보냅니다.

그 뒤 얼마 안 가서 묵돌이 죽고 아들 계육(稽粥)이 자리에 올라 노상 선우(老上單于)라 했다.

중항열의 배반과 한나라의 근심거리

노상계육 선우가 막 자리에 오르자 효문제는 또 종실의 딸을 공주라 하여 선우에게 보내 연지로 삼게 하고, 연나라 출신의 환관 중항열(中行說)을 공주의 부(傅)로 삼았다. 중항열은 가기 싫지만 한나라에서 억지로 그를 사자로 보내려 하자 그가 말했다.

"반드시 내가 가야 한다면 한나라의 골칫거리가 될 것이다."

중항열은 [흉노에] 도착하자, 곧 선우에게 귀순했다. 선우는 그를 매우 가까이하고 총애했다.

애초에 흉노는 한나라의 비단과 무명과 먹거리를 좋아했는데, 중항열이 말했다.

"흉노의 인구는 한나라의 군 하나에도 미치지 못합니다. 그러면서도 강한 이유는 먹고 입는 것이 [한나라와] 달라 한나라에 바라지 않기 때문입니다. 지금 선우께서 풍속을 바꾸어 한나라의 물자를 좋아하게 된다면 흉노가 한나라 물자의 10분의 2를 채 쓰기도 전에 흉노 백성은 모두 한나라에 귀속될 것입니다. 한나라 비단과 무명을 얻어 옷을 지어 입고 말을 타고 풀이나 가시덤불 속을 달려 보십시오. 웃옷과 바지는 모두 찢어져서 못 쓰게 될 것입니다. 이렇게 함으로써 백성에게 비단옷이나 무명옷이 털옷이나 가죽옷만큼 완벽하거나 좋지 않음을 보이십시오. 또 한나라의 먹을거리를 얻게 되면 모두 버려서 그것들이 젖과 유제품의 편리함과 맛만 못함을 보이십시오."

그리하여 중항열은 선우의 좌우에 있는 신하들에게 숫자를 기록하는 방법을 가르쳐 인구와 가축 수를 헤아려 세금을 매기도록 했다.

한나라가 선우에게 편지를 보내올 때는 목판(木板)을 한 자 한 치 크기로 썼는데, 문장은 이러했다.

황제는 삼가 흉노의 대선우에게 묻노니 무탈하십니까? 보내는 물품과 언어는 이러합니다.

중항열은 선우가 한나라에 편지를 보낼 때는 목판을 한 자두 치 크기로 쓰게 하고 봉인(封印)도 모두 〔한나라보다〕 넓고 크고 길게 하도록 하였으며, 그 문구도 거만하게 이렇게 쓰게 했다.

천지가 낳으시고 일월이 세워 주신 흉노의 대선우는 삼가 묻노니 한나라 황제께서는 무탈하십니까? 보내는 물품과 언어는 이러합니다.

한나라의 어떤 사자가 말했다.

"흉노에는 노인을 천대하는 풍습이 있소."

중항열은 한나라 사자를 꾸짖으며 말했다.

"당신네 한나라 풍습에도 수자리를 살러 군대를 따라 막 출발하려고 하는 사람이 있다면 그의 늙은 어버이가 자신의 따뜻하고 두터운 옷을 벗어 주고 영양 많고 맛있는 음식을 나누어 주어 수자리를 보내지 않소?"

한나라 사자가 말했다.

"그렇소."

중항열은 말했다.

"흉노는 분명 싸움의 공적을 일삼는 종족이므로 늙고 약한 사람이 싸울 수는 없소. 그래서 영양 많고 맛있는 음식을 건장한 사람들에게 먹이는 것이오. 이렇게 하여 스스로를 지키고 아버지와 아들이 서로 오랫동안 보존할 수 있는 것이니, 어떻게 흉노가 노인을 천대한다고 하겠소?"

한나라 사자가 말했다.

"흉노는 아버지와 아들이 같은 막사에서 살며 아버지가 죽으면 아들이 그 계모를 아내로 삼고, 형제가 죽으면 남아 있는 형제가 그의 아내를 맞아 자기 아내로 삼소. 관을 쓰고 속대를 하는 꾸밈이나 조정에서의 예의도 없소."

중항열이 말했다.

"흉노의 풍습에 사람은 가축의 고기를 먹고 그 젖을 마시며 그 가죽으로 옷을 만들어 입소. 가축은 풀을 먹고 물을 마시며 철마다 옮겨 다니오. 그래서 그들은 급박할 때에는 말타기와 활쏘기를 익히고 한가할 때에는 일 없는 것을 즐기고 있소. 그들의 약속은 간편하여 실행하기 쉽고, 군주와 신하의 관계는 간단하고 쉬워 한 나라의 정치가 마치 한 몸인 듯하오. 아버지, 아들, 형, 동생이 죽으면 그들의 아내를 맞아들여 자기 아내로 삼는 것은 종족의 성씨가 끊길까 염려하기 때문이오. 그래서 흉노는 어지러워져도 한 핏줄의 종족을 세울 수 있는 것이오. 지금 중원에서는 드러내 놓고 자기 아버지와 형의 아내를 아내로 삼는 일은 없지만 친족 관계가 더욱 멀어져 서로 죽이기도 하고, [혁명이 일어나] 천자의 성을 바꾸기도 하는데 모두 이런 데서 생기는 것이오. [마음속으로 생각하는 것과는 달리] 예의만을 지키다 보면 윗사람과 아랫사람이 서로 원망만 하게 되오. 궁실과 가옥을 지나치게 아름답게 꾸미다 보면 생산할 힘을 다 쓰게 되오. 대체로 [한나라는] 밭을 갈고 누에를 쳐서 먹거리와 입을 것을 구하고 성곽을 쌓아서 스스로 방비하기 때문에 그 백성들은 다급할 때에는 싸워서 공을 이루는 것이 익숙하지 않고, 평상시에는 생업에 지쳐 있소. 슬프구나! 흙으로 지은 집에 사는 한나라 사람들이여! 자신을 돌아보고 마음대로 말하지 마시오. 옷자락을 살랑살랑 움직이고 다니지만 머리에 관을 쓴다고 한들 무슨 쓸모가 있겠소?"

이때 이후로 한나라 사자가 변론을 하려 하면 중항열은 그때마다 말했다.

"한나라 사자여! 쓸데없는 말을 하지 마시오. 한나라가 흉노에게 보내는 비단, 무명, 쌀, 누룩의 수량이 정확히 맞고 품질이 좋으면 그만이오. 달리 무슨 말이 필요하겠소? 보내는 물품이 갖추어지지 않았거나 질이 나쁘면 곡식이 익는 가을을 기다렸다가 기마를 달려 당신네 농작물을 짓밟아 버릴 것이오."

그러고는 선우에게 밤낮으로 한나라 침공에 유리한 지점을 살피도록 지도했다.

한나라 효문제 14년에 흉노 선우의 기병 14만 명이 조나와 소관으로 쳐들어와 북지군(北地郡)의 도위 앙(卬)을 죽이고 많은 백성과 가축을 사로잡아 갔다. 드디어 팽양(彭陽)까지 쳐들어와 기습병을 풀어 회중궁(回中宮)을 불사르고, 척후(斥候)의 기병은 옹주(雍州)에 있는 감천궁까지 이르렀다. 효문제는 중위(中尉) 주사(周舍)와 낭중령 장무(張武)를 장군으로 삼아 전차 1000대, 기병 10만 명을 동원하여 장안 근처에서 진을 치고 흉노의 침략에 대비했다. 그리고 창후(昌侯) 노경(盧卿)을 상군장군(上郡將軍)으로, 영후(甯侯) 위속(魏遫)을 북지장군(北地將軍)으로, 융려후(隆慮侯) 주조(周竈)를 농서장군(隴西將軍)으로, 동양후(東陽侯) 장상여(張相如)를 대장군으로, 성후(成侯) 동적(董赤)을 전장군(前將軍)으로 삼아 전차와 기병을 크게 동원하여 흉노를 치게 했다. 선우는 요새 안에서 머무른 지 한 달여 만에 돌아갔다. 한나라 군대는 요새 밖까지 출동하여 쫓아갔지만 되돌아와 흉노를 죽이지도 못했다. 흉노는 날이 갈수록 교만해져 해마다 변경으로 쳐들어와 백성과 가축을 죽이고 약탈하는 일이 매우 많았는데 운중군과 요동군이 가장 심했으며, 대군에서도 1만 명 이상이 피해를 입었다.

한나라는 이것을 걱정하여 사신을 시켜서 흉노에게 편지를 보냈고, 선우도 당호(當戶)를 시켜 사과하고 다시 화친을 논의했다.

하늘과 땅은 치우치지 않는다

효문제는 후원 2년에 사신을 시켜 흉노에게 이러한 편지를
보냈다.

황제는 삼가 흉노의 대선우에게 문안하노니 무탈하십니까?
당호를 겸한 저거(且居) 조거난(雕渠難)과 낭중 한료(韓遼)를 시
켜 짐에게 보낸 말 두 필이 도착하여 삼가 받았습니다. 우리 선
제(先帝)고조 유방의 조칙에는 "장성 북쪽으로 활을 당기는 나라
는 선우에게 명령을 받고, 장성 안쪽의 의관 속대를 차는 나라
는 짐이 통솔하여 백성에게 밭을 갈고 베를 짜고 사냥을 하고
먹고 입게 하여 아버지와 아들이 헤어지는 일이 없고 군주와
신하가 서로 편안히 하여 모두 포악하거나 거스르는 일이 발생
하는 일이 없게 하라."라고 하였습니다. 그런데 지금 들리는 바
로는 사악한 백성이 탐욕스럽게도 이익에 눈이 멀어 의리를 저
버리고 약속을 어기며 백성의 생명을 망각하고 두 나라 군주
의 우의를 떼어 놓았다고 합니다. 그러나 그것은 이미 지난 일
입니다. 당신 편지에도 "두 나라는 이미 화친하고 두 군주가 함
께 즐기며 싸움을 그치고, 병사들을 쉬게 하고 말을 길러 대대
로 번영과 화락을 위해서 새 출발합시다."라고 했으니 짐은 이
것을 매우 가상히 여깁니다. 성인은 날마다 새롭게 고쳐서 보
다 나은 정치를 하여 늙은이가 쉴 곳을 얻도록 하고, 어린이들
이 잘 자랄 수 있도록 하여, 각자가 그 생명을 보존하여 하늘

에서 준 수명을 살다가 마칠 수 있게 합니다. 짐이 선우와 함께 이 도(道)를 따라 하늘에 순응하고 백성을 돌보며 대대로 전하여 끝없이 베푼다면 천하에서 편안하지 않은 사람은 없을 것입니다. 한나라와 흉노는 서로 이웃하여 필적하는 나라입니다. 흉노는 북쪽 땅에 자리잡고 있어 춥고 살벌한 기운이 일찍 내리기 때문에 관리에게 조서를 내려 선우에게 해마다 수량을 정하여 차조, 누룩, 황금, 비단, 무명 및 그 밖의 물건들을 보내게 했습니다.

지금 천하는 아주 평화로우며 백성은 즐거워하고 있으니, 짐과 선우는 백성의 부모입니다. 짐이 지난 일을 돌이켜 생각해 보건대 모두 모신들의 잘못된 계책에서 기인한 하찮은 일이었으므로 모두 형제 나라로서의 즐거움을 떼어 놓을 만한 것은 못 됩니다. 짐이 든건대 하늘은 치우쳐 덮지 않으며, 땅은 치우쳐 싣지 않는다고 합니다. 짐과 선우는 모두 지난날의 사소한 일들은 흘려보내고 대도(大道)를 걸으며 과거 나빴던 것을 제거하고 장구한 앞날에 대한 계책을 세워 두 나라의 백성을 한집안 자식처럼 대해야 합니다. 선량한 모든 백성과 아래로는 물고기나 자라에 미치고 위로는 나는 새에 이르기까지 발로 걷고 입으로 숨 쉬며 꿈틀거리는 것조차도 편안하고 이익을 얻도록 나아가게 하고 위태로움을 피하지 못하는 자가 없게 하고 싶습니다. 그러므로 오는 것을 막지 않는 것이 하늘의 도입니다. 다 함께 지난 일은 잊어버립시다. 짐은 흉노로 달아난 백성을 사면하겠으니 선우도 장니(章尼)한나라에 항복한 흉노 사람 등과 같은 자들을 나무라지 마십시오. 짐이 든건대 옛날 제왕은 약속을

338

분명히 하고 식언하는 일이 없었다고 합니다. 선우가 〔화친에〕 마음을 두면 천하는 크게 편안할 것입니다. 화친한 뒤에는 한나라가 먼저 약속을 어기는 잘못을 범하지 않을 것입니다. 선우는 이 점을 살펴보십시오.

선우가 이미 화친을 약속하자, 효문제는 어사(御史)에게 조서를 내렸다.

흉노의 대선우는 짐에게 편지를 보내 화친을 제안했고, 화친은 이미 결정되었소. 〔흉노에서〕 도망쳐 온 자들은 인구를 더해 주거나 땅을 넓히는 데도 도움이 못 될 것이오. 흉노는 변방까지 침입하지 않을 테니 한나라도 변방을 벗어나서는 안 되오. 이러한 맹약을 어기는 자는 사형에 처할 것이니 오래 화친할 수 있을 테고, 뒷날에도 문제가 생기지 않을 테니 모두에게 이로울 것이오. 짐은 화친을 허락하였으니 천하에 포고하여 명백히 알리시오.

그 뒤 4년이 지나 노상계육 선우가 죽고, 그 아들 군신(軍臣)이 자리에 올라 선우가 되었다. 군신 선우가 즉위하자 효문제는 다시 흉노와의 화친을 섬섬했다. 중항열은 다시 군신 선우를 섬겼다.

마읍 사건

군신 선우가 자리에 오른 지 4년 만에 흉노는 다시 화친을 끊고 상군과 운중군에 각각 기병 3만 명을 이끌고 대대적으로 들어와 많은 사람을 죽이고 약탈한 뒤 물러갔다. 그래서 한나라는 세 장군장무(張武), 소의(蘇意), 영면(令勉)의 군대를 북지군에 주둔시켰으니 대나라에서는 구주산에 주둔시키고, 조나라에는 비호(飛狐)의 입구에 주둔시켰으며, 변방 지대에도 각각 수비를 튼튼히 하여 흉노의 침입에 대비했다. 또 〔다른〕 세 장군주아부, 서려(徐厲), 유례(劉禮)을 배치시켜 장안 서쪽의 세류(細柳), 위수(渭水) 북쪽의 극문(棘門)과 패상(霸上)에 진을 치고 흉노에 대비하도록 했다. 흉노 기병이 대의 구주산 변방으로 쳐들어왔다. 봉화가 감천에서 장안까지 전해졌으나, 여러 달이 걸려 한나라 군대가 변방까지 이르렀으므로 흉노는 변방 멀리 물러간 뒤였기에 한나라 군대도 철수했다. 그 뒤 1년여 만에 효문제가 죽고 효경제가 즉위하자, 조나라 왕 수(遂)한고조의 손자 유수(劉遂)가 몰래 흉노로 사람을 보내 오나라와 초나라가 모반한 틈을 타 조나라와 모의하여 변방을 침입하도록 했다. 그러나 한나라 군대가 조나라를 포위하여 깨뜨렸으므로 흉노도 〔침략을〕 포기했다. 그 뒤 효경제는 흉노와 다시 화친을 맺고, 본래 맹약한 대로 관시(關市)에서 교역하고 흉노에게 물자를 보내며 한나라 공주도 보내 주었다. 효경제 시대가 끝날 때까지 흉노는 사소하게 변방으로 침입하여 훔치는 일이 있었으나 대규모로 침략하지는 않았다.

지금의 황제효무제는 즉위하자 〔흉노와〕 화친 맹약을 명확히 하고 후하게 대우했으며, 관시에서 교역하고 흉노에게 넉넉한 물자를 보내 주었다. 흉노는 선우 이하가 모두 한나라와 친해져 장성(長城) 부근까지 왕래했다. 그런데 한나라에서 마읍성 밑에 사는 섭일(聶壹)이라는 노인에게 법금(法禁)을 어기고 〔변방을 넘어〕 물자를 반출하여 흉노와 교역하도록 하고 거짓으로 마읍성을 파는 척하여 선우를 유인하도록 했다. 선우는 그의 말만 믿고 마읍의 재물을 탐내 10만 명의 기병을 이끌고 무주(武州)의 변방으로 들어왔다. 한나라는 병력 30만 명을 마읍 주위에 매복시키고는 어사대부 한안국을 호군(護軍)으로 삼아 네 장군을 통솔하여 선우를 습격했다. 선우는 한나라 변방으로 들어와 마읍으로부터 100리쯤 떨어진 곳에 이르렀으나 들에는 가축들만 흩어져 있을 뿐 가축을 먹이는 사람들이 보이지 않는 것을 괴이하게 여겨 정장(亭障)을 공격했다. 이때 안문군의 위사(尉史)가 순시하다가 오랑캐가 쳐들어오는 것을 보고 정장을 지키고 있었는데, 그는 한나라 군대의 모략을 알고 있었다. 선우가 그를 붙잡아 죽이려 하자, 그는 선우에게 한나라 군대가 있는 곳을 일러 주었다. 선우는 몹시 놀라며 밀했다.

"나는 정녕 의심스러웠다."

그래서 병력을 이끌고 돌아와 〔변방을〕 벗어나자 말했다.

"내가 위사를 잡은 것은 하늘의 뜻이니 하늘이 그대를 시켜 말한 것이다."

그러고는 위사를 '천왕(天王)'이라고 불렀다. 한나라 군대는 선우가 마을으로 들어오면 군사를 내어 치자고 약속해 두었지만 선우가 오지 않았으므로 아무런 소득도 얻지 못했다. 한나라 장군 왕회의 부대는 대에서 나와 흉노의 보급 부대를 치기로 되어 있었으나 선우의 철수 병력이 많다는 말을 듣고 감히 나가지 못했다. 한나라에서는 왕회가 원래 이 전략을 세워 놓고 진격하지 않았다 하여 왕회를 참형에 처했다.

이로부터 흉노는 한나라와 화친을 끊고 흉노가 다니는 길에 위치한 요새를 공격했으며, 한나라 변방 지대에서 노략질하는 일이 이루 헤아릴 수 없이 많았다. 그러면서도 흉노는 탐욕스러워 여전히 관시의 교역을 즐기며 한나라의 재물을 좋아했다. 한나라도 여전히 관시의 교역을 끊지 않고 흉노에게 맞추어 주도록 했다.

흉노와 한나라의 지리멸렬한 싸움

마읍 사건이 있은 지 5년이 지난 가을에 한나라는 장군 네 명에게 각각 기병 1만 명을 이끌고 가서 관시 근처에서 흉노를 공격하도록 했다. 장군 위청은 상곡군에서 출동해 용성에 이르러 흉노의 수급과 포로 700명을 얻었다. 공손하는 운중군에서 출동하였으나 이렇다 할 소득이 없었고, 공손오는 대군에서 출동해 흉노에게 패하여 700여 명을 잃었다. 이광은 안문군에서 출격해 흉노에게 패하고 사로잡혔지만 나중에 도망쳐 돌아왔다. 한나라는 공손오와 이광을 옥에 가두었는데 이들은 속죄금을 내고 평민이 되었다.

그해 겨울에 흉노는 변경을 자주 침입하여 노략질했는데, 어양군(漁陽郡)이 특히 심하였다. 한나라는 장군 한안국을 어양군에 주둔시켜 흉노에 대비하도록 했다. 그 이듬해 가을에 흉노 기병 2만 명이 한나라에 쳐들어와 요서군 태수를 죽이고 2000여 명을 잡아갔다. 흉노가 또 쳐들어와 어양군 태수의 군대 1000명을 패배시키고 한나라 장수 한안국을 에워쌌다. 한안국은 그때 기병 1000명만을 가지고 있으며 그마저도 다 없어진 상태였다. 마침 연나라에서 구원병이 왔으므로 흉노군이 물러갔다. 흉노는 또 안문군으로 쳐들어와 1000여 명을 죽이거나 잡아갔다. 그래서 한나라는 장군 위청에게 기병 3만 명을 이끌고 안문군에서 출동하도록 하고, 이식(李息)에게는 대군에서 출동하여 흉노를 치게 하여 수급과 포로 수천 명을 얻었다. 그 이듬해에 위청은 다시 운중군 서쪽으로 출동하여 농서군에 이르러 흉노의 누번왕과 백양왕을 하남에서 깨뜨리고, 흉노의 수급과 포로 수천 명과 소와 양 100여만 마리를 얻었다. 그리하여 한나라는 마침내 하남 땅을 점령하여 삭방군에 요새를 쌓고, 또 옛날 진나라 때 몽염이 쌓은 요새를 다시 수리하고 하수(河水)를 따라 방비를 굳건히 했다. 한나라는 또한 상곡군의 열 개의 치우쳐 있는 마을을 버리고 조양현 땅을 흉노에게 넘겨주었다. 이해가 한나라 원삭 2년이었다.

그 이듬해 겨울에 흉노의 군신 선우가 죽었다. 군신 선우의 아우 좌녹려왕 이치타(伊稚斜)가 스스로 선우가 되어 군신 선우의 태자 오단(於單)을 깨뜨렸다. 오단이 달아나 한나라에 항복하였다. 한나라는 오단을 섭안후(涉安侯)로 봉했지만 몇 달 뒤에 죽었다.

이치사 선우가 즉위하자, 그해원삭 3년 여름에 흉노의 기병 수만 명이 쳐들어와 대군 태수 공우(恭友)를 죽이고 1000여 명을 노략질했다. 그해 가을에 흉노가 또 안문군으로 쳐들어와 1000여 명을 죽이거나 노략질했다. 그 이듬해에 흉노는 또다시 대군, 정양군, 상군에 각각 기병 3만 명을 이끌고 쳐들어와 수천 명을 죽이거나 노략질했다. 흉노 우현왕은 한나라가 그들의 하남 땅을 빼앗고 삭방군에 요새 쌓은 일을 원망하여 변경으로 자주 쳐들어와 노략질하고 하남으로 들어와서 삭방군을 소란스럽게 하며 관리와 백성을 죽이거나 약탈했는데 매우 심했다.

이듬해 봄에 한나라는 위청을 대장군으로 하여 장군 여섯 명과 10여만 병력을 이끌고 삭방과 고궐에서 출동하여 흉노를 치게 했다. [이때] 우현왕은 한나라 군대가 그곳까지 쳐들어올 수는 없을 것으로 여겨 술을 마시고 취해 있었다. 한나라 군대는 요새에서 600~700리나 나아가 야밤에 우현왕을 포위했다. 우현왕이 매우 놀라 몸을 돌려 달아나니 정예 기병들도 제각기 그 뒤를 따라 달아났다. 한나라 군대는 우현왕에게 딸려 있는 남녀 1만 5000명, 비소왕 10여 명을 잡았다. 그해 가을에 흉노 기병 1만 명이 쳐들어와 대군의 도위 주영을 죽이고 1000여 명을 잡아갔다.

그다음 해 봄에 한나라는 또 대장군 위청에게 장군 여섯 명과 기병 10여만 명을 거느리고 다시 정양에서 수백 리를 나아가 흉노를 치게 하여 앞뒤를 통하여 수급과 포로 1만 9000여명을 얻었다. 그러나 한나라도 장군 두 명과 기병 3000여 명을 잃었다. 우장군 소건(蘇建)은 몸만 빠져나왔고, 전장군 흡후(翕侯) 조신(趙信)의 군사는 전세가 불리하여 흉노에게 항복했다. 조신은 본래 흉노의 소왕(小王)이었으나 한나라에 항복하자, 한나라가 흡후로 봉한 사람이었다. 조신은 전장군으로서 우장군의 군대와 힘을 합쳐 주력부대와 별도로 진군하다가 단독으로 선우의 군대를 만나 전멸한 것이다. 선우는 흡후를 얻게 되자 자차왕(自次王)으로 삼아 자기 누이를 그에게 시집보내고, 함께 한나라에 대한 전략을 논의했다. 조신은 선우에게 좀 더 북쪽으로 물러서서 사막을 가로질러 한나라 군대를 유인하여 피로하게 만든 뒤 극도로 지쳤을 때 공격하고, 요새를 가까이하지 말라고 가르쳤다. 선우는 그 계책을 따랐다.

그 이듬해에 흉노 기병 1만 명이 상곡군으로 쳐들어가 수백 명을 죽였다. 다시 그 이듬해 봄에 한나라는 표기장군 곽거병을 시켜 기병 1만 명을 인솔하고 농서군에서 출격하게 하여 언지산(焉支山)에서 1000여 리나 지나서 흉노를 쳤다. 흉노의 수급과 포로 1만 8000여 명을 얻고 휴도왕(休屠王)을 깨뜨린 데다가 하늘에 제사를 지낼 때 쓰는 황금으로 만든 상(像)까지 손에 넣었다. 그해 여름에 표기장군은 다시 합기후(合騎侯)와 함께 기병 수만 명을 이끌고 농서군과 북지군에서 2000리를 나아가 흉노를 쳤다. 거연(居延)을 지나 기련산(祁連山)을 공격하고 흉노의 수급과 포로 3만여 명과 비소왕 이하 70여 명을 얻었다. 이때 흉노도 쳐들어와 대군과 안문군에서 수백 명을 죽이거나 잡아갔다. 한나라는 박망후와 장군 이광에게 우북평군에서 진격하여 흉노 좌현왕을 치게 했으나 오히려 좌현왕이 이 장군을 포위했는데 [이 장군의] 군사는 4000명가량으로 전멸할 지경이었으나 이쪽이 입은 손실보다 더 많은 적을 죽이거나 사로잡았다. 때마침 박망후의 구원병이 와서 이 장군은 [위기에서] 벗어날 수 있었다. 그러나 한나라는 기병 수천 명을 잃었다. 합기후는 표기장군과 약속한 날짜보다 늦게 도착하여 박망후와 함께 모두 사형을 당하게 되었으나 속죄금을 물고 서민이 되었다.

그해 가을 선우는 혼야왕(渾邪王)과 휴도왕이 서쪽에 있을 때 한나라 군대에게 죽거나 포로가 된 자가 수만 명이나 된 것에 노하여 이들을 불러들여 주살하려고 했다. 혼야왕과 휴도왕은 두려워 한나라에 항복하려고 했고, 한나라는 표기장군에게 가서 이들을 맞이하게 했다. 혼야왕은 휴도왕을 죽이고 그의 군사와 백성을 함께 인솔하여 와서 한나라에 항복했다. 그 군사의 수는 대체로 4만여 명이었으나 10만 명이라고도 했다. 이렇게 하여 한나라는 혼야왕을 얻었으므로 농서, 북지, 하서(河西) 지역은 흉노의 도적질이 더욱 줄어들었다. 그래서 함곡관 동쪽의 가난한 백성을 흉노로부터 빼앗은 하남과 신진중(新秦中)으로 옮겨 살게 하여 이 지역을 채우고, 북지군 서쪽의 수자리 병사들은 절반으로 줄였다. 그 이듬해에 흉노가 우북평군, 정양군으로 각각 쳐들어왔는데 각각 기병이 수만 명이나 되었다. [이들은] 1000여 명을 죽이거나 사로잡아서 돌아갔다.

그 이듬해 봄에 한나라에서 전략을 세워 "흡후 조신이 선우를 위해 계책을 세우기 때문에 선우는 사막 북쪽에 있으면서 한나라 군사가 그곳까지는 올 수 없을 것으로 생각하고 있다."라고 말한 뒤, 말을 배불리 먹여 기병 10만 명을 출동시켰다. 보급품을 실은 말 이외에 개인 물건을 싣고 따르는 말이 14만 필이었다. 대장군 위청과 표기장군 곽거병에게 군사를 반으로 나눠 인솔하게 하고, 대장군은 정양에서 출격하고 표기장군은 대군에서 출격하게 하여 모두가 사막을 가로질러 흉노를 치기로 약속했다. [흉노의] 선우는 이 소식을 듣고 그의 보급품을 먼 곳으로 대피시킨 뒤 정예군만 이끌고 사막 북쪽에서 기다리다가 한나라 대장군과 접전을 벌였다.

접전을 벌이던 어느 날 해질 무렵에 때마침 큰 바람이 일었다. 한나라 군대는 이 틈을 타서 좌우의 군사를 놓아 선우를 포위했다. 선우는 스스로 이 싸움에서는 한나라 군대를 당할 수 없다고 생각하고 드디어 홀로 용감한 기병 수백 명만 데리고 한나라의 포위망을 뚫고 북서쪽으로 달아났다. 한나라 군대는 [선우를] 밤새 뒤쫓았으나 잡지 못하고, 가는 길에 흉노의 수급과 포로를 베기나 잡은 것이 1만 9000명이나 되었다. [한나라 군대는] 북쪽 전안산(闐顏山)에 있는 조신의 성까지 쳐들어갔다가 돌아왔다. 선우가 달아날 때 그의 병사들은 이따금 한나라 군대와 뒤섞여서 선우를 뒤쫓아 갔으므로 선우는 오랫동안 자기 부대와 만날 수 없었다. 그 뒤 우곡려왕은 선우가 죽은 줄 알고 자리에 올라 선우라고 하였다. 그러나 진짜 선우가 살아서 돌아와 다시 군을 장악하자 우곡려왕은 선우라는 호칭을 버리고 다시 우곡려왕이 되었다.

한나라 표기장군은 대군에서 출격하여 2000여 리를 나와 좌현왕과 맞서 싸웠다. 이때 한나라 군대는 흉노의 수급과 포로를 7만여 명 얻었으나, 좌현왕의 장군들은 모두 달아났다. 표기장군은 낭거서산(狼居胥山)에서 봉제(封祭)흙을 쌓아 놓고 하늘에 지내는 제사를 지내고, 고연산(姑衍山)에서 선제(禪祭)땅에 지내는 제사를 드린 뒤 한해(翰海)까지 갔다가 돌아왔다.

그 뒤로 흉노는 멀리 달아나서 사막 남쪽에는 흉노의 왕정이 없었다. 한나라는 황하를 건너 삭방군 서쪽으로부터 영거(令居)에 이르기까지 곳곳에 관개용 물길을 내고 밭 관리관을 두니, 그곳에 머무는 관리와 병졸은 5~6만 명이나 되었으며 점차 흉노 땅을 깎아먹고 들어가 흉노의 북쪽 땅과 접하게 되었다.

처음에 한나라 장군 두 명이 대거 출격하여 선우를 포위하고 죽이거나 포로로 잡은 것이 8~9만 명이나 되었지만 한나라 사졸도 수만 명이 죽고 한나라 말도 10여만 마리나 죽었다. 흉노는 피폐하여 멀리까지 달아났지만 한나라 군대도 말이 줄어들어 더 이상 출격할 수 없었다. 그 뒤 흉노는 조신의 계책을 받아들여 한나라로 사자를 보내 부드러운 말로 화친을 요청했다. 천자가 이에 관한 일을 신하들에게 논의하게 하자, 어떤 자는 화친을 주장하고 어떤 자는 끝내 흉노를 신하로 삼아야 한다고 주장했다. 승상의 장사(長史) 임창(任敞)이 말했다.

"흉노는 무너진 지 얼마 되지 않아 곤궁한 처지에 있으니, 마땅히 속국으로 삼아 변경에서 입조의 예를 하도록 하는 것이 좋습니다."

한나라는 임창을 선우에게 사자로 보냈다. 선우는 임창의 계책을 듣고 몹시 노하여 그를 잡아 두고 돌려보내지 않았다. 이보다 앞서 한나라에도 귀순해 온 흉노의 사자가 있었으므로 선우도 한나라 사자를 잡아 두어 이에 대항한 것이다. 한나라가 사졸과 군마를 징집하려 하는데 마침 표기장군 곽거병이 죽으니, 이에 한나라는 오랫동안 북상하여 흉노를 치지 않았다.

몇 년 뒤 이치사 선우가 즉위한 지 13년 만에 죽자, 그 아들 오유(烏維)가 자리에 올라 선우가 되었다. 이해는 한나라 원정(元鼎) 3년이었다. 오유 선우가 자리에 오르자 한나라 천자는 처음으로 군현을 순시하러 나왔다. 그 뒤 한나라는 남쪽으로 동월과 남월의 임금을 베었지만 흉노는 치지 않았고 흉노도 변경으로 쳐들어오지 않았다.

오유 선우가 자리에 오른 지 3년 만에 한나라는 남월을 멸망시키고 예전에 태복을 지낸 공손하에게 기병 1만 5000명을 이끌고 가서 흉노를 치도록 했는데, 구원(九原)에서 2000여 리나 진격하여 부저정(浮苴井)까지 갔지만 흉노라곤 한 사람도 보지 못하고 돌아왔다. 한나라는 다시 예전의 종표후(從驃侯) 조파노(趙破奴)에게 기병 1만여 명을 몰아 영거에서 수천 리를 나아가게 하여 흉하수(匈河水)까지 갔지만 흉노 한 사람도 보지 못하고 돌아왔다.

이때 천자는 변경 지대를 순시하여 삭방군에 이르러 기병 18만 명을 거느려 위세와 절도를 과시하고, 곽길(郭吉)을 시켜 선우에게 한나라의 위세를 알려 깨우쳐 주도록 했다. 곽길이 흉노에 이르자 흉노의 주인과 손님이 사자가 온 뜻을 물었다. 곽길은 예의를 갖추어 겸손하게 좋은 말로 말했다.

"선우를 뵙고 제 입으로 말씀드리겠습니다."

곽길은 선우를 만나자 이렇게 말했다.

"남월왕의 목은 이미 한나라 북문에 걸려 있습니다. 지금 선우께서 가능하다면 앞으로 나와 한나라와 싸우십시오. 천자께서 몸소 병사를 거느리고 변경에서 기다리고 있습니다. 선우께서 만약 그것이 불가능하다면 남쪽을 향하여 한나라의 신하가 되십시오. 어찌하여 부질없이 멀리까지 달아나 사막 북쪽의 춥고 괴롭고 물도 풀도 없는 땅에 숨어 지내십니까? [그렇게] 해서는 안 됩니다."

곽길의 말이 끝나자 선우는 매우 노하여 그 자리에서 곽길을 만나게 한 주인과 손님의 목을 베고, 곽길을 붙들어 놓고 돌려보내지 않고는 북해 근처로 옮겼다. 그러나 선우는 끝내 한나라 변경으로 쳐들어가지 않고 쉬면서 병사와 말도 쉬게 하고 사냥하여 활쏘기를 익히게 했다. 그러고는 자주 한나라로 사신을 보내 좋은 말과 달콤한 목소리로 화친을 청했다.

한나라는 왕오(王烏) 등에게 흉노를 살피게 했다. 흉노의 법에 의하면 한나라 사자라도 부절을 버리고 얼굴에 먹물을 들인 자가 아니면 [선우의] 막사 안으로 들어갈 수 없었다. 왕오는 북지군 출신으로 흉노의 풍습에 익숙했으므로 부절을 버리고 얼굴에 먹물을 들여 막사로 들어갈 수 있었다. 선우는 그에게 호의를 가지고 그 의견을 듣는 척하며 듣기 좋은 말로 태자를 한나라에 볼모로 보내서 화친하고 싶다고 했다.

한나라는 양신(楊信)을 흉노에 사자로 보냈다. 이 무렵 한나라는 동쪽으로 예맥과 조선을 함락시켜 군으로 삼고, 서쪽으로는 주천군(酒泉郡)을 두어 흉노가 강족(羌族)과 통하는 길을 끊었다. 또 한나라는 서쪽으로 월지, 대하와 우호 관계를 맺고 공주를 오손왕(烏孫王)에게 시집보내기도 하여 흉노를 지원하던 서쪽 여러 나라를 떼어 놓았다. 또 북쪽으로는 농지를 더욱 늘려 현뢰(胘雷)까지 이르고 요새를 쌓았다. 이렇게 했음에도 불구하고 흉노는 한마디도 없었다. 이해에 흡후 조신이 죽었다. 한나라의 정권을 잡고 있는 자들은 흉노가 이미 쇠약하므로 신하로 복종시킬 수 있을 줄로 여겼다. 양신은 됨됨이가 강직하며 굽힐 줄 모르는 사람이었으나, 본래 지위 높은 신하가 아니므로 선우는 가까이하려고 하지 않았다. 선우가 〔막사〕 안으로 불러들이려 했지만 그가 부절을 버리려 하지 않으므로 선우는 막사 밖에 앉아서 양신을 만났다. 양신은 선우를 보자 설득하여 말했다.

"만일 화친을 원한다면 선우의 태자를 한나라에 볼모로 보내십시오."

선우가 말했다.

"그것은 이전에 했던 약속과 다르오. 이전에 했던 약속에 따르면 한나라가 언제나 공주를 보내고 비단, 무명, 먹을 것

등 여러 물건을 보내 주어 화친할 때 흉노도 한나라의 변경을 소란스럽게 하지 않는다는 것이었소. 이번에는 옛날 약속과 달리 우리 태자를 볼모로 삼으려 하니, 그렇게 하지 않겠소."

흉노의 풍속상 한나라 사자가 중귀인(中貴人)이 아닌 것을 보면 그가 유생(儒生)일 경우는 설득하러 왔다고 보고 언변을 꺾으려 했고, 나이가 젊은 사람인 경우에는 칼로 찌르러 온 줄 알고 기세를 꺾으려 했다. 한나라 사자가 흉노로 들어올 때마다 흉노에서도 사자를 보냈고, 한나라에서 흉노의 사자를 붙잡아 두면 흉노에서도 한나라 사자를 붙잡아 두는 등 반드시 대등한 수단을 강구해 놓은 뒤에야 그만두었다.

양신이 돌아온 뒤 한나라는 왕오를 사자로 보냈다. 선우는 한나라의 재물을 많이 얻기 위해 달콤한 말로 아첨하고 왕오에게 이렇게 거짓말을 했다.

"내가 직접 한나라로 들어가 천자를 뵙고 그 앞에서 형제 나라가 되기로 약속하고 싶소."

왕오가 돌아와서 한나라에 보고하자, 한나라는 선우를 위하여 장안에 저택까지 지었다. (그런데) 흉노가 말했다.

"한나라가 지위가 높은 사람을 사자로 보내지 않으면 나는 그와 더불어 성의 있는 참된 말을 하지 않겠소."

흉노에서 지위가 높은 사람을 한나라에 사자로 보내왔는데, 그가 병이 들어 한나라에서 약을 주어 치료하려 했지만 불행하게도 죽고 말았다. 한나라는 노충국(路充國)에게 2000석 인수를 주어 사신으로 가게 하고, 유해를 보내 수천 금을 들여 후한 장례를 치르도록 하고는 말했다. 노충국은 자신이 한나라의 지위가 높은 사람이라고 말했다. 선우는 한나라가 자기의 지위 높은 사자를 죽였다고 여겨 노충국을 붙잡아 둔 채 돌려보내지 않았다. 지금까지 말한 여러 이야기로 보아 선우가 단지 왕오를 속인 것일 뿐 한나라로 들어온다든지 태자를 볼모로 보낼 생각은 전혀 없었다. 그래서 흉노는 자주 기습병을 보내 한나라 변경을 침범했다. 한나라는 곽창(郭昌)을 발호장군(拔胡將軍)으로 삼고, 또 착야후(浞野侯)를 삭방군 동쪽에 주둔시켜 흉노에 대비했다.

노충국이 흉노에 억류된 지 3년 만에 오유 선우가 죽었다.

오유 선우는 즉위한 지 10년 만에 죽고, 아들 오사려(烏師廬)가 자리에 올라 선우가 되었다. 그는 나이가 어리므로 아선우(兒單于)라 불렀다. 이해는 한나라 원봉(元封) 6년이었다. 이로부터 선우는 [병력을] 북서쪽으로 늘려 좌익의 군사는 운중군과 맞서고, 우익의 군사는 주천군과 돈황군(燉煌郡)에 맞섰다.

아선우가 즉위하자 한나라는 사신 두 명을 보내 한 사람은 선우를 조문케 하고, 또 한 사람은 우현왕을 조문케 하여 서로를 이간시키려 했다. 그러나 사자가 흉노로 들어가자 흉노는 두 사람을 모두 선우에게로 데리고 갔고, 선우는 노하여 이들을 모두 붙들어 두었다. 한나라 사신으로서 흉노에 붙들려 있는 자는 앞뒤로 하여 10여 명이나 되었는데, 흉노 사신이 오면 한나라도 붙들어 두어 같은 수가 되도록 했다.

이해에 한나라는 이사장군(貳師將軍) 이광리를 시켜 서쪽으로 대원을 치게 하고, 인우장군(因杅將軍) 공손오를 시켜 수항성(受降城)을 쌓게 했다. 그해 겨울 흉노 땅에 큰 눈이 내려 많은 가축이 굶주리고 얼어 죽었다. 아선우는 나이가 어리고 살육과 정벌을 좋아하여 백성 대부분이 불안에 떨었다. 그래서 좌대도위는 선우를 죽이려고 한나라에 남몰래 사람을 보내 이렇게 말했다.

"나는 선우를 죽이고 한나라에 항복하고 싶으나 한나라가 멀어 만일 한나라 군대가 와서 나를 맞아 준다면 나는 즉시 반란을 일으키겠습니다."

처음에 한나라는 이 말을 듣고 수항성을 쌓았으나 여전히 〔거리가〕 멀다고 생각했다.

그래서 그 이듬해 봄에 한나라는 착야후 조파노를 시켜 기병 2만여 명을 이끌고 삭방군 북서쪽으로 2000여 리까지 나아가 준계산(浚稽山)까지 갔다가 돌아오기로 기약했다. 착야후가 기약한 곳까지 갔다가 돌아왔으나 좌대도위의 모반 계획은 발각되고 말았다. 선우는 그를 베어 죽이고 좌익의 병사를 동원하여 착야후를 쳤다. 착야후는 돌아가는 도중에 수급과 포로 수천 명을 얻었으나 수항성으로부터 400리가 채 못 되는 곳에서 흉노 기병 8만 명에게 에워싸였다. 착야후는 밤에 직접 물을 찾으러 나갔다가 숨어 있던 흉노에게 사로잡혔다. 흉노는 이 기회를 틈타 한나라 군대를 급습했다. 한나라 군중에서는 곽종(郭縱)이 호군(護軍)이 되고, 유왕(維王)이 거수(渠帥)가 되어 서로 상의하여 말했다.

"여러 교위들까지 장군을 잃고 도망쳐 온 사람은 목이 베이므로 돌아가기를 권하는 이가 한 사람도 없다."

이에 전군이 흉노에게 투항했다. 흉노의 아선우는 크게 기뻐하여 드디어 기습병을 보내 수항성을 치게 했으나 함락시키지 못하고 변경으로 쳐들어왔다가 물러갔다. 그 이듬해에 선우는 스스로 수항성을 치려 했지만 수항성에 이르기도 전에 병이 나 죽었다.

아선우는 즉위한 지 3년 만에 죽었다. 그 아들은 나이가 어리므로 흉노는 아선우의 숙부인 오유 선우의 아우 우현왕 구리호(呴犁湖)를 세워서 선우로 삼았다. 이해가 태초(太初) 3년이었다.

구리호 선우가 즉위하자, 한나라는 광록대부 서자위(徐自爲)를 오원군(五原郡)의 요새에서 나가 가깝게는 수백 리에서 멀게는 1000여 리까지 진출하여 성채와 망루를 쌓고 여구산(廬朐山)까지 이르게 하였다. 그리고 유격장군(遊擊將軍) 한열(韓說), 장평후(長平侯) 위항(衛伉)을 그 곁에 주둔시키고, 강노도위(彊弩都尉) 노박덕(路博德)을 시켜 거연택(居延澤) 근처에 요새를 쌓도록 했다.

그해 가을 흉노군은 정양군과 운중군에 크게 쳐들어와 수천 명을 죽이거나 사로잡고 봉록이 2000석인 고관 몇 명을 깨뜨린 뒤 돌아가는 길에 광록대부가 쌓은 성채와 망루를 파괴했다. 또 우현왕이 주천군과 장액군으로 쳐들어와 수천 명을 죽이거나 사로잡았지만 때마침 한나라 장수 임문(任文)이 공격하여 구원함으로써 흉노는 손에 넣었던 것을 모두 잃고 물러갔다. 이해에 이사장군이 대원을 깨뜨리고 그 왕을 베고 돌아왔다. 흉노는 그의 귀로를 끊으려 했지만 미치지 못했다. 그해 겨울에 흉노는 수항성을 공격하려 했으나 마침 선우가 병들어 죽었다. 구리호 선우가 자리에 오른 지 1년 만에 죽자 흉노는 그 아우 좌대도위 저제후(且鞮侯)를 세워서 선우로 삼았다.

한나라가 대원을 무찌른 뒤로 그 위세는 외국에까지 떨쳤다. 그러나 천자는 흉노를 괴롭히려는 뜻이 있으므로 다음과 같은 조서를 내렸다.

고조 황제께서는 짐에게 평성에서의 원한을 남겼고, 또 고후 때에는 선우가 매우 무도한 편지를 보냈다. 옛날 제나라 양공은 아홉 대나 묵은 원수를 갚았는데 『춘추』에서는 이것을 대대적으로 칭송했다.

이해는 태초 4년이었다.

어린애가 어찌 천자를 상대하겠는가

저제후 선우가 자리에 오른 뒤, 한나라 사자 가운데 〔흉노에〕 귀순하지 않은 자를 모두 돌려보냈으므로 노충국 등도 돌아올 수 있었다. 선우가 막 자리에 올랐을 때, 한나라가 그를 습격할까 두려워하여 스스로 이렇게 말했다.

"나 같은 어린애가 어찌 감히 한나라 천자와 대등하기를 바라겠는가! 한나라 천자는 내 연장자뻘 되는 항렬이다."

한나라는 중랑장 소무(蘇武)를 선우에게 보내 후한 예물을 주었다. 선우는 점점 교만해지고 오만하고 무례해졌으니, 이는 한나라가 바라던 바가 아니었다. 그 이듬해에 착야후 조파노는 달아나 한나라로 돌아올 수 있었다.

그 이듬해에 한나라는 이사장군 이광리에게 기병 3만 명을 이끌고 주천군으로 나가 천산(天山)에서 우현왕을 치게 하여 흉노의 수급과 포로 1만여 명을 얻어 돌아오던 중 흉노에게 크게 포위되어 거의 벗어날 수 없게 되었다. 한나라 병사는 열 명 중 예닐곱 명이 죽었다. 한나라는 인우장군 공손오를 서하군으로 나가 강노도위와 탁야산(涿涂山)에서 합류하도록 했으나 전과는 없었다. 또 기도위 이릉에게 보병과 기병 5000명을 거느리고 거연 북쪽으로 1000여 리까지 나가 선우와 부딪쳐 싸우도록 했는데, 이릉이 적군 1만여 명을 살상하였다. 병력과 식량이 다 떨어져 전투태세를 풀고 돌아오려 했으나 흉노가 이릉을 에워쌌으므로 그는 흉노에게 투항했다. 그의 병사는 거의 전멸하고 〔한나라로〕 돌아온 자는 400명이었다. 선우는 이릉을 귀하게 여겨 자기 딸을 그에게 시집보냈다.

그로부터 2년 뒤, 다시 이사장군에게 기병 6만 명과 보병 10만 명을 거느리고 삭방군으로 출동하게 했다. 강노도위 노박덕은 1만여 명을 이끌고 이사장군과 만났다. 유격장군 한열은 보병과 기병 3만 명을 이끌고 오원에서 출격했다. 인우장군 공손오는 기병 1만 명과 보병 3만 명을 이끌고 안문에서 출동했다. 흉노는 이 소식을 듣자 처자식과 재산을 모두 멀리 여오

수(余吾水) 북쪽으로 대피시킨 뒤 선우가 기병 10만 명을 이끌고 여오수 남쪽에서 이사장군과 접전을 벌였다. 이사장군은 포위망을 풀고 군대를 이끌어 돌아오려 했지만 선우와 열흘 넘게 계속 싸운 데다가 자기 가족들이 무고(巫蠱)[2]의 사건으로 몰살되었다는 소식을 듣고 이끌고 있던 군사들과 함께 흉노에 투항했다. 그의 군사 중에서 한나라로 살아 돌아온 자는 1000명 중 한두 명뿐이었다. 유격장군 한열도 전과가 없었고, 인우장군 공손오도 좌현왕과 싸웠으나 전세가 불리하여 군대를 이끌고 돌아왔다. 이해에 한나라 군사로서 흉노에 출정한 사람 중에 군공의 많고 적음을 논할 만한 자가 없었다. 공을 세운 자도 그 공에 적절한 보답을 받지 못했다. 조서를 내려 태의령(太醫令) 수단(隨但)을 체포했는데, 그는 이사장군의 가족이 몰살된 것을 말하여 이광리가 흉노에 투항하게 했기 때문이다.

태사공은 말한다.

"공자는 『춘추』를 지으면서 〔노나라〕 은공(隱公), 환공(桓公) 사이에 있었던 일은 명료하게 서술하였으나 〔자신과 같은 시대의〕 정공(定公), 애공(哀公) 사이의 일은 〔기록이〕 미미하다. 〔이는〕 그 당시의 세태가 절실했기에 찬미하는 것도 없었고 피하거나 꺼리는 것도 없었다. 세속 사람들이 흉노를 말하는 것은 한때의 권세를 얻기 위해 힘써 아첨하여 자기 주장이 채택되

---

2) 무술(巫術)로 남을 속이는 미신의 하나이다.

도록 하고 편견에 사로잡혀 서로흉노와 한나라를 고려하지 못하는 경향이 있다고 걱정한다. 장수들은 중원이 광대한 것만을 믿고 의기충천했으며, 남의 주인 된 자천자는 그들의 의견에 따라 계책을 결정했으므로 좋은 성과를 거두지 못했다. 요(堯)는 현명했지만 사업을 일으켜 성공하지 못하고 우(禹)를 얻고 나서야 구주(九州)가 편안해졌다. 만일 성왕의 전통을 일으키려 한다면 오직 장군이나 재상을 가려서 임명하는 데 달렸을 뿐이구나! 오직 장군이나 재상을 가려서 임명하는 데 달렸을 뿐이구나!"

51

◎

위 장군 표기 열전

衛將軍驃騎列傳

　　이 편은 미미한 출신임에도 불구하고 명장의 반열에 오른 위청과 곽거병 두 사람의 사적 외에도 한나라 무제의 흉노 정벌에 공을 세운 공손하를 비롯하여 열여섯 명을 덧붙였다. 따라서 이 편은 무제가 흉노를 정벌한 공적의 명부인 셈이다. 위청은 무제와 같은 나이로 일곱 차례 정벌에 나서 적군 5만여 명의 머리를 얻었고, 곽거병은 청년 장군으로 네 번의 싸움에서 적군 11만여 명의 머리를 얻었으니 두 사람의 공적은 상당했다.

　　흉노와 한나라의 관계에 대한 대책 중에서 무제는 만리장성에 만족하지 않고 흉노 깊숙이 쳐들어가 전쟁을 일으키는 방법을 썼는데, 위청과 곽거병은 무제의 이러한 정책을 충실히 이행한 충복이었다.

　　사마천은 무제가 젊고 재능이 출중한 위청과 곽거병을 파격적으로 기용하여 나라의 안정을 꾀한 부분을 높이 칭송하면서도, 무제 딸의 간통 사실을 직접 서술하여 그가 집안 하나도 엄히 다스리지 못하면서 다른 사람에게는 지나치게 가혹한 것을 빗대었다.

　　사마천은 이 편에서 한 무제에 대해 비판적인 논조를 곳곳에서 각인시키면서 이 두 사람의 공적과 허물을 비교적 공정한 태도를 견지하여 서술하는 실록 정신을 보여 준다. 이 편은 「평준서」, 「흉노 열전」과 함께 읽으면 더 깊이 이해할 수 있다.

한 무제가 흉노를 물리친 곽거병의 전공을 기려 만든 석각. 말 아래 흉노가 있다.

종으로 태어났지만 귀상인 위청

대장군 위청(衛靑)은 평양현(平陽縣) 사람이다. 그 아버지 정계(鄭季)는 관리가 되어 평양후(平陽侯)조참의 증손자 조수(曹壽)의 집에서 일하다가 평양후의 첩 위온(衛媼)과 남몰래 정을 나눠 청(靑)을 낳았다. 위청의 동복형은 위장자(衛長子)이다. 누이 위자부(衛子夫)가 평양 공주(平陽公主)[1]를 섬기다가 〔뒤에 궁궐로 들어가〕 천자의 총애를 받게 되었으므로 위청도 성을

---

1) 한나라 경제(景帝)의 딸로 원래는 양신 장공주(陽信長公主)로 불렸는데, 평양후 조수에게 시집갔기 때문에 평양 공주로 일컬었다.

위씨(衛氏)로 일컫게 되었다. 위청의 자는 중경(仲卿)이고, 장자는 자를 장군(長君)으로 고쳤다. 장군의 어머니를 위온이라 했는데 위온의 맏딸이 위유(衛孺), 둘째 딸이 소아(少兒), 셋째 딸이 바로 자부이다. 뒷날 자부의 남동생 보광(步廣)도 위씨 성을 가졌다.

위청은 평양후의 가복(家僕)으로 있다가 젊을 때 아버지에게로 돌아갔다. 위청의 아버지는 그에게 양 치는 일을 시켰다. 본처 자식은 모두 위청을 종으로 취급하고 형제로 여기지 않았다. 위청이 일찍이 어떤 사람을 따라 감천궁 안의 감옥에 간 일이 있는데, 한 겸도(鉗徒)목에 칼을 쓴 죄인가 위청의 인상을 보고 이렇게 말했다.

"귀인상이로다. 벼슬은 후(侯)로 봉해질 것이다."

위청이 웃으면서 말했다.

"남의 종으로 태어났으니 매질 안 당하고 욕이나 안 먹으면 그만이지 어떻게 후로 봉해질 수 있겠습니까?"

위청은 장년이 되자 평양후 집의 기사(騎士)가 되어 평양 공주를 모셨다. 건원 2년 봄에 위청의 누이 위자부가 궁중으로 들어가 황제에게 총애를 받게 되었다. 황후는 당읍후(堂邑侯) 진오(陳午)의 부인 대장공주(大長公主)황제의 고모를 일컫는 명칭임의 딸로서 아들이 없으며 질투가 심했다. 대장공주는 위자부가 황제에게 총애를 받아 임신했다는 소식을 듣고 질투가 나서 사람을 보내 위청을 체포하게 했다. 위청은 건장(建章)에서 일을 맡고 있었는데 아직 이름이 알려지지 않은 때였다. 대장공주는 위청을 잡아 가두고 죽이려 했으나, 그 친구

기랑(騎郞)황제의 시종관 공손오가 장사들과 함께 구해 주었기 때문에 죽음만은 면할 수 있었다.

황상은 이 소식을 듣고 위청을 불러 건장궁의 감(監)궁궐의 사무를 관장하는 장관 겸 시중으로 삼았다. 그의 동복형제도 모두 귀한 신분이 되었고, 황상이 단 며칠 동안에 내린 상이 수천 금이나 되었다. 그의 맏누이 위유는 태복 공손하의 아내가 되었고, 둘째 누이 소아는 본래 진장(陳掌)과 사통하고 있었는데 황상은 진장을 불러 높은 지위에 오르게 했다. 공손오는 위청을 구해 준 일로 더욱더 존귀해졌고, 위자부는 부인(夫人)제왕의 소첩이 되었으며, 위청은 태중대부(太中大夫)궁중 고문관가 되었다.

이제부터 공을 논하여 상 주리라

원광 5년에 위청은 거기장군이 되어 흉노를 토벌하기 위해 상곡군에서 출격했고, 태복 공손하(公孫賀)는 경거장군(輕車將軍)이 되어 운중군에서 출격했으며, 태중대부 공손오(公孫敖)는 기장군(騎將軍)이 되어 대군(代郡)으로 출격하고, 위위 이광은 효기장군(驍騎將軍)이 되어 안문군에서 출격했는데 각 군대는 기병 1만 명으로 편성되었다. 위청은 농성(蘢城)흉노가 하늘에 제사를 지내는 지역까지 진격하여 적군의 머리를 베거나 포로로 잡은 것이 수백 명이었다. 기장군 공손오는 기병 7000

명을 잃었고, 위위 이광은 흉노에게 사로잡혔다가 탈출하여 돌아왔다. 두 사람은 모두 참형에 해당되었으나 속죄금을 물고 평민이 되었다. 공손하 역시 아무 공도 세우지 못했다.

원삭 원년 봄에 위 부인이 아들을 낳아 황후의 자리에 올랐다. 그해 가을 위청은 거기장군이 되어 안문군에서 기병 3만 명을 이끌고 출격하여 흉노를 쳐 수천 명의 머리를 베거나 포로로 잡았다. 그 이듬해에 흉노가 쳐들어와 요서군 태수를 죽이고, 어양군의 2000여 명을 포로로 잡아갔으며, 장군 한안국의 군사를 깨뜨렸다. 한나라는 장군 이식에게 대군에서 출격하게 하고, 거기장군 위청에게 운중군에서 출격하여 서쪽으로 고궐까지 진격하도록 해 하남 일대를 공략하고 농서군에 이르렀다. 적군의 목을 베거나 포로로 사로잡은 자가 수천 명이고, 가축 수십만 마리를 얻었으며, 백양의 왕과 누번의 왕을 패주시키고 하남 땅에 삭방군을 두었다. 위청에게 식읍 3800호를 주고 장평후(長平侯)로 삼았다. 위청의 교위 소건(蘇建)도 공이 있어 1100호로 봉하여 평릉후(平陵侯)로 삼고, 그에게 삭방성을 쌓게 했다. 위청의 교위 장차공(張次公)도 공이 있어 봉해져 안두후(岸頭侯)가 되었다. 천자는 이때 다음과 같이 말했다.

"흉노는 천리(天理)를 거스르고 인륜을 어지럽히며 나이 많은 사람들을 혹사시키고 노인을 학대하며 도적질을 일삼고 여러 만이족을 속이고 모략을 꾸며 그들의 병력을 빌려서 자주 변경을 침략하였다. 그래서 [한나라는] 군대를 일으키고 장수를 보내 그들을 응징하도록 했다.

『시』에도 이렇게 말하지 않았는가. '험윤을 쳐서 태원에 이르렀네.' '전차 소리 요란하고, 저 삭방에 성을 쌓네.' 지금 거기장군 위청이 서하를 건너 고궐에 이르러 적의 머리를 베거나 포로로 잡은 것이 2300명이고, 전차와 군수품 및 가축을 죄다 노획했다. 위청은 열후로 봉해진 뒤에도 서쪽으로 하남 일대를 평정하여 유계(楡谿)의 옛 요새를 순찰하고 재령(梓嶺)을 넘어 북하(北河)에 다리를 놓고, 포니(蒲泥)를 치고 부리(符離)를 깨뜨렸다. 적군의 정예 병사들을 베어 죽이고 복병과 정찰병을 잡은 것이 3071명이고, 포로를 심문하여 적국의 많은 군사를 얻었으며, 말과 소와 양 100여만 마리를 몰아 군대를 온전히 하여 돌아왔으니 위청에게 3000호를 더 봉한다."

이듬해에 흉노가 대군으로 쳐들어와 태수 공우(共友)를 죽이고, 안문군으로 쳐들어와 1000여 명을 노략질해 갔다. 그다음 해에도 흉노는 대군, 정양군, 상군으로 크게 쳐들어와 한나라 백성 수천 명을 죽이거나 노략질해 갔다.

그 이듬해인 원삭 5년 봄에 한나라는 거기장군 위청에게 기병 3만 명을 이끌고 고궐에서 출격하도록 했다. 위위 소건을 유격장군으로 삼고, 좌내사 이저(李沮)를 강노장군(彊弩將軍)으로, 태복 공손하를 기장군으로, 대나라 재상 이채를 경거장군으로 삼아 모두 거기장군에게 예속되어 삭방군으로 출격하게 하고, 또 대행(大行) 이식과 안두후 장차공을 장군으로 삼아 우북평에서 출격하여 일제히 흉노를 공격하도록 했다. 흉노의 우현왕은 위청 등의 군대를 상대하고 있었는데, 한나라 군사가 그곳까지 오리라고는 생각지 못하고 술에 취해 있었다.

한나라 군사가 한밤에 진격하여 우현왕을 에워쌌다. 우현왕은 깜짝 놀라 한밤중에 애첩 한 명과 건장한 기병 수백 명만을 데리고 말을 달려 포위망을 뚫고 북쪽으로 달아났다. 한나라의 경기교위(輕騎校尉) 곽성(郭成) 등이 수백 리나 뒤쫓아 갔지만 잡지 못하고 우현왕 아래에 있던 비왕(裨王) 10여 명과 남녀 1만 5000명, 가축 수천 마리를 얻어 군사를 이끌고 돌아왔다. 요새에 도착하자 천자가 사자에게 대장군 인수를 가지고 군중으로 나아가게 하여 거기장군 위청을 대장군으로 승진시켰다. 여러 장수가 모두 자기 군사를 인솔하여 대장군 밑으로 들어갔다. 위청은 대장군 관호(官號)를 내세우고 〔조정으로〕 돌아왔다. 천자가 〔위청에게〕 말했다.

"대장군 위청은 몸소 군대를 이끌고 가서 큰 승리를 거두어 흉노 왕 10여 명을 포로로 잡았다. 위청에게 6000호를 더하여 봉한다."

그리고 위청의 아들 위항(衛伉)을 의춘후(宜春侯)에, 위불의(衛不疑)를 음안후(陰安侯)에, 위등(衛登)을 발간후(發干侯)에 봉하였다. 위청은 굳이 사양하여 말했다.

"신은 다행히 군대 안에서 직책을 얻었고 폐하의 신령하심에 힘입어 한나라 군대가 큰 승리를 거두었으니 모두 여러 교위가 힘껏 싸운 공입니다. 폐하께서는 다행히 신 위청에게 이미 봉읍을 더해 주셨습니다. 신 위청의 자식들은 아직 강보에 싸여 있어 아무것도 한 일이 없는데, 폐하께서 황송하게도 땅을 갈라 세 자식을 열후에 봉하시는 것은 소신을 대장으로 기용하시어 병사들에게 힘껏 싸울 것을 권장하는 뜻에 맞지 않

습니다. 위항 등 세 사람이 어떻게 감히 봉후를 받을 수 있겠
습니까!"

천자가 말했다.

"내가 여러 교위의 공훈을 잊은 것이 아니다. 이제부터 공
을 논할 것이다."

그러고는 어사대부에게 조서를 내렸다.

호군도위 공손오는 세 차례나 대장군을 따라 흉노를 치면서
언제나 군을 호위하고 교위를 어우러지게 하여 흉노 왕을 사로
잡았다. 공손오에게는 봉읍 1500호를 내리고 합기후(合騎侯)로
삼는다. 도위 한열은 대장군을 따라 유혼(窳渾)에서 출격하여
흉노 우현왕의 궁궐까지 진격하고 대장군의 지휘 아래 싸워 흉
노 왕을 사로잡았으니 한열에게는 봉읍 1300호를 내리고 용액
후(龍頟侯)로 삼는다. 기장군 공손하는 대장군을 따라 흉노 왕
을 사로잡았으니 공손하에게 식읍 1300호를 주고 남교후(南窌
侯)로 삼는다. 경거장군 이채는 두 차례 대장군을 따라 흉노 왕
을 사로잡았으니 이채에게는 봉읍 1600호를 주고 낙안후(樂安
侯)로 삼는다. 교위 이삭(李朔), 교위 조불우(趙不虞), 교위 공손
융노(公孫戎奴)는 각각 세 차례 대장군을 따라 흉노 왕을 사로
잡았으니 이삭에게는 봉읍 1300호를 주어 섭지후(涉軹侯)로 삼
고, 조불우에게는 봉읍 1300호를 내리고 수성후(隨成侯)로 삼으
며, 공손융노에게는 봉읍 1300호를 내리고 종평후(從平侯)로 삼
는다. 장군 이저, 이식, 교위 두여의(豆如意)에게도 공이 있으므
로 관내후에 봉하고 각각 식읍 300호를 내린다.

그해 가을에 흉노가 대군(代郡)으로 쳐들어와 도위 주영을 죽였다.

신하가 권력을 함부로 휘두르면 안 되는 이유

그 이듬해 봄에 대장군 위청이 정양(定襄)에서 출격할 때 합기후 공손오가 중장군(中將軍)이 되고, 태복 공손하는 좌장군이 되었으며, 흡후 조신은 전장군이 되고, 위위 소건은 우장군이 되었으며, 낭중령 이광은 후장군이 되고, 좌내사 이저는 강노장군이 되어 모두 대장군에게 예속되어 적군 수천 명의 머리를 베고 돌아왔다. 한 달 남짓 지나 모두 다시 정양에서 출병하여 흉노를 쳐서 1만여 명의 머리를 베거나 포로로 잡았다. 그러나 우장군 소건과 전장군 조신은 기병 3000여 명을 합쳐 홀로 선우의 군대와 맞서 하루 남짓 싸우다가 한나라 군대는 거의 전멸할 지경에 이르렀다. 전장군 조신은 본래 흉노 사람으로 (한나라에 귀순하여) 흡후가 된 자이다. 그의 처지가 위급해진 것을 보고 흉노가 투항하기를 권유하니, 전장군은 기병 800여 명을 이끌고 선우에게 달려가 항복하고 말았다. 우장군 소건은 군사를 모두 잃고 홀로 도망쳐 대장군에게로 돌아왔다. 대장군은 군정(軍正)지금의 군법무관 굉(閎), 장사(長史)지금의 참모장 안(安), 의랑(議郞) 주패(周霸) 등에게 그 죄를 물었다.

"소건을 어떻게 처리해야 되겠소?"

주패가 대답했다.

"대장군께서는 출정한 이래 일찍이 비장(裨將)을 벤 일이 없습니다. 지금 소건은 군사를 버리고 왔으니 그 목을 베어 장군의 위엄을 분명히 해야 합니다."

그러나 굉과 안은 말했다.

"그렇지 않습니다. 병법에 '적은 병력의 군대가 끝까지 싸우면 결국 큰 병력을 가진 군대의 포로가 된다.'라고 했습니다. 이번에 소건은 수천 명의 병력으로 선우의 수만 병력을 상대로 하루 넘게 힘껏 싸우다가 군사가 모두 죽긴 했지만 두마음을 품지 않고 스스로 돌아왔습니다. 스스로 돌아왔는데도 그를 벤다면 이는 앞으로는 돌아오지 말라는 뜻을 보이는 것입니다. 베면 안 됩니다."

대장군이 말했다.

"나 위청은 다행히 폐하와 인척인 관계로 대장군에 임용되어 위엄이 없을까 하고 근심하지는 않소. 주패는 나에게 위엄을 분명히 하라고 했으나 내 뜻과는 사뭇 다르오. 또 내 직책상 비장을 벨 수 있다고는 하나 폐하의 총애를 받는다고 하여 국경 밖에서 내 마음대로 죽일 수는 없소. 천자께 이 일을 상세히 보고하여 천자께서 스스로 재가하시도록 하겠소. 이렇게 함으로써 남의 신하 된 자가 감히 권력을 함부로 휘두르지 않음을 보이는 것도 좋지 않겠소?"

군관이 모두 말했다.

"좋습니다."

드디어 소건을 가두어 행재소(行在所)천자가 임시로 머무는 곳로 보내고 요새로 들어가 싸움을 끝냈다.

권세를 좇아 움직이다

이해에 대장군 위청 맏누이의 아들 곽거병(霍去病)은 열여덟 살로 총애를 받아 천자의 시중이 되었다. 말타기와 활쏘기에 뛰어나 두 차례 대장군을 따라 출정했는데 대장군이 조서를 받아 곽거병에게 병사들을 주어 표요교위(剽姚校尉)로 삼았다. 곽거병은 날쌔고 용감한 기병 800명과 함께 곧장 수백리 떨어진 싸움터로 달려 나가 매우 많은 적의 머리를 베거나 사로잡았다. 그래서 천자는 말했다.

"표요교위 곽거병이 적의 머리를 베거나 사로잡은 자가 2028명이나 되는데 그중에는 〔흉노의 관직인〕 상국(相國)과 당호(當戶)도 포함되었다. 선우의 대부항(大父行)할아버지뻘 되는 사람인 적약후(籍若侯) 산(産)을 베고 선우의 계부(季父) 나고비(羅姑比)를 사로잡았다. 그의 공은 두 차례나 전군에서 으뜸이었다. 곽거병을 1600호에 봉하고 관군후(冠軍侯)로 삼는다. 상곡 태수 학현(郝賢)은 네 차례나 대장군을 따라 출정하여 적의 머리를 베거나 사로잡은 것이 2000여 명이나 되므로 1100호에 봉하고 중리후(衆利侯)로 삼는다."

그러나 〔위청은〕 이해에 두 장군소건과 조신의 군사를 잃었고,

흡후 조신이 달아났으며, 공이 보잘것없어 봉(封)을 더하지는 못했다. 우장군 소건이 압송되어 왔으나 천자는 그를 죽이지 않고 죄를 용서하였다. 그는 속죄금을 내고 평민이 되었다. 대장군이 돌아오자 천자는 1000금을 내렸다.

이 무렵 왕 부인이 황상에게 총애를 받고 있었는데, 영승(甯乘)이라는 자가 대장군을 이렇게 설득했다.

"장군께서 아직 공이 많지 않은데 만 호의 식읍을 받고 세 아들 모두 후에 봉해진 까닭은 오직 위 황후가 계시기 때문입니다. 이제 왕 부인이 총애를 받고 있는데 그 일족은 부귀하지 못합니다. 바라건대 장군께서 받은 1000금을 바쳐 왕 부인의 부모님을 축수해 드리십시오."

대장군은 그 말을 받아들여 500금으로 축수했다. 천자가 이 소문을 듣고 대장군에게 물으니 대장군이 사실대로 말했다. 황상은 즉시 영승을 동해군 도위로 삼았다.

장건(張騫)[2]은 대장군을 따라 출병했을 때 일찍이 대하(大夏)에 사신으로 가다가 흉노에게 오랫동안 억류되어 있었기 때문에 군대를 물과 풀이 풍부한 곳으로만 이끌고 다녀 굶주림과 갈증을 면하게 하였다. 그는 앞서 먼 나라에 사신으로 갔던 공이 있어서 박망후(博望侯)에 봉해졌다.

---

2) 무제 때 대월지(大月氏), 오손(烏孫), 대원(大宛), 강거(康居), 대하(大夏) 등과 문화적 경제적 교류를 가능하게 한 것으로 유명하다. 뒤의 「대원 열전」에 내용이 자세하다.

패기만만한 곽거병과 날개 꺾인 위청

관군후 곽거병은 후가 된 지 3년째인 원수 2년 봄에 표기 장군이 되었다. 그가 기병 만 명을 이끌고 농서에서 출병하여 공을 세우자 천자가 말했다.

"표기장군은 병사를 이끌고 오려산(烏盭山)을 넘어 속복(遬 濮)을 치고, 호노수(狐奴水)를 건너 다섯 왕국을 거쳐 지나가 면서 군수품과 겁먹고 떨고 있는 군사들을 약탈하지 않고 선 우의 아들만 잡기를 바랐다. 〔그는〕 여기저기 옮겨 다니며 엿 새 동안 싸우다가 언지산(焉支山)을 지나 1000여 리를 나가 칼을 손에 쥐고 붙어 싸워 절란왕(折蘭王)을 죽이고 노호왕 (盧胡王)의 목을 베었다. 무장한 적군을 주살하고 혼야왕의 아들과 상국과 도위 등 8000여 명을 베거나 사로잡았으며, 휴 도왕이 하늘에 제사를 지낼 때 쓰던 금상(金像)까지 빼앗았으 니 곽거병에게 2000호를 더 봉한다."

그해 여름 표기장군은 합기후 공손오와 함께 북지군에서 출병하여 길을 달리하여 전진하고, 박망후 장건과 낭중령 이 광은 함께 우북평에서 길을 달리하여 나아가 일제히 흉노를 공격했다. 낭중령은 기병 4000명을 이끌고 앞서갔고, 박망후 는 기병 만 명을 이끌고 나중에 도착했다. 흉노 좌현왕이 기병 수만 명을 이끌고 낭중령을 포위하자 낭중령은 그들과 이틀 동안 싸워 죽은 자가 절반이 넘었으나 〔흉노의〕 전사자도 이편 보다 더 많았다. 박망후의 군대가 도착하자 흉노 군사는 물러났다. 박망후가 머뭇거리며 늦게 온 것은 참형에 해당하는 죄였으나 속죄금을 내고 평민이 되었다. 그리고 표기장군은 북지군에서 나아가 적지로 깊숙이 들어갔지만 합기후와 길이 어긋나 서로 연락이 끊어졌는데 표기장군은 거연을 지나 기련산에 이르러 적의 머리를 베거나 포로로 잡은 자가 대단히 많았다. 천자가 말했다.

"표기장군은 거연을 넘어 소월지국(小月氏國)을 지나 기련산을 공격하여 추도왕(酋涂王)을 사로잡았다. 무리를 지어 항복한 자가 2500명, 목을 베거나 포로로 잡은 자가 3만 200명, 다섯 왕과 그들의 어머니, 선우의 연지와 왕자 59명, 상국과 장군과 당호와 도위 63명을 사로잡았다. 그러나 아군은 10분의 3을 잃었을 뿐이다. 곽거병에게 5000호를 더 봉한다. 교위로서 곽거병을 따라 소월지국까지 출정한 자에게는 좌서장(左庶長) 작위를 내린다. 또 응격사마(鷹擊司馬) 조파노는 두 차례 표기장군을 따라 속복왕을 베고 계저왕(稽沮王)을 사로잡았다. 천기장(千騎將)은 왕과 왕의 어머니 각각 1명, 왕자 이하 41명을 사로잡았고, 포로가 3330명이나 되며, 그의 전위부대가 포로로 사로잡은 사람만도 1400명이나 된다. 조파노를 식읍 1500호에 봉하여 종표후(從驃侯)로 삼는다. 교위 구왕(句王) 고불식(高不識)은 표기장군을 따라 호우도왕(呼于屠王)과 왕자 이하 11명을 사로잡고 1768명을 포로로 잡았으므로 1100호에 봉하여 의관후(宜冠侯)로 삼는다. 또 교위 복다(僕多)에게도 공로가 있으니 휘거후(輝渠侯)로 삼는다."

합기후 공손오는 행군을 지체하여 표기장군과 합류하지 못한 죄가 참형에 해당했으나 속죄금을 내고 평민이 되었다. 한나라의 여러 노련한 장수가 거느리는 병마(兵馬)도 표기장군만은 못했다. 표기장군이 거느리는 군사는 언제나 엄선된 정예 부대로 이루어졌다. 게다가 표기장군은 과감하게 적진 깊숙이 들어갔는데 언제나 용감한 기사와 함께 그의 주력군보다 앞장서서 진격했다. 그의 군대에게는 또 천행이 따라 아직까지 단 한 번도 곤경에 빠진 적이 없었다. 그러나 여러 노련한 장수는 언제나 진격이 지체되는 죄를 받아 불우했다. 이런 까닭에 표기장군은 날로 천자의 신임을 받고 존중되어 대장군의 위세와 맞먹게 되었다.

그해 가을에 선우는 혼야왕이 서쪽에 머물면서 한나라 군대에게 자주 깨져 수만 명의 군사를 잃은 것이 표기장군의 군대 때문임을 알고 격분했다. 몹시 화가 난 선우는 혼야왕을 불러 목을 베려고 했다. 혼야왕은 휴도왕과 공모하여 한나라에 투항할 마음을 먹고 먼저 변경으로 사람을 보내 자신의 뜻을 전하게 했다. 이때 마침 대행 이식이 하수 가에서 요새를 쌓고 있다가 혼야왕의 사자를 만나 보고, 그 즉시 파발마를 보내 조정에 보고했다. 천자는 이 보고를 듣고 거짓으로 투항하는 척하다가 변경을 습격하지나 않을까 두려운 마음이 들어 표기장군에게 병사를 이끌고 가서 혼야왕을 맞이하도록 했다.

표기장군이 하수를 건너 혼야왕의 무리와 서로 마주 바라보게 되었다. 혼야왕의 비장들은 한나라 군사를 보자 대부분 투항하지 않으려 하여 상당수가 달아났다. 표기장군은 흉노의 진중으로 달려 들어가 혼야왕과 맞서 달아나려는 자 8000명을 베어 죽이고 혼야왕만을 파발마에 태워 먼저 행재소로 보낸 뒤, 혼야왕의 무리를 모두 이끌고 하수를 건너 돌아왔다. 이때 투항한 자는 수만 명이었으나 10만 명이라고 했다. 장안에 이르자 천자가 수십만 금을 상으로 내렸다. 혼야왕에게 만호를 봉하고 탑음후(漯陰侯)로 삼고, 그의 비왕(裨王) 호독니(呼毒尼)를 봉하여 하마후(下摩侯)로 삼았으며, 응비(鷹庇)를 휘거후(輝渠侯), 금리(禽黎)를 하기후(河綦侯), 대당호(大當戶) 동리(銅離)를 상락후(常樂侯)로 삼았다. 그러고 나서 천자는 표기장군의 공로를 가상히 여겨 말했다.

"표기장군 곽거병이 군사를 이끌고 흉노를 공격하여 서역의 왕인 혼야왕과 그 백성 모두가 우리에게 투항했다. 곽거병은 군량으로 그들의 식량을 대 주었고 아울러 궁수 만여 명을 이끌고 거칠고 사나운 자는 베고, 8000여 명을 참수하거나 포로로 잡았다. 다른 나라 왕을 서른두 명이나 항복시켰고, 우리 군사는 부상자도 없이 10만 명이나 되는 흉노 무리를 모두 모여와서 귀순하도록 했다. 곽거병의 잦은 정전(征戰)의 노고 덕분에 이제 하수의 요새는 오래도록 밖의 걱정거리 없이 평화로울 수 있게 되었다. 표기장군에게 1700호를 더 봉한다."

농서군, 북지군, 상군의 수비병 수효를 절반으로 줄여 천하의 부역을 줄였다.

그로부터 얼마 뒤 항복해 온 자들을 변경의 다섯 군농서군, 북지군, 상군, 삭방군, 운중군 즉 요새 밖으로 나누어 이주시켰다. 이들을 모두 고유의 풍속을 유지한 채로 하남에 살게 하고 (한나라의) 속국으로 삼았다. 그다음 해에 흉노는 우북평과 정양으로 쳐들어와 한나라 사람 1000여 명을 죽이거나 잡아 갔다.

그다음 해에 천자는 여러 장수와 상의하고는 말했다.

"흡후 조신이 선우를 위하여 계책을 세우는데, 한나라 군대 가 사막을 넘어서면 오래 버티기 어렵다고 생각한다. 지금 이쪽에서 대규모로 군사를 동원하여 공격한다면 형세로 보아 반드시 우리가 하려는 바를 이룰 수 있을 것이다."

이해는 원수 4년이었다.

원수 4년 봄에 황상은 대장군 위청과 표기장군 곽거병에게 각각 기병 5만 명을 통솔하게 하고, 보병과 군수품 운반 병사 수십만 명이 그 뒤를 따르게 했다. 그리고 그 가운데 용감하게 적진 깊숙이 들어가 힘껏 싸울 만한 병사는 모두 표기장군 밑에 소속되었다. 표기장군은 애초에 정양에서 출격하여 선우와 맞설 생각이었으나, 포로가 선우가 동쪽으로 갔다고 말했으 므로 천자는 표기장군을 대군에서 진격하도록 하고 대장군 을 정양에서 진격하도록 했다. 낭중령 이광은 전장군, 태복 공 손하는 좌장군, 주작도위(主爵都尉) 조이기(趙食其)는 우장군, 평양후(平陽侯) 조양(曹讓)은 후장군이 되어 모두 대장군에게 소속되었다. 대략 5만 기나 되는 군사들은 바로 사막을 건너 표기장군 등과 함께 일제히 흉노의 선우를 공격했다. 한편 조 신은 선우를 위해 계책을 도모하여 이렇게 말했다.

"한나라 군대는 사막을 건너왔으므로 병사나 말이 모두 지 쳐 있을 것입니다. 우리는 가만히 앉아서 포로들을 거두어들이기만 하면 됩니다."

그리하여 선우는 군수 물자를 멀리 북쪽으로 옮긴 뒤 정예 부대만으로 사막 북쪽에서 기다리고 있다가 때마침 대장군과 맞부딪쳤다. 대장군의 군대는 요새에서 1000여 리 떨어진 곳까지 나와서야 선우의 군사가 진을 치고 기다리고 있는 것을 발견했다. 대장군은 무강거(武剛車)덮개가 있어 몸을 보호할 수 있는 전쟁용 수레를 본영 주변에 둥글게 벌여 놓고 기병 5000명을 내보내 흉노군 쪽으로 돌진하여 대적하게 했다. 흉노도 기병 만 명가량을 내놓았다. 때마침 해가 저물어 가고 거센 바람이 일어 모래와 자갈이 얼굴로 몰아치자 양군은 서로를 알아볼 수 없었다. 한나라 군대는 좌우 양쪽으로 날개를 벌리듯이 군사를 풀어 선우를 조여들어 갔다. 선우는 한나라 군대의 병력이 많고 병사나 군마가 막강하여 싸워도 흉노군이 불리하다는 판단을 내렸다. 땅거미가 질 무렵 선우는 드디어 노새 여섯 마리가 끄는 전차에 올라 용감한 기병 수백 명만을 데리고 곧장 한나라의 포위를 뚫고 북서쪽으로 달아났다. 이미 해가 져 어두우므로 한나라와 흉노는 서로 뒤엉켜 싸워 양쪽 모두 사상자를 비슷하게 냈다. 한나라 군대 좌익의 교위가 잡은 포로가 선우가 해가 지기 전에 달아났다고 하므로 한나라 군대는 그날 밤에 날랜 기병을 보내 선우를 추격했고, 대장군 군대도 그 뒤를 따랐다. 흉노 병사들 역시 뿔뿔이 흩어져 달아났다. 한나라 군대는 동틀 무렵까지 200여 리나 추격했으나 선우를 잡지 못했다. 그러나 목을 베거나 포로로 잡은 적군이 만여 명이나 되었다. 드디어 전안산(寘顔山)의 조신성(趙信城)에 이르러 흉노가 쌓아 둔 식량을 찾아내 한나라 병사들에게 먹였다. 한나라 군대는 그곳에서 하루를 머무르고 돌아왔는데, 그때 조신성에 남아 있는 곡식을 죄다 불살라 버렸다.

대장군이 선우와 맞붙어 싸울 때 전장군 이광과 우장군 조이기의 군사는 따로 갈라져서 동쪽 길로 진격했는데 길을 잃어 헤매다가 선우를 공격할 시기에 늦었다. 대장군이 철수하여 사막 남쪽 지역을 지날 때 비로소 전장군과 우장군을 만났다. 대장군이 사자를 보내서 천자에게 보고하기 위해 장사(長史)를 시켜 전장군 이광을 문서에 적힌 죄상대로 심문하게 하니 이광이 자살했다. 그러나 우장군은 장안으로 돌아온 뒤 형리에게 넘겨졌다가 속죄금을 내고 평민이 되었다. 대장군이 요새 안으로 들어왔는데 흉노의 머리를 베거나 포로로 잡은 것이 1만 9000명이나 되었다.

이때 흉노 무리는 열흘 넘게 선우를 잃었다. 우곡려왕이 이 소식을 듣고 스스로 서서 선우가 되었으나 뒷날 진짜 선우가 나타나 그 무리를 만나게 되자 우곡려왕은 선우 칭호를 버렸다.

표기장군도 기병 5만 명을 거느렸으며, 전차와 군수 물자도 대장군 군대와 같았으나 비장이 없어 이감 등을 모두 대교(大校)[3]로 삼아 비장 역할을 하게 했다. 표기장군은 대군과 우북평군에서 1000여 리나 진격하여 흉노 좌익의 군사와 대결했는데 적을 참수하거나 포로로 잡은 공은 이미 대장군보다 컸

---

3) 교위(校尉)를 말한다. '대(大)' 자는 임시의 특수 직권임을 나타낸다.

다. 군대가 돌아오자 천자가 말했다.

"표기장군 곽거병은 군대를 거느리고 자신이 사로잡은 훈육(葷粥)흉노를 이르는 말로 '훈죽'이라고도 읽음 군사까지 이끌고 군장과 군수 물자를 가볍게 하여 큰 사막을 가로질러 강을 건너 장거(章渠)를 사로잡고 흉노 왕 비거기(比車耆)를 주살했으며, 되돌아 좌대장(左大將)을 쳐서 군기(軍旗)와 군고(軍鼓)를 빼앗았으며, 이후산(離侯山)을 넘고 궁려(弓閭)를 건너 둔두왕(屯頭王)과 한왕(韓王) 등 세 사람 및 장군과 상국과 당호와 도위 83명을 사로잡고, 낭거서산(狼居胥山)에서 제단을 쌓아 천신에게 제사를 지내고 고연산(姑衍山)에서 지신에게 제사 지낸 뒤 한해(翰海) 부근의 산에 올랐다. 사로잡은 포로가 7만 443명이나 되었으나 군사는 10분의 3이 줄었을 뿐이다. 적에게 식량을 빼앗아 얻음으로써 먼 곳까지 진격하면서도 군량이 떨어진 일이 없었다. 표기장군에게 5800호를 더 봉한다."

우북평군의 태수 노박덕은 표기장군에게 소속되어 여성(與城)에 합류하는 시기를 잃지 않았고, 도여산(檮余山)에 이르러 적군의 목을 베거나 포로로 잡은 것이 2700명이나 되었으므로 노박덕을 1600호로 봉하여 부리후(符離侯)로 삼았다. 북지군의 도위 형산(邢山)은 표기장군을 따라 흉노 왕을 사로잡았으므로 그에게 1200호를 봉하여 의양후(義陽侯)로 삼았다. 본래 흉노 사람으로 귀순해 온 인순왕(因淳王) 복육지(復陸支)와 누전왕(樓專王) 이즉간(伊卽靬)은 둘 다 표기장군을 따라가 전공을 세웠으므로 복육지는 1300호로 봉하여 장후(壯侯)로 삼고, 이즉간은 1800호로 봉하여 중리후(衆利侯)로 삼았다. 종표후 조파노와 창무후(昌武侯) 조안계(趙安稽)는 표기장군을 따라 종군하여 군공이 있으므로 각각 300호씩을 더 봉했다. 교위 이감은 적의 군기와 군고를 빼앗았으므로 관내후로 삼아 식읍 200호를 주고, 교위 서자위(徐自爲)에게는 대서장(大庶長) 작위를 주었다. 이 밖에도 표기장군의 군관과 병졸 가운데 관위를 받고 포상을 받은 자가 매우 많았지만, 대장군은 증봉되지도 못하고 그 군관과 병졸 중에도 후로 봉해진 자가 없었다.

두 장군의 군대가 요새를 나설 때 검열한 관마(官馬) 및 사마(私馬)는 대략 14만 필이었으나 다시 요새로 돌아온 것은 3만 필도 되지 않았다. 그래서 대사마(大司馬) 관직을 증설하여 대장군 위청과 표기장군을 모두 대사마로 삼았다. 또한 칙령을 내려 표기장군의 품계와 봉록을 대장군의 것과 같게 했다. 이때부터 대장군 위청의 권위는 날로 쇠퇴하고 표기장군은 날로 더욱 존귀해졌다. 대장군의 옛 친구들과 문하 사람들 가운데 대장군을 떠나 표기장군을 섬기다가 벼슬과 작위를 얻는 자가 많았다. 그러나 오직 임안(任安)만은 대장군을 떠나 표기장군에게 가려 하지 않았다.

표기장군은 사람됨이 말수가 적고 함부로 말하지 않으며 기백이 있어 과감하게 일을 했다. 천자는 일찍이 그에게 손자, 오자의 병법을 가르치려 한 적이 있는데 그때 그는 이렇게 대답했다.

"원컨대 어떤 전략을 쓸 것인가만 생각하면 될 뿐이며, 옛날 병법을 배울 필요가 없습니다."

천자가 그를 위하여 저택을 마련해 놓고 가서 보도록 하니, 그가 이렇게 대답했다.

"흉노가 아직 망하지 않았으니 집은 소용없습니다."

이런 일이 있은 뒤 천자는 그를 더욱더 소중히 여기고 아꼈다. 그러나 그는 젊은 나이에 천자의 시중이 되고 존귀해져서 사병들을 잘 살필 줄 몰랐다. 그가 전쟁터에 나갔을 때 천자가 그를 위하여 태관(太官)을 시켜 수레 수십 대분의 식품을 보내 주었는데, 돌아온 뒤 물품 수레에는 좋은 쌀과 고기가 남아 버릴 정도였지만 병사들 중에는 굶주린 자가 있었다. 그가 요새 밖에 있을 때 병사들은 식량이 모자라 어떤 병사는 기력이 쇠한 나머지 스스로 일어설 수 없는 지경이었지만 표기장군은 오히려 땅에 줄을 그어 구역을 정해 놓고 공차기를 즐겼다. 그에게는 이와 비슷한 일이 많았다. 대장군은 사람됨이 어질고 선량하며 겸손하고 양보심이 있고 부드러워 천자의 환심을 샀지만 세상에서는 그를 칭찬하는 사람이 없었다.

표기장군은 원수 4년의 출정이 있은 지 3년 뒤인 원수 6년에 죽었다. 천자는 그의 죽음을 애도하여 장안에서 무릉까지 속국의 철갑으로 무장한 병사들에게 행진하도록 하고, 그곳에 기련산을 본뜬 분묘를 만들었다. 시호는 무용(武勇)을 뜻하는 '경(景)' 자와 땅을 넓혔다는 뜻의 '환(桓)' 자를 합쳐 경환후(景桓侯)라고 했다. 그 아들 곽선(霍嬗)이 대신 후가 되었다. 곽선은 나이가 어렸는데 자를 자후(子侯)라 했다. 천자는 그를 사랑하여 장년이 되면 장수로 삼으려 했으나, 6년이 지나 원봉 원년에 죽었으므로 애후(哀侯)라는 시호를 내렸다. 그에게는 아들이 없어서 후대가 끊기고 봉국도 없어졌다.

표기장군이 죽은 뒤, 대장군의 맏아들 의춘후 위항이 법에 저촉되어 후 지위를 잃었다. 그로부터 5년 뒤 위항의 아우 음안후 위불의와 발간후 위등 두 사람 모두 주금법(酎金法)[4]에 연좌되어 후 지위를 잃었다. 그들이 후 지위를 잃은 지 2년 뒤 관군후표기장군의 봉국도 취소되었다. 그로부터 4년 뒤에 대장군 위청이 죽자 시호를 열후(烈侯)라고 했다. 아들 위항이 대신 장평후(長平侯)가 되었다. 대장군은 선우를 포위한 지 14년 만에 죽었다. 끝까지 다시 흉노를 치지 않은 것은 한나라에 군마가 적고 남쪽으로 동월과 남월을 치고, 동쪽으로 조선을 치고, 강족(羌族)과 남서쪽 지역의 만족(蠻族)을 치고 있었기 때문이다. 그래서 오랫동안 흉노를 치지 않았다. 대장군이 평양 공주를 아내로 맞이하였기 때문에 장평후 위항이 대신해서 후가 되었지만, 6년 뒤 법에 연좌되어 후 작위를 잃었다.

장수와 그 비장들

다음은 두 명의 장군과 여러 비장에 대해 적은 것이다.

---

4) 한나라 때 임금이 처음으로 익은 술을 종묘 제사에 바칠 때 제후왕과 열후들은 일정량의 돈을 헌납해야 했다. 그런데 만일 헌납금이 기준에 미달하면 작위와 봉토를 박탈했다.

대체로 대장군 위청은 일곱 차례 나가 흉노를 쳐서 머리를 베거나 포로로 잡은 자가 5만여 명이나 된다. 한번은 선우와 싸워 하남의 땅을 손에 넣은 뒤 삭방군을 두었다. 두 차례 봉호가 더해져 모두 1만 1800호에 달하였다. 세 아들이 모두 후로 봉해졌고 후마다 1300호를 받았으니, 이것을 합치면 1만 5700호가 된다. 그의 교위나 비장으로 대장군을 따라 출병하여 후가 된 사람이 9명이고, 그의 비장이나 교위로서 장군이 된 사람이 14명이나 된다. 비장 가운데 이광이 있었는데, 그에 대해서는 따로 전(傳)이 있다. 전이 없는 자는 다음과 같다.

장군 공손하는 의거(義渠) 사람으로 그 조상은 흉노의 종족이다. 공손하의 아버지 혼야는 효경제 때 평곡후(平曲侯)가 되었으나 법을 어겨 후 지위를 잃었다. 공손하는 효무제가 태자일 때 가신으로 있었다. 효무제가 즉위한 지 8년째 되던 해에 태복 신분으로 경거장군이 되어 마읍(馬邑)에 주둔했다. 그로부터 4년 뒤 경거장군으로서 운중군에 출격했다. 5년이 지나 기장군으로서 대장군을 따라 출격하였다가 공을 세워 남교후(南窌侯)로 봉해졌다. 그로부터 1년 뒤 좌장군이 되어 또다시 대장군을 따라 정양에서 출격하였지만 공을 세우지 못했다. 4년 뒤 주금법을 어겨 후 지위를 잃었다. 8년이 지나서 부저장군(浮沮將軍)으로 오원(五原)에서 2000여 리를 진격했으나 공이 없었다. 그로부터 8년이 지나자 태복에서 승상으로 승진하여 갈역후(葛繹侯)로 봉해졌다. 공손하는 일곱 차례 장군이 되어 흉노로 출격했으나 큰 공을 세우지는 못했다. 그러나 두 번 후가 되고 승상이 되었다. 그 아들 공손경성(公孫

敬聲)은 양석 공주(陽石公主)와 사사로이 정을 나누고 무술(巫術)로 남을 저주한 죄로 일족이 몰살되고 후사가 끊겼다.

장군 이식은 욱질(郁郅) 사람으로 효경제를 섬겼다. 효무제가 즉위한 지 8년째 되었을 때 그는 재관장군(材官將軍)이 되어 마읍에 주둔했다. 그로부터 6년 뒤에 장군이 되어 대군에서 출격했다. 3년이 지나자 장군이 되어 대장군을 따라 삭방군에서 출격했으나 모두 공을 세우지 못했다. 세 차례 장군이 되었고, 그 뒤로는 늘 대행 벼슬에 있었다.

장군 공손오는 의거 사람이며 낭관 신분으로 효무제를 섬겼다. 무제가 즉위한 지 12년째 되던 해에 기장군이 되어 대군에서 출격하였으나 사졸 7000명을 잃어 그 죄가 참수형에 해당했는데 속죄금을 내고 평민이 되었다. 그로부터 5년 뒤에 교위로서 대장군을 따라 출정하여 공을 세워 합기후(合騎侯)가 되었다. 1년 뒤에 중장군 신분으로 대장군을 따라 다시 정양에서 출병하였으나 공을 세우지 못했다. 2년 뒤에 장군 신분으로 북지군에 출격했지만 표기장군과 약속한 기일에 이르지 못하고 늦어 그 죄가 참수형에 해당했는데 속죄금을 내고 평민이 되었다. 2년 뒤에 교위로서 대장군을 따라 출격했으나 공이 없었다. 14년 뒤에 인우장군(因杅將軍)으로서 수항성(受降城)을 쌓았다. 7년 뒤에 다시 인우장군으로서 흉노를 공격했으나 여오수(余吾水)에 이르러 많은 사졸을 잃었다. 이로 인해 형리에게 넘겨져 참형을 당하게 되었는데 거짓으로 죽은 척하고 달아나 민간에서 5~6년 동안 숨어 지내다가 뒤에 발각되어 다시 옥에 갇혔다. 그 아내가 무술로 남을 저주한 죄로 일족이 몰살되었다. 그는 모두 네 차례 장군이 되어 흉노를 공격했고 한 차례 후가 되었다.

장군 이저는 운중군 사람으로 효경제를 섬겼다. 효무제가 즉위한 지 17년째 되었을 때 좌내사로서 강노장군이 되었다. 1년 뒤에 다시 강노장군이 되었다.

장군 이채는 성기(成紀) 사람으로 효문제, 효경제, 효무제를 섬겼다. 경거장군으로 대장군을 따라 출격했다가 공이 있어서 낙안후(樂安侯)에 봉해졌다. 그 뒤 승상이 되었지만 법을 어겨 죽었다.

장군 장차공(張次公)은 하거(河車) 사람이다. 그는 교위로서 장군 위청을 따라 출격하여 공을 세워 안두후(岸頭侯)로 봉해졌다. 그 뒤 태후가 죽자 장군이 되어 북군(北軍)수도를 지키던 군대로 장안성 북쪽에 주둔하였으므로 붙여진 명칭임에 주둔했다. 1년 뒤에 장군이 되어 대장군을 따라 출정했다. 뒤에 다시 장군이 되었으나 법에 저촉되어 후 지위를 잃었다. 장차공의 아버지 융(隆)은 경거(輕車)가벼운 전차를 타고 싸우는 기병 부대의 사수로 활을 잘 쏘아 경제가 가까이 두고 총애했다.

장군 소건은 두릉(杜陵) 사람이다. 그는 교위로서 장군 위청을 따라 출정하여 공을 세워 평릉후(平陵侯)가 되었고, 장군으로서 삭방군에 요새를 쌓았다. 4년 뒤에 유격장군이 되어 대장군을 따라 삭방으로 출격했다. 1년이 지나 우장군으로서 다시 대장군을 따라 정양군에서 출격했다. 흡후 조신이 달아나고 군사를 잃어 그 죄가 참형에 해당하나 속죄금을 내고 평민이 되었다. 그 뒤 대군 태수가 되었다가 죽었다. 그의 분묘는 대유향(大猶鄕)에 있다.

장군 조신은 흉노의 상국으로서 한나라에 귀순하여 흡후가 되었다. 효무제가 즉위한 지 17년째 되던 해에 전장군이 되어 선우와 싸워 패하자 흉노에게 투항했다.

장군 장건은 사신으로 대하에 갔다 돌아와 교위가 되었다. 대장군을 따라 출전하여 공을 세워 박망후에 봉해졌다. 그로부터 3년 뒤에 장군이 되어 우북평에서 출정하였으나 약속 기일을 지키지 못하고 늦었다. 그 죄가 참형에 해당하나 속죄금을 내고 평민이 되었다. 그 뒤 사신이 되어 오손과 국교를 열었고 대행 직책에 있다가 죽었다. 그의 분묘는 한중에 있다.

장군 조이기(趙食其)는 대우(祋祤) 사람이다. 효무제가 즉위한 지 22년째 되던 해에 주작도위로서 우장군이 되었다. 대장군을 따라 정양군에서 출정하였다가 길을 잃었으므로 그 죄가 참형에 해당하나 속죄금을 내고 평민이 되었다.

장군 조양(趙襄)은 평양후로서 후장군이 되어 대장군을 따라 정양에서 출전했다. 조양은 조참의 손자이다.

장군 한열은 궁고후(弓高侯)의 서손(庶孫)이다. 교위로서 대장군을 따라가 공을 세워 용액후(龍額侯)가 되었으나 주금법에 저촉되어 후 지위를 잃었다. 원정 6년에 대조(待詔)천자의 조서를 기다리는 후보 관원 신분으로 횡해장군(橫海將軍)이 되어 동월을 쳐서 공을 세웠으므로 안도후(按道侯)가 되었다. 태초 3년에 유격장군이 되어 오원(五原) 북쪽의 여러 성에 주둔했다. 광록훈(光祿勳)이 되었으나 위 태자(衛太子)유거(劉據)의 궁궐 밑에서 나무 인형을 파냈다가 위 태자에게 피살되었다.

장군 곽창(郭昌)은 운중(雲中) 사람이다. 그는 교위로서 자주 대장군을 따라 출정했다. 원봉 4년에 태중대부 신분으로 발호장군(拔胡將軍)이 되어 삭방에 주둔하였고 돌아와 곤명을 쳤으나 공을 세우지 못해 〔장군의〕 인(印)을 빼앗겼다.

장군 순체(荀彘)는 태원군 광무현 사람이다. 마차를 모는 기술이 뛰어나 천자를 뵙고 시중이 되었다. 교위가 되어 자주 대장군을 따라 출정했고, 원봉 3년에는 좌장군이 되어 조선을 쳤으나 공을 세우지 못했다. 누선장군(樓船將軍)을 체포한 죄로 법에 걸려 죽었다.

표기장군 곽거병은 모두 여섯 차례 출정하여 흉노를 공격했는데, 그중 네 차례는 장군 신분으로 출정하여 11만 명을 포로로 잡거나 참수하였고, 혼야왕이 그의 무리 수만 명을 이끌고 귀순함에 따라 하서와 주천 땅을 개척하여 서쪽 흉노의 침략을 훨씬 줄어들게 했다. 그는 네 차례에 걸쳐 봉읍을 더 받아 1만 5100호나 되었다. 그의 부하 장교 중에서 공을 세워 후가 된 사람이 모두 6명이고, 뒤에 장군이 된 사람이 2명이었다.

장군 노박덕(路博德)은 평주현(平州縣) 사람이다. 우북평군 태수로서 표기장군을 따라 출정하여 공을 세워 부리후(符離侯)가 되었다. 표기장군이 죽은 뒤 노박덕은 위위로서 복파장군이 되어 남월을 쳐서 무찔러 봉읍을 더 받았다. 그 뒤 법에 걸려 후 지위를 잃고 강노도위가 되어 거연(居延)에 주둔하다가 죽었다.

장군 조파노(趙破奴)는 본래 구원(九原) 사람이다. 그는 일찍이 흉노로 도망쳐 들어갔다가 한나라로 돌아온 뒤 표기장군의 사마가 되어 북지군에서 출정했다. 그때 공을 세워 종표후(從驃侯)에 봉해졌다가 주금법에 걸려 후 지위를 잃었다. 1년 뒤 흉하장군(匈河將軍)이 되어 흉노를 쳐서 흉하수까지 진격했으나 공을 세우지 못했다. 2년이 지나서 누란왕(樓蘭王)을 공격하여 사로잡아 다시 착야후(涅野侯)로 봉해졌다. 6년 뒤에 준계장군(浚稽將軍)이 되어 기병 2만 명을 이끌고 가서 흉노 좌현왕과 싸웠는데, 좌현왕이 기병 8만 명으로 조파노를 포위했다. 조파노는 흉노에게 사로잡혔고 그 군사는 전멸했다. 그는 10년 동안 흉노에 억류되었다가 흉노 태자 안국(安國)과 함께 도망쳐 한나라로 돌아왔다. 그는 무술(巫術)로 남을 저주한 죄에 연루되어 일족이 몰살되었다.

위씨(衛氏) 일족이 일어나면서 대장군 위청이 제일 먼저 후로 봉해졌고 그 뒤로 후손 중에서 다섯 명이 후가 되었으나, 대략 24년 동안에 다섯 명이 모두 후 지위를 빼앗겨 위씨로서 후 지위에 있는 자가 없었다.

태사공은 말한다.

"소건이 나에게 말했다. '나는 일찍이 대장군을 책망하여 「대장군께서는 지극히 존귀한 지위에 계시지만 천하의 어진 대부들 중에서 대장군을 칭송하는 사람이 없습니다. 바라건대 장군께서는 옛날 유명한 장군들이 어진 사람을 골라 초빙한 일을 본받아 그렇게 하도록 힘써 주십시오.」라고 말했습니다. 그러나 대장군은 사절하면서 「위기후^{두영}와 무안후^{전분}가

빈객들을 후대하자 천자는 늘 이를 갈았소. 사대부들을 가까이하고 어진 사람을 초빙하고 어리석은 자를 물리치는 일은 남의 군주가 된 자의 고유 권한입니다. 남의 신하가 된 사람은 법을 따르고 직책을 지키면 그만이지 어떻게 어진 선비들을 초빙하는 일에 관여하겠소!」라고 했습니다.' 표기장군 곽거병도 이러한 뜻을 본받았으니, 그들의 장수로서의 마음은 이러했다."

평진후 주보 열전
平津侯主父列傳

이 편은 평진후 공손홍(公孫弘)과 주보언(主父偃) 두 사람의 전기를 기록하고, 사상적으로 일관되는 서악(徐樂)과 엄안(嚴安) 두 사람을 덧붙였다.

공손홍은 어머니가 일찍 세상을 떠나 계모 슬하에서 자랐으나 지극한 효자였다. 향리에서 그를 문학(文學)으로 천거했지만 그는 다른 사람에게 양보하려 했고, 항상 베로 만든 옷을 걸치고 채식으로 일관할 정도로 검소했다.

무제는 이러한 공손홍을 뽑아 유학을 장려하여 학관을 힘쓰게 하였고, 주보언을 뽑아 제후들에게 사사로운 원한이 있던 유사를 포용하여 제후들을 다스리는 데 썼다.

당시 사람들은 공손홍을 곡학아세(曲學阿世)라는 말로 혹평하기도 했지만, 사마천은 그의 흉노 정책을 지지했고 또 그가 보인 민생에 대한 관심 등으로 인해 긍정적인 평가를 내리고 있다. 공손홍은 제후의 지나친 번영은 조정의 안위를 위협한다고 판단하여 제후의 봉토를 삭감해야 된다는 상주문을 올렸다.

공손홍이 흉노를 정벌해야 한다는 기본 입장을 고수하고 있었으므로 사마천은 이 열전을 「위 장군 표기 열전」과 「남월 열전」, 「서남이 열전」 사이에 끼워 넣었다.

한 가지 주목할 것은 열전의 쉰두 번째 편인 이 편부터 쉰여덟 번째 편인 「회남 형산 열전」까지 일곱 편이 한나라 무제 때의 영토 개척과 관련된 신하들의 전기라는 점이다. 공손홍은 '통서남이(通西南夷)'를 주장한 반면 사마상

여는 이를 반대하였으므로 「남월 열전」, 「동월 열전」, 「조선 열전」, 「서남이 열전」을 두 열전 사이에 끼워 넣어 무제 때 흉노 정벌 문제를 놓고 벌어진 사상 논쟁을 반영하였다.

면직되었다가 다시 추천받다

승상 공손홍(公孫弘)은 제나라 치천국(菑川國) 설현(薛縣) 사람으로 자는 계(季)이다. 젊을 때 설현의 옥리로 있었으나 죄를 지어 면직되었다. 〔그는〕 집안이 가난하여 바닷가에서 돼지를 길렀다. 마흔이 넘어서야 『춘추』에 관한 여러 학설을 배웠다. 그는 계모를 효성을 다해 모셨다.

건원 원년에 천자효무제가 처음으로 제위에 오르자, 현량(賢良)의 선비와 문학(文學)[1]의 선비를 불러들였다. 이때 공손홍

---

1) 현량과 문학은 한나라 때 관리를 선발하던 과목의 하나로 당시 유생들

은 나이가 예순이었으나 현량으로 초빙되어 박사(博士)에 임명되었다. 그러나 그가 흉노에 사신으로 갔다 돌아와 보고한 것이 황상의 뜻에 부합하지 않았으므로 황상이 그를 무능하다며 노여워했다. 그는 병을 핑계로 벼슬을 그만두고 고향으로 돌아갔다.

원광 5년에 조서를 내려 문학의 선비를 초빙하게 되자 치천국에서는 공손홍을 다시 추천하여 올렸는데, 공손홍은 그 나라 사람들에게 사양하여 말했다.

"신은 일찍이 칙명을 받아 서쪽경사(京師)으로 갔다가 무능하다 하여 (벼슬을) 그만두고 돌아왔습니다. 바라건대 다른 사람을 추천해 주십시오."

(그러나) 나라 사람들이 한사코 공손홍을 추천하므로 그는 태상(太常)에게 갔다. 태상은 추천되어 온 유사(儒士) 100여 명에게 각각 대책(對策)[2]을 짓게 하였는데 그의 성적은 꼴찌에 가까웠다. 그러나 답안을 천자에게 올리니 천자가 그의 대책을 1등으로 뽑았다. (천자는) 공손홍을 불러 보고 용모가 매우 단아하므로 박사에 임명했다.

이 무렵 한나라는 서남이(西南夷)와 통하는 길을 열고 군을 두었는데, 파(巴)와 촉(蜀)의 백성이 부역으로 시달렸다. 천자는 조서를 내려 공손홍에게 그 상황을 살펴보도록 했다. 그는 돌아와서 그곳 상황을 보고하면서 서남이가 쓸모없다며 심하

은 이것을 통해 벼슬길에 나갔다.
2) 황제가 나라를 다스리는 방법을 질문한 것에 대한 응시자의 책략이다.

게 헐뜯었다. 그러나 황상은 그의 의견을 듣지 않았다.

공손홍은 사람됨이 넓고 비범하며 견문이 넓었으며, 그는 언제나 남의 임금이 된 자는 넓고 크지 못한 것을 염려하고, 남의 신하가 된 자는 검소하게 절약할 줄 모르는 것을 염려해야 한다고 말했다. 공손홍은 베로 이불을 만들어 덮고 밥 먹을 때는 고기반찬을 두 가지 이상 놓지 않았으며, 계모가 죽었을 때는 3년 동안 상복을 입었다. 조정에서 회의가 열릴 때면 그는 찬반의 실마리만을 진술하여 임금이 스스로 결정을 내릴 수 있도록 하고, 얼굴을 맞대고 상대방의 잘못을 지적하며 논쟁하기를 즐겨 하지 않았다. 이에 황상은 그의 행실이 돈후하고 변론에 여유가 있으며, 법률이나 관리 능력에도 뛰어나고, 또 유가 학설에서 근거를 찾는 것을 보고 꽤 좋아했다. 그래서 공손홍은 2년이 채 안 되어 좌내사(左內史)[3]까지 승진했다. 그는 상주한 일을 허락받지 못해도 조정에서 그것을 따지는 법이 없었다. 그는 언제나 주작도위(主爵都尉)작위를 봉하는 일을 담당함 급암(汲黯)과 한가한 때에 황상에게 알현을 청하여 급암이 먼저 말을 꺼내고 자신은 뒤에 그것을 찬성하였는데, 천자는 언제나 기뻐하며 말하는 것을 모두 들어주었다. 그는 날로 더욱더 신임을 얻고 존중되었다.

---

3) 한나라 때 있던 내사(內史) 직책이 진나라로 들어서면서 좌내사(左內史)와 우내사(右內史)로 분리되었다. 그 뒤 좌내사는 좌풍익(左馮翊)으로, 우내사는 경조윤(京兆尹)으로 바꿔 불렸다.

신분 차이를 무너뜨리면 안 된다

일찍이 공손홍이 공경들과 어떤 일에 대한 논의를 약속해 놓고 천자 앞으로 나가서는 그 약속을 송두리째 저버리고 천자의 의견을 따른 일이 있었다. 급암은 조정에서 공손홍을 꾸짖어 말했다.

"제나라 사람은 거짓말투성이고 진실한 데라곤 없습니다. 처음에 우리와 이 문제에 관해 논의해 놓고 이제 와서 그것을 다 저버리니 불충합니다."

황상이 공손홍에게 일의 경위를 묻자 공손홍은 사죄하며 말했다.

"대체로 신을 아는 사람은 신을 충성스럽다고 하지만 신을 모르는 사람은 신을 불충하다고 합니다."

황상은 공손홍의 말이 옳다고 여겼다. 좌우의 충신들이 공손홍을 헐뜯을 때마다 황상은 그를 더욱 후대했다.

원삭 3년에 장구(張歐)가 면직되자 공손홍을 어사대부로 임명했다. 이 무렵 한나라는 서남이와 왕래하고 동쪽에는 창해군을 두고 북쪽에는 삭방군에 성을 쌓고 있었다. 공손홍은 중원 지역을 지치고 쇠하게 하면서까지 쓸모없는 땅오랑캐가 살고 있는 땅을 경영하는 일을 멈춰 달라며 자주 간언했다. 그러자 천자는 주매신(朱買臣) 등을 시켜 삭방군을 두었을 때의 이로운 점을 들어 공손홍을 반박하도록 했다. 제시한 열 가지 중에서 공손홍은 하나도 반박하지 못했다. 공손홍이 즉시 사죄하여 말했다.

"산동의 촌놈이라 이처럼 유익함을 몰랐습니다. 바라건대 서남이와 창해군의 일은 멈추고 오로지 삭방군을 경영하는 데 힘쓰십시오."

황상은 이것을 받아들였다.

급암이 말했다.

"공손홍은 삼공의 지위에 있고 봉록을 많이 받는데도 베로 이불을 만들어 덮고 있다니, 이것은 위선적인 행동입니다."

황상이 〔이에 대해서〕 공손홍에게 묻자, 그는 사죄하면서 말했다.

"그런 일이 있습니다. 구경 중에서 급암만큼 신과 친한 사람은 없습니다. 그러나 오늘 그가 조정에서 신을 꾸짖었는데 신의 결점을 정확히 지적했습니다. 신이 삼공의 지위에 있으면서 베 이불을 만들어 덮은 것은 진실로 거짓된 행동으로 명성을 낚으려고 한 것입니다. 또 듣건대 관중은 제나라 재상이 되어 삼귀(三歸)까지 두었으며 군왕과 비길 만큼 사치스러웠습니다. 환공은 패자가 되었지만, 이것은 위로 군왕에게 분에 넘치는 행동을 한 것입니다. 그러나 안영은 제나라 경공의 재상으로서 식사할 때 고기반찬을 두 가지 이상 놓지 않게 했고 〔처와〕 첩에게 비단옷을 입히지 않았습니다만 역시 제나라를 잘 다스렸습니다. 이는 아래에 있는 백성과 비슷한 생활을 한 것입니다. 지금 소신 홍은 어사대부라는 지위에 있으면서 베 이불을 만들어 덮음으로써 대신에서 말단 관리에 이르기까지 차별이 없어지게 했습니다. 진실로 급암의 말과 같습니다. 또 급암의 충성이 아니었다면 폐하께 어떻게 이런 말을 들을 수 있 겠습니까!"

천자는 공손홍을 겸허한 인물로 여기고 더욱더 후하게 대 우했다. 드디어 공손홍을 승상으로 삼고 평진후(平津侯)에 봉 했다.

공손홍은 됨됨이가 남을 시기하고, 겉으로는 너그러워 보이 나 속은 각박한 사람이었다. 일찍이 그와 틈이 생긴 사람들에 대해서는 사이 좋게 지내는 척하면서도 남몰래 그들에게서 받은 재앙을 되갚아 주었다. 주보언(主父偃)을 죽이고 동중서 (董仲舒)[4]를 교서로 쫓아낸 것은 모두 공손홍의 힘이 작용한 것이다. 〔그러나〕 그는 고기반찬 한 가지에 현미만을 먹으면서 도 옛 친구나 친한 빈객들이 입을 것과 먹을 것을 얻으러 오면 봉록을 몽땅 털어 주었기 때문에 집에는 남는 것이 없었다. 사 인들도 이것을 보고 그를 어진 인물로 평가했다.

묵묵히 앓다가 삶을 마감하겠다

회남왕과 형산왕이 반란을 일으켜 그들 일당에 대한 처벌 이 바야흐로 긴박하게 진행될 때 공손홍은 중병을 앓고 있었

---

4) 한나라 때 철학가이며 경학가로서, 유가 학술을 존중하고 기타 제자 백 가들을 내쫓기를 주장하여 등용되었다.

는데 스스로 이렇게 생각했다.

'공로도 없으면서 [후(侯)로] 봉해지고 지위가 승상까지 이르렀으니, 마땅히 현명한 군주를 보좌하여 나라를 안정시키고 사람들이 신하 된 도리를 지키도록 했어야 한다. 지금 제후들이 반역을 꾀한 것은 모두 내가 재상으로서 직분을 다하지 못한 탓이다. 만일 이대로 묵묵히 앓다가 죽으면 책임을 다할 길이 없을 것이다.'

그래서 다음과 같이 글을 올렸다.

신이 듣건대 천하에는 변하지 않는 도가 다섯 가지 있고, 이것을 실행하는 방법이 세 가지 있다고 합니다. 군신, 부자, 형제, 부부, 장유의 순서 이 다섯 가지는 천하의 변하지 않는 도입니다. 그리고 지(智), 인(仁), 용(勇) 이 세 가지는 천하에 변하지 않는 덕으로 그것을 실행하게 하는 방법입니다. 그러므로 "실행에 힘쓰는 것은 인에 가깝고, 묻기를 좋아하는 것은 지에 가까우며, 부끄러움을 아는 것은 용에 가깝다."라고 하는 것입니다. 이세 가지를 알면 스스로 자신을 다스릴 줄 알게 되고, 스스로 자신을 다스릴 줄 안 뒤라야 남을 다스릴 줄 알게 됩니다. 천하에는 자기 자신도 다스릴 수 없으면서 남을 다스릴 수 있는 사람은 없습니다. 이것은 백대가 지나더라도 변하지 않는 원리입니다. 지금 폐하께서는 몸소 크게 효도를 실천하시며 [하, 은, 주] 삼대를 거울삼아 주나라의 정치 원리를 세워 주나라 문왕과 무왕의 모습을 모두 가지고 있으면서 어진 사람을 격려하여 봉록을 주시고 능력을 헤아려서 벼슬을 주십니다. 지금 소신 공손홍은 재능이 떨어지며 땀을 흘려 싸운 공로가 없는데도 폐하께서는 특별히 은혜를 내려 평민들 속에서 신을 뽑아 열후로 봉하고 삼공의 지위까지 오르게 해 주셨습니다. 신 공손홍의 덕행이나 재능은 언급할 만한 가치도 없습니다. 게다가 본래 신병이 있어 신의 진심을 다하기 전에 먼저 쓰러져 구덩이에 묻혀 끝내 소임을 다하여 홍은(鴻恩)에 보답하지 못할까 두렵습니다. 바라건대 후의 인수를 돌려 드리고 직책에서 물러나 어진 사람에게 길을 비켜 주고자 합니다.

천자가 대답했다.

옛날에는 공이 있는 자에게 상을 주고 덕이 있는 자를 표창하고, 이전 사람들이 이룬 사업을 지키고 문덕(文德)을 숭상하며, 혼란스러울 때는 무(武)를 숭상했는데 아직까지 이것을 바꾼 자는 없소. 짐은 일찍부터 그것을 바라고 있었고 지존의 자리를 이은 이래로 두려워하며 편하지 못했소. 짐이 누구와 함께 천하를 다스릴까 생각하고 있다는 것은 그대도 알 것이오. 군자는 선을 좋아하고 악을 미워하며, 그대가 성실하게 행동했다는 것을 나는 잠시도 잊은 적이 없소. 그대가 불행히도 서리와 이슬을 맞아 병에 걸렸으나 어찌 낫지 않겠소. 글을 올려 후를 돌려주고 직책에서 물러나겠다고 하는데, 이는 짐의 부덕함을 드러내는 것이오. 지금 나랏일이 조금 한가하니 그대는 염려하지 말고 마음을 한결같이 하여 의약의 도움을 받아 몸을 보존하기 바라오.

그러고는 공손홍에게 휴가를 주고 쇠고기와 술과 비단을 내렸다. 그로부터 몇 달 뒤 그는 병이 나아 나랏일을 보게 되었다.

원수 2년에 공손홍은 병들어 마침내 승상 자리에서 삶을 마쳤다. 아들 공손도(公孫度)가 작위를 이어 평진후가 되었다. 공손도는 산양(山陽) 태수가 되었지만 10년쯤 지나 법을 어겨 후 지위를 잃었다.

싸움을 즐기면 망한다

주보언(主父偃)은 제나라 임치(臨菑) 사람이다. 그는 처음에 전국 시대의 합종과 연횡술을 배웠으나 늘그막에는 『역』, 『춘추』, 제자백가의 학설을 배웠다. 제나라의 여러 유생과 교류하였으나 그를 두텁게 예우하는 이가 없었다. 제나라 유생들이 서로 짜고 그를 배척하였으므로 제나라에서 받아들여지지 못했다. 그는 집이 가난해서 남에게 돈을 빌리려 해도 빌려주는 사람이 없었다. 그는 북쪽으로 연, 조, 중산 지역을 돌아다녔지만 그 어디서도 그를 두텁게 대우하는 이가 없어 나그네로 떠돌며 몹시 곤궁하게 지냈다.

효무제 원광 원년에 주보언은 제후의 나라들 중에는 가서 유세할 만한 이가 없다고 생각하고, 서쪽 관중(關中)으로 들어가 위 장군을 만났다. 위 장군은 그를 황상에게 여러 번 추천했으나 황상은 부르지 않았다. 그는 밑천도 다 떨어진 데다가 그곳에 머문 지도 오래되었으므로 여러 공(公)과 빈객 대부분이 그를 싫어했다.

그래서 그는 조정에 글을 올렸는데, 아침에 글을 올려 저녁에 부름을 받고 들어가 황상을 뵈었다. 그가 올린 아홉 가지 일 중에서 여덟 가지는 율령(律令)에 관한 것이고, 나머지 한 가지는 흉노 토벌에 관한 간언이었다. 그 상서문의 내용은 이렇다.

신이 듣건대 현명한 군주는 간절한 충언을 미워하지 않고 널리 의견을 들어 보고, 충성된 신하는 감히 가혹한 벌을 피하지 않고 솔직하게 간언하므로 일에 실책이 없고 공을 만세에 전한다고 합니다. 지금 소신은 감히 충성심을 품고 죽음을 피하지 않고서 어리석은 계책을 말씀드립니다. 바라건대 폐하께서는 신을 용서하시고 잠시 살펴봐 주십시오.

『사마법(司馬法)』에 "나라가 크더라도 싸움을 좋아하면 반드시 멸망하고, 천하가 태평하더라도 전쟁을 잊고 있으면 반드시 위태로워진다."라고 했습니다. 천하가 태평스러운데도 천자가 대개(大凱)군대가 개선할 때 연주하던 음악를 연주하고, 봄에는 수(蒐)라는 사냥을 하고 가을에는 선(獮)이라는 사냥을 하며, 제후들이 봄에 군대를 정비하고 가을에 군사를 훈련시키는 까닭은 전쟁을 잊지 않기 위함입니다. 화를 내는 것은 덕을 거스르는 것이고, 무기는 흉기이며, 싸움은 작은 일입니다. 옛날 군주는 한 번 화를 내면 반드시 시체를 뒹굴게 하고 피를 보았기 때문에 영명한 군주는 이런 일을 신중하게 했습니다. 대체로 싸워 이기는 데에 힘을 쏟고 함부로 무력을 쓰는 자치고 후회하지 않는 이가 없습니다. 옛날 진나라 시황제가 싸워 이긴 위세에 기대 천하를 야금야금 먹어 들어가더니 전국(戰國)을 삼켜 버리고 하나로 통일한 공적은 삼대의 그것과 같습니다. 진시황이 싸워 이기는 데에만 힘써 쉬지 않고 흉노를 치려 하자 이사(李斯)가 이렇게 간했습니다.

"그것은 안 됩니다. 저 흉노는 성곽을 쌓아 일정하게 사는 곳이 없고 식량을 쌓아 놓고 지키지 않으며 새 떼가 모였다 흩어지듯이 이리저리 옮겨 다니므로 제압하기 어렵습니다. 가볍게 무장한 군사로 적진 깊숙이 쳐들어가면 반드시 식량이 떨어질 것이고, 군량을 잇따라 보급하면서 행군하면 행동이 둔해져 일을 제대로 할 수 없을 것입니다. 흉노 땅을 얻는다 해도 이익이 될 만한 것이 없으며, 흉노 백성을 후대할지라도 그들을 계속 부려서 지키게 할 수는 없을 것입니다. 그렇다고 하여 이기고 나서 그들을 죽인다면 그것은 백성의 부모 된 자의 도리가 아닙니다. 중원을 황폐시키면서까지 흉노와 싸우는 것을 만족하게 여기는 것은 좋은 계책이 아닙니다."

진나라 시황제는 이 말을 듣지 않고 드디어 몽염에게 병사를 이끌고 가서 흉노를 치게 하여 1000리의 땅을 개척하고 하수를 경계로 삼았습니다. 그러나 이 땅은 소금기가 많은 늪지로 오곡이 자라지 못했습니다. 그렇게 한 뒤 진나라는 천하의 장정들을 징발하여 북하(北河) 일대를 지키도록 했습니다. 병사들을 비바람 속에 내놓은 10여 년 동안에 헤아릴 수 없을 만큼 많은 사람이 죽었고, 결국 하수를 건너 북쪽으로 진격하지도 못했습니다. 이것이 어찌 병력이 부족하고 군사 장비가 갖추어지지 않은 탓이겠습니까? 형세가 그럴 수 없었기 때문입니다. 또 천하 사람들에게 말먹이와 군량을 운반시켰는데 황현(黃縣), 수현(腄縣), 낭야(琅邪) 등의 바다와 인접한 곳에서 북하까지 수송하면 대략 서른 종(鍾)을 보내 겨우 한 석(石) 정도 남아 도착할 뿐이었습니다. 남자들은 최선을 다해 농사를 지어도 군량이 부족하고, 여자들은 길쌈질을 하여도 군막을 만들기에는 부족하였습니다. 백성은 황폐해져 고아와 과부와 노인과 허약한 사람들을 부양할 수 없어서 길바닥에는 죽은 자가 서로 이어 있었습니다. 천하가 진나라를 배반하기 시작한 것입니다.

고조 황제는 천하를 평정할 무렵 변경 지대를 공격하고 흉노족이 대곡(代谷) 밖에 모여 있다는 말을 듣고 치려 하니, 어사성(成)이 나아가 이렇게 간했습니다.

"그것은 안 됩니다. 대체로 흉노족은 짐승처럼 모였다가 새처럼 흩어지는 속성이 있어 이들을 뒤쫓는 건 그림자를 치는 것과 같습니다. 지금 폐하의 성덕으로 흉노를 친다 해도 신은 속으로 위험한 일로 봅니다."

그러나 고조 황제는 이 말을 듣지 않고 북쪽으로 대곡까지 이르렀다가 결국 평성에서 포위되고 말았습니다. 고조 황제가 이 일을 몹시 후회하고 유경(劉敬)을 보내서 화친 약속을 맺게 한 뒤에야 천하는 전쟁을 잊게 되었습니다. 그래서 병법에서는 "군사 10만 명을 동원하면 하루에 1000금을 쓰게 된다."라고 했습니다. 대체로 진나라에서는 언제나 백성을 모아 군사들을 변방으로 내보냈는데 그 수가 수십만 명이나 되었습니다. 적군을 뒤엎고 적장을 죽이고 흉노의 선우를 사로잡은 공은 있어도, 결국 그로 인해 적에게 원한을 사서 복수심만 깊게 만들었으므로 천하에서 소비한 것을 보상하기에는 부족했습니다. 대체로 위로는 국고를 텅 비게 하고 아래로는 백성을 황폐케 하면서 나라 밖을 정벌하는 일에 몰두하는 것은 완전한 일이 아닙니다.

저 흉노를 제압하기 어렵다는 것은 한 세대에 국한된 문제가 아닙니다. 그들이 감히 도둑질을 자행하며 쳐들어와 백성을 쫓아내기를 일삼는 것은 그들의 본성이 그렇기 때문입니다. 멀리 우(虞)나 하, 은, 주에 이르기까지 본래 규범을 두어 감독한 적이 없으며 금수처럼 여기고 길렀을 뿐 사람으로 취급하지 않았습니다. 위로 우나 하, 은, 주가 그들을 다스리던 방법을 살펴보지 않고 아래로 가까운 시대의 실책을 따르려는 것을 신은 몹시 우려하는 바이며 백성이 더없이 괴로워하는 일입니다. 게다가 싸움이 오래 지속되면 변란이 일어나고, 사태가 어려워지면 생각이 바뀌게 됩니다. 그래서 변방 지역의 백성은 지치고 시름에 잠겨 괴로우면 모반할 마음을 품게 되고, 장군과 관리들이 서로 의심하며 다른 나라와 내통하여 개인적인 이익을 구하게 되는 것입니다. 그러므로 위타와 장한이 그들의 야심을 이룰 수 있었습니다. 대체로 진나라의 통치가 불가능해진 까닭은 〔진나라의〕 권위가 〔위타와 장한〕 두 사람에게 나누어졌기 때문입니다. 이것은 무엇을 얻고 잃는지를 보여 준 구체적인 예입니다. 그래서 『주서(周書)』에서는 "〔국가의〕 안위는 임금의 명령에 달려

있고, 〔국가의〕 존망은 인물을 어떻게 쓰느냐에 달려 있다."라고
했습니다. 바라건대 폐하께서는 이 점을 자세히 살피시고 좀
더 깊이 생각해 주십시오.

천하의 근심은 토붕에 있다

이때 조나라 사람 서악(徐樂)과 제나라 사람 엄안(嚴安)도
글을 올려 각각 당면한 정사를 한 가지씩 말했다. 서악은 이렇
게 말했다.

신이 듣건대 천하의 근심은 토붕(土崩)에 있지 와해(瓦解)에
있지 않다고 했는데, 예나 지금이나 마찬가지입니다. 무엇을 토
붕이라고 합니까? 진나라의 말세가 이것입니다. 진섭(陳涉)은 천
승의 높은 지위에 있지도 않았고 땅도 한 자 없었으며 신분도
왕공이나 대인이나 명족의 후손이 아니고, 향리에서도 명예가
없었으며, 공자나 묵자나 증자 같은 현인도 아니고, 도주(陶朱)[5]
나 의돈(猗頓)[6] 같은 부자도 아니었습니다. 그러나 그가 가난한
골목에서 일어나 갈래진 창을 휘두르며 한쪽 팔을 걷어붙이고
큰 소리로 부르자, 천하 사람들이 바람에 휩쓸리듯이 그를 따

---

5) 범려(范蠡). 월나라 왕 구천을 도와 오나라를 멸망시킨 뒤 제나라를 떠돌
다가 도(陶)에서 살면서 부를 축적하여 도 주공으로 불렸다.
6) 염전 경영으로 큰 부자가 되었다.

랐습니다. 이것은 무엇 때문이겠습니까? 그것은 백성이 괴로워해도 군주가 그들을 불쌍히 여길 줄 모르고, 아랫사람이 원망해도 위에서는 알지 못하고, 풍속이 이미 어지러워져 정치를 제대로 할 수 없었기 때문입니다. 이 세 가지가 진섭의 밑천이 되었습니다. 이것을 토붕이라고 합니다. 그래서 천하의 근심은 토붕에 있다고 하는 것입니다.

무엇을 와해라고 합니까? 오, 초, 제, 조나라의 반란이 바로 이것입니다. 일곱 나라가 대역을 도모하고 저마다 만승의 천자라 일컬으며, 무장한 병사가 수십만 명이고, 위세는 그들의 영내를 압도할 만하며, 재력은 사민(士民)들을 끌어들이기에 충분했습니다. 그럼에도 서쪽으로 한 자 한 치의 땅도 빼앗지 못하고 중원에서 사로잡히는 처지가 되고 말았습니다. 그것은 무엇 때문이겠습니까? 그들의 권위가 보통 남자보다 가볍고 병력이 진섭보다도 약했던 탓이 아닙니다. 당시만 해도 선제(先帝)의 은택이 아직 쇠하지 않았으며, 그 땅에서 안주하여 풍속을 즐기는 백성이 많았기 때문에 제후들에게는 밖에서 도움을 주는 자가 없었습니다. 이것을 바로 와해라고 합니다. 그러므로 천하의 근심은 와해에 있지 않다고 한 것입니다. 이로부터 보면 천하가 진실로 토붕의 형세로 기울면 지위나 벼슬도 없이 궁핍하게 지내는 사람이라 할지라도 가장 악한 짓을 하여 천하를 위태롭게 할 수 있습니다. 진섭이 바로 그러한 경우입니다. 하물며 삼진(三晉)의 군주와 같은 〔천자의 자리를 탈취하려는〕 자가 있다면 어떻겠습니까? 천하가 아직 잘 다스려지지 않았더라도 진실로 토붕의 형세가 없다면 강한 나라와 강한 병사가 있을지라도 발뒤꿈치를 돌릴 겨를도 없이 사로잡힐 것입니다. 오, 초, 제, 조 나라가 바로 이러했습니다. 하물며 신하나 백성이 어떻게 난을 일으킬 수 있겠습니까? 이 중요한 두 가지는 국가의 안위에 관계되는 명백하고도 긴요한 일이니, 현명한 군주라면 여기에 뜻을 두고 깊이 살핍니다.

요즈음 관동에서는 오곡이 여물지 않아서 연간 수확이 〔예전처럼〕 회복되지 못해 백성이 많은 어려움을 겪고 있습니다. 게다가 변방에는 일이 발생하고 있습니다. 이것을 사리에 따라 살펴보면 백성 중에 그곳을 편안하게 여기지 못하는 자가 있을 것이며, 편안하게 여길 수 없으면 동요하기 쉽습니다. 동요하기 쉬운 것은 토붕의 형세입니다. 따라서 현명한 군주는 만물 변화의 근원을 살펴서 국가 안위의 기틀을 분명히 하고 조정에서 이것을 해결하여 우환이 드러나기 전에 없애 버립니다. 중요한 것은 천하에 토붕의 형세가 없도록 하는 것뿐입니다. 〔이렇게만 한다면〕 설사 강한 나라와 강인한 군사가 있을지라도 폐하께서는 달리는 짐승을 쫓고 나는 새를 쏘고 연회를 여는 장소를 넓혀 마음껏 즐기고 사냥의 즐거움을 누리며 태연자약할 수 있을 것입니다. 종과 북, 거문고와 피리 소리가 귀에서 끊이지 않고 밀실에서의 사랑놀이, 배우, 주유(侏儒)난쟁이의 웃음소리가 앞에서 이어져도 천하에는 오래도록 근심이 없을 것입니다. 어찌 명성이 은나라 탕왕이나 주나라 무왕과 같기를 바라고, 풍속이 주나라 성왕이나 강왕 때와 같기를 바라겠습니까?

비록 이와 같을지라도 신이 가만히 생각해 보면 폐하께서는 나면서부터 성덕을 갖추셨고 너그럽고 인자한 자질을 가지고 계시니 진실로 천하를 다스리는 일에 정성을 다하신다면 저 탕왕이나 무왕과 같은 명성을 얻는 일이 어렵지 않고, 또 성왕이나 강왕 때와 같은 풍속을 다시 일으킬 수 있을 것입니다. 이 두 가지를 이룬 뒤라야 높고 편안한 상태에서 당대에 명예를 널리 떨쳐 천하의 백성과 가까워지고 사방의 오랑캐를 감복시키며 남은 은덕이 몇 대에 걸쳐 융성하게 할 것입니다. 도끼 무늬를 수놓은 병풍을 등지고 남면하여 소매를 여미고 왕공들을 절하게 하는 것이 폐하께서 하실 일입니다. 신이 듣건대 왕 노릇 하는 것을 도모하다가 [설령] 그것을 이루지 못하더라도 그 결과는 세상을 안정시키기에 충분하다고 합니다. 천하가 안정되면 폐하께서 무엇을 구한들 얻지 못하고, 어떤 일을 한들 이루지 못할 것이 있으며, 어느 곳을 치더라도 복종하지 않겠습니까?

시대 변화에 따라 강약을 조절하라

엄안은 글을 올려 말했다.

신이 듣건대 주나라가 천하를 차지하여 잘 다스린 것이 300여 년인데 성왕과 강왕 때에 가장 융성하였으며, 형법이 있기는 하나 40여 년이나 버려 두었다고 합니다. 주나라는 쇠약해지는 과정 역시 300여 년이나 되었으므로 [그동안에] 오패가 번갈아 가면서 일어난 것입니다. 오패는 언제나 천자를 도와 이익이 되는 일은 일으키고 해악은 제거하였으며, 난폭한 자를 죽이고 간사한 일을 금하여 나라 안을 바로잡고 천자를 높였습니다. 오패가 몰락한 뒤로 현인과 성인이 이어 나오지 않아 천자는 외롭고 약해져 명령이 시행되지 못했으며, 제후들은 제멋대로 행동하여 강한 자가 약한 자를 업신여기고 큰 무리가 작은 무리를 학대하며, 전상(田常)전항(田恒)은 제나라를 찬탈하고,[7] 육경(六卿)이 진(晉)나라를 나눠 가져 전국 시대로 들어섰습니다. 이로부터 백성의 괴로움이 시작됐습니다. 그래서 강한 나라는 침략을 일삼고 약한 나라는 지키기에 급급하여 혹은 합종을 하고 혹은 연횡을 하여 바퀴를 부딪치며 수레를 달리니, 투구와 갑옷에는 이가 들끓건만 백성은 호소할 곳이 없었습니다.

진나라 왕은 천하를 서서히 집어삼켜 전국(戰國)을 아우르고 황제라 일컬으면서 천하의 정권을 잡고, 제후의 성을 파괴하고, 그들의 무기를 녹여서 종과 종틀을 만들어 다시는 무기를 쓰지 않는다는 것을 보여 주었습니다. 선량한 백성은 이제는 전국의 불안에서 벗어나 현명한 천자를 얻었다고 하며 저마다 다시 태어났다고 생각했습니다. 그때 진나라가 형벌을 느슨하게 하고 부세를 줄이고 부역을 덜어 주고, 인의를 존중하고 권세와 이익을 가볍게 여기며, 독실하고 돈후한 것을 숭상하고 교활한 지혜를 나쁘게 여기고, 좋지 못한 풍속을 바꿔서 천하를 교화

---

7) 전상은 춘추 시대 말 제나라 대신이다. 그는 간공(簡公)을 죽이고 평공(平公)을 옹립한 뒤, 스스로 재상이 되어 공족(公族) 가운데 세력이 강한 자들을 모조리 죽여 봉읍을 넓혀 나갔다. 이때부터 전씨가 제나라의 정권을 잡게 되었다.

시켰더라면 대대로 편안했을 것입니다. 그런데 이러한 풍교(風敎)를 실천하지 않고 옛날 습관대로 교활한 지혜와 권세와 이익을 좇는 자는 끌어다 쓰고, 독실하고 돈후하며 충성스럽고 신의 있는 자는 물리치며, 법은 엄중하고 정치는 준엄했습니다. 아첨하는 자가 많아 황제는 날마다 자신을 찬미하는 말만 듣다 보니 야심이 커지고 마음이 교만해져서 천하에 위세를 마음껏 떨쳐 보고 싶어졌습니다. 그래서 몽염을 시켜 병사를 이끌고 북쪽으로 흉노를 쳐서 영토를 개척하여 국경을 넓히고, 북하(北河)에 군사를 주둔시키고 말먹이와 군량을 실어 그 뒤를 따르게 했습니다. 또 위관(尉官) 도수(屠睢)를 시켜 수군을 이끌고 남쪽으로 백월(百越)을 치게 하고, 감록(監祿)진나라 때 군(郡)을 감찰하던 어사 녹(祿)을 말함을 시켜 운하를 파서 양식을 옮겨 월나라에 깊숙이 쳐들어가게 했습니다. 그러자 월나라 사람들은 달아났습니다. 진나라 군사는 하는 일 없이 오랫동안 버티다 보니 식량이 떨어졌습니다. [이 사실을 안] 월나라 사람들이 공격하니 진나라 군대는 크게 패배했습니다. 진나라는 곧 위타를 시켜 병사를 거느리고 월나라 군대를 방어하게 했습니다. 이때 진나라의 재앙은 북쪽으로는 흉노 땅에 걸치고, 남쪽으로는 월나라에 뻗쳐 군대를 쓸모없는 곳에 주둔시켜 나아가지도 물러서지도 못하는 데 있었습니다. 10여 년간의 싸움에 장정들은 갑옷을 입고 여자들은 물자를 실어 나르느라 그 괴로움을 견딜 수 없어 삶을 마다하고 스스로 길가의 나무에 목을 매어 죽는 자가 끊이지 않았습니다.

진나라 시황제가 죽자 천하에 큰 반란이 일어났습니다. 진승

(陳勝)과 오광(吳廣)은 진(陳)에서 군사를 일으켰고, 무신(武臣)과 장이(張耳)는 조나라에서 군사를 일으켰으며, 항량(項梁)은 오나라에서 군사를 일으켰고, 전담(田儋)은 제나라에서 병사를 일으켰으며, 경구(景駒)는 영(郢)에서 군사를 일으켰고, 주불(周市)은 위(魏)나라에서 군사를 일으켰고, 한광(韓廣)은 연나라에서 군사를 일으켰으며, 심산유곡에서까지 호걸들이 아울러 일어났으므로 다 적을 수 없습니다. 그러나 그들은 모두 공작이나 후작의 후손도 아니고 장관의 아전도 아니었습니다. 그들은 다 한 자 한 치의 조그마한 세력도 없이 거리에서 일어나 갈래진 창을 잡고 시대의 흐름에 따라 움직였습니다. 그들은 모의하지 않았지만 함께 일어났고, 약속하지 않았지만 함께 모였으며, 점거한 지역이 점점 커지고 넓어져서 패왕(霸王)이 되기에 이르렀습니다. 이것은 당시의 가르침진나라의 포악한 정치이 그렇게 만든 것입니다. 진나라가 천자의 귀한 자리에 있었고 천하를 소유할 만큼 부유했으면서도 후손이 끊기고 조상의 제사조차 끊어지게 된 것은 전쟁을 지나치게 일삼은 데서 비롯된 재앙입니다. 그러므로 주나라는 약해서 천하를 잃었고, 진나라는 강해서 천하를 잃었습니다. 시대 변화에 따라 바꾸지 못한 게 화근이었습니다.

이제 남이(南夷)를 부르고 야랑(夜郎)을 조정으로 들어와 복종하게 하고, 강북(羌僰)을 항복시키고 예주(濊州)를 공략하고 성읍을 세우며, 흉노 땅으로 깊숙이 쳐들어가 농성(龍城)을 불태우려고 합니다. 논의하는 자들은 이것을 좋다고 합니다만 그것은 남의 신하 된 자의 이익은 될지언정 천하를 위한 좋은 계책은 아닙니다. 지금 중원은 개 짖는 소리에 놀랄 일이 없을 만큼 태평스러운데, 나라 밖 먼 곳의 수비에 얽매여 국가를 황폐시키는 것은 백성을 자식처럼 여겨야 하는 자의 도리가 아닙니다. 끝없는 욕망을 실천하기 위해서 마음껏 행동하여 흉노와 원한을 맺는 것은 변경을 편안하게 하는 길이 아닙니다. 화가 맺혀 풀어지지 않고 전쟁이 그쳤는가 하면 다시 일어나, 가까이 있는 자는 걱정하고 괴로움을 겪을 것이며 멀리 있는 자는 놀랄 테니 이것은 천하를 오래도록 지탱하는 길이 아닙니다.

지금 천하는 갑옷을 단단히 입고 칼을 갈며 화살을 바로잡고 활줄을 매며 군량을 나름에 쉴 새가 없으니, 이것은 천하 사람이 모두 우려하는 바입니다. 대체로 전쟁이 오래 지속되면 변란이 일어나고 일이 복잡해지면 걱정거리가 생깁니다. 지금 바깥 군(郡)의 땅이 1000리쯤 되고 줄지어 있는 성이 수십 개나 되어 형세로 속박하고 토지로 제어하며 제후들을 위협하는데, 이것은 공실(公室)의 이익이 아닙니다. 옛날 제나라와 진(晉)나라가 멸망한 까닭은 공실은 낮아지고 쇠약해진 반면 육경(六卿)이 매우 성대해졌기 때문입니다. 또 최근에 진(秦)나라가 멸망한 까닭을 살펴보면 그 법령이 지나치게 엄하고 욕심이 커 끝이 없었기 때문입니다. 지금 군 태수의 권세는 육경보다 훨씬 무겁습니다. 땅이 사방 1000리쯤 되는 것은 [진승 등이] 마을을 근거로 삼은 것에 비할 바가 못 되고, 갑옷과 무기도 정교하여 갈래진 창의 쓰임에 비할 바가 안 됩니다. 만일 만세의 큰 변란이라도 일어난다면 나라는 멸망하고 말 것입니다.

상서가 천자에게 올려지자 천자는 세 사람을 불러 만나 보고 말했다.

"그대들은 모두 지금까지 어디에 있었소? 어째서 이토록 늦게 만나게 되었단 말이오!"

그리고 황상은 주보언과 서악과 엄안을 낭중으로 삼았다. 주보언이 자주 황상을 뵙고 글을 올려 나랏일을 말하였으므로 조서를 내려 그를 알자로 삼았다가 옮겨 중대부로 삼았다. 한 해 사이에 주보언은 네 차례나 승진했다.

제후들의 세력을 약화시키는 방법

주보언은 황상을 설득하여 말했다.

"옛날 제후들의 봉지는 사방 100리에 지나지 않아 강하건 약하건 그 형세를 제어하기 쉬웠습니다. 그러나 오늘날 제후들 가운데 어떤 이는 수십 개의 성을 잇따라 가졌고 봉지도 사방 1000리나 됩니다. 평상시에 교만해지고 사치하여 음란해지기 쉬우며, 비상시에는 자신의 강력함을 믿고〔다른 제후들과〕합종을 맹약하여 조정을 거스르게 됩니다. 이제 법으로 그들의 봉지를 삭감하려 하면 반역의 기운이 싹틀 것입니다. 전날 조조(鼂錯)의 경우가 그러했습니다. 지금 제후의 자제들은 십 수 명이 되는 경우도 있지만 본처 소생의 맏아들만이 뒤를 이을 뿐 나머지 아들들은 골육임에도 불구하고 한 자 한

치의 봉지도 주어지지 않습니다. 이래서는 인과 효의 도가 펼쳐지지 않습니다. 바라건대 폐하께서는 제후들에게 명령을 내려 은덕을 넓혀 자제들에게 고루 봉지를 갈라 주어 후(侯)가 될 수 있도록 해 주십시오. 그렇게 하면 그들은 원하는 바를 얻게 되어 기뻐할 것이고, 폐하께서 은덕을 베푸는 것이 실은 제후들의 나라를 갈라 주는 것이므로 제후들의 땅을 삭감하는 일 없이도 서서히 약하게 할 수 있습니다."

이렇게 하여 황상은 그 계책을 따랐다. 주보언은 다시 황상에게 말했다.

"무릉(茂陵)이 막 섰습니다. 천하의 호걸과 부호와 혼란을 일으키는 백성은 모두 무릉으로 이주시키십시오. 이렇게 하면 안으로는 경사(京師)를 충실하게 하고 밖으로는 간사하고 교활한 무리를 제거할 수 있습니다. 이것이 이른바 베어 죽이지 않고도 해를 제거하는 방법입니다."

황상은 또 그의 계책을 따랐다.

해는 저물고 갈 길은 멀다

주보언은 위 황후를 존립한 일과 연나라 왕 유정국(劉定國)의 숨겨진 사생활[8]을 들추어내는 데도 공을 세웠다. 대신들

---

8) 유정국은 자기 아버지의 첩뿐만 아니라 세 딸과도 간통 행위를 저질렀으

모두 그의 입을 두려워하여 뇌물을 보낸 것이 수천 금에 이르렀다.

어떤 사람이 주보언에게 말했다.

"너무 전횡합니다."

주보언이 말했다.

"저는 젊어서부터 40년 넘게 떠돌며 배웠으나 뜻을 이루지 못했습니다. 부모님은 자식으로 여기지 않고 형제들은 거두어 주지 않았으며 빈객들은 저를 버렸습니다. 저는 오랜 시일을 곤궁하게 지내 왔습니다. 대장부가 살아서 오정식(五鼎食)[9]을 먹을 수 없다면 죽어서 오정에 삶겨질 뿐입니다. 해는 저물고 갈 길이 멀기 때문에 일반적인 도리를 따르지 못하고 서둘러 일을 하는 것입니다."

또 주보언은 강력히 주장했다.

"삭방은 땅이 비옥하고 밖은 하수로 막혀 있습니다. 몽염은 이곳에 성을 쌓아 흉노를 내쫓았습니다. 안으로 식량 수송이나 국경을 지키는 일과 수로로 운반하는 일을 덜고, 중원의 영토를 넓히는 일은 흉노를 멸망시키는 근본이 됩니다."

황상은 이 주장을 듣고 공경들에게 내려 의논하도록 했는데 모두 마땅치 않다고 말했다. 공손홍이 말했다.

며, 동생의 아내를 빼앗아 첩으로 삼기도 했다. 그의 이런 행실이 고발되자 고발한 사람들을 죽여 입을 막으려 했다. 그러나 뒤에 또다시 고발되어 사형에 해당되는 죄로 판정되자 스스로 목숨을 끊었다.

9) 고대 제후들이 연회 때 다섯 솥에 소, 돼지, 닭, 사슴, 생선을 놓고 먹던 식사로서 호사스러운 생활이나 고귀한 신분을 가리킨다.

"일찍이 진(秦)나라 때 대군 30만 명을 보내 북하 땅에 성을 쌓았으나 결국은 이루지 못하고 얼마 못 가서 이곳을 버렸습니다."

그러나 주보언이 그 편리한 점을 강력히 주장하자 황상은 마침내 그의 계책을 받아들여 삭방군을 두었다.

일족이 몰살되니 시신도 거두는 자가 없다

원삭 2년에 주보언은 제나라 왕 유차경(劉次景)이 궁궐 안에서 음란하고 제멋대로이며 편벽된 행동을 일삼는다고 말했다. 천자는 주보언을 제나라 재상으로 삼았다. 주보언은 제나라에 이르자 형제들과 빈객들을 불러 500금을 풀어 나누어 주면서 잘못을 열거하여 꾸짖었다.

"처음에 내가 가난할 때 형제들은 나에게 입을 것과 먹을 것을 주지 않았고, 빈객들은 나를 문으로 들여보내지도 않았소. 그런데 내가 이제 제나라 재상이 되자 여러분 가운데 나를 1000리나 나와서 맞아 준 자도 있소. 나는 여러분과 절교하겠으니 다시는 내 집 문을 들어서지 마시오!"

주보언은 사람을 시켜서 제나라 왕이 그의 맏누이와 간통한 일을 가지고 제나라 왕을 위협했다. 왕은 결국 죄를 벗어날 길이 없다고 생각하고 연나라 왕처럼 사형에 처해질까 두려워 자살했다. 유사(有司)가 이 일을 〔황상에게〕 보고했다.

이보다 앞서 주보언이 평민일 때 일찍이 연, 조나라에서 노닌 적이 있는데 존귀한 신분이 되자 연나라의 비밀을 들추어 냈다. 조나라 왕 유팽조(劉彭祖)는 자기 나라의 근심거리가 될 것을 두려워하여 글을 올려 주보언의 비밀을 말하려고 했으나, 주보언이 조정에 있으므로 감히 발설하지 못했다. 그가 제나라 재상이 되어 관중(關中)으로 나가자 〔조나라 왕은〕 사람을 시켜 글을 올려 주보언은 제후에게 뇌물을 받았으므로 제후의 자제들 가운데 봉토를 받은 자가 많았다고 아뢰었다.

제나라 왕이 자살하자 황상은 이 소식을 듣고 몹시 노여워하며, 주보언이 제나라 왕을 협박하여 자살하게 했을 것으로 보고 불러들여 형리에게 넘겨 다스리도록 했다. 주보언은 제후들로부터 뇌물을 받은 것은 시인했으나, 제나라 왕을 위협하여 자살하게 만들지는 않았다고 했다. 황상은 그를 주살하지는 않으려 했는데 어사대부 공손홍이 이에 대해 말했다.

"제나라 왕이 자살하였는데 후사가 없어 나라는 사라지고 군(郡)으로서 한나라에 편입되었습니다. 주보언은 그 원흉입니다. 폐하께서 주보언을 죽이지 않으시면 천하에 사과할 방법이 없을 것입니다."

천자는 드디어 주보언과 그 일족을 몰살시켰다.

주보언이 총애를 받는 귀한 신분일 때는 빈객이 수천 명이나 되었지만, 그 일족이 몰살되자 그 시신을 거두는 이가 한 사람도 없었다. 오직 효현(洨縣)의 공거(孔車)라는 사람만이 시신을 거두어서 장사를 지내 주었다. 천자는 뒤에 이 말을 듣고 공거를 장자(長者)라고 여겼다.

태사공은 말한다.

"공손홍은 도의를 지키는 면에서 훌륭한 사람이었지만 또한 때를 잘 만났다. 한나라가 일어난 지 80여 년에 천자가 학문에 마음을 쏟고 뛰어난 인재를 불러 유가와 묵가의 학설을 퍼뜨리려 할 때 공손홍은 제일 먼저 뽑혔다. 주보언이 요직에 있을 때는 모든 사람이 그를 칭찬했으나, 명성을 잃고 사형되자 선비들은 앞다투어 그의 나쁜 점만을 말했다. 슬픈 일이로다."

조상의 음덕은 후손이 받는다

태황태후(太皇太后)한나라 원제의 황후 왕정군(王政君)가 대사도(大司徒)승상와 대사공(大司空)어사대부에게 다음과 같은 조서를 내렸다.

대체로 듣건대 나라를 다스리는 길은 백성을 잘살게 만드는 데서 시작하고, 백성을 잘살게 만드는 데 중요한 것은 절약과 검소함이라고 한다. 『효경』에서는 "위를 편안하게 하고 백성을 다스리는 길은 예(禮)보다 좋은 것이 없다."라고 했으며, "예는 사치스럽기보다는 차라리 검소한 것이 낫다."라고 했다. 옛날 관중은 제나라 환공의 재상이 되어 환공을 제후의 패자로 만들고, 제후들을 아홉 차례나 규합하여 천하를 하나로 바로

잡은 공이 있었다. 그러나 공자는 관중이 예를 모른다고 했다. 그것은 관중의 사치가 군주에 비길 만큼 지나쳤기 때문이다. 하나라 우왕은 궁실을 누추하게 하고 남루한 옷을 입었지만 그 후세의 성인들조차도 이것을 따르지 못했다. 이로 미루어 볼 때 성대하게 다스려진다는 것은 덕망 있는 정치를 널리 펼쳤다는 것이다. 덕행에는 검소함보다 높은 것이 없다. 검소함으로 풍속과 백성을 교화시키면 존비(尊卑)의 질서가 서고 골육 간의 정이 두터워져 다툼의 근원이 사라지게 된다. 이것이 바로 집이 넉넉해져 형벌을 필요 없게 하는 근본인 것인가? 그렇게 되도록 힘쓰지 않을 수 있겠는가!

대체로 삼공은 모든 관리의 귀감이며 만민의 사표이다. 이제까지 곧은 기둥을 세워서 굽은 그림자를 얻은 자는 없다. 공자도 "그대가 바르게 이끈다면 누가 감히 바르지 않을 수 있겠는가?"라고 했으며, "착한 사람을 등용하여 덕행을 닦지 않은 사람을 가르치면 [그들은] 곧 노력할 것이다."라고 하였다. 한나라가 일어난 이래로 수족 같은 신하들 중에서 몸소 검소하고 절약하는 생활에 힘쓰고 재물을 가벼이 여기며 의를 소중히 여겨 세상에 두드러지게 나타난 사람으로는 지난날 승상을 지낸 평진후 공손홍만 한 이가 없다. 그는 승상 지위에 있으면서도 베 이불을 덮고 현미밥에 고기반찬은 한 가지를 넘지 않았다. 옛 친구나 사이 좋은 빈객에게는 자기 봉록을 모두 털어 나눠 주어 집에는 남는 것이 없었다. 진실로 안으로는 스스로 극기와 검약에 힘쓰고, 밖으로는 제도를 따른 것이다. 급암이 이것을 힐책하자 공손홍은 조정에서 숨김없이 말했다. 이것은 정해진 제도보다 낮으나 시행할 만한 것이라고 할 수 있다. 덕은 넉넉하면 실행되고, 그렇지 못하면 그친다. 안으로는 사치를 일삼으면서도 겉으로는 기이한 옷을 걸쳐 헛된 명예를 얻으려는 자와는 부류가 다르다.

공손홍이 신병으로 벼슬을 그만두기를 청하자, 효무제는 "공이 있는 자에게 상을 주고 덕이 있는 자를 포상하고 선을 좋아하고 악을 미워한다는 것을 그대는 잘 알고 있을 것이오. 근심을 덜고 정신을 하나로 모아 의약의 도움을 받아 몸을 돌보시오."라고 명령했다. 그러고는 휴가를 주어 병을 치료하게 하고 쇠고기와 술과 비단 같은 것을 내렸다. 몇 달이 지나자 그는 병이 나아 일을 보았다. 원수 2년에 그는 마침내 승상 지위에서 세상을 떠났다. 대체로 신하를 아는 데는 군주만 한 사람이 없다고 하는데, 이것이 그 증거이다. 공손홍의 아들 공손도는 작위를 물려받아 뒷날 산양 태수가 되었으나 법에 저촉되어 후 지위를 잃었다. 대체로 덕을 표창하고 의를 드러내는 것은 풍속을 이끌어 교화에 힘쓰는 것으로, 이는 성왕의 제도로서 바뀌지 않는 도이다. 공손홍의 후손으로 뒤를 이을 차례인 자에게 관내후 작위와 식읍 300호를 내린다. 그를 불러서 공거(公車)[10]로 나오게 하여 이름을 상서(尙書)에 올리면 내가 직접 조정으로 나가서 관직과 작위를 주겠다.

10) 궁궐의 사마문(司馬門)을 관리하고 상서와 공물 등을 관리하는 직책이다.

명신들의 목록

반고(班固)는 다음과 같이 말했다.

"공손홍과 복식(卜式)[11]과 예관(兒寬)은 모두 날아오르는 큰 기러기비범한 인물들의 날개를 가졌으면서도 제비와 참새에게 시달림을 받아 멀리 양이나 돼지 무리 속에 섞여 살았다. 때를 만나지 못했다면 어떻게 이런 지위에 오를 수 있었겠는가? 당시는 한나라가 일어난 지 60여 년으로 온 천하가 태평스러우며 국고가 가득 찼지만, 사방의 오랑캐는 아직 복종하지 않고 제도에 부족한 점이 많았다. 황제는 바야흐로 문무의 인재를 등용하려고 하면서 그러한 인재들을 얻지 못할까 봐 애태우면서 구했다. 처음에 포륜(蒲輪)[12]으로 매승(枚乘)을 맞이했고, 주보언을 보고는 〔늦게 만난 것을〕 탄식했다. 이리하여 신하들이 흠모하여 따르고, 빼어난 재능이 있는 인사들이 잇달아 나오게 되었다.

복식은 양치기 신분에서 기용되었고, 상홍양(桑弘羊)은 장사꾼으로 있을 때 발탁되었으며, 위청은 종 신분에서 떨쳐 일어났고, 김일제(金日磾)는 항복한 흉노 속에서 나왔다. 이는 또한 옛날에 판(版)으로 담을 쌓거나 소에게 꼴을 먹이던 무리

---

11) 서한 시대의 목축업자로 재산을 모두 털어 조정을 도와 벼슬에 올라 뒤에 관내후로 봉해졌다.
12) 부들풀로 바퀴를 감아 흔들리지 않게 한 수레로 인재를 맞이하는 것을 비유한다.

중에서 인재를 뽑은 것과 다름없다.[13] 한나라가 인재를 얻는 것은 이때 성황을 이루었다. 고아한 학자로는 공손홍과 동중서와 예관이 있고, 행실이 돈독한 인사로는 석건과 석경이 있으며, 질박하고 정직한 인사로는 급암과 복식이 있고, 어진 사람을 추천하는 데는 한안국과 정당시가 있으며, 법령을 제정하는 데는 조우(趙禹)와 장탕(張湯)이 있고, 문장에는 사마천과 사마상여가 있고, 골계에 뛰어난 사람으로는 동방삭(東方朔)과 매고(枚皐)가 있으며, 손님을 접대하는 데는 엄조(嚴助)와 주매신이 있고, 역수(曆數)에는 당도(唐都)와 낙하굉(落下閎)서한의 천문 역법가이 있으며, 음률 조화에는 이연년(李延年)이 있고, 산수 회계(算數會計)에는 상홍양이 있으며, 외국에 간 사신으로는 장건과 소무(蘇武)[14]가 있고, 장군으로는 위청과 곽거병이 있으며, 유조를 받아 어린 천자를 보좌하는 데는 곽광(霍光)과 김일제가 있었다. 그 밖의 인물에 대해서는 이루 다 기록할 수 없다. 그래서 공업(功業)을 일으켜 세우고 제도와 문물을 남기니 후세에는 이때에 미칠 만한 시대가 없다.

효선제가 왕통을 잇자, 대업을 이어 정리하는 데 다시 육예를 강론하고 뛰어난 인재들을 불러 뽑았다. 그래서 소망지(蕭望之)와 양구하(梁丘賀)와 하후승(夏侯勝)과 위현성(韋玄成)과 엄팽조(嚴彭祖)와 윤갱시(尹更始)는 유학으로 등용되었고, 유

---

13) 이것은 상(商)나라 부열(傅說)과 위(衛)나라 영척(寧戚)이 관리로 등용된 상황을 말한 것이다.
14) 한나라 때 흉노에 사신으로 갔다가 억류되어 갖은 고초를 겪으면서도 절개를 굽히지 않았다.

향(劉向)과 왕포(王褒)는 문장으로 이름을 드러냈으며, 장상(將相)으로는 장안세(張安世)와 조충국(趙充國)과 위상(魏相)과 병길(邴吉)과 우정국(于定國)[15]과 두연년(杜延年)이 있고, 백성을 다스리는 데는 황패(黃霸)[16]와 왕성(王成)과 공수(龔遂)와 정홍(鄭弘)과 소신신(邵信臣)과 한연수(韓延壽)와 윤옹귀(尹翁歸)와 조광한(趙廣漢) 등이 있다.

　이들 모두 공적을 세워 후세에 전해져 알려졌다. 명신이 많은 점을 비교해 보면 또한 효무제 때에 버금간다."

---

15) 옥사(獄史)의 말직에 있다가 공정한 법 집행으로 승상 지위에까지 올랐다.
16) 후세에 공수와 함께 순리(循吏)의 전형적인 인물로 평가되었다.

53

◎

남월 열전

南越列傳

남월은 진시황 때 진나라에 귀속된 지역이다. 중국의 남동 지역은 당시 월나라라고 불렸으며 다양한 이민족이 분포되어 있고 북방의 호족과 대비되는 개념이었다. 진시황 13년에 조타(趙佗)를 남해 용천의 우두머리로 임명했으나, 진나라 말기에 중원이 혼란스러워지자 조타가 스스로 왕이라 부르며 5대에 걸쳐 93년을 내려오다가 한 무제 원정 6년기원전 222년에 다시 한나라에 편입되었다. 이는 한나라가 영토상 단일 중국을 시도한 것이었다. 그러므로 이 편은 조타가 나라를 세우는 과정 및 진나라 말부터 무제에 이르기까지 중원과 남월의 관계를 자세히 서술하여 진귀한 사료적 가치를 보유하고 있다.

중국은 다민족으로 이루어진 나라로서 중국 민족의 역사는 소수 민족을 포괄하는 역사였다. 그러나 유가의 정통 사상은 일관되게 '이하지변(夷夏之辨)오랑캐와 중국의 구분'정책을 고수하여 사방의 만족을 동이, 서융, 남만, 북적으로 폄하했다. 이런 점에서 사마천이 소수 민족을 각 편으로 구분하여 서술한 것은 소수 민족의 존재를 인정한 것으로, 당시의 대한족주의라는 시대적 배경에 비춰 볼 때 매우 독특하다.

사마천은 진나라 말 중원의 혼란기에 일어난 월나라의 영웅적인 기개에 의미를 부여하면서 그들이 갖고 있는 특유의 교활한 면모도 잘 그려 놓고 있다. 아울러 사마천은 고조와 문제 사이에 실행된 남월에 대한 평화 정책에 대해 상당히 긍정적인 평가를 내리고 있다. 또한 이 편은 「평준서」, 「흉노 열전」, 「대원 열전」, 「조선 열전」, 「서남이 열전」과 자매편의 성격을 띠고 있다.

남월왕 묘에서 출토된 금인(金印)으로 '문제행새(文帝行璽)'라 새겨져 있다.

남월의 성립 과정

　남월왕(南越王) 위타(尉他)[1]는 진정(眞定) 사람으로 성은 조
씨(趙氏)이다. 진나라는 천하를 손아귀에 넣자 양월(楊越)을
공략해서 평정하여 계림군(桂林郡), 남해군(南海郡), 상군(象
郡)을 두고 죄지은 자들을 그곳으로 옮겨 월나라 사람들과 섞
여 살게 한 지 13년이 되었다. 위타는 진나라 때 남해군 용천
령(龍川令)으로 임명되었다. 이세황제 때 남해군 위(尉) 임효

---

1) 본래 성은 조(趙)인데 진나라 남해 위(南海尉)를 지낸 데서 위타라고 부
른다.

(任囂)가 병들어 죽음이 임박하자 용천령 조타를 불러서 이렇게 말했다.

"듣건대 진승 등이 반란을 일으켰고 진나라가 무도하여 온 천하가 괴로워하더니 항우, 유계(劉季)유방, 진승, 오광 등이 주(州)나 군(郡)에서 제각기 군사를 일으키고 사람들을 끌어 모아 호랑이처럼 천하를 다투고 있소. 중원이 소란스러워 언제 안정될지 모르고 호걸들은 진나라를 배반하고 서로 왕이 되려 하고 있다 하오. 남해군은 한쪽으로 치우쳐 있기는 하지만 나는 그 도둑의 군사들이 여기까지 쳐들어올까 걱정스럽소. 그래서 나는 군사를 일으켜 새로 낸 길진나라에서 월나라로 통하는 길을 끊고 스스로 방비하여 제후들의 변란에 대비할 생각이었는데 뜻밖에도 병이 심해졌소. 하물며 이곳 번옹(番禺)은 험한 산을 등지고 남해로 막혀 있으며, 동쪽에서 서쪽까지 수천 리나 되는 데다가 중원 사람이 많아 서로 돕고 있어서 이곳도 한 주의 중심지로 나라를 세울 만하오. 군 안에 있는 장리(長吏) 중에는 함께 상의할 만한 사람이 없기에 그대를 불러 의논하는 것이오."

임효는 거짓 조서를 만들어 조타에게 주고 남해군 위의 직책을 맡아보게 했다. 임효가 죽자 조타는 즉시 횡포(橫浦), 양산(陽山), 황계(湟谿) 관소에 격문을 돌려 통보했다.

"도적의 군대가 쳐들어오려 한다. 서둘러 길을 끊고 군사를 모아 각자 지키도록 하라!"

이어서 조타는 법을 이용하여 진나라가 임명한 고관들을 서서히 죽이고, 자기편 사람을 가수(假守)군수 직무 대리로 삼았다. 진나라가 싸움에서 져 망하자, 조타는 계림군과 상군을 쳐서 병합하고 스스로 남월의 무왕(武王)이 되었다. 한나라 고조는 천하를 평정한 뒤에도 중국이 전란에 시달렸기 때문에 조타를 그대로 놓아둔 채 토벌하지 않았다. 한나라 고조 11년에 육가(陸賈)를 보내 그대로 조타를 남월왕으로 세우고 부절을 쪼개 주어 사신이 오가도록 했다. 또한 백월(百越)을 화목하게 하고 안정시켜 한나라 남쪽 변방 지역에서 근심거리나 해악이 발생하지 않게 했다. 이로써 남월은 장사(長沙)와 국경을 맞대게 되었다.

두 영웅은 함께 있지 못한다

고후 때 담당 관리가 남월의 철기를 관시(關市)[2]에서 교역하는 것을 금지하도록 요청하자, 조타는 이렇게 말했다.

"고제께서는 나를 왕으로 세워 사신을 오가게 하고 물자를 교역하도록 했다. 그런데 지금 고후는 참소하는 신하의 말을 듣고 [한족과] 만이(蠻夷)의 차이를 구별하여 기물의 교역을 끊어 버렸다. 이는 틀림없이 장사왕의 계책으로 중국에 기대어 남월을 쳐 없앤 다음 이곳 왕이 되어 자기 공으로 삼으려는 것이다."

---

2) 한나라 때 변방의 관(關)에서 이민족들과 교역하던 집시(集市)이다.

그러고는 조타는 스스로 존호를 높여 남월의 무제(武帝)라고 부르고 군사를 동원하여 장사의 변방 고을들을 쳐서 몇 현을 깨뜨린 뒤 물러갔다. 고후는 장군 융려후(隆慮侯) 주조(周竈)를 보내 치게 했으나 더위와 습기를 만나 많은 사졸이 전염병에 걸리는 바람에 양산령(陽山嶺)을 넘을 수 없었다. 한 해 남짓 지나 고후가 죽자 바로 공격을 멈췄다. 조타는 그 기회에 군사를 보내 변경을 위협하고, 또 민월(閩越)동월, 서구(西甌)구월(甌越), 낙월(駱越)에 뇌물을 주어 속국으로 만드니 동서의 길이 만여 리나 되었다. 조타는 좌독(左纛)천자의 수레 왼쪽에 꽂던 깃발을 꽂은 황옥(黃屋)노란색 비단 덮개의 수레을 타고 황제로 일컬어 중원과 똑같이 했다.

효문제 원년에 이르러 처음으로 천하를 누르고는 어루만지고, 사신을 제후와 사방 오랑캐에게 사신을 보내 효문제가 대(代)에서 들어와 황제 자리에 오른 뜻을 알리고 융성한 덕을 일깨우도록 했다. 그리고 조타의 부모 무덤이 진정(眞定)에 있으므로 그곳에 무덤을 지키는 마을을 두어 세시(歲時)에 제사를 받들게 하고, 조타의 종형제들을 불러 벼슬을 높여 주고 후한 상을 내려 총애했다. 또 승상 진평(陳平)에게 조서를 내려 남월로 보낼 만한 사자를 추천하게 하자, 진평은 호치현의 육가가 선제 때 남월에 사자로 간 적이 있어서 그쪽 사정에 밝다고 말했다. 황제는 육가를 불러 태중대부로 삼고 남월에 사자로 보내 조타가 스스로 서서 황제가 되었으면서도 사자를 보내 보고한 일이 한 번도 없음을 꾸짖게 했다. 육가가 남월에 이르자, 조타는 몹시 두려워하며 글을 지어 사죄했다.

오랑캐의 우두머리인 늙은이 신 조타는 지난날 고후께서 남월을 유독 이단시하여 장사왕이 신을 참소한 것으로 의심했습니다. 또 멀리서 고후께서 조타의 일족을 모조리 베어 죽이고 조상의 무덤을 파내어 불태웠다고 듣고 그 때문에 자포자기하여 장사의 변경을 침범했던 것이었습니다. 게다가 남방은 지대가 낮고 습하며 오랑캐들의 중간에 있는데, 동쪽의 민월은 백성 1000명을 거느리고 왕이라 부르고, 서쪽의 구월과 낙월의 나국(裸國)그 지역이 너무 더워 사람들이 옷을 걸치지 않는 데서 이렇게 부름도 왕이라 부르고 있습니다. 늙은 신하인 제가 망령되게 황제 호칭을 훔쳐 사용한 것은 잠시 스스로 즐겨서 한 것일 뿐인데 어찌 감히 천자께 보고 드릴 수 있겠습니까!

조타는 머리를 조아려 사과하고 오래도록 한나라의 번신(藩臣)속국의 신하으로서 조공을 바치는 직분을 다하고자 했다. 그리하여 곧 그 나라 안에 영을 내렸다.

내 듣건대 "두 영웅은 함께 설 수 없고, 두 어진 이는 한 세상에 나란히 서지 못한다."라고 한다. 〔한나라〕 황제는 현명한 천자이시다. 오늘부터 제제(帝制)와 황옥과 좌독을 폐지한다.

육가가 돌아와 이러한 사실을 보고하자 효문제는 매우 기뻐했다. 조타는 효경제 때에 이르러 신하라 일컬으면서 사신을 보내 조회를 청했다. 그러나 자기 나라인 남월에서는 몰래 예전 칭호를 쓰고 천자에게 사자를 보낼 때만 왕이라 불렀다.

한나라 조정에서는 그를 제후로서 대우했다. 조타는 건원 4년
에 죽었다.

남월이 한나라에 예속되어야 하는 까닭

조타의 손자 조호(趙胡)가 남월왕이 되었다. 이때 민월왕 영
(郢)이 군사를 일으켜 남월의 변방 고을을 침범했으므로 조호
는 사신을 보내 글을 올려 말했다.

두 월나라는 다 같이 한나라의 번신인 만큼 함부로 군사를
일으켜 서로 공격할 수 없습니다. 지금 민월이 군사를 일으켜
신을 침범했습니다만 신은 감히 군사를 일으키지 못하니, 천자
께서 조서를 내려 주십시오.

그래서 천자는 남월이 의리를 지키며 번신으로서 직분과
분수를 넘지 않음을 가상히 여겨 그를 위해 군사를 일으키고
장수 두 명왕회(王恢), 한안국을 보내 민월을 치게 했다. 그러나
한나라 군사가 재를 넘기도 전에 민월왕의 아우 여선(餘善)이
영을 죽이고 항복했기 때문에 군대를 거두었다.
천자는 장조(莊助)에게 남월로 가서 남월왕에게 [한나라 군
대가 민월을 토벌한 상황과] 자신의 뜻을 알리도록 했다. 남월왕
조호는 머리를 조아리며 말했다.

"천자께서 신을 위해 군사를 일으켜 민월을 토벌하셨으니, 죽어도 이 은덕을 갚지 못하겠습니다."

태자 영제(嬰齊)를 〔한나라로〕 들여보내 숙위를 맡게 하고 장조에게 말했다.

"나라가 막 외적의 침략을 받았으니 사자께서는 〔먼저〕 떠나십시오. 저는 밤낮으로 행장을 꾸려 들어가 천자를 뵙겠습니다."

장조가 떠난 뒤 대신들은 조호에게 간하였다.

"한나라가 군대를 일으켜 영을 베었고, 이 행동은 또 남월에게 경고하는 것입니다. 아울러 선왕께서는 '천자를 섬기는 데 예를 잃지 않아야 한다.'라고 말씀하셨으니, 요컨대 〔사자의〕 듣기 좋은 말을 듣고 〔수도로〕 들어가 〔천자를〕 만나서는 안 됩니다. 입조하였다가 돌아오실 수 없으면 그것은 나라가 멸망하는 형세입니다."

그래서 조호는 병을 핑계로 끝내 입조하여 알현하지 않았다. 그로부터 10여 년 뒤, 조호가 실제로 중병에 걸렸으므로 태자 영제는 청하여 남월로 돌아왔다. 조호가 죽자 시호를 문왕(文王)이라고 했다.

영제가 대를 이어 왕이 되자, 곧장 선조 무제가 쓰던 옥새를 감춰 버렸다. 영제는 〔전에〕 한나라로 들어와 장안에서 숙위로 있을 때, 한단의 규씨(樛氏) 딸을 얻어 흥(興)이라는 아들을 낳았다. 영제는 왕이 되자 곧 글을 올려 규씨의 딸을 세워 왕비로 삼고 흥으로 뒤를 잇게 하고 싶다고 청했다. 한나라에서는 자주 사신을 보내 영제에게 입조하도록 은근히 권했다. 그러나 영제는 오히려 제멋대로 사람을 죽이고 그것을 즐겼으므로 한나라에 들어가 천자를 뵈면 반드시 한나라 법에 따라 중원의 〔다른〕 제후들처럼 똑같이 처분될까 봐 두려워 끝내 병을 핑계로 조정에 들지 않고 아들 차공(次公)을 조정으로 들여보내 숙위를 맡게 했다. 영제가 죽자 시호를 명왕(明王)이라 했다.

태자 흥이 대를 이어 왕이 되었고, 그 어머니는 태후가 되었다. 태후는 영제의 총희가 되기 전에 일찍이 패릉(霸陵)의 안국소계(安國少季)안국은 성이고, 소계는 이름라는 자와 정을 통한 적이 있었다. 영제가 죽은 뒤 원정 4년에 한나라는 안국소계를 보내 남월왕과 그 태후에게 조정에 들어와 중원의 〔다른〕 제후들처럼 처분되도록 타이르게 했다. 〔그리하여〕 언변이 뛰어난 간대부(諫大夫) 종군(終軍) 등을 시켜 그 내용을 선포하게 하고, 용사 위신(魏臣) 등에게 왕과 태후가 결정을 내릴 수 있도록 돕게 하는 한편, 위위 노박덕(路博德)에게 군사를 이끌고 계양(桂陽)에 주둔하여 사신들을 기다리게 했다.

남월왕은 나이가 어린 데다 태후는 중원 사람으로서 일찍이 안국소계와 정을 통했던 터라, 그가 사신으로 오자 다시 몰래 정을 통했다. 남월 사람들은 그 사실을 알고 있었으므로 태후에게 복종하지 않는 자가 많았다. 태후는 반란이 일어날까 두려워 한나라의 위세에 의지할 생각으로 자주 왕과 신하들에게 한나라의 속국이 될 것을 청했다. 그래서 사자를 통해 글을 올려 중원의 다른 제후들과 마찬가지로 3년에 한 번 입조하고 변방의 관문을 없애 줄 것을 청했다. 천자는 이를 허락하고 남월의 승상 여가(呂嘉)에게 〔한나라의〕은인(銀印)을, 내사(內史)와 중위(中尉)와 태부(太傅)에게는 각각 한나라 인(印)을 주고, 그 밖의 벼슬은 그 나라가 스스로 알아서 하도록 했다. 또 남월에 원래부터 있던 경형(黥刑)과 의형(劓刑)을 폐지하고 한나라 법을 쓰게 하여 중원 내의 제후들과 똑같게 했다. 한나라 사자는 모두 그곳에 머물면서 진무(鎮撫)하도록 했다. 왕과 왕태후는 행장을 꾸리고 예물을 두텁게 하여 조정에 들 준비를 했다.

남월의 승상 여가는 나이가 많고, 3대에 걸쳐 왕을 모시면서 재상으로 있었는데, 종족 중에 벼슬하여 높은 지위에 오른 사람이 70여 명이나 되었다. 아들은 모두 왕의 딸을 아내로 맞았고, 딸은 모두 왕자나 왕의 형제 또는 종실로 시집갔다. 또 창오(蒼梧)의 진왕(秦王)조광(趙光)[3]과는 사돈 사이였다.

나라에 사는 사람들이 여가를 대단히 중시했고, 월나라 사람들 중에는 여가를 믿고 그의 눈과 귀가 되어 일하는 사람이 많았다. 많은 사람의 마음을 얻고 있다는 점에서는 왕보다 나았다. 왕이 천자에게 글을 올리려 하니, 여가는 왕에게 그만두도록 자주 간했다. 그러나 왕이 끝내 듣지 않자 그는 모반할 마음을 품고 자주 병을 핑계로 한나라 사신을 만나지 않았다. 한나라 사신은 모두 여가를 눈여겨 살폈으나 아직 그를 베어 죽일 수 있는 상황이 아니었다. 왕과 태후도 여가 등이

---

3) 여가 가족과 창오왕 조광은 인척 사이로 조(趙)와 진(秦)은 성이 같기 때문에 조광을 진왕(秦王)이라 했다.

앞질러 반란을 일으킬까 봐 두려워했다. 그래서 술자리를 열어 한나라 사신들의 권세를 빌려 여가 무리를 죽일 계획을 꾸몄다. 한나라 사신은 모두 동쪽을 바라보고 앉고, 태후는 남쪽을 바라보고 앉았으며, 왕은 북쪽을 바라보고 앉고, 승상 여가와 대신은 모두 서쪽을 바라보고 앉아 술을 마셨다. 여가의 아우는 장수로 군사들을 인솔하여 궁전 밖에 있었다. 술잔이 돌자 태후는 여가를 보고 말했다.

"남월이 한나라에 예속하는 것은 나라의 이익이오. 그런데 승상이 이롭지 않다고 염려하는 것은 무슨 까닭이오?"

이렇게 함으로써 한나라 사신들을 격분시키려 했으나, 사신들은 미심쩍은 듯 서로 미루며 나서는 이가 없었다. 여가는 귀와 눈으로 평상시와 다름을 느끼고 바로 일어나 나갔다. 이때 태후가 화를 내며 창으로 여가를 찌르려 했으나 왕이 태후를 말렸다. 여가는 드디어 밖으로 나가 아우의 군사들을 나누어 거느리고 집으로 돌아갔다. 그러고는 병을 핑계로 왕과 사신을 만나려 하지 않으면서 몰래 대신들과 반란을 일으키려 했다. 왕은 처음부터 여가를 죽일 생각이 없었고, 여가도 그것을 알고 있었기 때문에 몇 달 동안은 반란을 일으키지 않고 있었다. 태후는 자신의 음란한 행동으로 인해 나라 사람들이 따르지 않는 것을 알고 혼자라도 여가 무리를 죽여 없애고 싶었지만 할 수 있는 힘이 없었다.

천자는 여가가 왕의 명령을 듣지 않고, 왕과 태후는 힘이 약하고 고립되어 여가를 누를 수 없으며, 사신은 두려워하며 결단을 내리지 못하고 있다는 말을 들었다. 왕과 왕태후가 한나라에 복종한 이상 여가 혼자 반란을 일으킨다 해도 군사를 동원할 만한 일은 아니라고 생각하고 장삼(莊參)에게 군사 2000명을 주어 사신으로 보내려 하자 장삼이 말했다.

"친선을 위해 떠나는 것이라면 몇 사람이면 됩니다만 병력의 위세를 보이기 위해 가는 것이면 2000명으로는 부족합니다."

장삼이 명령을 받아들이려 하지 않자 천자가 장삼을 그만두게 했다. 그러자 옛날 제북의 승상이던 겹현(郟縣)의 장사 한천추(韓千秋)가 떨쳐 일어나 말했다.

"월나라는 보잘것없는 나라이고, 또 왕과 태후가 안에서 응하고 있습니다. 다만 승상 여가만이 방해가 될 뿐입니다. 용사 200명만 주신다면 반드시 여가의 목을 베어 보답하겠습니다."

천자는 한천추에게 남월 태후의 아우 규락(樛樂)과 함께 2000명을 이끌고 가도록 했다. 이들이 월나라 국경으로 들어갔을 때 마침 여가 등은 반란을 일으키고 나라 안에 영을 내렸다.

왕은 나이가 어리고, 태후는 중원 사람이면서 [한나라] 사신과 음란한 짓까지 하였다. 오로지 한나라에만 내속되어 선왕의 보배로운 기물을 모조리 가져다가 천자에게 바쳐 스스로 아첨하려 하고, 많은 사람을 장안으로 데리고 가서 팔아 노예로 삼으려 하고 있다. 그 자신은 한때의 화를 벗어나고 이익만을 얻으려 할 뿐 우리 조씨의 사직을 돌보아 만세의 계책을 세울 생각이 없다.

그러고는 아우와 함께 군사를 거느리고 왕과 태후 및 한나라 사신을 죽였다. 사람을 보내 창오의 진왕과 그 밖의 여러 군과 현에 알리고, 명왕의 월나라 아내가 낳은 맏아들 술양후(術陽侯) 건덕(建德)을 왕으로 추대했다.

　한편 한천추의 군사는 남월로 들어가 몇 개의 작은 고을을 이어서 함락시키고 있었다. 그러자 월나라에서는 한천추에게 길을 열어 주고 식량을 공급하게 하였다. 한천추의 군사가 번옹에서 40리쯤 떨어진 곳에 이르렀을 때, 월나라는 군대를 이끌고 한천추 등을 공격하여 마침내 전멸시켰다. 그러고는 한나라 사신의 부절을 함에 넣어 요새 위에 놓아 두게 하고 그럴듯하게 말을 꾸며 사죄하는 한편 군사를 보내 요충지를 지키도록 했다. 천자는 말했다.

　"한천추는 비록 공을 세우지는 못했지만 역시 군대의 가장 선봉에 섰다."

　한천추의 아들 한연년(韓延年)을 성안후(成安侯)에 봉했다. 또 규락의 맏누이 왕태후가 먼저 한나라에 예속되기를 원하였으므로 규락의 아들 광덕(廣德)을 용항후(龍亢侯)에 봉했다. 황제는 사면령을 내려 말했다.

　천자가 미약하여 제후들이 정벌 전쟁에 힘을 쓰는데도 신하로서 적을 쳐 멸망시키지 않은 것을 꾸짖는다. 지금 여가와 건덕 등은 반란을 일으키고 스스로 서서 태연하게 왕이라 일컫고 있으니, 죄인들과 강회(江淮) 남쪽의 수군 10만 명은 나아가 그자들을 토벌하라.

원정 5년 가을에 위위 노박덕은 복파장군이 되어 계양(桂陽)으로 나가 회수(匯水)로 내려가고, 주작도위(主爵都尉)작위를 봉하는 일을 관장함 양복(楊僕)은 누선장군이 되어 예장(豫章)으로 나가 횡포(橫浦)로 내려가고, 투항한 월후(越侯) 두 사람은 과선장군(戈船將軍)과 하려장군(下厲將軍)이 되어 영릉(零陵)으로 나가 한 사람은 이수(離水)로 내려가고 또 한 사람은 창오로 나아갔다. 또 치의후(馳義侯)에게는 파와 촉의 죄인들을 모으고 야랑(夜郞)의 군사를 동원시켜 장가강(牂柯江)을 내려가 모두 번우에서 모이도록 했다.

원정 6년 겨울에 누선장군은 정예 부대를 이끌고 먼저 심협(尋陜)을 함락시키고 석문(石門)을 깨뜨려 남월의 배와 양식을 노획했다. 이틈에 밀고 나가 남월의 선봉을 꺾고 수만 명을 거느리고는 복파장군을 기다렸다. 그러나 복파장군은 죄수들을 인솔한 데다 길까지 멀어 약속한 날짜에 늦었고 누선장군과 만났을 때는 1000여 명뿐이었다. 두 군대는 함께 나아갔는데 누선장군이 앞장서서 먼저 번우에 도착했다. 건덕과 여가 등은 모두 성안으로 들어가서 굳게 지키고 있었다. 누선장군은 스스로 편한 곳을 골라 동남쪽에 진을 치고, 복파장군은 서북쪽에 진을 쳤다. 때마침 날이 저물자, 누선장군이 공격하여 남월 군사를 깨뜨리고 불을 놓아 성을 불태웠다.

남월은 평소 복파장군의 명성을 듣고 있었으나 날이 저물어 그 병력이 얼마나 되는지 알지 못했다. 복파장군은 이에 진영을 만들고 사자를 보내 항복하는 사람들을 불러들였다. 항복한 자에게는 [후의] 인을 주고 다시 그들을 성안으로 보내 항복을 권유하게 했다. 누선장군은 힘껏 적과 싸우며 불로 공격하여 남월 군사들을 복파장군의 진영으로 내몰았다. 새벽녘에 성안에 있던 군사가 모두 복파장군에게 항복했다. 그러나 여가와 건덕은 한밤중에 그 부하 수백 명과 함께 달아나 배를 타고 바다로 들어가 서쪽으로 도망쳤다. 복파장군은 자신에게 항복해 온 귀인들에게 물어 여가가 달아난 곳을 알아내어 사람을 보내 그를 뒤쫓았다. 그 결과 교위 사마소홍(司馬蘇弘)은 건덕을 사로잡은 공로로 해상후(海常侯)에 봉해졌고, 남월의 낭관(郎官) 도계(都稽)는 여가를 사로잡은 공로로 임채후(臨蔡侯)에 봉해졌다.

창오왕 조광은 남월 왕과 같은 성인데 한나라 군대가 온다는 소식을 듣고, 남월의 게양(揭陽) 현령 정(定)과 자진하여 한나라에 귀속하기로 하였다. 남월 계림의 군감(郡監) 거옹(居翁)은 구월과 낙월 두 나라를 설득하여 한나라에 귀속하게 했으므로 모두 후가 되었다. 과선장군과 하려장군의 군사와 치의후가 출동시킨 야랑의 군사가 내려오기도 전에 남월이 평정되었다. 드디어 아홉 군⁴⁾을 설치했다. 복파장군은 봉읍을 더하고, 누선장군의 군사는 적의 튼튼한 진지를 함락시킨 공으로 장량후(將梁侯)에 봉해졌다.

남월은 조타가 처음 왕이 된 때부터 다섯 대 93년 만에 나라가 망했다.

---

4) 담이(儋耳), 주애(珠崖), 남해(南海), 창오(蒼梧), 구진(九眞), 울림(鬱林), 일남(日南), 합포(合浦), 교지(交趾)를 말한다.

태사공은 말한다.

"조타가 왕이 된 것은 원래 임효 때문이다. 한나라가 처음으로 천하를 평정하였을 때 〔조타는〕 제후 반열에 올랐다. 융려후가 습기와 전염병에 걸리자 조타는 더욱더 교만해졌다. 구월과 낙월이 서로 공격하니 남월이 동요하기 시작했다. 〔그때〕 한나라 군사가 국경에 이르자 영제가 입조하였다. 그 뒤 나라가 멸망하게 된 조짐은 규씨 딸로부터 시작되었다. 여가의 하찮은 충성심이 조타의 뒤를 끊고 말았다. 누선장군은 욕망만을 좇아 게으르고 오만하여 방탕하고 미혹스러웠고, 복파장군은 곤궁한 가운데서도 지혜가 더욱 많아져 화를 복으로 만들었다. 성공과 실패가 〔뒤바뀌며〕 도는 것이 비유하면 먹줄을 긋는 것과 같다."

54

◎

동월 열전
東越列傳

    동월은 남월의 동쪽 지역, 지금의 복건성 지역에 있던 나라로 민월(閩越)이라고도 한다. 본래 월나라는 여러 지파가 있으나 모두 월왕 구천의 후손으로 진나라 이전에는 제각기 절강, 복건 등 일정한 지역을 차지하고 왕이라 일컬었다. 그러나 진시황이 천하를 통일하면서 왕을 없애고 군으로 개편하였는데, 그 후 진나라 국력이 쇠약해지면서 제후들이 진나라에 반기를 들고 일어난 틈을 타 이들도 반기를 들었다. 한나라가 진나라를 멸하고 무저를 민월왕에 봉하고 요를 동해왕에 봉하였는데, 이 두 사람이 다스리던 나라를 동월이라 한다.

    사마천은 동월의 존재를 긍정적으로 평가하고 있다. 조상의 훌륭한 덕행에 역사를 의지할 수 없다고 믿었던 사마천은 동월의 오랜 존속에 감탄한다. 이 편의 논찬에서 월나라가 소수 민족이면서도 대대로 공후가 될 수 있었던 것은 초기 지배층의 도덕 원칙에서 비롯되며, 특히 우임금이 남긴 공적 때문이라고 한 부분은 「항우 본기」와 「월 세가」와 「경포 열전」 등에서 여러 차례 언급한 부분과 상통한다.

천자는 모든 나라를 자식처럼 여긴다

민월왕(閩越王) 무저(無諸)와 월나라의 동해왕(東海王) 요(搖)는 다 월나라 왕 구천의 후예로 성은 추씨(騶氏)이다. 진나라가 천하를 통일하게 되었을 때, 그들의 왕위를 폐하여 군장(君長)오랑캐 지역의 우두머리으로 삼고 그 땅을 민중군(閩中郡)으로 삼았다.

그 뒤 제후들이 진나라에 반기를 들자 무저와 요는 월나라 사람들을 이끌고 파양(鄱陽) 현령 오예(吳芮)에게 귀순했다. 오예는 파군(鄱君)으로 불리는 자로 제후들을 따라 진나라를 멸망시켰다. 당시 항우가 제후들을 호령하고 있었는데, [무저와 요를) 왕으로 삼지 않았으므로 (그들도) 초나라를 따르지 않았다. 한나라가 항우를 공격하자 무저와 요는 월나라 사람들을 이끌고 한나라를 도왔다. 한나라 5년에 다시 무저를 민월왕으로 삼아 민중군의 옛 땅에서 왕 노릇 하게 하고 동야(東冶)를 도읍으로 정하게 했다. 효혜제 3년에 고제 때 세운 월나라의 공적을 열거하여 민군(閩君) 요는 공로가 많으며, 그 백성은 그를 좋아하여 잘 따른다고 하여 요를 세워 동해왕으로 삼고 동구(東甌)에 도읍을 정하게 했다. 세상에서는 그를 동구왕이라고 불렀다.

그때부터 여러 대가 지나 효경제 3년에 이르러 오나라 왕 유비가 반란을 일으켜 민월을 자기편으로 끌어들이려 했으나 민월은 따르지 않고, 동구만이 오나라를 따랐다. 오나라가 멸망했을 때 동구에서는 한나라가 현상금을 내건 오나라 왕을 단도(丹徒)에서 죽였다. 이 때문에 동구 사람들은 죽음을 모면하고 자기 나라로 돌아갈 수 있었다.

오나라 왕의 아들 자구(子駒)는 민월로 달아나, 동구가 그 아버지를 죽인 것에 원한을 품고 언제나 민월에게 동구를 치라고 권유했다. 건원 3년에 이르러 민월은 군사를 일으켜 동구를 포위했다. 동구는 식량이 다 떨어져 곤란을 겪어 항복할 지경에 이르자 급히 천자에게 사신을 보내 보고했다. 천자가 그에 대한 처리를 태위 전분(田蚡)에게 묻자, 전분은 대답했다.

"월나라 사람끼리 서로 공격하여 싸우는 것은 본래 흔히 있던 일이며, 또 자주 배반과 귀순을 일삼습니다. 그러므로 중원을 번거롭게 하면서까지 가서 도울 필요는 없습니다. [월나라는〕 진나라 때부터 내버려 둔 채 굳이 귀속시키려 하지 않았습니다."

그러자 중대부 장조(莊助)가 전분을 힐책하며 말했다.

"단지 힘으로 월나라를 도울 수 없고, 덕으로 월나라를 덮을 수 없는 것이 걱정일 뿐입니다. 만일 참으로 그것이 가능하다면 무엇 때문에 버려두겠습니까? 진나라는 함양조차도 버렸는데 〔멀리 떨어져 있는〕 월나라야 어떠하겠습니까? 지금 작은 나라가 궁지에 빠져 천자께 달려와 위급함을 알렸는데, 천자께서 구원하지 않으면 그들은 어느 곳으로 가서 호소해야 합니까? 또 어떻게 모든 나라를 자식처럼 여긴다고 할 수 있겠습니까?"

〔그러자〕 황상이 말했다.

"태위는 함께 의논할 상대가 못 되오. 나는 즉위한 지 얼마 되지 않으므로 호부(虎符)[1]를 내어 군과 국에서 군사를 징발하고 싶지 않소."

그러고는 장조에게 부절을 주어 회계군으로 가서 군사를 일으키게 했다. 그러나 회계 태수는 호부가 없다는 이유로 거부하고 군사를 징발하지 않으려 했다. 장조는 사마 한 사람의 목을 베어 천자의 뜻을 이해시킨 뒤에야 마침내 군사를 내어 바다를 건너 동구를 구원하러 갈 수 있었다. 그러나 한나라 군대가 도착하기도 전에 민월은 군사를 이끌고 물러갔다. 동

---

1) 호랑이 모양의 금속으로 이루어진 부(符)로 군사 이동 등에 쓰였다. 이것을 둘로 나누어 오른쪽은 황제가 왼쪽은 군사 통솔자가 지녔다가 합쳐 보아 일치하면 병사를 일으키는 증표로 삼았다.

구는 나라를 들어 중국으로 옮겨 올 것을 청한 뒤 백성을 이끌 강수와 회수 사이로 와서 살았다.

텅 빈 동월 땅

건원 6년에 이르러 민월이 남월을 쳤다. 남월은 천자와 한 약속을 지켜 감히 제멋대로 군사를 동원하여 치지 않았음이 〔조정에〕 알려지게 되었다. 황상은 대행 왕회를 예장으로 나가게 하고, 대농(大農)금전과 비단과 약물 등의 출입을 관리함 한안국을 회계로 나가게 하면서 모두 장군으로 삼았다. 한나라 군사가 재를 넘지도 않았는데, 민월왕 영(郢)이 군사를 보내 험한 곳에서 맞서 지키고 있었다. 이때 그의 아우 여선(餘善)이 재상, 종족들과 의논하여 이렇게 말했다.

"우리 왕은 마음대로 군사를 일으켜 남월을 치면서 〔천자에게〕 주청하지 않았으므로 천자의 군대가 주살하려고 왔다. 지금 한나라 군사는 많고 강하니, 지금 요행히 이긴다 해도 앞으로 더욱더 많은 군사가 쳐들어와서 결국 나라는 멸망하고 말 것이다. 지금 왕을 죽여 천자께 사죄하여 천자가 듣고 군사를 멈추면 정녕 나라는 무사할 수 있다. 그러나 만일 천자가 받아들이지 않으면 그때 가서 힘껏 싸우고 이기지 못하면 바다로 도망쳐 들어가자."

모두 말했다.

"좋습니다."

그들은 즉시 왕을 창으로 찔러 죽인 뒤, 사신을 보내 그 머리를 대행에게 바쳤다. 대행은 이렇게 말했다.

"우리가 온 목적은 민월왕을 주살하기 위해서였다. 그런데 지금 민월왕의 머리를 보내 사죄하였으니 싸우지 않고 제거되었으니, 이보다 더 큰 이익은 없다."

그래서 적당히 군대를 멈추게 하고 대농의 군대에 통보하고는 사람을 시켜 민월왕의 머리를 가지고 말을 달려 천자에게도 보고하게 했다. 천자는 조서를 내려 두 장군의 토벌을 멈추게 하고 이렇게 말했다.

"영 등은 원흉이거늘 유독 무저의 손자 요군(繇君) 추(丑)만은 모의에 가담하지 않았다."

그러고는 낭중장에게 축을 월나라의 요왕(繇王)으로 세워 민월 조상의 제사를 받들게 했다.

여선이 영을 죽인 뒤로 그 위엄이 나라 안에서 떨쳐지니 많은 백성이 그에게로 붙었다. 여선이 남몰래 스스로 왕 노릇을 하였지만 요왕은 여선의 무리를 휘어잡아 바로잡을 수 없었다. 천자도 이 소식을 들었으나, 여선을 위해 다시 군대를 일으킬 것까지는 없다고 하며 이렇게 말했다.

"여선은 영과 함께 자주 반란을 모의하기는 했지만, 뒤에 앞장서서 영을 베었기 때문에 한나라 군대가 수고스럽게 고통을 겪지 않아도 되었다."

그러고는 여선을 동월왕으로 세워 요왕과 병립하게 했다.

원정 5년에 이르러 남월이 모반하자, 동월왕 여선은 글을 올려 군사 8000명을 이끌고 누선장군을 따라가 여가(呂嘉) 등을 치겠다고 주청했다.

〔여선의〕 군대가 게양(揭揚)에 이르렀을 때 바다에 파도가 거세다는 핑계로 더 나아가지 않고, 두마음을 품고 몰래 남월로 사람을 보냈다. 그리고 한나라 군사가 번옹을 깨뜨릴 때까지 도착하지 않았다. 이때 누선장군 양복이 사신을 보내 글을 올려 군사를 이끌고 동월을 치게 해 달라고 원했으나 황상은 사졸들이 지쳐 있다며 허락하지 않고는 군대를 철수시키고 교위들을 예장군의 매령(梅領)에 주둔시켜 명령을 기다리도록 했다.

원정 6년 가을에 여선은 누선장군이 자기를 죽일 것을 요청했으며 한나라 군사가 국경까지 와서 곧 쳐들어올 것이라는 소문을 듣고 드디어 모반을 일으켰다. 군대를 출동시켜 한나라 군사의 길을 막고 장군 추력(騶力) 등을 '탄한장군(吞漢將軍)'이라 부르며 백사(白沙), 무림(武林), 매령(梅嶺)으로 쳐들어가게 하여 한나라 교위 세 명을 죽였다. 이때 한나라는 대농령(大農令) 장성(張成)과 옛날 산주후(山州侯)였던 유치(劉齒)를 주둔군의 장군으로 삼았지만 감히 공격하지 못하고 오히려 안전한 곳으로 물러났으므로 모두 겁이 많아 적을 두려워한다는 죄목에 연루되어 주살되었다.

여선은 '무제(武帝)'라는 옥새를 새겨 스스로 자리에 올라 그 백성을 속이고 망언을 일삼았다. 천자는 횡해장군(橫海將軍) 한열(韓說)을 보내 구장(句章)으로 나가서 출동하여 바다를 건너 동쪽으로부터 나아가게 하고, 누선장군 양복에게 무림(武林)에서 출동하게 하며, 중위 왕온서(王溫舒)[2]에게 매령에서 출동하게 하고, 월후(越侯) 두 사람을 과선장군과 하뢰장군(下瀨將軍)으로 삼아 각각 약야(若邪)와 백사(白沙)에서 출동하게 했다. 원봉 원년 겨울에 다 같이 동월로 들어갔다. 동월은 평소에 군대를 보내 험한 곳을 지키고 순북장군(徇北將軍)에게 무림을 지키게 하였는데, 누선장군의 교위 몇 명을 깨뜨리고 장리를 죽였다. 그러나 이 싸움에서 누선장군이 거느린 전당(錢唐) 출신 원종고(轅終古)라는 자가 순북장군을 베고 어아후(禦兒侯)가 되었다. 한나라 군사가 출격하기 전의 일이다.

이전에 월나라 연후(衍侯)였던 오양(吳陽)은 전부터 한나라에 있었기 때문에 한나라는 그에게 돌아가 여선을 타이르게 했으나 여선은 받아들이지 않았다. 횡해장군이 먼저 도착하자 월나라 연후 오양은 자기 고을 사람 700명을 거느리고 모반하여 한양(漢陽)에서 월나라 군사를 공격했다. 그리고 건성후(建成侯) 오(敖)를 따라 그의 무리와 함께 요왕 거고(居股)에게로 가서 모의하여 말했다.

"여선은 원흉으로 우리를 위협하여 지키게 하였습니다. 지금 한나라 군사가 이르렀는데 수도 많고 강하니 여선을 죽이고 스스로 한나라 장군들에게 귀순하는 계책을 세우면 다행히 죽음은 면할 수 있을 것입니다."

그러고는 드디어 여선을 죽인 뒤 부하들을 인솔하여 횡해장군에게 항복했다. 그로 인해 요왕 거고를 동성후(東成侯)로

---

2) 한나라 때의 유명한 혹리(酷吏) 중 한 사람이다.

봉하여 만호후(萬戶侯)가 되게 하고, 건성후 오를 개릉후(開陵侯)에 봉했으며, 월나라 연후 오양을 북석후(北石侯)에 봉했다. 또 횡해장군 한열을 안도후(案道侯)에, 횡해 교위(橫海校尉) 유복(劉福)을 요앵후(繚嫈侯)에 봉했다. 유복은 성양(成陽) 공왕(共王)의 아들로서 원래는 해상후(海常侯)였는데 법에 연루되어 후 지위를 잃었다. 옛날에 종군하여 군공이 없었으나 종실이기 때문에 후로 봉해졌다. 여러 장수들은 모두 공이 없어서 아무도 봉해지지 않았다. 동월 장수 다군(多軍)은 한나라 군사가 쳐들어오자 자기 군대를 버리고 항복했으므로 무석후(無錫侯)에 봉해졌다. 이에 천자가 말했다.

"동월은 좁고 험한 곳이 많으며, 민월은 사람들이 사나워서 모반하는 일이 많았다."

그러고는 군리에게 조서를 내려 그곳 백성을 모두 강수와 회수 사이로 옮겨 살게 했다. 동월 땅은 마침내 텅 비게 되었다.

태사공은 말한다.

"월나라는 만이의 나라이기는 하나 그 조상은 백성에게 큰 공덕이 있었던 모양이다. 어찌 그리 오래도록 유지되었는가! 여러 대를 지나오면서 언제나 군왕으로 있었고, 구천은 한 차례 패자로 일컬어졌다. 그렇지만 여선에 이르러서는 대역을 저질러 나라가 멸망하고 백성은 옮겨 살게 되었다. 그러나 같은 조상의 자손인 요왕 거고 등은 오히려 만호후에 봉해졌다. 이로써 월나라가 대대로 공후가 될 수 있었던 것은 우임금이 남긴 공덕 때문임을 알 수 있다."

55

◎

조선 열전
朝鮮列傳

　이 편에서 조선은 곧 동이(東夷)로서 그 선조가 기자(箕子)라는 설에 입각하여 서술하고 있다. 주나라 무왕이 기자를 조선에 책봉하였는데, 기자는 주나라에 복종하지 않고 자손을 40여 대에 전하였다.

　전국 시대에 이르러 연나라가 진번(眞番)을 치니 조선은 연나라에 귀속되었다가 연나라가 진나라에게 멸망하자 요동의 변방으로 들어갔다. 한나라 초에 변란이 일어나 위만(衛滿)이 스스로 왕이라 칭하며 왕검에 도읍을 정했는데 이때는 혜제와 고후가 통치하는 시기였다. 이후 위만이 죽고 손자 우거(右渠)가 왕이 되려고 하자 한나라 무제는 공격하여 우거를 죽이고 조선을 한나라에 복속시켜 한사군(漢四郡)을 설치했다. 사마천은 한 무제의 영토 확장 야심에 대해 풍자하면서 한나라 조정의 부정과 부패가 백성들에게 준 심각한 피해를 서술하고 과거 중국과 조선 사이의 교섭사 양상을 조금이나마 알 수 있게 한다. 이러한 일련의 과정에서 사마천은 위만의 역할을 매우 긍정적으로 보고 있다.

조선의 탄생 과정

조선왕 위만(衛滿)은 본래 연나라 사람이다. 연나라는 그
전성기 때 진번(眞番)과 조선을 공격하여 복속시키고 관리를
두어 요새를 쌓았다. 조선은 진나라가 연나라를 멸망시켰을
때 요동군의 국경 밖 나라였다. 한나라가 일어났지만 그곳은
너무 멀어 지키기 어렵다고 다시 요동군에 요새를 쌓고 패수
(浿水)까지를 경계로 삼아 연나라에 속하게 하였다. 연나라 왕
노관(盧綰)이 한나라를 배반하고 흉노로 들어가니, 위만도 망
명하여 1000여 명의 무리를 모아 머리를 상투 모양으로 틀고
만이(蠻夷)의 차림새로 동쪽으로 달아나 요새를 벗어났다. 그

리고 패수를 건너 진나라의 옛날 비어 있던 땅 상하장(上下鄣)에 살면서 점점 진번과 조선의 만이들과 옛날 연나라와 제나라에서 망명해 온 자들을 복속시켜 왕이 되어 왕검(王儉)원전에는 '검'이 '험(險)'으로 되어 있음에 도읍을 정했다.

그때는 마침 천하가 처음으로 안정된 효혜제와 고후 무렵이었다. 요동 태수는 위만과 이렇게 약속했다.

"외신(外臣)이 되어 요새 바깥의 만이를 보호하여 침범하거나 노략질하는 일이 없도록 하라. 만이의 군장들이 한나라로 들어와 천자를 뵙고자 하면 막지 말라."

이 약속을 위에 아뢰니 천자가 허락했다. 이로써 위만은 군사와 재물을 갖게 되어 주위의 작은 마을들을 침략해 항복받았고, 진번과 임둔(臨屯)도 복속해 왔으므로 그 땅이 사방 수천 리나 되었다.

왕위가 그 아들에게 전해졌다가 다시 손자 우거(右渠)에게 이르니, 한나라에서 망명해 온 백성이 더욱 불어났다. 또 일찍이 한나라로 들어가 천자를 만난 적도 없고, 진번 주변의 여러 나라가 글을 올려 천자를 뵙고자 하면 길을 막아 한나라와 통하지 못하게 했다.

원봉 2년에 한나라는 섭하(涉何)를 보내 우거를 달랬으나 그는 끝내 조칙을 받들려 하지 않았다. 섭하가 길을 떠나서 국경 패수에 이르렀을 때, 수레를 끌던 사람을 시켜 섭하를 전송하러 나온 조선의 비왕(裨王)임금을 보좌하던 벼슬아치 가운데 으뜸 벼슬 장(長)사람 이름을 찔러 죽이고 패수를 건너 요새로 달려 들어갔다. 그리고 돌아와 천자에게 보고했다.

"조선의 장수를 죽였습니다."

황상은 그 공을 가상히 여겨 꾸짖지 않고 섭하를 요동의 동부 도위로 삼았다. 조선은 섭하에게 원한을 품고 군사를 출동시켜 그를 습격하여 죽였다.

조선 침공과 한사군 설치

천자는 죄수들을 모집하여 조선을 치도록 했다. 그해 가을에 누선장군 양복을 제나라에서 발해로 건너가게 했는데 군사가 5만 명이나 되었다. 좌장군 순체에게는 요동에서 나가 우거를 토벌하게 했다. 우거는 군사를 출동시켜 험준한 곳을 이용해 대항하고 있었다. 이때 좌장군의 졸정(卒正)군리의 우두머리 다(多)는 먼저 요동의 군사를 이끌고 진격했다가 패하여 흩어져 많은 수가 달아나 돌아왔으므로 군법에 연루되어 참수되고 말았다. 누선장군은 제나라 군사 7000명을 이끌고 먼저 왕검에 이르렀다. 우거가 성을 지키고 있다가 누선장군의 군사가 적은 것을 염탐하여 알고, 곧바로 성을 나와 누선을 공격하니 그 군대는 패하여 달아났다. 장군 양복은 그 부하들을 잃고 도망쳐 열흘 넘게 산속에 숨어 있다가 서서히 흩어졌던 군사들을 다시 모았다. 좌장군은 조선의 패수 서쪽 군대를 공격했으나 무찌르고 앞으로 나아갈 수가 없었다.

천자는 두 명의 장군으로는 전황이 불리하다고 여기고 위산(衛山)에게 군사의 위세를 업고 우거를 타이르게 했다. 우거는 사자를 보자마자 머리를 조아리며 사과했다.

"항복하려고 했지만 두 명의 장군이 신을 속여 죽일까 두려웠습니다. 이제 신뢰할 수 있는 부절을 보았으니 항복하고 싶습니다."

태자를 한나라로 들여보내 사과하고 말 5000필과 군량을 보내 바치기로 하였다. 군사 만여 명이 무기를 들고 패수를 건너려고 하자 〔한나라〕 사자와 좌장군은 그들이 혹시 변란을 일으킬까 의심스러워, 태자가 이미 항복했으니 군사들에게 무기를 지니지 말도록 명령하게 했다.

태자도 사자와 좌장군이 자기를 속여 죽일 것으로 의심하고 있던 터라 마침내 패수를 건너지 않고 다시 〔무리를〕 이끌고 되돌아갔다. 위산이 돌아와 천자에게 그 사실을 보고하자 천자는 위산의 목을 베었다.

좌장군은 패수 위의 군사들을 깨뜨리고 앞으로 나아가 성 아래에 이르러 그 서북쪽을 에워쌌다. 누선장군 역시 가서 군대를 만나고는 성의 남쪽에 진을 쳤다. 그러나 우거가 성을 굳게 지켜 여러 달이 지났지만 함락시킬 수 없었다.

좌장군은 본래 시중(侍中)으로 〔천자의〕 총애를 받았는데, 연나라와 대나라 군사들을 인솔하여 사나운 데다가 승세를 타고 있으므로 군인들은 대단히 교만했다. 누선장군은 제나라 군사들을 이끌고 바다로 들어갔다가 여러 차례 패한 적이 있었다. 또 앞서 우거와 싸웠다가 곤욕을 당해 군사를 잃었으므로 사졸들은 모두 두려워했고, 장수는 모두 속으로 부끄러

위하였다. 그래서 우거를 포위했을 때마다 늘 온화하고 절제했다. 그런데 좌장군이 급습하려고 하자 조선의 대신들은 몰래 첩자를 놓아 누선장군에게 항복을 약속하는 말을 전하게 하면서도, 양쪽 사자들이 오가면서 〔투항 조건을〕 교섭만 할 뿐 결정을 내리지 않았다. 좌장군이 누선과 같이 좋은 날을 정하여 싸울 약속을 하려 한 것이 여러 차례였으나, 누선은 조선과의 약속을 빨리 이루려고 〔좌장군과〕 만나지 않았다. 또한 좌장군도 틈을 보아 조선에 사람을 보내 투항을 권했지만, 조선은 그 말을 들으려 하지 않고 계속 마음은 누선에게 기울었으므로 두 장군은 서로 협조하여 일할 수가 없었다. 좌장군은 마음속으로 이렇게 의심했다.

'누선은 앞서 군사를 잃은 죄가 있고, 이제는 조선과 몰래 친하며 항복도 시키지 않고 있으니 모반할 계획이 있지 않은가.'

그러나 감히 누구에게도 말하지는 않았다.

천자는 장수가 진격하지 못하기 때문에 위산을 보내 우거에게 투항을 권하도록 했으며, 우거는 태자를 〔한나라에〕 보내기로 했는데, 위산이 일관되게 과감히 처리하지 못하고 좌장군과 계책이 서로 달라 마침내 항복 약속을 망치고 말았으며 이제 두 장군이 적의 왕검성을 포위했으나 또 의견을 달리하고 있어 오래도록 해결하지 못하고 있다고 말했다. 그러고는 제남 태수 공손수(公孫遂)를 보내 그 일을 바로잡고 나라에 이익이 되는 일은 임의로 처리할 수 있게 했다. 공손수가 도착하자 좌장군은 말했다.

"조선은 마땅히 오래전에 함락되었어야 하지만 아직 함락되지 않은 데는 다른 까닭이 있습니다."

그리고 누선장군과 여러 차례 같이 싸우기로 약속하려 했으나 만나지 못했음을 말한 뒤 평상시 품고 있던 의혹을 공손수에게 자세히 이야기했다.

"이제 이와 같은 자를 잡지 않으면 큰 변이 생길 것입니다. 누선은 조선과 함께 우리 군사를 멸망시키려 할 것입니다."

공손수도 그 말을 그럴듯하게 여겼다. 그래서 부절을 주어 누선장군을 부르고 좌장군의 진영으로 들어와 일을 계획하였다. 즉시 좌장군의 부하에게 명령하여 누선장군을 체포하고, 그 군대를 좌장군의 군대에 합병시키고 나서 천자에게 보고하자 천자는 공손수를 주살했다.

좌장군은 두 군대를 아우르고 곧바로 조선을 급습했다. 조선의 재상 노인(路人)과 한음(韓陰), 이계(尼谿)의 재상 삼(參), 장군 왕겹(王唊) 등이 서로 상의하여 말했다.

"애초에 누선에게 항복하려 했으나 이제 누선은 체포되었고, 좌장군이 두 군대를 아울러 거느리고 있어 전세가 더욱 다급해졌다. 그들과 싸울 수는 없지만 우리 왕은 또 항복하려 하지 않을 것이다."

한음, 왕겹, 노인 등은 모두 도망쳐 한나라에 투항했으나 노인은 도중에 죽고 말았다.

원봉 3년 여름에 이계의 재상 삼이 사람을 시켜 조선왕 우거를 죽이고 투항해 왔다. 그러나 왕검성은 아직 함락되지 않았고, 우거의 대신(大臣) 성사(成巳)가 한나라를 배반하고 다시 관리들을 공격했다. 좌장군은 우거의 아들 장항(長降)과 재상 노인의 아들 최(最)를 시켜 백성을 달래어 성사를 죽였다. 그리하여 조선을 평정하고 네 군(郡)을 두었다. 삼은 획청후(澅清侯), 한음은 적저후(狄苴侯), 왕겹은 평주후(平州侯), 장항은 기후(幾侯)로 봉해졌다. 최는 아버지의 죽음을 무릅쓰고 공을 세웠다 하여 온양후(溫陽侯)로 봉해졌다.

좌장군은 조정으로 불려와 공을 다투고 서로 질투하며 계책을 어긋나게 하였다는 죄에 연루되어 기시의 형에 처해졌다. 누선장군 역시 그 군사가 열구(洌口)에 이르렀을 때 좌장군을 기다렸어야 하는데, 제멋대로 먼저 진격하여 많은 군사를 잃었으므로 주살되어야 했지만 속죄금을 내고 평민이 되었다.

태사공은 말한다.

"우거는 험한 요새와 견고한 지세만을 믿다가 나라의 제사가 끊기게 했고, 섭하는 전공을 속여 싸움의 실마리를 연 장본인이다. 누선장군은 적은 군사로 재난을 만나 죄를 얻게 되었고, 번옹에서의 실패를 후회하다가 도리어 의심을 샀다. 순체는 공로를 다투다가 공손수와 함께 죽음을 당했다. 두 장군의 군대는 모두 곤욕을 당하였으며 장수들 중 후로 봉해진 자는 없었다."

56

◎

서남이 열전
西南夷列傳

서남이란 서이(西夷)와 남이(南夷)를 포함하며 지금의 운남성, 귀주성, 사천성 등 중국의 서남쪽 지역을 가리킨다. 이곳은 중원에서 멀리 떨어져 있어 문화적으로 황무지였다.

이들은 소수 민족으로 분류되어 북방의 흉노처럼 멸시의 대상이었다. 그러나 서남이는 평소에 한나라를 침범하는 일 없이 벽지에서 자신들의 삶을 꾸려가며 평화를 모색하고 있었다. 말하자면 서남이는 다양한 민족이 뒤섞여 있고 부락이 많아 하나의 정체성 있는 국가로서 한나라와 관계를 설정한 것이 아니고, 각 부락 국가가 앞서거니 뒤서거니 하면서 한나라와 오갔다. 그럼에도 불구하고 한나라 무제는 영토를 넓혀 위세를 과시할 목적으로 군사를 일으켰고, 양쪽 모두 수없이 많은 사상자를 냈다.

이 편에서 사마천은 서남이의 지리적 분포, 사회 풍속과 중원 지역과의 관계 등을 비교적 공정한 입장에서 서술하고 있는데 한 무제의 서남이 개척 정신은 역사적으로 보면 오늘날의 다민족 정책의 큰 맥락을 엿볼 수 있다는 점에서 가치가 있다. 물론 사마천은 한 무제의 영토 확장 정책에 대해 비판적이다.

서남이의 풍속

　서남이의 군장(君長)은 열 명이었는데 야랑(夜郎)이 가장 강대했다. 그 서쪽에는 미막(靡莫)오랑캐의 무리가 열 부락이나 되었는데 전(滇)이 가장 강대했다. 전으로부터 북쪽의 군장은 열 명이었는데 공(邛)이 가장 강대했다. 이들은 다 같이 머리를 상투 모양으로 묶고 농사를 지으면서 마을을 이루고 살았다. 그들의 바깥 서쪽으로는 동사(同師) 동쪽부터 북쪽으로 엽유(楪楡)에 이르기까지를 수(嶲), 곤명(昆明)이라고 불렀다. 이들은 모두 머리를 땋아 내리고 가축을 따라 이리저리 옮겨 다니며 일정하게 사는 곳도 없고 군장도 없지만 그 땅은 사방 수천 리나 되었다. 수부터 동북쪽에 군장이 열 명 있는데 사(徙)와 작도(筰都)가 가장 강대했고, 작도부터 동북쪽에 군장이 열 명 있는데 염(冉)과 방(駹)이 가장 강대했다. 그들의 풍습은 어떤 때는 정착하여 살고 어떤 때는 옮겨 다녔는데, 모두 촉군 서쪽에 있었다. 염과 방의 동북쪽에 군장이 열 명 있는데 백마(白馬)가 가장 크고 다 저족(氐族)과 같은 무리였다. 이들은 모두 파와 촉의 서남쪽 바깥에 사는 만이(蠻夷)였다.

　처음 초나라 위왕(威王) 때 장군 장교(莊蹻)로 하여금 군사를 이끌고 강수를 따라 올라가 파군(巴郡)과 검중군(黔中郡) 서쪽을 공략하게 했다.1) 장교는 본래 초나라 장왕의 후예였다. 장교가 전지(滇池)에 이르니 사방이 300리나 되고, 그 일대는 평지로 기름지고 풍요로운 평야가 수천 리에 걸쳐 있어서 장교는 무력으로 그곳을 평정한 뒤 초나라에 복속되도록 했다. 〔그는〕 돌아가 보고하려 했으나, 마침 진나라가 초나라의 파군과 검중군으로 쳐들어와 빼앗는 바람에 길이 막혀 돌아갈 수 없었다. 그래서 장교는 그 부하들을 데리고 전지에서 왕이 되어 옷차림을 바꾸고 그곳 풍속을 따라 그들의 우두머리가 되었다.

　진나라 때는 상알(常頞)이 공략해 와 다섯 자 너비의 길을 개통시키고 이곳의 여러 나라에 관리를 두었다. 10여 년이 지난 뒤에 진나라가 멸망했다. 한나라가 일어서자 이 나라들을

---

1) 초나라 위왕은 기원전 339년부터 기원전 329년까지 재위했고, 초나라 경양왕은 기원전 298년부터 기원전 263년까지 재위했다. 진(秦)나라가 초나라의 파와 검중을 빼앗은 것은 기원전 279년의 일이므로 경양왕이 옳다.

모두 버려두고 예전처럼 촉나라에 관새(關塞)를 두어 경계로 삼았다. 그렇지만 파와 촉의 백성은 몰래 관새를 넘어 장사했는데 작(笮)의 말, 북(僰)의 노비, 모우(髦牛)를 가져왔기 때문에 파와 촉 지역의 생활이 부유해졌다.

서남이 공격 문제

건원 6년에 대행 왕회가 동월을 공격하자 동월은 자신들의 왕 영을 죽이고 보고했다. 왕회는 군대의 위세에 기대어 파양 현령 당몽(唐蒙)을 남월로 보내 넌지시 귀순하도록 권했다. 이때 남월에서는 당몽에게 촉에서 생산되는 구장(枸醬)을 대접했다. 당몽이 그 구장을 어디서 구했는지 물으니 이렇게 말했다.

"서북쪽의 장가강에서 가져왔습니다. 장가강은 너비가 몇 리나 되며 번옹의 성 밑으로 흐릅니다."

당몽이 장안으로 돌아와 촉나라 장사치에게 물어보니, 그 장사치가 대답했다.

"촉에서만 구장이 나오는데 많은 사람이 몰래 야랑으로 가지고 나와서 팔아넘깁니다. 야랑은 장가강 부근에 있는데, 강 너비는 100보가 넘어서 배로 건널 수 있습니다. 남월은 재물을 이용하여 야랑을 귀속시키고 서쪽으로 동사(同師)까지 이르고 있습니다. 그렇다고 하나 그들을 신하처럼 부릴 수는 없습니다."

그래서 당몽은 황상에게 글을 올려 말했다.

남월왕 조타의 손자 조호은 좌독(左纛)으로 꾸민 수레 황옥(黃
屋)을 타고 땅은 동서로 만여 리나 되어 명분으로는 외신(外臣)
이라고는 하나 실제로는 한 주의 군주입니다. 이제 장사와 예장
의 군사를 동원하여 가려고 해 보았자 물길이 끊어지는 곳이
많아 가기 어렵습니다. 그러나 신이 가만히 들어 보니 야랑이
가지고 있는 정예 병사가 10만여 명이나 된다고 하니 그들을
이끌고 배로 장가강을 내려가 생각하지 못했던 곳을 덮치면,
이것이 남월을 통제할 수 있는 훌륭한 계책 중 하나가 될 것입
니다. 만일 한나라의 강대함과 파와 촉의 풍요로움으로 야랑까
지 가는 길을 연다면 관리를 두는 일은 아주 쉬울 것입니다.

황상은 이를 받아들였다. 당몽을 낭중장으로 삼아 군사
1000명과 식량, 군수 물자를 운반하는 만여 명을 거느리고
파촉의 작관(筰關)으로부터 야랑으로 들어가게 하였다. 당몽
은 마침내 야랑후 다동(多同)을 만나 후한 선물을 준 뒤〔천자
의〕 위세와 덕망을 일깨우고, 그곳에 관리를 두기로 약속하고
그 아들로 하여금 현령으로 삼았다. 야랑 주변의 작은 고을
들은 한결같이 한나라 비단과 명주를 탐내고 있었고, 한나라
에서 이곳까지 오는 길이 험하기 때문에 끝까지 땅을 차지할
수 없을 것으로 여겨 당몽의 약속을 받아들였다. 당몽이 돌아
와 보고를 올리자 한나라는 그 땅을 건위군(犍爲郡)이라 하였

다. 파와 촉의 군사를 동원하여 길을 닦아 북도현(僰道縣)에서
부터 장가강까지 통하게 했다. 이 무렵 촉군 사람 사마상여도
서이의 공(邛)과 작(筰)에는 군을 둘 만하다고 말했다. 그래서
〔천자는〕 사마상여를 낭중장으로 삼아 가서 〔조정의 뜻을〕 일
깨우고 모든 것을 남이처럼 하여 도위 한 명과 10여 현을 두
어 촉에 예속되게 했다.

　바로 이때 파군과 촉군, 〔한중(漢中)과 광한(廣漢)〕 등 네 군
에서는 서남이로 가는 길을 열기 위해 국경을 지키면서 군량
을 실어 보내고 있었다. 그러나 여러 해가 지나도 길은 개통되
지 않았고, 군사들은 지치고 굶주린 데다 습기에 시달려 죽는
사람이 매우 많았다. 게다가 서남이들의 잦은 반란으로 군사
를 일으켜 공격하였으나 소모만 더해 갈 뿐 공을 세우지는 못
했다. 황상은 이를 염려하여 공손홍을 보내 살펴보고 물어보
게 했는데, 그는 돌아와 이익이 될 만한 것이 없다고 말했다.
공손홍이 어사대부가 되었을 때 마침 한나라는 삭방군에 성
을 쌓고 하수(河水)를 거점으로 하여 흉노를 몰아내려고 했으
므로, 공손홍은 서남이를 공략하는 것은 해로우니 잠시 멈추
고 흉노의 일에만 온 힘을 기울여야 한다고 주장했다. 황상은
서이 공략을 멈추고 남이와 야랑 두 현에 도위 하나를 두고
건위군이 서서히 직접 보수하여 완성하게 했다.

화친 정책과 그 성과

원수 원년에 이르러 박망후 장건(張騫)이 대하(大夏)에 사신으로 갔다가 돌아와 보고하기를 대하에 있을 때 촉의 베와 공의 대나무 지팡이를 보고 어디서 들여온 것이냐고 물었더니 "동남쪽에 있는 신독국(身毒國)지금의 인도와 파키스탄 일대로 건독(乾毒) 혹은 천축(天竺)이라고도 함에서 들여왔는데 그곳은 몇천 리나 됩니다. 촉의 장사꾼이 시장에서 사 온 것입니다."라 했다고 말했다. 혹은 들으니 공의 서쪽 2000리쯤 되는 곳에 신독국이 있다고도 말했다.

장건은 이어서 강력히 말하기를 대하는 한나라 서남쪽에 있어 중원을 흠모하고 있지만 흉노가 한나라로 통하는 길을 막고 있어 안타까워하고 있으니 만일 촉에서부터 신독국에 이르는 길을 개통하면 편리하고 가까워 이익이 있을 뿐 해는 없을 것이라고 했다.

그래서 천자는 왕연우(王然于), 백시창(柏始昌), 여월인(呂越人) 등을 사자로 삼아 가만히 서이의 서쪽으로 나가서 신독국을 찾아보게 했다. 그들이 전(滇)에 이르자 전왕 상강(嘗羌)은 그들을 붙잡아 두었다. 서쪽으로 [신독국으로 통하는] 길을 찾아 나선 10여 명도 한 해 남짓 곤명(昆明)에 갇혀 신독국으로 가는 자가 없었다. 전왕은 한나라 사자에게 말했다.

"한나라와 우리 나라 중 어느 쪽이 더 큰가?"

야랑후도 이와 같이 물어보았다. 길이 통하지 않기 때문에 이들은 저마다 한 주의 군주라고 여기고 한나라의 넓고 큼을 몰랐다. 사신들은 돌아와 전(滇)은 큰 나라로서 가까이하여 귀속시킬 만한 가치가 있다고 강조했다. 천자는 그 말에 유의했다.

남월이 반란을 일으켰을 때, 황상은 치의후(馳義侯)에게 건위군에서 남이의 군사를 동원시키도록 했다. 〔그런데〕 저란(且蘭)의 군주는 자기 군대가 멀리 가면 주변 나라들이 노약자들을 잡아갈까 봐 겁내어 자기 무리와 함께 반란을 일으켜 사자와 건위군 태수를 죽였다. 이에 한나라는 파와 촉의 죄인들 가운데 일찍이 남월을 공격한 일이 있는 자와 여덟 교위[2]를 보내 남월을 쳐부수도록 했다. 그러나 한나라의 여덟 교위는 때마침 월나라가 격파되었으므로 〔남쪽으로〕 내려가지 않고 군사를 이끌고 되돌아와 〔저란으로〕 가서 두란(頭蘭)을 정벌했다. 두란은 항상 전으로 가는 길을 가로막던 나라이다. 두란을 평정하고 드디어 남이도 평정하여 장가군(牂柯郡)을 두었다. 야랑후는 처음에는 남월에 기대고 있었으나 남월이 멸망하고 마침 한나라 군사들이 돌아와 모반한 자를 베니 야랑은 드디어 입조했다. 황상은 그를 야랑왕으로 삼았다.

남월이 멸망한 뒤 한나라가 저란과 공의 군주를 베어 죽이고 또 작후를 죽이자, 염과 방은 모두 두려운 나머지 한나라 신하가 되기를 원하며 한나라 관리를 두어 달라고 요청했다.

---

2) 한나라 무제 때 설치된 직책으로 중루(中壘), 둔기(屯騎), 보병(步兵), 월기(越騎), 장수(長水), 호기(胡騎), 사성(射聲), 호분(虎賁) 교위(校尉)를 말한다.

그래서 공도(邛都)를 월수군(越嶲郡), 작도를 침리군(沈犁郡), 염과 방을 민산군(汶山郡), 광한(廣漢) 서쪽의 백마(白馬)를 무도군(武都郡)으로 삼았다.

황상은 왕연우를 보내 월나라를 깨뜨리고 남이를 무찌른 한나라 군사의 위세를 자랑하여 전왕에게 입조하도록 넌지시 일깨웠다. 그러나 전왕은 그 무리가 수만 명이나 되고, 그 곁으로 동북쪽에 노침(勞浸)과 미막(靡莫)이 있는데 모두 같은 성이어서 서로 돕기 때문에 따르려고 하지 않았다. 노침과 미막에서 한나라 사자와 관리와 군졸들을 침범하는 일이 잦았다.

원봉 2년에 천자는 파군과 촉군의 군사를 동원하여 노침과 미막을 쳐서 멸망시키고 군대를 전(滇)에 주둔시켰다. 그러나 전왕은 처음부터 한나라에 호의를 가지고 있었기 때문에 죽음을 당하지는 않았다. 전왕은 서남이에서 떨어져 나와 나라를 들어 항복하고 한나라 관리를 두며 입조하기를 원했다. 그래서 그곳을 익주군(益州郡)으로 삼고 전왕에게 왕의 인을 주어 예전처럼 그곳 백성의 군장으로 있게 했다.

서남이의 군장은 100여 명이나 되지만 야랑과 전만이 왕의 인을 받았다. 전은 작은 나라지만 한나라의 총애를 가장 많이 받았다.

태사공은 말한다.

"초나라 조상은 어찌 하늘의 복을 가지고 있다고 할 수 있는가? 주나라 때에는 [초나라의 선조 육웅(鬻熊)이] 문왕의 스승이 되어 초나라에 봉해졌고, 주나라가 약해졌을 때에도 그 땅이 5000리나 되었다고 하며, 진나라가 제후들을 멸망시켰을 때에도 초나라의 후예장교만이 전왕으로 있었다. 한나라가 서남이를 무찔러 많은 나라가 멸망했지만 전만은 다시 천자에게 총애를 받는 왕이 되었다. 그러나 남이 정벌의 발단은 번옹에서 구장을 본 데서 시작되었고, 대하의 사건은 공현의 대나무 지팡이를 본 데서 비롯되었다. 서이는 뒤에 서쪽과 남쪽 둘로 갈라졌고 마침내 일곱 군이 되었다."

세계문학전집 409

사기 열전 3

1판 1쇄 찍음 2022년 5월 30일
1판 1쇄 펴냄 2022년 6월 10일

지은이   사마천
옮긴이   김원중
발행인   박근섭, 박상준
펴낸곳   (주)민음사

출판등록   1966. 5. 19. (제 16-490호)
서울특별시 강남구 도산대로1길 62(신사동) 강남출판문화센터 5층 (우편번호 06027)
대표전화 02-515-2000 팩시밀리 02-515-2007
www.minumsa.com

ISBN 978-89-374-6409-6 04800
ISBN 978-89-374-6000-5 (세트)

* 잘못 만들어진 책은 구입처에서 교환해 드립니다.

민음사 세계문학전집

세계문학전집 목록

세계문학전집은 계속 간행됩니다.